MATTHIAS SOEDER

HERZ-SCHLAG DER GEWALT

THRILLER

Bibliografische Information der Deutschen Nationalbibliothek
Die Deutsche Nationalbibliothek verzeichnet diese Publikation in der Deutschen Nationalbibliografie; detaillierte bibliografische Daten sind im Internet über http://dnb.d-nb.de abrufbar.

ISBN 978-3-00-050876-9

c/o Werneburg Internet Marketing und Publikations-Service
Philipp-Kühner-Straße 2
99817 Eisenach

Umschlag und Satz: Markus Dawo
Foto des Flugzeugs auf dem Cover von Christiaan van Heijst www.jpcvanheijst.com
Druck und Bindung: CPI books GmbH, Leck, Germany

PROLOG

Kenia, Juli 2010

In seinem Beruf kam der Tod in vielen Varianten. Was ihn jetzt allerdings erwartete, ging weit über die Grenzen menschlicher Vorstellungskraft hinaus.

Sie hatten seine Hände auf dem Rücken zusammengebunden. Der Kabelbinder schnürte ihm das Blut ab, seine Finger waren längst taub. Aber taube Finger waren sein geringstes Problem. Der Gefangene wusste, dass es mit ihm zu Ende ging. Seit über fünf Stunden waren sie in dem alten Mitsubishi Kleinbus unterwegs und es wurde bereits dunkel. Schon vor einiger Zeit waren sie von der befestigten Straße in einen Buschweg mit tiefen Schlaglöchern abgebogen. Es quietschte und klapperte, während sich der Bus vorsichtig tastend in Schrittgeschwindigkeit seinen Weg durch die tiefen Spurrillen bahnte. Der Gefangene saß auf dem Boden und drückte seinen Rücken schutzsuchend in die Ecke hinter dem Beifahrersitz. Trotzdem wurde er durch die bockigen Bewegungen des Fahrzeugs immer wieder heftig gegen die Seitenwand geschleudert. Eine Innenverkleidung gab es nicht. Die Metallverstrebung des Fahrzeugs lag so entblößt und schutzlos da wie sein eigenes Leben.

Die einzige Sitzbank im Laderaum des Mitsubishis war abgewetzt, die Plastikpolster zum Teil aufgerissen. Aus seinen zugeschwollenen Augen konnte er erkennen, wie sich zwei der vier somalischen Terroristen mit Händen und Füßen auf der Bank verkeilten. Der eine war fast noch ein Kind, der andere pockennarbig und wuchtig wie ein Ochse.

Die Terroristen blickten angespannt nach draußen. Dabei unterhielten sie sich leise in ihrer Landessprache. Nach was suchten sie?

Im nächsten Schlagloch sackte der Kleinbus tief zur Seite. Der Oberkörper des Gefangenen wurde auf den versifften Fahrzeugboden geschleudert. Er stöhnte auf, als sich kleine Steinchen in sein blutverschmiertes Gesicht bohrten.

Direkt vor seinen Augen sah er den stark in Mitleidenschaft gezogenen Kampfstiefel des Ochsen.

Sonderbar, dachte der Gefangene, die Schnürsenkel sind neongelb.

Mit einem dreckigen Lachen trat der Somalier in sein Gesicht. Nicht kräftig, aber kräftig genug, um seine bereits mehrfach gebrochene Nase erneut zum Knirschen zu bringen.

Ein durchdringender Schmerz schoss in seine Hirnschale und raubte ihm die Luft zum Atmen. Ihm wurde kotzübel. Seit über 24 Stunden hatte er nichts mehr gegessen und getrunken. Seine Zunge war trocken und klebte wie ein Klotz in seinem Mund. Fast begrüßte er das Blut, das nun wieder aus seiner Nase quoll und in seinen Mundwinkel sickerte. Reflexartig schlürfte er das schleimige Gebräu aus Blut und Rotz in sich hinein. Es schmeckte bleiern und süßlich. Flüssigkeit! Lebenselixier.

»Stopp!«, kommandierte der baumlange Anführer, der vorne neben dem Fahrer saß. Sie hatten ihr Ziel offenbar erreicht. Das laute Kratz- und Schleifgeräusch der Schiebetür schmerzte in den Ohren des Gefangenen. Krachend rastete die Tür ein. Der Somalier mit den neongelben Schnürsenkeln zerrte den Deutschen aus dem Wagen. Während er sich umschaute, atmete der Gefangene vorsichtig den herben Duft des afrikanischen Buschlandes durch seine zertrümmerte Nase. Die Abenddämmerung stülpte sich gerade über das Land und tauchte die Büsche der Savanne in ein rötliches Kleid.

Der pockennarbige Ochse zog grinsend ein Buschmesser aus der Scheide und entblößte dabei seine riesige Zahnlücke. Die oberen beiden Schneidezähne fehlten und an ihrer Stelle gähnte ein schwarzes Loch.

»Dreh dich um!«, befahl er.

Ein schneller Hieb des wuchtigen Messers durchtrennte den

Kabelbinder. Da die Handgelenke eng aneinander gepresst waren, schnitt das Messer gleichzeitig Wunden in das Fleisch. Der Ochse trat zur Seite und machte Platz für den Anführer. Der Gefangene war nicht klein, aber nun kam er sich wie ein Zwerg vor. Er musste seinen Kopf in den Nacken legen, um dem Riesen ins Gesicht zu sehen. Eine wulstige Narbe, so lang wie der kleine Finger eines Kindes, zierte seine rechte Wange. Aber es war nicht die Narbe, die den Gefangenen erschaudern ließ. Es waren diese stumpfen, toten Augen. Es waren die Augen des Teufels.

»Du bist frei«, flüsterte der Riese in tiefem Ton. »Und du bekommst eine Waffe.«

Achtlos warf der Teufel einen Stock von etwa einem Meter Länge auf den Boden. »Lauf um dein Leben!«

Taumelnd setzte sich der Verletzte in Bewegung. Sein Körper schmerzte, als er sich im Vorbeigehen nach dem Stock bückte. Die Folter vom Vortag hatte ihn innerhalb eines Tages zu einem verkrüppelten alten Mann gemacht. Nach wenigen Metern fiel er in einen torkelnden Laufschritt. Er erwartete jeden Moment eine Kugel oder das Buschmesser in seinem Rücken, doch nichts dergleichen geschah.

Und da sah er sie. Danach hatten die somalischen Terroristen also gesucht. Das Rudel lag unter einer Baumgruppe, weniger als 200 Meter entfernt. Es waren etwa 20 Tiere. Ihre flauschig rundlichen Ohren stellten sich auf, sie streckten ihre Schnauzen witternd in den Wind. Sein Blut weckte den Jagdinstinkt der Hyänen. Es war wie bei den Haien. Der Geruch entfesselte einen Blutrausch.

Er erkannte die Absicht der Somalier und für einen Augenblick blieb er wie gelähmt stehen. Ein gewöhnlicher Mord war ihnen zu langweilig. Die Terroristen wollten ihren perversen Spaß haben. Dann lief er weiter. Schneller diesmal. Gehetzt schaute er nach einer Möglichkeit, sich in Sicherheit zu bringen. Aber da war kein Felsen, kein Baum, auf den er hätte klettern können.

Ihr markantes Heulen, das erst in tiefen Tönen anfing und dann schrill wurde, bis es einen abrupten Abschluss fand, war ein Zeichen ihrer Erregung. Die Jäger spürten, dass er leichte Beute war.

In seiner Ausbildung hatte er gelernt, dass die Tüpfelhyänen mit ihrem Gebiss selbst Knochen von Wasserbüffeln zerbrechen konnten. Hyänen waren Aasfresser, aber sie jagten auch verletzte Beute, die sie dann in wilder Gier bei lebendigem Leibe zerrissen.

Die ersten Hyänen formierten sich und galoppierten auf ihn zu. Wegen ihrer längeren Vorderläufe erweckte ihr eigenartiger Gang den Anschein, als würden sie immer bergauf schaukeln. Einige der Tiere kicherten nun in spitzen, hohen Tönen. Es klang wie spöttisches Gelächter, es klang barbarisch. Es war ein Zeichen dafür, dass sie in Fressgier waren.

Der Schweiß lief ihm in Strömen über das blutige Gesicht. Er sah, wie sie sich im spitzen Winkel auf ihn zu bewegten. Inzwischen zog der Gestank der Tiere in seine zerbrochene Nase. Ein Gemisch aus Aas, Blut und getrocknetem Kot.

Dann war es soweit! Eine Hyäne, die sich von rechts annäherte, setzte zum Angriff an. Er schlug mit dem Stock zu und die Hyäne wich aufheulend zurück. Vielleicht ließen sie sich ja einschüchtern? Aber er hatte nicht mit der Jagdstrategie des Rudels gerechnet. Es war nur ein Scheinangriff und in diesem Moment kam die eigentliche Attacke. Eine andere Hyäne verbiss sich in seinen linken Unterschenkel. Jetzt verstand er, was eine Bisskraft von mehreren Tonnen bedeutete. Es fühlte sich so an, als ob ein mit Nägeln besetzter Schraubstock mit voller Kraft um seine Wade zugezogen wurde. Ein dumpfes, berstendes Geräusch, begleitet von unerträglichem Schmerz, ließ ihn erkennen, dass sein Schienbein gerade zersplitterte. Als er zu Boden ging, stürzte sich das Rudel gierig auf ihn. Sie kämpften um einen Platz am gedeckten Tisch. Schleimiger Geifer tropfte aus ihren stinkenden Mäulern, als sie in aggressiver Fresslust Fleischfetzen mit heftigen Reiß- und Schüttelbewegungen aus seinem Körper rissen. Wie eine Puppe wurde er dabei hin- und hergezogen.

Bei vollem Bewusstsein registrierte er, wie er bei lebendigem Leibe gefressen wurde. Dann vernahm der Geheimagent des Bundesnachrichtendienstes den feuchtheißen und stinkenden Atem einer Hyäne unmittelbar vor seinem Gesicht. Sie legte ihre Fänge um seinen Hals.

Leicht zur Seite gedreht erkannte der Agent die Spitze des Kilimandscharo. Ein Wolkenband unterhalb der Schneespitze vermittelte den Eindruck, als ob sie schweben würde. Es sah wunderbar aus.

Dann schloss sich der Schraubstock um seinen Hals.

KAPITEL 1

Deutschland, 1985–1986

Bei einem Unfall in der Fabrik hatte Konrad Hartmann ein Auge verloren. Er wurde in den vorgezogenen Ruhestand geschickt und begann zu trinken. Dann fing er an, seine Frau und seinen Sohn zu schlagen. Wenige Monate später war sie tot. Von der Treppe sei sie gestürzt, sagte Konrad der Polizei. Der damals 14-jährige Alexander wurde über Nacht zum Bettnässer. Wutschnaubend drückte Konrad das Gesicht seines Sohnes ins nasse Bett. »Dir werd' ich austreiben, ins Bett zu pissen!«

Sein Zuhause wurde für Alexander zur Hölle. Konrad fand immer einen Grund, seinen Sohn zu verprügeln. Still ertrug Alexander die Schläge, doch mit jeder Ohrfeige wuchs der Hass.

Wie so oft seit dem Tod seiner Frau vor inzwischen drei Jahren, saß der einäugige Konrad Hartmann am Esstisch und betrank sich. Helle Fliesen bedeckten den Boden. Die Teppiche, die Alexanders Mutter ausgelegt hatte, um es behaglich zu machen, hatte Konrad kurz nach ihrer Beerdigung entfernt. Nachdem sie und die Teppiche nicht mehr da waren, wirkte es kalt und ungemütlich in dem kleinen Haus in Schweinfurt.

Konrad starrte auf die Flasche vor sich. Einige Tropfen Bier sickerten durch seine Bartstoppeln, sein Kinn schimmerte von der Feuchtigkeit. Er lehnte es ab, sich ein künstliches Auge einsetzen zu lassen, und die Augenklappe setze er nur auf, wenn er nach draußen ging. Ein fünf Zentimeter tiefes Loch klaffte nun an der Stelle, wo einst sein linkes Auge gewesen war. Haut überspannte den Innenraum des Lochs.

Konrad rülpste, dann griff er mit Zeige- und Mittelfinger in seine Augenhöhle. Es sah grotesk aus, wenn die Finger in dem

Gesicht verschwanden. Plötzlich hatte Konrad ein Markstück in der Hand. Er schnalzte es in die Luft, schaute nach oben, justierte seinen Kopf und ließ das Geldstück in die Augenhöhle zurückfallen. Es klimperte.

Der inzwischen 17-jährige Alexander biss in sein Butterbrot. Er stand in der offenen Küche und beobachtete seinen Vater voller Abscheu. Angst hatte er keine mehr vor ihm. Ins Bett nässte er auch schon lange nicht mehr.

»Was glotzt du so blöd?«, fragte Konrad herausfordernd.

»Ich bewundere deine Geschicklichkeit.«

»Lern lieber für die Schule, oder willst du für immer ein dämlicher Trottel bleiben?«

»Aber nein. Du bist mein Vorbild.«

Nachdem sein Vater damals angefangen hatte, ihn zu tyrannisieren, meldete sich Alexander im Schweinfurter Karateverein »Budokan« an. Sein Gi, ein weißer Karateanzug, war ihm zu groß und er musste die Ärmel und die Hosenbeine nach innen umschlagen. Er lernte schnell, hatte jedoch Angst vor den Attacken des Gegners.

»Alex!«, herrschte sein Trainer Udo Hofer ihn eines Tages an. »Wenn du angreifst, muss es dir scheißegal sein, ob du dabei selbst getroffen wirst. Nur so wirst du schnell.«

»Ich versuch's ja, aber es klappt nicht.«

»Quatsch! Du musst nur wollen!« Udo – eine Legende in der deutschen Karateszene – eilte mit zügigen Schritten zu Alexander und drückte den Trainingspartner zur Seite. Die anderen Schüler unterbrachen ihr Training und beobachteten gespannt den Vorgang.

»Stell dir vor, dein Gegner spaltet deinen Körper mit dem Samurai-Schwert in zwei Hälften.« Energisch simulierte Udo dabei mit der offenen Hand den Schwertstreich. Mit angespannten Fingern strich er schmerzhaft über Alexanders Stirn, Nase, Mund und Brustkorb bis hinunter zum Bauch. »Dir ist das scheißegal!«, rief Udo mit glühender Leidenschaft. »Du rammst deine Faust so tief in seine Magengrube, bis du seine

Wirbelsäule spürst, und es interessiert dich einen Dreck, ob du dabei krepierst!« Speicheltropfen spritzten auf Alexanders Gesicht. Er konnte das Feuer in Udos Augen erkennen.

Der Trick wirkte. Alexanders Angriffe wurden blitzschnell und hart. Bald war er ein erfolgreicher Wettkampfathlet im Shotokan-Karate. Wann immer er noch viele Jahre später an die Lektion dachte, spürte er den Fingerdruck auf Gesicht und Körper. Nicht nur im Karatekampf war sie die Basis für seine unerschütterliche Entschlossenheit.

Aus dem mickrigen Jungen wurde ein Mann. Er war schlank, sehnig und muskulös, und er verlor seine Angst. Er hatte keine Angst vor stärkeren Wettkampfgegnern, er hatte keine Angst vor Verletzung, er hatte keine Angst vor dem Tod. Aber vor allem hatte er keine Angst mehr vor seinem Vater. Für die Rache wartete er nur noch auf den richtigen Augenblick.

Nachdem Alexander sein Brot aufgegessen hatte, wischte er sich die butterverschmierten Finger an seiner löchrigen Jeans ab. Er beugte sich über das Spülbecken, drehte den Hahn auf und trank vom Wasserstrahl. Sein weißes, verdrecktes T-Shirt wurde am Kragen nass, aber das war ihm egal.

Die zerschlissene Lederjacke lag auf dem Stuhl neben seinem Vater. Alexander schlüpfte in die Jacke. Über die Lederjacke war eine ausgefranste Jeansweste mit dem Emblem der Hellrider gezogen: ein roter Totenkopf in Flammen. H-E-L-L-R-I-D-E-R stand im Halbrund über dem Totenkopf. Alexander wollte zur Tür eilen, doch sein Vater hielt ihn grob am Handgelenk zurück.

»Zieh die Jacke aus!«, befahl der Einäugige.

»Warum?«

»Warum? Warum? Frag nicht so blöd. Ich muss mich ja schämen für meinen heruntergekommenen Sohn!«

»Und ich mich für meinen versoffenen Vater!«

Wie eine Furie sprang Konrad auf. Dabei stieß er gegen den Esstisch. Die halbvolle Bierflasche zerbrach laut scheppernd auf dem gefliesten Boden, der süßschwere Geruch des Bieres schwängerte die Luft.

Alexander wusste, was nun kommen würde. Schützend hob er die Hände vor seinen Kopf. Die Ohrfeige riss ihn fast von den Beinen. Gut so, die Schmerzen waren Nahrung für die Rebellion.

»Du ziehst auf der Stelle die scheiß Jacke aus!«

»Nein!«

»Du hast den gleichen verfluchten Dickschädel wie deine Mutter!«

Hasserfüllt kniff Alexander die Augen zusammen. »Sprich nicht so von Mutter. Sie wäre noch hier, wenn du sie damals nicht die Treppe runtergestoßen hättest.«

»Was sagst du da? Du miese kleine Ratte wirst es nicht wagen, solche Lügen zu verbreiten.«

Konrad deckte ihn mit weiteren Ohrfeigen ein. Dann kam der Faustschlag. Ein stechender Schmerz schoss in Alexanders Nase. Endlich war es so weit. Der Augenblick der Rache war gekommen. Er wischte sich mit dem Handrücken das Blut weg. Mit 1,83 Meter Körpergröße war er fast so groß wie sein Vater. Konrad war jedoch untersetzt und kräftig wie ein Bär. Im Vergleich dazu wirkte Alexander schmächtig.

»Du wirst mich nie wieder schlagen«, zischte Alexander mit hasserfüllter Stimme.

Für einen Augenblick herrschte Stille. Konrad legte seinen Kopf leicht schräg. Es wirkte so, als ob er nicht glauben konnte, was er eben gehört hatte.

»Bist du noch bei Trost? Pass mal auf, was jetzt passiert.«

Wie ein wütender Stier stürzte er sich auf Alexander, um ihm die Tracht Prügel seines Lebens zu verabreichen.

Alexander dachte an das Samurai-Schwert. Blitzschnell führte er den Gegenangriff aus und die Faust bohrte sich tief in die Magengrube seines Vaters.

»Du wagst … wagst es! …«

Der zweite Schlag traf ins Gesicht. Konrads Lippe platzte auf,

Geldstücke fielen aus der Augenhöhle klimpernd auf den Fliesenboden.

Alexander stellte den Fuß hinter die Beine seines Vaters und stieß ihn über die Stolperfalle. Konrad stürzte krachend zu Boden. Auf dem Rücken liegend schnappte er fassungslos nach Luft.

»Verschwinde!«, presste Konrad schwer atmend hervor. »Ich will dich nie wiedersehen.«

Alexander drehte er sich um, nahm seinen Motorradhelm von der Kommode und schritt wie ein König hinaus auf den Hof. Die Haustür fiel krachend hinter ihm ins Schloss.

Er setzte sich auf seine alte Kawasaki GPz 750. Die TÜV-Plakette und der Zulassungsstempel fehlten. Alexander war noch nicht volljährig und er hatte keinen Führerschein, aber all das war ihm egal, er wollte nur noch frei sein.

Der aufgebohrte Auspuff röhrte laut, als Alexander davonbrauste. Sein Ziel war das Clubhaus der Hellrider in der Nachbarstadt. Erleichtert drehte er den Gasgriff auf. Mit Vollgas in ein neues Leben.

Das Clubhaus war ein halbverfallenes zweistöckiges Gebäude in der Altstadt von Hammelburg, einem kleinen Städtchen zwischen Würzburg und Fulda. Das Haus schien nur noch von den Nachbargebäuden gestützt zu werden. Wie kleine schwarze Löcher wirkten die dreckigen Kreuzfenster.

Alexanders neue Rockerfreunde erlaubten ihm, ins Clubhaus zu ziehen. In dem Zimmer, das er von nun an bewohnte, gab es nur eine versiffte Matratze und einen altersschwachen Schrank ohne Türen. Es war düster, Komfort gab es hier nicht. Auch keine Ruhe, wenn spätabends die Rockerkollegen einen Stock tiefer ihr Saufgelage an der selbstgezimmerten Bar veranstalteten. Doch Alexander fühlte sich so gut wie schon lange nicht mehr. Er fühlte sich frei. Miete musste er keine zahlen. Aber er musste aufräumen und saubermachen. Nach mancher durchzechten Nacht war der Boden nass von ausgelaufenem Bier und Erbrochenem. Mit einer Wäscheklammer quetschte sich Alexander die Nase zusammen, um dem Gestank zu entgehen.

Wenige Wochen später wurde Alexander volljährig. Er brach die Schule ab und wurde Soldat. Es war für ihn die einfachste Art, Geld zu verdienen.

Nun war Alexander nicht nur der jüngste Rocker im Motorradclub, sondern auch der jüngste Soldat im Bataillon. Nach der Grundausbildung wurde er im Lager Hammelburg stationiert und war jetzt Panzergrenadier in der vierten Kompanie des Jägerbataillons 353. Er mochte seine Uniform. Die Kampfstiefel waren praktisch, die Tarnuniform bequem. Nur das grüne Barett, das er während der Dienstzeit tragen musste, störte ihn.

Sein Soldatengehalt reichte aus, um den Führerschein, den Sprit für das Motorrad und die Miete für seine erste eigene Wohnung in Hammelburg zu bezahlen.

Er lernte, mit Handfeuerwaffen zu kämpfen. Die körperliche Anstrengung bei den vielen Orientierungsmärschen und im Sport gefiel ihm. Doch er stellte fest, dass ein Soldat vielen Vorgesetzten gehorchen musste. Unter den Vorgesetzten waren auch einige Volltrottel zu finden. Deswegen fiel es ihm schwer, sich unterzuordnen. Strafwachen und Ausgehverbote wurden ihm fast zur Gewohnheit. Er hatte sich als Zeitsoldat verpflichtet und musste zehn Jahre abdienen, doch schon nach wenigen Monaten kam er sich vor wie in einem Straflager. Nahezu täglich hatte er Konflikte mit seinen Vorgesetzten. Sein Kompaniechef prophezeite ihm ein jähes Ende der militärischen Laufbahn. Achselzuckend nahm Alexander die Prophezeiung zur Kenntnis.

Sein Gang war federnd wie der einer Katze. Seine schwarzen glatten Haare waren kurzgeschoren. Er lachte oft. Deswegen zeigten sich – obwohl er noch jung war – bereits tiefe Lachfalten an seinen Augenwinkeln. Sein Gesicht war sonnengebräunt, aus seinen blauen Augen strahlten Vitalität und Zuversicht. Seine Zähne waren auffallend weiß.

Alexander hatte ein Problem. In seiner Seele tobte ein Kampf zweier Persönlichkeiten. Wie der römische Gott Janus hatte auch er zwei Gesichter. Von seiner Mutter hatte er Liebe, Achtsamkeit und Rücksicht erfahren, aber da war auch die Fratze der Wut, des Jähzorns und der kriminellen Energie, ein Vermächtnis seines Vaters.

Wurde Alexander zornig, fand eine drastische Verwandlung statt. Aus dem sympathischen Jungen wurde ein streitbarer Zeitgenosse. Das freundliche Lächeln wich einem eiskalten Blick. Alexander verwandelte sich zu einem erbarmungslosen Kämpfer, dachte nicht an Konsequenzen oder Verletzungen. Der Gedanke an das Samurai-Schwert machte ihn unbesiegbar. So zumindest kam es ihm vor.

Wenn er im Militärknast saß – das passierte oft – schien ihn der Drang nach Bewegung fast zu zerreißen. Er wäre gerne bis zum Umfallen gerannt, aber in der Zelle konnte er nicht einmal vier Schritte geradeaus gehen. Manchmal pumpte er Liegestützen, bis seine Oberarme vor Schmerzen zitterten. Er hechelte und ging wie ein gefangener Wolf unruhig in seiner Zelle auf und ab. Die Energie, die er nicht loswerden konnte, brodelte wie kochendes Wasser in seinem Körper. Zum Glück saß er meist nicht länger als ein oder zwei Tage ein.

Bei seinen Rockerfreunden fand Alexander jedoch genug Gelegenheiten, seine Energie loszuwerden. Immer wieder gab es mit rivalisierenden Rockerclubs Streitereien. Alexander wurde der Frontkämpfer der Hellrider. Die Kämpfe gingen nicht spurlos an ihm vorüber. Messer und abgebrochene Flaschen, die als Waffen genutzt wurden, hatten einige Narben auf seinem Körper hinterlassen. Die Nase war schon öfter gebrochen und sein Nasenrücken deswegen leicht zur Seite verbogen.

Alexander hatte einen ausgeprägten Gerechtigkeitssinn, und er konnte es nicht ausstehen, wenn Schwächere zum Opfer wurden. Es war dieser Sinn für Gerechtigkeit, der ihm die Augen öffnete. Er erkannte, dass sich die Mitglieder der Hellrider änderten. Oder änderte er sich? Oder war es ihm bisher nicht aufgefallen?

Einige der Rocker hatten großes Vergnügen daran, Unterlegene zu verprügeln.

»Reg dich ab. Es herrscht nun mal das Recht des Stärkeren«, sagte Karl, der Präsident des Clubs, mehrmals zu Alexander.

Eines Tages lief Alexander zusammen mit Karl durch Hammelburgs Straßen zur Kneipe. Ein Junge kam ihnen auf dem schmalen Gehweg entgegen. Karl packte den Jungen an der Kehle und drückte ihn an die Hauswand.

»Her mit der Kohle, sonst gibt's Hiebe!«

»Ich … ich hab nicht viel.«

»Her damit!«

Karl riss dem Jungen den Zehnmark-Geldschein aus der Hand und grinste Alexander an. »Zumindest reicht es für ein paar Flaschen Bier.«

»Gib dem Jungen das Geld zurück«, forderte Alexander seinen Clubpräsidenten auf.

»Was?«

»Gib ihm das Geld zurück!«

»Hast du 'nen Knall?«

»Ich sage es jetzt zum letzten Mal: Gib ihm das Geld zurück!«

»Bist du besoffen oder unter Drogen?«, schrie Karl. Sein Gesicht wurde rot vor Zorn. Er war groß wie ein Schrank und hatte breite Schultern. Und er war kampferprobt.

»Nur Feiglinge greifen Schwächere an«, sagte Alexander. Adrenalin flutete seinen Körper. Die Ungerechtigkeit machte ihn wütend.

Karl war viel stärker als er selbst, doch Alexander wusste, dass nicht körperliche Stärke einen Faustkampf entschied.

»Du nennst mich einen Feigling?«, schrie Karl aggressiv.

»Ja!«

Der Faustschlag zielte mitten in Alexanders Gesicht. Hätte Karl getroffen, wäre Alexander wohl sofort zu Boden gegangen. Doch er bewegte sich zur Seite und blockte den Schlag ab. Gleichzeitig kam sein Konterangriff auf Karls Nase. Es knirschte, Blut spritzte.

»Hör auf, sonst schlage ich noch mal auf die gleiche Stelle«, warnte Alexander. Karl stierte ihn mit rotunterlaufenen Augen an. Blitzschnell griff er nach dem Messer, das unter seiner Lederjacke versteckt war. Alexander packte Karls Messerhand und seine freie Faust knallte erneut in Karls Gesicht. Wieder knirschte es. Auch die Oberlippe wurde getroffen und platze auf. Wütendes Geheul war die Antwort. Alexander wusste, wie schmerzvoll es war, zweimal an derselben Stelle getroffen zu werden. Prustend stützte sich Karl mit einer Hand an der Hauswand ab. Das Messer war inzwischen auf den Boden gefallen.

»Du bist kein Hellrider mehr. Zieh die Kutte aus.« Blut spritzte beim Sprechen in Alexanders Gesicht. Wortlos zog er die Weste mit dem Emblem der Hellrider aus und warf sie Karl vor die Füße.

»Das Geld!«, forderte Alexander mit offener Hand.

»Leck mich am Arsch!«

Alexander schlug erneut auf Karls Nase. Der Präsident riss seine Hände schützend vors Gesicht. Alexander drückte Karl an die Wand und zog den Geldschein aus Karls Hosentasche. Er reichte den Schein an den Jungen weiter.

»Danke«, sagte der Junge, dann war er verschwunden.

Alexander warf einen letzten Blick auf Karl, drehte sich um und lief davon. Er war nicht traurig über seinen Rauswurf aus dem Club. Bei den Rockern, die ihm einst ein Stück Freiheit erlaubten, hatte er sich längst nicht mehr wohlgefühlt.

KAPITEL 2

Ostafrika, 1993–1996

Die Bestie »Krieg« stürzte sich auf Mogadischu. Explosionen erschütterten das baufällige Haus. Der ehemals weiße Lehmputz bröckelte von den Wänden, Geschirr zerschepperte auf dem Boden. Verschreckt krallte Chibala die Finger in seine sandfarbene, viel zu große Leinenhose. Da er am Morgen einem Fischer geholfen hatte, die Ladung vom Boot zu schleppen, stank seine Kleidung nach Fisch. Seine Mutter streckte ihm ihre Arme entgegen. »Komm schnell zu mir.« Zitternd umklammerte Chibala seine Mama. Sie strich ihm zärtlich durch sein kurzes gelocktes Haar.

»Hab' keine Angst, mein kleiner schwarzer Vogel.« Seit sie vor Jahren einen Film über eine lustige Krähe gesehen hatte, nannte sie ihn so. Er sei so klug wie die Krähe, hatte sie damals zu ihm gesagt.

Durch die nächste Explosion zersplitterte die Scheibe des Küchenfensters.

Das mickrige Fenster erinnerte Chibala an eine Schießscharte und erlaubte nur wenig Tageslicht in der winzigen Küche. Jetzt, nachdem das Glas fehlte, kam etwas mehr Licht herein. Ein gusseiserner Kohleherd stand an der Wand. Daran schloss sich ein gehobeltes Holzbrett an. Ein blaugelb-gestreiftes Stofftuch mit zahllosen Mottenlöchern war an das Holzbrett genagelt. Es verdeckte den Blick auf die Kohlebriketts. Überall lag Kohlestaub. Auf dem Lehmboden, auf dem Teppich, in den Schränken, auf dem schmalen langen Esstisch. Sogar in den schwachen Lichtstrahlen, die durch das Fenster fielen, schimmerte der Kohlestaub. Chibala war froh, eine tiefschwarze Hautfarbe zu haben. Da sah man zum Glück nicht den schwarzen Staub. Er hätte sich sonst wahrscheinlich jeden Tag waschen müssen.

»Aus dem Weg!«, brüllte Chibalas Stiefvater Najiib wichtig. Er kam aus dem Nebenzimmer angerannt und hielt seine verrostete Kalaschnikow in den Händen. Über seiner Tarnjacke hingen zwei gekreuzte Munitionsgurte. Rücksichtslos schubste er seine Familie zur Seite. Najiibs weißgrau karierter Macawiis, ein somalischer Wickelrock, verfing sich an einem der Nägel, die den Vorhang am Holzbrett fixierten. Wütend trat er gegen den Nagel. Dann schrie er laut auf. Sein großer Zeh blutete. Najiib trug Sandalen. Für Kampfstiefel reichte das Geld nicht. In seinem aufgeschlitzten Rock humpelte er nach draußen.

Chibala mochte seinen Stiefvater nicht. Von ihm bekam er oft Prügel, und wenn seine Mutter dazwischenging, setzte es auch für sie Hiebe. Doch geduldig ertrugen sie die Schläge. Was sonst hätten sie auch tun sollen?

Bald waren nur noch vereinzelte Gewehrschüsse und Schreie zu hören. Der Kampflärm verlagerte sich in ein anderes Stadtviertel, doch Najiib kam nicht zurück.

»Warte hier«, sagte Mama. Sie zog Chibala zu sich und küsste ihn auf die Stirn. »Ich sehe nach Najiib.«

»Mama, ich habe Angst.«

»Ich weiß, mein kleiner schwarzer Vogel. Aber die Feinde sind weg und ich bin bald wieder da. Dann koche ich uns einen leckeren Reisbrei.«

Mama ging auf die Straße, um nach ihrem Mann zu suchen. Auch sie kam nicht mehr zurück. Sie war der wichtigste Mensch in Chibalas Leben. In dieser schlimmen Zeit und an diesem schlimmen Ort spendete sie Trost und Liebe. Ihr durfte nichts passieren.

Zitternd vor Angst und Sorge drückte sich der elfjährige Chibala in die Ecke hinter dem Küchenschrank. Eine Maus huschte an seinen Füßen vorbei. Weil er fürchtete, die Maus würde in sein Hosenbein schlüpfen, hob er schnell die Beine an. Richtige Ledersandalen waren an seine Füße geschnallt. Keine Flip-Flops, wie sie fast jeder trug. Die Sandalen waren ein Geschenk von Mama. Chibala musste husten. Kohlestaub hing mal wieder in seinem Hals. Wie lange sollte er warten? Was sollte er nun tun?

Chibala weinte. Geräuschvoll rotzte er in sein blaues T-Shirt.

Seine Eltern waren Anhänger des Clanführers und Warlords Mohammed Farah Aidid. Der Warlord gab ihnen Hoffnung auf ein besseres Leben, aber vor allem gab er ihnen Essen. Aidid hatte immer wieder Konvois der UN überfallen und die Lebensmittel an seine Anhänger verteilt. Damit machte er sich zum Helden bei seinem Clan und zum Feind der UN. Die Amerikaner unterstützten die UN und sie wollten Aidid fangen, deswegen war es zu diesem Kriegseinsatz gekommen.

Plötzlich hämmerte jemand an die Eingangstür. Kamen jetzt die Amis, um ihn zu holen? Chibala drückte sich noch weiter in die Ecke. Er wollte jetzt die Maus sein und sich in dem kleinen Loch hinter dem Schrank verstecken.

Werden sie mich foltern oder gleich erschießen?

Wo war Mama nur?

Die Haustür wurde heftig aufgestoßen und knallte an die Wand. Sein Freund Habiba stand in der Tür. Erleichtert atmete Chibala durch.

»Ein Auto liegt auf dem Dach«, rief Habiba, nach Luft japsend. »Die Männer kommen nicht raus. Komm schnell! Wir müssen helfen. Wir werden Helden sein.«

Voller Tatendrang stand Chibala auf. Eine Rettungsaktion würde seine Gedanken ablenken, und nebenbei konnte er nach Mama suchen.

Sie rannten dorthin, wo der Kampflärm am lautesten tobte. Ab und zu sahen sie Leichen und verletzte Menschen. Flip-Flop-Sandalen der Opfer lagen auf der Straße.

»Schnell, hierher!«, heftig winkend rief Habiba seinen Freund zu sich. Im letzten Augenblick fanden sie Deckung zwischen den zweigeschossigen Häusern, die eng nebeneinanderstanden. Nicht einmal ein Eselkarren hätte hier durchgepasst. Der Abstand zwischen den Dächern war so klein, dass nur ein schmaler

Streifen den Blick in den blauen Himmel freigab. Plötzlich schwebte ein Black Hawk-Kampfhubschrauber mit ohrenbetäubendem Lärm über ihnen. Der Abwind der Rotoren hüllte sie in eine rötliche Staubwolke ein. Der Helikopter spuckte sein tödliches Blei auf die wenigen Somalier, die es nicht geschafft hatten, rechtzeitig von der Straße zu verschwinden. Hätte Habiba nicht sofort erkannt, dass sie in Deckung gehen mussten, wären sie nun auch unter den Opfern.

Chibalas Hose bebte von den Schockwellen, die durch das wütende Stakkato des schweren Maschinengewehrs verursacht wurden. Er drückte mit beiden Handflächen gegen seine Ohren, doch das Klingeln und Pfeifen kam von innen. Der beißend schwarze Rauch von den brennenden Reifen quälte ihn und erzeugte einen würgenden Hustenreiz. Ein Blick zu Habiba zeigte ihm, dass es seinem Freund nicht besser ging.

Chibala taste sich zur Hausecke und wagte einen Blick auf die Straße. Keine 20 Meter vor ihm war die Kreuzung. Gegenüber der Kreuzung sah Chibala das Auto, das auf dem Dach lag. Inzwischen brannte es. Die Insassen versuchten verzweifelt die Türen aufzudrücken, um den Flammen zu entkommen. Ihre Schreie vermischten sich mit dem Kampflärm.

Endlich drehte der Helikopter ab.

Um schneller zu sein, zog Habiba seine Flip-Flops aus.

»Komm!«, rief er.

»Nicht!«, warnte Chibala. Er wollte seinen Freund noch zurückreißen. Doch es war zu spät. Habiba rannte an Chibala vorbei über die staubige Straße zum brennenden Auto. Dabei sprang er über tote und zuckende Leiber.

Die Salven aus dem zurückschwebenden Helikopter rissen kleine Staubfahnen hoch, der Kugelhagel bewegte sich rasant auf Habiba zu. Sein magerer Körper wurde auf der Stelle zerfetzt.

Chibala Ibrahim Abdourahmun erstarrte, als er sah, wie die Bestie seinen Freund in die Hölle schickte.

Der Helikopter war kurz darauf verschwunden. Die Schreie

der Sterbenden drangen wie durch eine Nebelwand zu Chibala durch. Habiba lag regungslos im Dreck. Blut spritze pulsierend aus seinem Oberschenkel, sein halber Kopf war weggeschossen worden. Die Schreie aus dem Auto verstummten. Der Gestank von verbranntem Fleisch zog in Chibalas Nase. Er fiel auf die Knie und kotzte. Irgendwann war sein Magen leer.

Mama! Er brauchte sie jetzt so sehr!

Weinend rannte Chibala los. Nach Hause. Sie war bestimmt schon da.

Jetzt lagen viel mehr Tote auf der Straße und viel mehr Flip-Flops. Chibala sah abgetrennte Körperteile. Gedärm, Fleisch- und Organfetzen lagen im blutgetränkten Staub. Manche der Verletzten schrien laut um Hilfe, andere wimmerten leise vor sich hin. Einige flehten ihn an, wollten, dass er einen Arzt holte. Wo sollte er in diesem Chaos einen Arzt herkriegen? Außerdem musste er nach Mama suchen. Verschreckt rannte er weiter. Einige Somalier liefen durch die Straßen. Sie halfen zum Glück den Verwundeten.

Wenn Chibala Frauen sah, hielt er an. Welche Kleidung hatte Mama getragen? Er konnte sich in der Aufregung nicht mehr erinnern. So war er gezwungen, in viele Frauengesichter zu schauen. Auch in die Gesichter der Frauen, die auf dem Boden lagen. Viele der Toten waren fürchterlich entstellt. Die größte Angst hatte er jedoch vor den Verletzten. Sobald er zu nahe kam, griffen manche von ihnen in ihrer Verzweiflung nach ihm. Einige hatten schlimme Wunden. Konnte man mit solchen Verletzungen überhaupt noch leben? Als er um die nächste Hausecke eilte, sah er etwa ein Dutzend aufgebrachter Menschen vor sich. Auch Frauen waren darunter, Mama aber nicht. In ihrer Mitte kroch ein Ami wie ein Wurm über den Boden. Die Somalier traten nach ihm. Am liebsten hätte Chibala auch getreten. Doch er traute sich nicht. Sie bespuckten den Feind, warfen Steine auf ihn. Der Ami stöhnte und brach immer wieder zusammen. Der feindliche Soldat war jung. Er hatte strohblonde Haare und lustige Sommersprossen. Plötzlich schaute er mit flehendem Blick direkt in Chibalas Augen. »Rette mich!«, schien der Blick zu sagen.

Beschämt drehte sich Chibala weg. Eigentlich sollte er dem Jungen helfen, zumindest Mitleid haben. Doch er war der Feind, der Mogadischu angriff. Verdiente er nicht einen grauenvollen Tod? Chibala zwang sich dazu, kein Mitleid zu haben.

Die Menschen johlten vor Vergnügen. Plötzlich blitzten Macheten auf. Die Somalier hackten damit auf den Körper des Amis ein. Er schrie verzweifelt um Hilfe. Chibala konnte sich vor Schreck nicht bewegen. Auch nicht wegschauen. Ein Somalier schlug mit einer Brechstange auf den Rücken des Feindes. Es knirschte. Dann bewegte sich der Soldat nicht mehr. Sie plünderten seine Taschen, zogen seine Kleider und Kampfstiefel aus. Mit den Macheten schlugen sie den Kopf ab. Wie eine Trophäe hielten sie ihn an den blonden Haaren hoch. Ein Seil wurde um das Fußgelenk des Amis gewickelt. Sie zogen ihn durch die Straße und feierten den Triumph. Noch nie hatte Chibala gesehen, wie ein Mensch erschlagen wurde. Es war entsetzlich. Stark wollte er sein, schließlich war er fast schon ein Mann. Er wollte sich freuen über den erschlagenen Feind. Doch es gelang ihm nicht. Hemmungslos begann er wieder zu heulen.

Mama! Wo bist du?

Wie im Trance lief Chibala weiter. Mama machte sich bestimmt Sorgen um ihren kleinen schwarzen Vogel. Als er endlich zuhause ankam, war es schon dunkel.

»Mama!«, rief Chibala durch das Haus. »Mama! Ich bin zurück.«

Keine Antwort. Er rannte durch die Zimmer, schaute überall nach. Im gemeinsamen Schlafzimmer, auf der Toilette, hinter dem Duschvorhang, im Vorratsraum. Nichts. Es war still im Haus. Auch sein Stiefvater war nicht da. Aber das interessierte Chibala nicht.

Ist Mama verletzt? Braucht sie meine Hilfe? Ich will nicht mehr nach draußen. Was muss ich tun?

Chibala zwang sich dazu, wieder auf die Straße zu gehen. Der

Albtraum ging weiter. Manchmal hörte er Schüsse. Wurde auch nachts gekämpft? Versteckten sich die Amis hinter der nächsten Mauer und warteten darauf, ihn zu erschießen? Erst vor wenigen Tagen war Neumond. Deswegen war es eine dunkle Nacht. Wo war Mama? Er stolperte über zahllose Leichen. Immer wieder rief er nach ihr. Er war nicht der einzige, der auf der Suche war. Auch andere Menschen riefen Namen. Immer weniger Schreie waren von den Verletzten zu hören. Ihr Stöhnen wurde leiser.

Chibalas Füße waren nass vom Blut der Schlachtopfer. Es war glitschig und er musste aufpassen, dass er nicht ausrutschte. Wegen der Dunkelheit musste er ganz dicht ran an die Toten und Verwundeten. Er musste sie anfassen, umdrehen, ihre Köpfe halten, damit er in ihre Gesichter sehen konnte. Ganz nah! Er fühlte die offenen Wunden, die weggeschossenen Körperteile. Seine Hände trieften vom Blut. Die Köpfe der Toten rutschten aus seinen schlüpfrigen Händen. Er war müde, hungrig und vor allem durstig. Sein Rücken schmerzte vom vielen Bücken.

Als die Sonne aufging, fand er Mama. Sie lag in einer kleinen Gruppe anderer Somalier auf der Straße. Verkrustetes Blut bedeckte ihr Gesicht. Mücken umschwirrten ihren Körper. Ihre linke Schulter fehlte. Der Arm lag wenige Meter entfernt.

Chibala konnte nicht mehr weinen. Er konnte auch nicht mehr sprechen. Was hätte er auch sagen sollen? Apathisch setze er sich neben sie, zog ihren Kopf auf seinen Schoß und strich über ihre Haare. Er wollte in seine Finger spucken. Es ging nicht. Kein Speichel. Mit der Hand versuchte er, das Blut aus ihrem Gesicht zu rubbeln. Doch er rieb das glitschige Blut an seinen Händen in ihr Gesicht. Er zog sein blaues T-Shirt, das nun rot war, nach vorne, zog ihren Kopf darunter und drückte ihn ganz fest an seinen Bauch. Nun war sie zumindest vor den Fliegen sicher. Sein Oberkörper wippte vor und zurück. Ein leises, abgehacktes Summen kam über seine Lippen. Ab und zu winselte er wie ein kleines Hündchen. Innerhalb weniger Stunden hatte Chibala alles verloren, was er liebte. Er war umzingelt von

Zerstörung, Tod und Verderben. Und Mama hatte ihren kleinen schwarzen Vogel verlassen!

Chibala konnte sich nicht erinnern, wie lange er so dagesessen hatte. Irgendwann packte ihn jemand am Arm. »Wo wohnst du, Junge, wir bringen dich nach Hause.«

»Mama! Ich will bei Mama bleiben!«, rief Chibala entsetzt, als sie ihn wegzerrten. Dann war er zuhause. Wer ihn dahingebracht hatte, wusste er nicht mehr. Chibala verkroch sich hinter dem Küchenschrank. Es wurde Nacht, es wurde Tag. Plötzlich stand seine Tante vor ihm. Die letzte lebende Verwandte. Sie sprach zu ihm, er hörte sie nicht. Schimpfte sie? Chibala musste seine Kleider ausziehen, er wurde gewaschen und bekam Hirsebrei vorgesetzt. Warum war er nicht hungrig? Es dauerte einige Tage, bis er wieder sprechen konnte.

Ihre Wohnung war in der Schlacht zerstört worden, sagte seine Tante. Und nun zog sie in sein Haus ein.

Vor einem Jahr waren die Amerikaner nach Mogadischu gekommen, um dem somalischen Bürgerkrieg ein Ende zu bereiten. Sie versagten kläglich. Was Chibala erlebte hatte, nannten die Eindringlinge »Operation gotische Schlange«. Mit Hubschraubern und Jeeps hatten die Amerikaner angegriffen. Aber die Somalis hatten sich gewehrt. Es kam zum Gemetzel. In der Schlacht waren weit über tausend Menschen gestorben, fast ausschließlich Somalier.

Der Kampf mit den Waffen war zu Ende. Nun begann der Kampf um das tägliche Überleben.

»Aufstehen, Chib! Es wird Zeit, wieder auf die Müllhalde zu gehen.« Seine Tante nannte ihn »Chib«, als wäre sie zu faul, den ganzen Namen auszusprechen.

»Aber es ist noch dunkel draußen. Kann ich eine halbe Stunde länger schlafen?« Chibala hatte Angst, im Dunklen auf die Straße zu gehen. Vielleicht lagen da ja noch immer Leichen. Vielleicht war da noch irgendwo ein Ami, der auf ihn wartete.

»Chib! Verdammt. Wie oft soll ich es dir noch sagen? Nur wer früh genug kommt, wird was Essbares finden.«

»Ist gut, Tante. Ich komme in fünf Minuten.«

»Raus mit dir, du fauler Sack. Glaube bloß nicht, ich füttere dich ohne Gegenleistung durch.«

»Aber du wohnst doch bei mir. Ist das keine Gegenleistung?«

»Das Haus gehört jetzt mir. Du solltest dankbar sein, dass ich dich hier wohnen lasse.«

Nachdem die gotische Schlange durch die Stadt gekrochen war, gab es kein fließendes Wasser mehr und die Essensrationen der UN reichten nicht annähernd aus. Der Warlord Aidid war weg und mit ihm die Lebensmittel. Mogadischu war nun endgültig eine Stadt ohne Hoffnung.

Chibala konnte seine Tante nicht ausstehen. Warum nur wurden die falschen Menschen umgebracht?

Eines Tages hörte er von einem Flüchtlingslager in Kenia. Er hörte von Dadaab.

»Es ist das Paradies«, sagte eines der anderen Kinder von der Müllhalde, »Essen und Trinken im Überfluss. Es gibt sogar ein Hospital. Und stell dir vor, jeden Tag kann man dort Fußball spielen. Man hat Zeit, man muss ja nicht nach Nahrung suchen.«

Mit einem Stock ritzte er das Zauberwort in den verkrusteten Sand.

DADAAB

Wie schön der Name klang.

Wenige Tage später hatte er mal wieder schrecklichen Durst. In einer Seitenstraße fand er einen aufgeschnittenen Plastikkanister, halbvoll mit stinkendem Wasser. Er trank die abgestandene Drecksbrühe. Sie schmeckte nach Pisse. Die Folgen ließen nicht lange auf sich warten. Sein Magen zog sich schmerzlich zusammen und er bekam Durchfall. Seine Tante schlug die Hände über dem Kopf zusammen.

»Chib, du stinkendes Dreckschwein! Wie soll ich nur mit dem Waschen nachkommen?«

Von den anderen Kindern hatte Chibala erfahren, dass ein neuer Flüchtlingszug bereit war, sich auf den Weg zu machen. Am nächsten Morgen schloss sich Chibala, noch immer von Magenkrämpfen gekrümmt, den Flüchtlingen an. Es ging nach Süden, nach Dadaab. Vor ihnen lagen drei Wochen Fußmarsch. Der flüssige Durchfall rann schleimig über die Innenseiten seiner Beine und schwemmte die letzte Kraft aus seinem ausgemergelten Körper. Die inzwischen zerrissene Hose konnte den Gestank nicht zurückhalten. Jeder wich ihm aus. Es sah so aus, als ob ein unsichtbares Schutzschild die anderen von ihm fernhielt. Er musste am Ende der Flüchtlingsgruppe laufen und den Staub fressen, den hundert Füße aufwirbelten. Ein paar der Somalier hatten Erbarmen und schmissen ihm zuweilen Essensreste zu. Vergammelte Bananen etwa oder schimmeligen Reis, übersät mit Fliegen. Und manchmal, viel zu selten, gab ihm jemand Wasser. Es reichte eigentlich nicht zum Leben, aber irgendwie ging es weiter.

Er konnte nicht mehr schlucken. Sein Mund war zu trocken. Der eingetrocknete Durchfallschleim rieb die Haut auf und seine Pobacken waren aufgescheuert. Der reibende Schmerz trieb ihm die Tränen in die Augen. Ein Somalier schmiss ihm Klebeband zu. »Nimm das, damit du nicht wie ein Pavian aussiehst.«

»Was mache ich damit?«

»Kleb dir damit die Arschbacken auseinander, dann reibt es nicht mehr.«

Das Leder der Sandalen riss nach wenigen Tagen. Nun musste er barfuß laufen. Einen Tag später waren seine Fußsohlen zerstochen und aufgescheuert. Das rohe Fleisch zeigte sich an den Fußballen. Doch Chibala durfte nicht stehen bleiben. Sie hätten sich nicht um ihn gekümmert. Ihm wäre es so ergangen wie dem Mädchen, das am Tag vorher zurückgeblieben war.

600 Kilometer durch Wüste und Staub. Dadaab, das Paradies, wartete auf ihn. Es war die Hoffnung, die ihn am Leben hielt,

und sein Hass auf die Weißen. Hoffnung und Hass! Diese starken Gefährten retteten ihm das Leben.

Weiße Kuppen tauchten am Horizont auf. Sie hatten es geschafft. Kurze Zeit später konnten sie die großen blauen Buchstaben auf den Zelten lesen. UNHCR, United Nations High Commissioner for Refugees, das Flüchtlingshilfswerk der Vereinten Nationen. Freundlich lächelnde Krankenschwestern brachten ihn in ein Hospital. Er wurde gepflegt, gefüttert, bekam Medikamente und es gab so viel Wasser, dass es sogar zum Waschen reichte. Chibala schleppte sich vor den Spiegel, der im Krankenzimmer stand. Er erschrak. Zuhause hatte er anders ausgesehen. Jetzt sah er einen spindeldürren Jungen. Jeder einzelne Rippenbogen war zu sehen. Da, wo der Bauch sein sollte, war eine große Vertiefung. Die Arme waren dünn wie der Stock, mit dem er vor Wochen das Wort »DADAAB« in den Staub geritzt hatte. Faltig und schlaff hing die schwarze Haut an ihm. Die Hauthülle war viel zu groß für den Körper, den sie umgab.

Im Laufe der Wochen erholte er sich wieder. Er bekam genug zu essen. »Sonderration«, sagten sie lächelnd zu ihm. Die Hauthülle wurde wieder gefüllt. Doch dann bekam er die gleiche Essensration wie alle anderen auch. Für eine Person gab es drei Kilo Mais, drei Kilo Maismehl und einen Becher Öl. Und das bisschen für einen halben Monat!

Wie soll ich davon satt werden? Ich dachte, ich bin hier im Paradies?

Chibala erkannte, dass Hunger und Tod genauso zu Dadaab gehörten wie Staub und Hitze. Auch Vergewaltigung, Raub, Mord und Entführungen waren keine Seltenheit. Zumindest aber stimmte es, dass die Kinder Fußball spielen konnten. Chibala spielte jeden Tag. Das waren seine einzigen glücklichen Momente.

Der Platz im Hospital wurde für Neuankömmlinge gebraucht. Die Familie von Mustafa Ali Kulow, die nun auch seine Familie war, bekam 40 Dollar im Monat dafür, dass sie ihn aufnahmen.

Damit ging es der Familie besser als anderen. Das Essen reichte für alle, auch für Chibala.

Obwohl er auf dem Bolzplatz einer der Jüngsten und Schwächsten war, konnte er sich im Gerangel um den halb kaputten Lederball behaupten. Eines Tages grätschte er in die Beine seines Gegenspielers und schleuderte ihn in den Staub. Dummerweise war dieser Junge drei Jahre älter und viel stärker. Und er war der Platzhirsch. Abdi Moge Hajir sprang sofort wieder auf.

»Du kleine dürre Ratte wagst es, mich zu foulen?«, zischte er Chibala an. Er warf Chibala auf den Boden und trat mit den Füßen in sein Gesicht. »Wehr dich, du Ratte!«, brüllte Abdi.

Chibala krümmte sich zusammen. Schützend drückte er die Hände vor sein Gesicht. Er musste an den Amerikaner denken, den die Somalier in Mogadischu zu Tode geschlagen hatten.

Die anderen Kinder schauten betroffen zu. Keiner wagte es, Abdi zurückzuhalten. Nur ein kleiner Junge, genauso mickrig wie Chibala, griff ein.

»Hey, lass ihn in Ruhe!«, schrie er Abdi an.

Abdi wirbelte herum.

»Sieh mal an, noch so eine dürre Ratte.«

Der Platzhirsch ging auf den helfenden Jungen los und rang ihn nieder.

Chibala fühlte Mitleid mit dem Jungen, und er fühlte sich plötzlich stark.

»Hey Arschloch, lass ihn los!«, schrie Chibala. Er spuckte Blut auf den Boden und stürzte sich in blinder Wut auf Abdi. Der andere Junge raffte sich auf, und gemeinsam schlugen sie auf Abdi ein. Nach einer Minute waren alle drei völlig außer Atem. Keuchend, die Hände auf seine Knie gestützt, schrie der Platzhirsch die Zwerge an.

»Haut ab! Ich will euch hier nicht mehr sehen!«

Chibala und sein Helfer rannten davon. Obwohl Chibalas Körper schmerzte, fühlte er sich großartig.

Unter einen überhängenden Busch legten sie sich in den Schatten.

»Wie heißt ... wie heißt du?«, fragte Chibala noch immer keuchend.

»Baakir Cosoble ... Garaad.« Lächelnd streckte ihm der Junge die Hand entgegen.

»Chibala Ibrahim Abdourahmun. Danke, Baakir.«

Baakir wurde Chibalas neuer Freund. Sein einzige Freund, seit Habiba tot war. Gemeinsam waren sie stark und unbesiegbar.

Das Lager, ursprünglich für 90 000 Flüchtlinge gebaut, musste nun für über 300 000 Menschen Schutz bieten. Und täglich kamen Neuankömmlinge dazu. Der Bürgerkrieg in Somalia spuckte einen nicht endenden Strom von Flüchtlingen nach Dadaab.

Chibala musste auch arbeiten. Er war dafür verantwortlich, das lebenswichtige Trinkwasser für seine Pflegefamilie heranzuschaffen. Mit leerem Kanister ging er zwei Kilometer hin zur Pumpstation, stand Schlange und kehrte mit vollem Kanister zurück. Es war ein mühseliger Job, aber Chibala war stolz darauf, seiner neuen Familie helfen zu können.

Dann kam der Tag, der Chibalas Leben einmal mehr von Grund auf änderte. Es kam der Tag, an dem Chibala das Schrecklichste erlebte, was er bisher in seinem Leben erfahren hatte.

KAPITEL 3

Deutschland, 1993

Oberfeldwebel Alexander Hartmann kam vom Schießstand zurück in seine Stube und schlug die Tür hinter sich zu. Er war inzwischen seit sieben Jahren Soldat. Irgendwann hatte er gelernt, seine aufbrausenden Gefühle zu bändigen und sich anzupassen. Seine Aufgabe als Ausbilder der Einzelkämpfer gefiel ihm sogar.

Er zog seine Tarnjacke aus und schmiss sie auf das Bett. Im olivgrünen Unterhemd setzte er sich an den Tisch, um die Pistole zu reinigen.

Die wenigen trostlosen Möbel waren blau. Blauer Tisch, zwei blaue Stühle, blauer Schrank. Nur die Wolldecke auf dem Bett war grau. Der Geruch von Waffenöl lag in der Luft. Er nahm die Pistole in die Hand und wollte sie für die Reinigung zerlegen, als es energisch klopfte. Ohne eine Antwort abzuwarten, schob sich das Rattengesicht von Peter Keller herein.

»Hi, Alex, stör ich?«

»Was willst du?«

Alexander mochte ›Rattengesicht‹ nicht. Die zu langen Schneidezähne, das spitze Gesicht und das hinterhältige Lächeln passten zu Peters miesem Charakter.

»Ich will dir ein Geschenk machen.«

»Blödsinn! Du würdest niemanden etwas schenken.« Alexander zielte mit der Pistole auf Peters Stirn. »Sprich deine letzten Worte.«

»Mach nicht so ’nen Mist und hör mir zu!« Peter schob die Waffe unbeeindruckt zur Seite.

So wie Alexander war auch Peter Keller Ausbilder in der Einzelkämpfer-Inspektion der Infanterieschule im Lager Hammelburg. Er hatte aber auch noch einen Nebenjob, der ihm nach seinen eigenen Angaben weit mehr einbrachte als das Gehalt bei der Bundeswehr.

»Also, was willst du?« Alexander legte die Pistole auf den Tisch und verschränkte seine Arme vor der Brust.

Peter grinste verschlagen. »Ich hab etwas Interessantes für dich.«

»Was du nicht sagst.«

»Ich mach dir ein Angebot, das du mit Freude annehmen wirst.«

»Komm auf den Punkt.«

»Du weißt doch, wie ich mein Geld verdiene?«

»Allerdings.«

»Ich brauche Verstärkung.«

»Und du fragst mich, ob ich dir helfe?« Verwundert zog Alexander seine Augenbrauen hoch.

»Ich frage dich, ob du an einem anständigen Nebenverdienst interessiert bist.«

»Anständig?«

»Verdammt anständig! Nicht so ein Taschengeld wie beim Bund.«

»Hast du keine geeigneten Kumpels?«

»Kumpels: ja. Geeignet: nein. Ich brauche eine schlagkräftige Verstärkung.«

»Ach so. Jetzt verstehe ich. Ich muss dich enttäuschen. Deine Art, Geld zu verdienen, ist nichts für mich.«

»Warum nicht?«

»Mit Drogen dealen ist nicht mein Ding.«

»Es ist aber die einfachste Art, richtig viel Kohle zu verdienen.«

»Dann kannst du es ja selbst machen.«

»Mein Geschäft expandiert. Der Laden wächst mir über den Kopf und ich brauche Hilfe.«

»Dann frag deine Kumpels.«

»Die können nicht so zuschlagen wie du.«

»Für einen Schläger bin ich mir zu schade.«

»Ach Quatsch!« Peter winkte ab. »Du siehst das falsch. Die Zahlungsmoral der Junkies ist scheiße. Deine schlagkräftigen Argumente würden sie schnell verstehen, und dann müsstest du nur noch deine Hand aufhalten.«

»Ich soll also nicht nur dein Schläger, sondern auch dein Geldeintreiber sein?«

»Du wärst ein Geschäftsmann, der seine Gewinne einstreicht.«

Alexander schüttelte den Kopf. »Wie ich schon sagte, ich bin für deine Zwecke nicht geeignet.«

»Komm schon, Alex, ich weiß doch, dass du Kohle brauchst. Hier, schau mal.« Mit linkischem Lächeln zeigte Peter seine goldene Rolex. »So was kannst du dir dann auch leisten.«

Alexander stemmte seine Hände in die Hüften.

»Bist du schwer von Begriff? Ich habe nein gesagt!«

»Du brauchst Kohle, Alex, du brauchst Kohle!«

»Verdammt noch mal! Muss ich dir erst die Zähne einschlagen, bis du mich verstehst?«

»Ist ja schon gut!« Abwehrend hob Peter seine Hände. »Wenn du deine Meinung in den nächsten Tagen änderst, weißt du, wo du mich findest.«

Als Peter verschwunden war, steckte Alexander nachdenklich seine Pistole zurück in den Holster. Er hatte keine Lust mehr, sie zu reinigen. Alexander ging nicht mehr regelmäßig zum Karatetraining, doch seine antrainierten Fähigkeiten waren noch immer abrufbereit. Seine Kampfsporterfahrung machte ihn bei der Ausbildung der Einzelkämpfer zum gefragten Nahkampf-Spezialisten. Und anscheinend nicht nur da.

Schnell und einfach viel Geld verdienen? Die Vorstellung klang verlockend.

Vor einigen Monaten hatte Alexander das Spielkasino in Bad Kissingen besucht und am Roulettetisch zweihundert Mark gewonnen. In der folgenden Woche ging er wieder ins Kasino, und wieder ging er mit einem satten Gewinn nach Hause. Die Gewinne wirkten berauschend. Die Besuche wiederholten sich, die Glückssträhne wollte nicht abreißen. Doch dann wendete sich das Blatt und das gewonnene Geld war schnell verloren. Als hoffnungsloser Optimist gab er jedoch nicht auf. Sein nicht allzu üppiges Gehalt wurde durch die Kasinobesuche allerdings schnell aufgezehrt. *Kein Problem*, dachte Alexander. *Die Gewinne werden bald wieder kommen. Ich muss nur Geduld haben.*

Drei Tage nach dem Gespräch mit Rattengesicht besuchte Alexander erneut die Spielbank. Seine momentane Geldknappheit würde er auch ohne Peters Hilfe in den Griff bekommen. Doch es lief wieder einmal schlecht und Alexander verlor 500 Mark. Ein Fünftel seines Monatslohns! Verärgert fuhr er nach Hause. Es war noch nicht mal Monatsmitte und das Konto war bereits leergeräumt. Wovon sollte er in den nächsten zwei Wochen leben? Wie sollte er den Sprit für sein Auto zahlen? Er dachte an die Worte von Rattengesicht.

Am nächsten Tag, gleich nach dem Morgenappell, besuchte er Peter in dessen Stube.

»Kann ich dich sprechen?«

»Komm rein.«

»Ich habe festgestellt, dass ich doch der richtige Mann für dich bin.«

Rattengesicht grinste hinterlistig.

Von nun an fuhr der Drogendealer Alexander Hartmann an mehreren Abenden in der Woche nach Würzburg. Die Arbeit war tatsächlich einfach, aber sie widerte ihn an. Er musste die kleinen Päckchen an Zwischenhändler weiterverkaufen, die den Ameisenhandel mit den Endkunden führten. Diese Zwischenhändler waren meist selbst drogenabhängig.

Es war Mittwochabend und Mike, ein blasser Kleindealer mit immer tropfender Nase, wollte 200 Gramm Heroin von Alexander kaufen. Sie hatten schon zweimal vorher Geschäfte gemacht. Der Zwischenhändler, der unter notorischem Geldmangel litt, war einer von Peter Kellers Stammkunden.

»Haste den Stoff dabei?«, fragte Mike gierig und schniefte dabei den Rotz hoch.

»Natürlich.«

»Lass sehn! Ich will 'ne Probe nehmen.«

Mike nahm das Päckchen und untersuchte den Stoff. Plötzlich rannte er mit dem Päckchen davon. Alexander nahm die Verfolgung auf. Schnell hatte er Mike eingeholt. Er trat den Kleindealer in vollem Lauf von hinten in die Beine und Mike knallte der Länge nach hin. Alexander beugte sich zu ihm und hielt die Hand auf.

»Das Päckchen!«

»Alex, du verstehst nicht. Ich brauch das Zeug. Ich bezahle dich nächste Woche. Versprochen!«

»Das Päckchen!«, schrie Alexander. Er ballte seine Faust, um Mike zu schlagen.

Plötzlich spürte Alexander, dass sein Jähzorn drohte, die Kontrolle zu übernehmen. Im letzten Augenblick konnte er sich zurückhalten. Tränen standen in Mikes Augen. Er zitterte am ganzen Leib, während er die Ware zurückgab. Alexander fühlte Mitleid.

Was ist aus mir geworden? Muss ich jetzt schon Schwächere verprügeln?

Er ließ den Kleindealer laufen und fuhr nach Hause.

Auch wenn ich dringend Geld brauche, ich muss aufhören mit dem Mist.

Zuhause nahm Alexander das Telefon in die Hand, um Peter anzurufen. Doch dann änderte er seine Meinung und legte das Telefon wieder weg.

Nein! Das ist eine Sache, die ich Peter ins Gesicht sagen muss. Gleich morgen früh nach der Befehlsausgabe werde ich ihm meine Entscheidung mitteilen.

Am nächsten Tag hatte Peter Keller sich jedoch für den Rest der Woche krankgemeldet. Alexander musste also bis Montag warten.

Am Freitagnachmittag hatte Alexander früher Dienstschluss

und war zuhause in seinem Appartement, als es an der Tür klingelte. Er öffnete und ein Mann Mitte fünfzig, mit hoher Stirn und glatt nach hinten gekämmten Haaren stand vor ihm.

»Alexander Hartmann?«

»Wer will das wissen?«

Der Besucher zog seine Dienstmarke und hielt sie Alexander vor die Nase. »Hauptkommissar Rausch vom Drogendezernat Würzburg. Ich möchte mich gerne mit Ihnen unterhalten. Darf ich reinkommen?«

Alexander schaute sich die Dienstmarke genau an.

»Herr Rausch. Ein passender Name für einen Beamten vom Drogendezernat. Kommen Sie rein.«

Alexander führte ihn ins Wohnzimmer. Sie setzten sich auf das Ecksofa schräg gegenüber.

»Herr Hartmann«, der Hauptkommissar lehnte sich entspannt zurück, »ein Spatz hat es mir gezwitschert. Sie sind im Drogenmilieu aktiv. Ihnen ist bestimmt klar, dass Sie damit nicht nur Strafverfolgung, sondern auch Ihre Karriere bei der Bundeswehr riskieren.«

Alexander war überrascht, wie schnell die Kripo auf ihn aufmerksam geworden war. Peter tummelte sich schon seit Langem in diesem Milieu und war bisher ungeschoren davongekommen.

»Herr Rausch, der Spatz hat vielleicht gute Augen, aber er kann nicht in die Zukunft sehen. Dieses Geschäft ist nichts für mich. Ihr Spatz wird mich vermissen.«

»Sie wollen aussteigen? Warum denn so plötzlich?«

»Ich habe andere Pläne.«

Der Hauptkommissar schaute Alexander lange an, stand auf, schlenderte zum Fenster und schaute gedankenverloren hinaus. Dann drehte er sich zu Alexander zurück.

»Ich mache Ihnen einen Vorschlag.«

»Ich bin gespannt.«

»Arbeiten Sie weiter im Drogenmilieu, nur mit dem Unterschied, dass Sie ab jetzt Informationen an uns weiterleiten.«

»Sie wollen, dass ich spioniere?«

»Ich will, dass Sie als verdeckter Ermittler für uns arbeiten.«
»Warum sollte ich das tun?«
»Weil wir dann von einer Strafverfolgung absehen würden.«
»Sie bieten mir so etwas wie eine Amnestie an?«
Der Hauptkommissar lächelte geheimnisvoll und nickte kaum merklich.
»Wie viel würde ich als verdeckter Ermittler verdienen?«
»Nicht so viel wie als Dealer. Aber es ist anständiges Geld.«
»Ich denke darüber nach.«
Der Hauptkommissar legte seine Visitenkarte auf den Tisch und verabschiedete sich.
Am Montagmittag rief Alexander bei Herrn Rausch an.
»Guten Tag, Herr Hauptkommissar. Ich bin dabei.«

KAPITEL 4

Kenia, 1996

Keuchend schleppte Chibala den 20-Liter-Kanister mit dem Trinkwasser die zwei Kilometer quer durch das Lager zurück zum Zelt seiner Ersatzfamilie. Er hatte am Morgen zu lange geschlafen und nun musste er seine Arbeit in der Mittagshitze erledigen. Die Sonnenstrahlen brannten auf das Land, die braunrote Erde schien zu glühen. Die wenigen verdorrten Büsche spendeten kaum Schatten, die meisten Menschen verkrochen sich schutzsuchend in Zelten und Baracken. Schweiß durchnässte sein aufgeknöpftes, löchriges Hemd. Dann, auf halbem Wege, passierte es: Chibala sah ihn nicht kommen.

»Gib das Wasser her!«, zischte der dürre Somalier in aggressivem Ton und griff dabei energisch nach dem Kanister.

Der will doch nicht ... Nein! Das darf er nicht.

Chibala hatte Angst, er fühlte aber auch Zorn. Auf keinen Fall wollte er mit leeren Händen zurückkommen. Die Familie brauchte das Wasser.

Er schaute sich nach Hilfe um. Von den wenigen armseligen Gestalten, die hier herumlungerten, war keine Unterstützung zu erwarten. Niemand wollte Scherereien. Schon gar nicht, wenn man selbst keine Vorteile daraus ziehen konnte. Wenn doch nur Baakir hier wäre.

Der Dieb zerrte heftig am Kanister und versetzte Chibala dabei gleichzeitig Tritte in die Beine.

»Lass den Kanister los, du Zwerg, oder ich brech' dir die Knochen.«

Sie stürzten im Gerangel zu Boden. Mit beiden Fäusten hämmerte der dürre Somalier auf Chibala ein. Blut spritzte aus seiner Nase, die Lippe platzte auf. Um den schmerzenden Schlägen zu entgehen, schlang Chibala seine Arme um den Nacken des Gegners. Gleichzeitig klammerte er seine Beine um dessen Hüften. Er hing nun wie eine Klette an ihm. Sie keuchten beide vor Anstrengung. Chibala roch den Schweiß des Angreifers. Plötzlich war der dürre Hals direkt vor seinem Gesicht. Es knirschte, als Chibala seine Schneidezähne kräftig in den Hals schlug. Wie ein tollwütiges Tier verbiss er sich in das knorpelige Fleisch über dem Kehlkopf. In diesen Biss legte Chibala all die Verbitterung und die Wut, die er fühlte. Gleichzeitig presste er mit aller Gewalt seine Arme um den Nacken des Diebs. Chibala atmete heftig durch die Nase. Die Knorpel knackten, es fühlte sich an, als ob er in Nüsse biss, die von elastischem Leder umgeben waren.

Sein Gegner versuchte verzweifelt, sich aus dem Klammergriff zu lösen. Doch da Chibala sich mit aller Kraft eng an ihn presste, konnte der Dieb nirgends ansetzen, um Chibala von sich zu stoßen.

Chibala schmeckte das klebrige Blut. Wenige Augenblicke später wurde heiße und feuchte Luft durch den Hals des röchelnden Gegners in seinen Mund geblasen.

Der Körper des Angreifers zuckte in spastischen Bewegungen. Hände und Beine strampelten unkoordiniert, gurgelnde und pfeifende Laute drangen aus dem Hals. Dann war er ruhig, der Körper. Erst jetzt löste Chibala seine tödliche Umklammerung. Er drückte den leblosen Somalier zur Seite, stand auf und stierte fassungslos in die starren Augen des Toten.

Blutbesudelt schleppte Chibala den Kanister nach Hause. Nishu, seine Ersatzmutter, schlug entsetzt ihre Hände vor den Mund, als sie ihn kommen sah.

»Oh Gott, Chibala, was ist mit dir passiert?«

Chibala hyperventilierte und er brauchte lange, bis er endlich seine Geschichte erzählen konnte.

Am Abend sprach Nishu leise mit ihrem Mann Mustafa.

»Ich habe Angst um unsere Kinder. Chibala muss weg von hier.«

»Aber er hat doch in Notwehr gehandelt.«

»Das rechtfertigt nicht, dass er wie ein Tier dem Angreifer die Kehle durchgebissen hat.«

Mustafa nickte. »Ich gehe morgen zur Lagerleitung und sage ihnen, dass er nicht bei uns bleiben kann.«

Chibala hatte sich schlafend gestellt und die Unterhaltung mitgehört. Hatte er nicht alles getan, um sich gut in Mustafas Familie einzufügen? Hatte er sich nicht immer um die beiden kleinen Kinder gekümmert? Hatte er nicht für die Familie das Wasser in einem tödlichen Kampf verteidigt? Und als Dank wurde er nun verstoßen. Zitternd vor Wut schlief er ein.

Zu dieser Zeit waren auch die Werber von Warlord Aidid – den gab es immer noch – im Lager. Sie rekrutierten Soldaten für ihren Clan. Sie hörten von Chibalas Tat. So einen Burschen konnten sie gebrauchen.

»Willst du aus diesem Drecksloch entkommen?«, wurde er gefragt.

»Ja.«

»Willst du ein gutes Leben haben?«

»Ja.«

»Dann schließe dich uns an. Du bekommst Geld und musst nicht viel dafür tun.«

Chibala rannte zu Baakir. Die Verlockung war groß, doch er würde nur zusammen mit seinem Freund gehen.

Sie beratschlagten sich und sie kamen zu dem Ergebnis, dass es hier in Dadaab keine Zukunft für sie gab. Chibala und Baakir, beide 14 Jahre alt, wurden Soldaten. Voller Stolz traten sie in die Fußstapfen ihrer Väter, die auch für Aidid gekämpft hatten und für ihn gestorben waren.

Es war nicht schwer, einen Menschen zu töten, auch nicht für 14-jährige Jungs. Den Abzug einer Kalaschnikow konnte sogar ein Kleinkind durchziehen. Den Rest erledigte die Gewehrkugel.

Chibala hoffte, gegen die verhassten Amerikaner zu kämpfen, aber seine Erwartungen wurden enttäuscht. Sie wurden im

Bananenkrieg gegen die Truppen von Osman Ali Atto eingesetzt, einen anderen somalischen Clan. Es ging mal wieder um Nahrungsmittel. In Somalia bedeuteten Nahrungsmittel Macht.

KAPITEL 5

Deutschland, 1999–2006

Alexander liebte seine Doppelrolle als Soldat und Spitzel. Für drei Jahre hatte er aufregende Einsätze in der Drogenszene. Doch nachdem er seinen Militärdienst beendet hatte, blieb ihm keine Zeit mehr für seinen Job als V-Mann. Schweren Herzens musste er die Zusammenarbeit mit der Kripo Würzburg aufgeben. Er absolvierte eine Ausbildung zum Verkehrspiloten und sein Arbeitsplatz war nun das Cockpit eines Flugzeuges.

Inzwischen war er seit zwei Jahren Copilot. Wie es der Zufall wollte, gab es außergewöhnlich oft Probleme im Flugbetrieb. Mit der 30-sitzigen Dornier 328 hatten er und sein Kapitän auf dem Flug von Florenz nach Frankfurt über den Alpen einen Triebwerksausfall. Mit einer Notlandung in Bologna retteten sie die Passagiere. In der örtlichen Presse wurden sie als Helden gefeiert. Zwei Monate später ließ sich das Fahrwerk im Anflug auf Berlin Tegel nicht ausfahren. Auch in Berlin machten sie eine Notlandung. Glücklicherweise gab es keinen Personenschaden. Über Holland platze die Frontscheibe. Aus 7000 Meter Flughöhe mussten sie einen Notabstieg einleiten und in Amsterdam notlanden.

In der Luftfahrt gab es selten Notfälle, bei ihm wurden sie allerdings zur Routine. Er schien das Unglück anzuziehen. Doch Alexander liebte solche Situationen, er liebte die Gefahr. Unter Stress funktionierte er wie ein Roboter, arbeitete emotionslos und zielorientiert.

»Ich kenne wenige Piloten, die so ruhig in Notsituationen reagieren«, hatte ihm der Checkkapitän beim letzten Simulatorcheck gesagt.

Alexander vermisste den Nervenkitzel als verdeckter Ermittler.

Von Hauptkommissar Rausch hatte er, nachdem er seinen Job als V-Mann vor zwei Jahren aufgegeben hatte, nichts mehr gehört. Umso erstaunter war Alexander nun über diesen Anruf.

»Guten Tag, Herr Rausch! Ich hatte nicht erwartet, je wieder von Ihnen zu hören.«

»Guten Tag, Herr Hartmann. Das Leben steckt voller Wunder. Mein Spatz hat mir wieder so einiges über Sie gezwitschert.«

»Ihr Spatz, der nicht in die Zukunft sehen kann?«

»Genau der. Er zwitscherte mir ins Ohr, dass Sie als Pilot durch Europa fliegen.«

»Ihr Spatz ist sehr aufmerksam.«

»Es gibt noch ein paar andere Spatzen, die mir auch ins Ohr zwitscherten.«

»Die Spatzen scheinen sehr geschwätzig zu sein.«

»Diese anderen Spatzen sind vom Bundeskriminalamt. Dort hat man von Ihren früheren Erfolgen als V-Mann in Würzburg gehört.«

»Die Spatzen der Polizei müssen gute Ohren haben.«

»Verdammt gute Ohren. Und nun, Herr Hartmann, habe ich einen Vorschlag für Sie.«

»Sie verstehen es, mich neugierig zu machen.«

»Arbeiten Sie wieder als V-Mann. Diesmal allerdings für das Bundeskriminalamt.«

»Herr Rausch, Sie scheinen zu vergessen, dass ich Pilot bin und deswegen keine Zeit mehr dafür habe.«

»Eben weil Sie Pilot sind, sollten Sie als verdeckter Ermittler arbeiten.«

»Ich verstehe nicht.«

»Es ist für einen Piloten einfach, Drogen zu schmuggeln. In Ihrer Uniform und mit Ihrem Pilotenausweis haben Sie so etwas wie Immunität an den Zollkontrollen. Ein Pilot als Drogenkurier bringt große Vorteile für das Drogengeschäft.«

»Ich ahne, worauf Sie hinauswollen.«

»Die Drogenbosse werden sich solch eine Möglichkeit nicht entgehen lassen. Zudem ist Ihre Arbeit als Pilot die beste

Tarnung, die man sich für einen V-Mann vorstellen kann. Mit Ihnen können wir den bösen Jungs eine raffinierte Falle stellen.«

»Und warum fragt mich das BKA nicht selbst?«

»Der direkte Kontakt ist unerwünscht. Ich soll Ihr Verbindungsmann zum BKA sein.«

Obwohl der inzwischen 33-jährige Alexander als Pilot kein schlechtes Einkommen hatte, war er immer noch ständig knapp bei Kasse. Im Gegensatz zu seiner Arbeit als V-Mann hatte seine Spielsucht keine Pause eingelegt. Alexander war genauso süchtig wie ein Drogen-Junkie. Nur betete er einen anderen Gott an. Sein Gott war nicht der Rausch der Droge, sondern der Rausch des Geldes. Alexander nahm das Angebot an.

Nach einiger Zeit hatte sich Alexander wieder in das Geschäft eines V-Mannes eingearbeitet. So wie es Herr Rausch vorhergesagt hatte, erwies sich die Doppelrolle von Pilot und V-Mann als erfolgreich.

Mit seiner leicht verbogenen Nase war Alexander keine Schönheit. Trotzdem war er bei vielen Frauen begehrt. Sein freches Lächeln und seine strahlend blauen Augen wirkten sympathisch. Eine Partnerin für eine dauerhafte Beziehung hatte er bisher noch nicht gefunden. Er suchte auch nicht danach.

Eines Tages, er arbeitete nun schon seit über einem Jahr als verdeckter Ermittler für das BKA, wurde er auf Bianca Wiesinger aufmerksam. Sie vertrat bei einem Prozess als Strafverteidigerin die Interessen eines Drogendealers aus München. Der Dealer war nur ein kleiner Fisch, und das Drogennetzwerk war schon zerschlagen, deswegen konnte Alexander als belastender Zeuge geladen werden.

Klickende Schritte kamen energisch näher. Mit strengen Gesichtszügen rauschte die Verteidigerin in ihren Highheels in den Gerichtssaal und setze sich neben ihren Mandanten. Ihre blondgelockten langen Haare hatte sie zu einem Zopf zusammengebunden. Manche Menschen würden sie vielleicht als dürr bezeichnen, doch Alexander gefiel ihr Körper. Die winzigen

Wölbungen vor ihrem Oberkörper zeigten an, dass sie kleine Brüste hatte. Obwohl sie die schwarze Anwaltsrobe trug, waren ihre enge Taille und ihr knackiger Hintern zu erahnen. Es war jedoch nicht ihr Äußeres, das seine Aufmerksamkeit erregte. Er bemerkte eine starke Anziehungskraft. Alexander schloss seine Augen. Ganz deutlich fühlte er ihre Gegenwart. Sein Bauch kribbelte. Es war so, als ob ein geistiger Kraftfluss zwischen ihnen stattfand. Hätte er an diesen spirituellen Quatsch geglaubt, würde er behaupten, ihre Seele gespürt zu haben. Um dieses wunderbare Gefühl auszukosten, hielt er seine Augen geschlossen.

»Herr Hartmann! Schlafen Sie?« Die Stimme des Richters klang ungeduldig.

»Was? Nein, nein.«

»Kommen Sie in den Zeugenstand.«

Alexander setzte sich auf den Stuhl zur Zeugenvernehmung. Die Strafverteidigerin stand auf und kam näher. Das Klicken ihrer Schuhe wirkte provozierend. Sie schaute ihn für mehrere Sekunden hochnäsig an. Dann nickte sie selbstsicher.

»Herr Hartmann, Sie behaupten, gesehen zu haben, wie mein Mandant ein Bündel Geldscheine in seine Hosentasche steckte. Geld, das angeblich die Belohnung für eine Drogenlieferung sein sollte.«

»Ja, genau.«

»Wie weit standen Sie von meinem Mandanten entfernt?«

»Etwa 30 Meter.«

»30 Meter? Aus dieser Entfernung wollen Sie diese kleine Handbewegung gesehen haben?« Sie hatte plötzlich einige Geldscheine in der Hand und steckte sie schnell unter ihre schwarze Anwaltsrobe. Die Bewegung war kaum zu sehen.

»Ja, Frau Anwältin. Aus dieser Entfernung habe ich die kleine Handbewegung gesehen.«

Bezeichnen Sie sich als aufmerksam?«

»Ja.«

»Sind Sie heute aufmerksam?«

»Sehr sogar.«

»Tatsächlich? Vor einer Minute musste der Richter sie dreimal ansprechen, bis Sie reagiert haben. Sie haben geschlafen. Und das mitten im Gerichtssaal. Jetzt verstehe ich, was für Sie ›sehr aufmerksam‹ bedeutet.«

Er musste lächeln. Die Anwältin war mit allen Wassern gewaschen.

»Ich habe mich mental auf Sie vorbereitet«, verteidigte sich Alexander.

Im weiteren Verlauf des Verhörs versuchte sie, ihn unglaubwürdig erscheinen zu lassen. Mit geschickten Fragen nahm sie ihn in die Zange. Sie kämpfte wie eine Löwin, doch Alexander war sich seiner Sache sicher. Außerdem sprach er ja die Wahrheit. Der Staatsanwalt hatte anschließend leichtes Spiel mit dem Angeklagten. Dann kam der Urteilsspruch. Der Dealer bekam seine verdiente Strafe.

Der Richter verließ den Saal, Stühle wurden verrückt, Staatsanwaltschaft und Verteidigung standen auf und räumten ihre Unterlagen zusammen.

Alexander schlenderte zu der Rechtsanwältin. Er wollte lässig wirken, aber er war nervös. Dieses Gefühl war ihm neu.

»Sie sind eine ausgezeichnete Verteidigerin. Ich kam bei Ihrem Verhör mächtig ins Schwitzen.« Ein kratzendes Geräusch war zu hören, als er über seinen Drei-Tage-Bart strich. Er kam sich schäbig vor in seiner ausgewaschenen, löchrigen Jeans und dem weißen T-Shirt.

Bianca Wiesinger, die neben dem Tisch stand und ihre Aktentasche einräumte, hielt inne und schaute ihn an.

»Das hat meinem Mandanten leider nicht geholfen.«

»Es tut mir nicht leid für Ihren Mandanten, aber sehr leid für Sie.«

Bianca musterte ihn skeptisch. »Sie sind ein sonderbarer Mensch.«

»Und Sie sind eine ausgezeichnete Verteidigerin. Wenn ich es einmal nötig habe, möchte ich Sie an meiner Seite haben.«

»Wenn Sie es einmal nötig haben?« Erstaunt zog sie ihre Augenbrauen hoch. »Arbeiten Sie neben Ihrem Job als V-Mann etwa auch auf der anderen Seite des Gesetzes?«

Alexander schaute sie verschwörerisch an und legte seinen Zeigefinger vor die Lippen. »Pst! Darüber darf ich nicht sprechen.«

Der Hauch eines Lächelns war in ihrem Gesicht zu erkennen. »Sie sind verdammt frech. Trotzdem könnte ich mir vorstellen, Ihnen zu helfen, sollten Sie es einmal nötig haben.«

Der Verurteilte, der die ganze Zeit neben ihr gesessen hatte und inzwischen aufgestanden war, hatte ganz andere Gedanken. Er warf Alexander böse Blicke zu.

»Du dreckiger Verräter, ich werde dich umbringen«, zischte er leise. Alexander ging gar nicht darauf ein. Als V-Mann war er solche Anfeindungen gewohnt. Einer der beiden Polizisten, die während des Prozesses hinter dem Drogendealer saßen und nun ebenfalls aufstanden, fasste den Verurteilten an die Schulter. »Ganz ruhig. Hier wird niemand umgebracht.«

Die Rechtsanwältin wandte sich an ihren Mandanten. »Ich bin in einer Minute bei Ihnen für die Nachbesprechung.«

Die Polizisten führten den Verurteilten aus dem Saal.

Alexander blieb nicht viel Zeit. Er musste alles auf eine Karte setzen, so wie im Spielkasino.

»Ich möchte Sie zum Essen einladen. Ob ich eine Chance habe?« Alexander setzte seinen Dackelblick auf und legte den Kopf schief.

»Laden Sie immer so schnell Frauen zum Essen ein?«

»Die Not zwingt mich zum Handeln.«

»Sie machen mich neugierig. Ich wurde noch nie von einem V-Mann eingeladen. Hier ist meine Karte. Rufen Sie mich an.« Die Anwältin drehte sich um und folgte ihrem Mandanten. Das Klacken ihrer Schuhe hörte sich nun nicht mehr herausfordernd an.

Während des Abendessens zwei Tage später verstanden sie sich ausgezeichnet. Sie hatten den gleichen Humor, waren beide Optimisten und sie kämpften beide hart für ihre Ziele.

Sie trafen sich wieder und sie blieb über Nacht. Aus einer Nacht wurden viele Nächte und es wurde klar, dass sie füreinander geschaffen waren.

Inzwischen waren sie seit zwei Jahren ein Paar. Sein Problem mit der Spielsucht hatte er mittlerweile in den Griff bekommen. Das vermeintliche Glücksgefühl im Kasino wurde nun durch wahres Glück in der Liebe ersetzt. Er wollte ihr einen Heiratsantrag machen, doch zwei Dinge standen im Weg: eine Gefahr und ein Geheimnis.

Die Gefahr war allerdings nur in Biancas Augen vorhanden. Sie hatte Angst um ihn. Immer hartnäckiger forderte sie, dass er den Job als verdeckter Ermittler aufgab. Doch er mochte die Arbeit als V-Mann. Er liebte das Risiko und er brauchte das zusätzliche Geld.

Sein Geheimnis durfte Bianca nie erfahren. Sie war sehr strukturiert und bodenständig. Es wäre bestimmt ein Schock für sie, wenn sie von seiner ehemaligen Spielsucht wüsste. Unter keinen Umständen durfte sie wissen, dass er einen Haufen Spielschulden hatte. Alexander schämte sich. Die Schulden mussten weg, bevor er um ihre Hand anhalten würde. Doch mit seinem Pilotengehalt und dem Verdienst als V-Mann würde das noch einige Jahre dauern.

Dann kam ihm die irrsinnige Idee. Es war eine Mischung aus Kreativität und impulsiver Unüberlegtheit, die ihn zum Verbrecher machte. Es war ein genialer Plan, dachte er. Er war als Pilot im europäischen Flugverkehr eingesetzt und hatte zwischen den Flügen oft Tagesaufenthalte in Hotels in der Stadt. Die Taktik war bei allen drei Überfällen die gleiche. Er verließ das Crew-Hotel eine Stunde vor dem Check-out für den nächsten Flug. Dabei trug er eine hellbeige Wendejacke aus Leinenstoff. Ein kleiner Rucksack enthielt eine Pistolenattrappe, einen Bart zum Aufkleben, Perücke und eine große, dunkle Brille.

Den Ort der Verwandlung hatte er vorher sorgfältig erkundet.

Mal war es eine öffentliche Toilette, mal eine Buschgruppe im Park, und einmal eine verlassene Baustelle.

Alexander verwandelte sich in einen ungepflegten Mann mit schwarzer Lederjacke, Bart und langen fettigen Haaren. Den Rucksack hängte er vor sich unter die Jacke. So erschien er übergewichtig. Er eilte zu der Bank, die nur wenige Minuten entfernt lag.

»Hände hoch, Überfall!«, schrie er panisch in den Schalterraum. Er mimte den durchgeknallten Psycho, der kurz davor war, seine Nerven zu verlieren. Seine Hände wirkten zittrig, als er mit seiner Pistolenattrappe in die Luft schoss. Der ohrenbetäubende Knall war täuschend echt. Die Angestellten und die Kunden zuckten erschrocken zusammen. Ängstlich kamen sie seiner Aufforderung nach.

»Stopf die Tüte voll mit den Tageseinnahmen!«, brüllte er den Schalterangestellten an. »Mach schon, mach schon, MAAACH SCHON!«

Alexander spielte den Unberechenbaren. Mit seiner Show erfüllte er den Schalterraum mit Adrenalin. Das Bankpersonal musste das Geld aus dem Tresor für das Tagesgeld in eine Aldi-Tüte stecken. Mit der Tüte trat Alexander die Flucht an. Sein Ziel war jedes Mal wieder der Ort der Verwandlung. Kurz darauf war er ein gut gepflegter schlanker Mann in beigefarbener Leinenjacke und rotem Rucksack auf dem Rücken. Er ging zurück ins Crewhotel und wenig später traf er sich, in seiner Pilotenuniform und den Koffer hinter sich herziehend, mit seiner Crew für den nächsten Flug. Beim letzten Überfall allerdings, in Frankfurt, wurde eine Frau verletzt. Als Alexander mit der Beute aus der Bank rannte, war zufällig ein Streifenpolizist in der Nähe. Er schoss auf den Bankräuber, doch die Kugel traf eine Passantin am Arm. Alexander konnte abhauen, aber er war geschockt. Es war ein heilsamer Schock. Er beschloss, nie mehr eine Bank auszurauben. Zudem hatte er mit der bisherigen Beute den größten Teil seiner Schulden abgedeckt. Der Bankräuber wurde nie erwischt.

Fünf Wochen später nahm Bianca seinen Heiratsantrag an.

Es ging ihnen gut. Sie arbeitete erfolgreich in der Anwaltskanzlei, Alexander war als Pilot in München stationiert. Sie kauften sich ein Haus in einem Dorf nördlich von Landshut. Doch gegen ihren Willen arbeitete er nach wie vor als V-Mann. Auf den Nervenkitzel der Gefahr wollte er nicht verzichten.

Inzwischen war ein weiteres halbes Jahr vergangen. Alexander stand in der Küche und bereitete das Abendessen vor. Bianca kam gerade aus ihrer Kanzlei zurück.

»Hallo, Liebling«, rief er ihr entgegen. »Du bist bestimmt hungrig. Das Essen ist in dreißig Minuten fertig.«

Sie lief mit energischem Schritt in die Küche. Ihre Highheels klickten provozierend auf dem Laminatboden. Sie schmiss ihre Aktentasche achtlos auf die Sitzbank. Er schaute sie fragend an.

Bianca nahm seinen Kopf in ihre Hände, zog ihn zu sich und flüsterte in sein Ohr: »Ich habe Neuigkeiten.«

»Ich hoffe, es sind gute Neuigkeiten«, flüsterte er zurück.

»Verdammt gute. Die besten, die du dir vorstellen kannst.« Sie küsste ihn leidenschaftlich.

»Sag schon. Ich platze vor Neugier.«

»Du wirst Papa.«

Alexander brauchte einen Moment, um das Gesagte zu verarbeiten. Dann drückte er sie ganz fest an sich.

»Aber das ist ja wunderbar. Wir werden eine Familie.«

»Ja, Alexander.« Sie strahlte über das ganze Gesicht. »Wir werden eine Familie.«

»Setz dich hin. Schone dich. Wann ist es so weit? Wie geht es dir? Magst du einen Tee mit Honig? Soll ich dir die Füße massieren?«

»Halt, halt, nicht so schnell! Es ist noch Zeit. Ich bin erst im dritten Monat.«

»Liebling, du machst mich glücklich. Du bist die wunderbarste Frau, die es gibt. Mit dir ein Kind zu haben, ist das Schönste, was ich mir vorstellen kann.«

Sie setzten sich an den Tisch und er nahm ihre Hände.

»Morgen muss ich fliegen. Aber wenn ich zurückkomme, dann suchen wir einen Namen aus. Was wird es denn? Junge oder Mädchen?«

»Wo fliegst du hin? Hast du wieder einen Einsatz als V-Mann?« Sorgenfalten erschienen auf ihrem Gesicht.

»Ich fliege nach Düsseldorf. Dort bleibe ich über Nacht, und am nächsten Tag fliege ich nach Oslo. Zwei Tage später komme ich wieder zurück nach München. Und ja, ich habe einen Einsatz als V-Mann.«

»Alexander! So geht es nicht weiter.«

»Was geht so nicht weiter?«

»Verdammt, Alexander! Stell dich nicht blöd. Es wird allerhöchste Zeit, dass du deinen Nebenjob an den Nagel hängst. Du hattest mir vor einiger Zeit versprochen, dass du spätestens dann damit aufhörst, wenn wir Nachwuchs bekommen. Ich erwarte, dass du zu deinem Wort stehst.«

Alexander nickte.

»Den aktuellen Fall bringe ich noch zu Ende, dann ist Schluss mit dem Job für das BKA.«

»An welchem Fall arbeitest du?«

»Ein paar Kleindealer wollen sich in Düsseldorf ausbreiten. Ich soll in ihrem Umfeld die Augen und Ohren offen halten. Nichts Gefährliches.« Er brachte es nicht übers Herz, ihr die Wahrheit zu sagen.

»Danach hörst du auf, als V-Mann für das BKA zu arbeiten?«

»Ja, dann hör ich auf.«

»Für immer?«

»Für immer!«

»Versprochen?«

»Versprochen!«

»Also gut, ich vertraue dir.« Sie nahm wieder seinen Kopf in ihre Hände und hauchte einen Kuss auf seine Stirn. Er liebte diese Geste. »Pass auf dich auf. Ich würde es nicht ertragen, wenn dir bei deinem letzten Einsatz als V-Mann noch was passieren würde.«

Am nächsten Nachmittag landete Alexander in Düsseldorf. Vasilij Rasskazov, dem Boss der Russenmafia, die das Drogengeschäft in der Stadt kontrollierte, erwartete ihn. Vasilij war ein gefährlicher Psychopath und er liebte es, seine Macht durch Folter und Mord zu demonstrieren. Entsprechend vorsichtig ging Alexander vor. Einen Tag später flog er mit fünf Kilogramm Heroin im Gepäck nach Oslo.

Die Norweger erwiesen sich als gute Abnahmequelle und deswegen wollten die Russen nach Skandinavien expandieren. Alexander hatte sich im Lauf der letzten Monate das Vertrauen des skeptischen Vasilij erschlichen. Nach diesem Einsatz würden genug belastende Beweise vorliegen und dann sollte der Drogenring zerschlagen werden. Die Falle war gestellt. Als Alexander sich in Oslo mit den Drogenkäufern traf, griff die Polizei gleichzeitig in Düsseldorf und in Oslo zu.

Zwei Tage später kam Alexander am Morgen nach Hause. Er schloss Bianca in seine Arme.

»Es ist vollbracht!«, jubelte er.

»Was ist vollbracht?«

»Meine Arbeit für das Bundeskriminalamt ist beendet. Ich habe vor einer Stunde Hauptkommissar Rausch informiert. Er setzt das BKA in Kenntnis.«

»Danke, Alex. Ich wusste, dass du zu deinem Wort stehst. Wie hat der Hauptkommissar reagiert?«

»Meine Entscheidung gefiel ihm nicht, doch er verstand mich und wünschte uns viel Glück.«

Sie küssten sich innig, dann schaute sie auf ihre Uhr. »Verdammt! Ich muss zu einem Gerichtstermin.«

Sie griff ihre Aktentasche und eilte davon.

Es war inzwischen Nachmittag. Alexander saß am Computer, um seinen letzten Bericht als V-Mann zu schreiben, da klingelte sein Mobiltelefon.

»Guten Tag, Herr Hartmann. Mein Name ist Heiner Mayerhofer. Ich bin vom Bundesnachrichtendienst und würde Sie gerne unter vier Augen sprechen.«

»Wie komme ich zu der Ehre, vom deutschen Geheimdienst zu einem Gespräch eingeladen zu werden?«

»Ich möchte Ihnen ein Angebot machen. Alles Weitere würde ich gerne mit Ihnen persönlich besprechen. Lassen Sie mich wissen, wann es Ihnen passt.«

Ein Angebot vom Geheimdienst? Alexander war neugierig.

»Sind Sie gerade in Ihrem Büro beim BND?«

»Ja.«

»Ich rufe Sie zurück.«

Alexander wählte die Nummer der BND-Zentrale und ließ sich mit Herrn Mayerhofer verbinden. Dabei erfuhr er, dass Herr Mayerhofer Leiter der Abteilung für internationalen Terrorismus und organisierte Kriminalität war.

»Sie sind sehr vorsichtig. Das ist eine gute Eigenschaft«, sagte Herr Mayerhofer.

»Eine Eigenschaft, die mir schon einige Male sehr geholfen hat. Ich habe morgen Vormittag Zeit. Wo sollen wir uns treffen?«

»Im Gasthaus zur Isar in Landshut, um zehn Uhr.«

»Wie erkenne ich Sie?«

»Ich werde Sie ansprechen.«

Am Abend kam Bianca gut gelaunt nach Hause.

»Sieh mal, was ich uns mitgebracht habe.« Sie stellte eine Flasche Champagner auf den Tisch.

»Was ist der Anlass?«

»Wir müssen doch das Ende deiner Arbeit als verdeckter Ermittler feiern.«

Alexander nickte mit Unbehagen. Er dachte an das Gespräch mit dem Mann vom Geheimdienst.

»Ach, Alexander! Du kannst dir gar nicht vorstellen, wie glücklich ich darüber bin, dass du Wort gehalten hast und endlich mit dieser gefährlichen Arbeit aufhörst.«

Er lenkte das Gespräch auf das Baby. Sie machten Pläne über die Einrichtung des Kinderzimmers, träumten von ihrer Zukunft als Familie.

Nachdem Bianca am nächsten Morgen das Haus wie gewohnt verlassen hatte, fuhr Alexander nach Landshut. Das Gasthaus zur Isar hatte einen gemütlichen Biergarten mit Blick über den Fluss auf die gegenüberliegende Altstadt und die Burg Trausnitz. Die Sonnenstrahlen des Frühlings lockten ins Freie. Alexander setzte sich an einen im Schatten gelegenen Tisch unter einem Kastanienbaum. Außer ihm waren noch vier weitere Gäste im Biergarten. Sie saßen aber weit genug weg, um ihn nicht zu stören.

Alexander musste keine Minute warten, da hörte er Schritte auf dem knirschenden Kies näherkommen.

»Guten Morgen, Herr Hartmann. Wir haben gestern miteinander telefoniert.« Ein großer und kräftiger Mann, Mitte fünfzig, mit kurzen, dunkelbraunen Haaren und einem gepflegten Vollbart, streckte ihm die Hand entgegen. »Ich bin Heiner Mayerhofer vom BND.«

Der Mann wirkte sympathisch. Er setzte sich an den Tisch. Als er sprach, schauten seine grünen Augen aufmerksam und lebhaft durch die Brille.

»Ihre Erfolge als verdeckter Ermittler sind uns nicht verborgen geblieben. Erst vorgestern wurde durch Ihre Hilfe ein Mafiaring in Düsseldorf zerschlagen. Ich möchte Sie abwerben, Ihnen einen Job anbieten.«

»Wie erfährt der Geheimdienst von den Einsätzen eines V-Mannes, der für das BKA arbeitet?«

»Ich habe einen guten Freund beim Bundeskriminalamt. Er hat mir von Ihnen erzählt.«

»Und das reicht Ihnen aus, um mir einen Job beim BND anzubieten?«

»Nein. Doch Sie sind auch Pilot. Das macht Sie sehr interessant für mich.«

»Sie wollen, dass ich für Sie als verdeckter Ermittler arbeite?«

»So etwas Ähnliches. Als Pilot sind Sie ja öfter für mehrere Tage in anderen Städten. Dabei könnten Sie für mich gelegentlich Informationen beschaffen. Ihre Möglichkeiten, schnell an den unterschiedlichsten Orten der Welt zu sein, ohne vom Zoll kontrolliert zu werden, öffnen Ihnen viele Türen. Sie würden in der Unterwelt als krimineller Pilot auftreten. Dadurch hätten Sie ein perfektes Alibi.«

»Also doch die gleiche Arbeit wie für das BKA.«

»Nun ja, Sie würden weltweit eingesetzt werden. Ihre Gegner wären hochkarätiger und Sie würden auch mit Terroristen zu tun haben. So wie beim BKA wäre auch bei uns Ihre Tätigkeit als Pilot von unschätzbarem Vorteil für eine perfekte Tarnung.«

»Ich fliege aber nicht weltweit.«

»Deswegen biete ich Ihnen gleichzeitig einen Job als Pilot bei Cargoflight an.«

Die Frachtfluggesellschaft Cargoflight flog mit ihren Jumbos von München aus weltweite Ziele an. Alexander hatte sich schon vor einiger Zeit bei dieser Airline beworben, aber eine Absage erhalten.

Sein Blick wanderte zur Burg Trausnitz. Die Boeing 747-400 im weltweiten Einsatz fliegen, internationale Terrorbekämpfung, das alles erschien ihm sehr verlockend.

»Ich habe meiner Frau versprochen, mit meiner Arbeit als V-Mann für das BKA aufzuhören.«

»Sie würden nicht für das BKA arbeiten, sondern für den BND. Sie wären auch kein V-Mann, sondern ein Geheimagent.«

Mayerhofer lehnte sich zurück und schwieg.

»Sie meinen also«, fragte Alexander schließlich, »dass Cargoflight mich einstellen würde, nur weil Sie es wollen?«

»Und weil wir Ihr Gehalt bezahlen. Dafür nehmen wir uns die Freiheit heraus, Ihren Dienstplan zu manipulieren und Sie als Pilot dorthin zu schicken, wo wir Sie brauchen. Ich habe bereits mit dem Flugbetriebsleiter gesprochen und er ist einverstanden.«

»Und wann sollte ich zu Cargoflight wechseln?«

»Vorerst würden Sie nicht mehr fliegen und in Pullach Ihre Ausbildung zum Geheimagenten durchlaufen. Anschließend könnten Sie Ihre Umschulung auf den Jumbo beginnen.«

»Ich habe eine sechsmonatige Kündigungsfrist bei meiner jetzigen Airline.«

Heiner Mayerhofer schüttelte den Kopf. »Ich habe auch mit Ihrem jetzigen Arbeitgeber gesprochen. Sie könnten sofort gehen.«

»Sie scheinen großen Einfluss zu haben.«

»Da haben Sie Recht.«

»Ich werde über Ihr Angebot nachdenken. Kann ich Sie morgen früh anrufen?«

»Hier ist meine Karte.« Mayerhofer stand auf und ging.

Nach dem Abendessen lümmelten sich Bianca und Alexander wie so oft auf dem Sofa. Er saß in der Ecke und Bianca lehnte sich mit dem Rücken zu ihm zwischen seine Beine. Sie hielt ihren Kopf gesenkt, ihr langes blondes Haar hatte sie zur Seite geschoben und seine Finger glitten sanft über ihren Nacken. Er wusste, dass sie diese Berührungen liebte.

»Du kannst dir gar nicht vorstellen, wie glücklich ich bin«, flüsterte sie. »Erst die Neuigkeit mit dem Baby, und nun steigst du aus diesem gefährlichen Job als V-Mann aus. Wie wunderbar das Leben doch ist.«

Alexander räusperte sich. Für einige Augenblicke herrschte Stille.

»Willst du etwas loswerden?«, fragte Bianca. Sie kannte ihn wirklich gut.

»Ich habe heute Vormittag einen Mann vom Bundesnachrichtendienst getroffen«, sagte Alexander belanglos.

»Vom BND? Was hast du mit denen zu tun?«

»Sie haben mir einen Job als Pilot bei Cargoflight angeboten.«

»Der Geheimdienst bietet dir eine Anstellung bei einer Fracht-Airline? Was steckt dahinter?«

»Sie wollen, dass ich nebenbei, so ab und zu meine ich, für sie die Augen aufhalte.«

Bianca drehte sich abrupt zu ihm um und starrte ihn an.

»Du hast natürlich abgelehnt.«

»Ich habe gesagt, dass ich es mir überlege.«
»Hast du vergessen, was du mir versprochen hast?«
»Was habe ich denn versprochen?«
»Du hast versprochen, mit dieser gefährlichen Arbeit für das BKA aufzuhören.« Ihre Stimme wurde laut und sie rückte von ihm weg.
»Ja! Das habe ich. Und ich stehe dazu. Jetzt geht es aber um den BND.« Mit sanftem Ton sprach er weiter, dabei legte er seine Hand auf ihre Schulter. »Komm schon, Liebling. Lass uns darüber sprechen.«
Energisch zog sie seine Hand weg.
»Da gibt es nichts zu besprechen. Und komme mir jetzt nicht mit der ›Liebling, lass uns darüber sprechen‹-Tour. Du wirst das Angebot natürlich ablehnen.« Wut lag in ihrer Stimme.
»Aber die Aufgabe reizt mich!«, rief Alexander. Ihre Wut wirkte ansteckend. »Und zudem ist es nicht gefährlich. Ich werde nur ab und zu observieren, mehr nicht. Ich spiele ernsthaft mit dem Gedanken, das Angebot anzunehmen.«
»Du Idiot!« Bianca sprang auf und stemmte ihre Hände in die Hüften. »Hast du vergessen, dass du Vater wirst?«
»Bianca, ich …«
»Hast du vergessen, dass du mich liebst?«
»Nein! Natürlich nicht. Lass mich erkl…«
»Erklären? Da gibt es nichts zu erklären. Den Mist mit dem ungefährlichen Observieren kannst du dir sonst wohin stecken.«
»Verdammt! Bianca. Warum glaubst du …«
»Glauben? Sprich nicht von Glauben. Nein, Alexander, so etwas macht ein werdender Familienvater und liebender Ehemann nicht.«
Alexander stand auf und wollte sie in den Arm nehmen.
»Lass mich los. Ich will deine Nähe jetzt nicht!« Sie befreite sich aus seinen Händen und ging nach oben ins Schlafzimmer. Er hatte den Impuls, ihr hinterherzulaufen, wusste aber, dass sie jetzt alleine sein wollte. Als er später ins Bett kam, lag sie am

äußersten Rand ihrer Seite. Still weinte sie vor sich hin. Ab und zu war ihr Schluchzen zu hören. Er wollte sich zu ihr kuscheln, doch sie drückte ihn weg. Alexander hasste es, sie zu enttäuschen. Es war ihm unerträglich, sie leiden zu sehen. Er brauchte sie, eine Zukunft ohne sie war für ihn ausgeschlossen. Er liebte Bianca von ganzem Herzen.

Alexander liebte aber auch das Gefühl des Adrenalins, wenn es durch sein Blut rauschte. Er liebte die Gefahr, das Risiko und den Kampf. Er liebte die Aussicht, als Geheimagent Terroristen zu jagen.

Am nächsten Morgen bereitete Alexander das Frühstück vor. Bianca kam die Treppe herunter und setzte sich an den Frühstückstisch. Ihre Augen waren verheult. Die Stimmung war nach wie vor auf dem Tiefpunkt.

»Pfefferminztee?«, fragte er liebevoll.

»Was wirst du machen?«

Alexander antwortete nicht. Stattdessen nahm er das Telefon in die Hand und wählte die Nummer von der Visitenkarte.

»Guten Morgen, Herr Hartmann.« Die Stimme des Leiters der Abteilung für internationalen Terrorismus und organisiertes Verbrechen klang freundlich und bestimmt. »Schön, von Ihnen zu hören. Ich nehme an, Sie haben sich entschieden.«

KAPITEL 6

Somalia, Sommer 2006

Der Junge hyperventilierte. Er lag auf dem Boden zwischen seinen gefallenen Kameraden. Verzweifelt hob er den Kopf, um auf seinen Bauch zu schauen. Das hätte er besser nicht tun sollen. In der Frequenz seines hechelnden Atems hob und senkte sich der aufgerissene Darm in der klaffenden Schusswunde. Halbverdaute Essensreste quollen daraus hervor. Es stank fürchterlich. Mit seinen Händen versuchte er, das Gedärm im Bauchraum zu halten. Chibala, der danebenstand, hatte oft genug solche Verletzungen gesehen. Er wusste aus Erzählungen, wie schmerzhaft ein Bauchschuss war. Weil die Spitze der Patrone angefeilt war, hatte sie ein großes Loch in die Eingeweide gerissen. Die Wunde musste zwangsläufig durch Verbluten zum Tod führen. Chibala hob den Lauf seiner Kalaschnikow.

»Nein, bitte ... bitte nicht ... nicht schießen!«

»Warum nicht?«

»Ich ... aaah... zum Kämpfen gezwungen. Hatte ... keine ... keine Wahl.«

»Ich auch nicht.«

»... bin nicht ... nicht ... freiwillig hier.«

»Da geht es dir nicht anders als uns.« Chibala zuckte mit den Schultern und legte auf den Jungen an.

»NEIN! Nicht ... nicht schießen.« Tränen der Verzweiflung und des Schmerzes rannen über das Gesicht des Sterbenden.

Chibala zögerte. Er drückte mit dem Lauf seiner Waffe die Stoffreste der Jacke zur Seite, um die Wunde besser sehen zu können. »Oje, das sieht scheiße aus! Dein Körper ist zerfetzt. Du solltest dankbar sein, wenn ich dir den Gnadenschuss gebe.«

»Bitte ... nicht töten. Ich ... ich schaffe das.«

»Wie ist dein Name?«

»Mukhtar, Bruder. Mein Name ... ist Mukhtar.«

»Bruder?« Chibala schüttelte seinen Kopf. »Ich bin nicht dein Bruder. Mukhtar ... ich bin dein Feind.«

Mukhtar kotzte. Durch das Würgen zog sich der Darm wieder ein Stück in den Bauchraum zurück. Da Mukhtar auf dem Rücken lag und seinen Kopf nicht zur Seite drehte, quoll der zähflüssige Schleim nicht nur an seinen Mundwinkeln entlang auf den Boden, sondern lief zum Teil wieder zurück in den Mund. Er prustete, würgte das Erbrochene wieder hervor und spuckte zur Seite. Es war kein friedliches Sterben. Mukhtar kämpfte verbissen darum, seinen zerstörten Körper um eine Minute länger am Leben zu erhalten. Das Hecheln und Würgen wurde von den Schmerzensschreien unterbrochen. Mukhtar schaffte es sogar, um sein Leben zu betteln. Es war Chibala unverständlich, dass manche Menschen es einfach nicht wahrhaben wollten, wenn ihre Zeit abgelaufen war.

»Wie alt bist du?«

»Vier... vierzehn«, stammelte der Junge.

»Ich war auch vierzehn Jahre alt, als mir die Waffe in die Hand gedrückt wurde. Im Gegensatz zu dir hatte ich allerdings Glück.«

Baakir stand ein paar Meter daneben und wischte gerade seine blutbesudelte Machete an der Uniformjacke des enthaupteten Anführers der Gegner ab.

»Warum zögerst du?«, fragte Baakir.

»Er erinnert mich an uns.«

»Seit wann bist du sentimental?«

Der Nachhall des Schusses erfüllte das Dorf. Ein letztes Zucken ging durch den Körper des Jungen. Dann hörten das Hecheln und die Schmerzensschreie auf.

Das Töten war für Chibala und Baakir zur Routine geworden. Ein Menschenleben war ihnen nichts wert. Als Teenager waren sie in ihre ersten Kämpfe geschmissen worden, doch sie hatten den Bananenkrieg und all die anderen kriegerischen

Auseinandersetzungen im nicht enden wollenden somalischen Bürgerkrieg überlebt.

Vor zehn Jahren hatten sie als 14-jährige Jungs das Flüchtlingslager verlassen. Seit zehn Jahren kämpften sie nun für Aidid, und schon lange waren sie Gruppenführer. Sie bildeten mit ihren Kampfgruppen von jeweils zehn Männern ein gut funktionierendes Team. Bei diesem Angriff waren noch drei weitere Kampftruppen dabei. Insgesamt also über 50 Soldaten. Offiziell hatte Chibala das Oberkommando, Baakir war sein Stellvertreter. Doch wie immer arbeiteten sie als gleichwertige Partner. Die beiden Freunde hatten ihre Soldaten geschickt eingesetzt, deswegen gab es nur sieben Tote und ein Dutzend Verletzte aus den eigenen Reihen. Die Kompanie der Somali Africans Muke Organization, ein Clan, der wie alle anderen seine Finger nach der Macht ausstreckte, hatte sich in dem Dorf eingenistet. Somit hatten sie einfachen Zugang zu Nahrung und Wasser. Die Kompanie wurde von Chibalas Soldaten restlos aufgerieben. Gefangene wurden nicht gemacht. Über 60 Kämpfer fanden den Tod.

»Wir werden noch berühmt«, stellte Baakir lächelnd fest.

»Das wird unser beschissenes Leben auch nicht verbessern«, antwortete Chibala. Seine Stimme war seit dem Stimmbruch tief und kräftig geworden. Er sah furchterregend aus. Das Blut der Feinde klebte an seiner tarnfarbenen, gefleckten Soldatenuniform. An seinem Koppel hingen Pistolenhalfter, Machete und Ersatzmagazine für die Kalaschnikow. Seine kurzen gelockten Haare steckten unter einem weißen Turban. Er trug ihn nicht aus religiösen Gründen. Der Glaubensquatsch interessierte ihn nicht im Mindesten. Den Turban trug er zum Schutz vor der glühenden Sonne.

Als er vor Jahren pubertierte, war etwas Merkwürdiges mit seinen Augen passiert. Sie hatten ihren Glanz verloren. Die schwarzen, matten Augen wirkten bedrohlich in dem tiefschwarzen Gesicht. Er überragte mit seinen 2,10 Metern Körpergröße alle anderen Soldaten. Der Riese war schlank wie die meisten Somalier. Doch niemand war so kräftig und schnell wie er. Seine Brutalität war gefürchtet. Chibala liebte den Zweikampf. Er gab seinen Soldaten oft den Auftrag, bei Gefechten die körperlich stärksten Gegner zu verschonen. Später tötete er sie im Zweikampf mit Messer, Machete oder mit den Fäusten. Es war jedes Mal ein willkommenes Schauspiel. Seine Männer fingen an, Wetten abzuschließen, wie lange es dauern würde, bis Chibalas Gegner tot waren. Die Skrupellosigkeit des Riesen war inzwischen nicht nur in Aidids Söldnerheer legendär. Chibala tötete langsam. Er brach Knochen, trat die Eier zu Matsch, schnitt viele Wunden in die Leiber. Der Todesstoß kam erst, nachdem der Gegner sich kaum noch bewegen konnte. Erst vor zwei Tagen, nachdem sie eine Vorhut des feindlichen Clans erledigt hatten, hatte er mit dem gefangenen Offizier gekämpft. Der Feind durfte sogar ein Messer tragen, Chibala hatte nur seine Fäuste. Seine Soldaten bildeten einen Ring von etwa zehn Metern Durchmesser. Begeistert johlend waren sie Zeuge einer weiteren Abschlachtung. Nach wenigen Sekunden hatte Chibala dem Offizier das Messer aus der Hand geschlagen. Der Riese fing an, die Knochen des Gegners zu brechen. Erst die Fingerknochen, dann die Handgelenke, die Ellenbogen und Kniegelenke. Als der Offizier wehrlos am Boden lag, zerquetschte Chibala ihm mit den Fingern die Augen. Dann brach er ihm das Genick.

Für die heutige Schlacht hatte er seinen Männern befohlen, keine Gefangenen zu machen. Heute wollte er keinen Zweikampf, heute wollte er ficken.

Chibala blickte sich um. Die Gefahr war vorbei, der Feind war besiegt. Seine Männer fingen an zu lachen und zu grölen. Sie hakten sich an den Armen ein, führten rhythmische Tänze auf. Sie hatten überlebt. Die Angst vor dem Tod war vorbei, zumindest für heute.

Schüsse wurden in die Luft gefeuert, Siegesgesänge setzten ein. Einige der Dorfziegen und eine abgemagerte Kuh waren die ersten Opfer. Mit Macheten und Messern wurden sie abgeschlachtet. Die Tiere blökten und brüllten in Todesangst. Heute Abend würde es ein Festessen geben. Die Plünderungen fingen an und die Vergewaltigungen. Frauen rannten kreischend davon, wurden zu Fall gebracht und bestiegen. Die üblichen Massenvergewaltigungen setzten ein. Die männlichen Dorfbewohner wurden wie Vieh vor der Hütte des Häuptlings zusammengetrieben. Sie mussten mit ansehen, wie ihre Frauen, Töchter, Mütter vergewaltigt wurden.

Chibala unternahm keinen Versuch, seine Soldaten aufzuhalten. Wozu auch? Sie hatten sich den Spaß verdient. Es war wie ein Ventil, das geöffnet wurde. Der Druck der Schlacht musste abgelassen werden. Die Erleichterung musste gelebt werden. So war es schon seit tausenden von Jahren. Ein paar Männer hatten die bescheuerte Idee, ihre Familien zu beschützen. Sie wurden auf der Stelle erschossen. Die Bewohner hatten dieses ganze Leid schon ertragen müssen, als der andere Clan das Dorf besetzte. Nun ging es von vorne los. Aber so war nun mal das Leben. Es gab Starke und Schwache, Gewinner und Verlierer. Chibala und Baakir waren stark und sie waren Gewinner. Das Schicksal meinte es gut mit ihnen. Andere hatten weniger Glück.

»Hey Daaud!« Chibala hielt einen seiner Soldaten an. »Siehst du die Frau mit dem Kind dort drüben?« Er zeigte auf eine Frau mittleren Alters neben einer kreisrunden Lehmhütte. Die Frau war schlank mit großen Brüsten und hatte ein stolzes Gesicht. Sie kauerte sich mit einem etwa zehnjährigen Mädchen zwischen ein paar Maissäcke und zog einen leeren Sack über sich.

»Ich sehe die beiden«, bestätigte Daaud.

»Fessle die Frau. Sie ist für mich reserviert.«

»Willst du sie ficken?«

»Was für eine blöde Frage.«

»Und das Mädchen?«

»Das kannst du haben.«

Lachend rannte Daaud davon.

Chibala sah sich nach Baakir um. Sein Freund durchsuchte zusammen mit drei weiteren Soldaten die gefallenen Feinde nach verwertbaren Informationen. Baakir schien Chibalas Blick zu spüren und schaute triumphierend zurück. Wieder eine

Schlacht gewonnen, schien der Blick zu sagen. Chibala nickte. Baakir war der einzige Mensch, für den er Gefühle hegte. Für ihn fühlte er so etwas wie eine starke Bruderliebe.

Die beiden Freunde teilten das gleiche Schicksal, waren beide skrupellos und mutig. Sie hassten die Weißen und waren bedingungslos bereit, das Leben für den anderen zu geben. In den Gefechten mussten sie sich kaum miteinander absprechen. Sie verstanden sich so gut, dass Blicke und Gesten zur Kommunikation ausreichten. Zusammen waren sie eine unbesiegbare Macht. Beide waren sie clever, doch Baakir etwas mehr. Sie hatten die gleichen Wünsche, wollten ein besseres Leben haben, sehnten sich nach Frauen, Geld und Ruhm.

Äußerlich hätten sie jedoch unterschiedlicher nicht sein können. Baakir war von kleinem Wuchs. Er reichte seinem Freund nicht einmal bis zur Brust. Man konnte meinen, Baakir hätte alle seine Wachstumshormone an Chibala weitergegeben.

Niemand wagte es, sich über Baakirs Kleinwüchsigkeit lustig zu machen. Er war flink wie ein Wiesel. Mit dem Messer konnte er kämpfen wie kein anderer. Zudem war ein brutaler Riese sein bester Freund.

»Nichts gefunden«, sagte Baakir, als er von der Durchsuchung der Feinde zurückkam.

»Es wird nicht mehr viel von der Muke Organization übrig sein.«

»Ich bin gespannt, wann der nächste Clan versucht, uns in die Suppe zu spucken.«

Chibala trat wütend in den Körper des enthaupteten Gegners. »Ich hab die Schnauze voll.«

»Warum? Wir haben doch gewonnen.«

»Sieht so unsere Zukunft aus?« Chibala zeigte mit offenen Armen auf das Dorf. »Immer gegen andere Somalier kämpfen und jeder Tag kann unser letzter sein.«

»Was sollen wir machen?«, fragte Baakir achselzuckend. »Wenn du eine bessere Idee hast, dann lass es mich wissen.«

KAPITEL 7

Deutschland, Sommer 2006

Bianca hielt den Atem an, als Alexander mit dem Telefon am Ohr direkt neben ihr stand. Die Stimme des Mannes am anderen Ende der Leitung konnte sie zwar hören, aber nicht verstehen.

»Auch Ihnen einen guten Morgen, Herr Mayerhofer«, sagte Alexander. »Ja, ich habe mich entschieden.« Er legte eine kurze Gesprächspause ein und schaute Bianca für einige Sekunden mit ausdruckslosem Gesicht an.

»Es tut mir leid, Herr Mayerhofer. Ich kann Ihr Angebot nicht annehmen.«

Ohne eine Antwort abzuwarten, legte Alexander auf und schmiss das Telefon achtlos auf den Tisch. Grinsend sah er Bianca an. Sie stemmte ihre Hände in die Hüften und schüttelte lächelnd den Kopf, dann winkte sie ihn zu sich.

»Komm her zu mir.«

Als er seine Arme um sie legte, drehte sie sich mit dem Rücken zu ihm und führte seine Hände unter das T-Shirt auf ihren Bauch.

»Das Baby freut sich mit mir. Du kannst es zwar noch nicht spüren, aber mit ein bisschen Fantasie kannst du dich hineinfühlen.«

Ihr Bauch war flach und muskulös wie immer. Von dem Baby spürte er nichts. Aber er spürte etwas anderes. Er wurde scharf auf sie und sein Glied wurde hart. Langsam wanderten seine Hände unter ihrem T-Shirt nach oben. Er streichelte ihre kleinen Brüste.

»Bianca, ich liebe dich. Du bist die wunderbarste Frau, die ich mir vorstellen kann.«

»Halte mich ganz fest, Liebling.«

Ihre Fingernägel kratzten weich über die Haut seiner Arme.

»Ich werde nur noch für dich und unser Baby da sein.« Er dachte an seinen einäugigen Vater, der seine Frau umgebracht hatte. Alexander wusste, dass er ein guter Vater und Ehemann sein würde.

»Küss mich«, forderte sie und drehte sich zur Seite. Er küsste sie sanft auf ihre Wange.

»Ich spüre deinen Schwanz. Du machst mich ... scharf.«

»Ich halte mein Versprechen, Liebling. Der Einsatz in Düsseldorf war mein letzter.«

»Ich will, dass du noch mehr hältst.«

»Was meinst du?«

»Halte deinen Mund, halte mich fest ... Nimm mich ... Jetzt!«

Sie nahm seine Hand und führte ihn ins Wohnzimmer. Mit der Zunge fuhr sie sich über ihre sinnlichen Lippen, als sie zu ihm zurückschielte. Dann knöpfte sie seine Hose auf und griff nach seinem erregten Glied. Aus der Spitze drückten sich Tropfen der Lust. Genüsslich verrieb sie die schlüpfrige Flüssigkeit auf seiner Eichel. Er fing an zu stöhnen. Gleichzeitig zog er ihr die Pyjamahose aus. Willig spreizte sie ihre Beine. Er spürte ihre Wärme, seine Finger streichelten über ihren Venushügel und glitten in ihren Körper.

»Du fühlst dich wunderbar an.«

Umständlich strampelte er seine Jeans von sich. Sie zog ihn mit sich auf den Teppichboden.

»Nimm mich!«, forderte sie. »Besorge es mir.«

Mit sanftem Druck drang er in sie ein. Er spürte, wie sich das weiche und enge Fleisch ihrer Vagina bereitwillig dehnte. Nasse Wärme empfing ihn, ein Gefühl der Verbundenheit strömte durch sein Glied und strahlte in den ganzen Körper.

»Stoß ... stoß mich.« In abgehakten Worten machte sie ihm klar, wie sie es wollte.

Später, nachdem beide ihre Befriedigung gefunden hatten, liebkosten sie sich zärtlich mit ihren Händen. Sie waren beide nassgeschwitzt und sie fühlten sich großartig.

»Jetzt ist der richtige Zeitpunkt für einen Pfefferminztee.« Hungrig und glücklich stürzten sie sich auf das Frühstück.

Am Nachmittag bekam Alexander eine E-Mail vom BKA. Der Polizeieinsatz vor wenigen Tagen in Oslo war ein voller Erfolg gewesen, der in Düsseldorf allerdings nicht. Bei der Razzia hatte es ein wildes Feuergefecht gegeben, bei dem drei Russen erschossen worden waren, darunter der 16-jährige Sohn des Mafiabosses. Der Rest der Russen war verhaftet worden. Doch Vasilij Rasskazov war entkommen. Vermutlich hatte er sich nach Russland abgesetzt.

Drei Wochen später, es war Mittwochabend, ging Bianca wie üblich ins Fitnessstudio. Noch konnte sie sich in den Spinning-Kursen austoben. Wegen des Babys würde sie sich aber bald einschränken müssen.

Spätestens um 21 Uhr wollte sie zurück sein. Alexander hatte einen kleinen Snack vorbereitet und erwartete Bianca. Doch Bianca kam nicht. Sie antwortete auch nicht auf seine Anrufe. Vielleicht war ja der Akku ihres Handys leer. Ein Telefongespräch mit dem Fitnessstudio bestätigte, dass sie wie gewohnt um 20:40 Uhr von dort weggegangen war.

Alexander schaute voller Sorge auf die Uhr. Es war schon halb zehn. Er eilte zu seinem Auto und fuhr den Weg zum Fitnessstudio ab. Hatte sie vielleicht eine Panne gehabt? Als er auf dem Parkplatz vor dem Sportclub ankam, stand ihr Wagen mit offener Tür da. Ihre Sporttasche lag auf dem Boden. Von Bianca fehlte jede Spur.

Oh scheiße!

Alexander dachte an den entwischten Psychopathen Vasilij Rasskazov. Hatte der Russe ihn als Verräter erkannt und wollte nun Rache?

Bei der folgenden Suchaktion arbeitete Alexander eng mit der Polizei zusammen. Er fürchtete das Schlimmste.

Was kann ich tun? Wo soll ich suchen? Bianca, Liebling, wo bist du?

Alexander fühlte sich hilflos wie noch nie in seinem Leben. Er rief bei allen Freunden und Bekannten an, er gab Suchanzeigen auf, immer wieder fuhr er zum Fitnesscenter. Er versuchte, sich in die Gedanken der Entführer hineinzuversetzen. *Wo würde ich sie hinbringen?*

Er telefonierte mit Hauptkommissar Rausch. »Helfen Sie mir. Reden Sie mit dem BKA. Ich wette, dieser Verrückte Vasilij Rasskazov steckt dahinter.«

»Sie haben wahrscheinlich Recht. Das BKA arbeitet bereits mit Interpol zusammen. Man weiß seit kurzem, dass Rasskazov kurz nach der Sache in Düsseldorf nach Moskau abgehauen ist.«

»Dann haben wir ihn ja!«

»Nicht wirklich. Alle bekannten Freunde und Verwandte des Russen werden überwacht. Aber bisher gibt es keine Ergebnisse.«

Alexander konnte nicht mehr schlafen. Verzweifelt saß er immer wieder vor dem Computer und checkte seine E-Mails. Vasilij musste sich doch melden. Sollte Alexander nach Moskau fliegen? Aber wie konnte er dort den Psychopathen finden? In einer Stadt, die Alexander nicht kannte.

Wo hast du sie versteckt, du verfluchter Drecksack?

Eine Woche später lag ein Brief ohne Absender in Alexanders Briefkasten. Auf den Umschlag stand mit fetten Buchstaben:

Прииверт, каак деела? Hallo, wie geht es?

Alexanders fühlte etwas kleines Hartes in dem Briefumschlag. Er wusste, dass er ihn nicht öffnen sollte. Die Polizei würde sich darum kümmern. Doch er konnte nicht warten. Seine Finger zitterten, als er den Umschlag öffnete. Sollte es eine Briefbombe sein, war es ihm egal. Er zog einen Memory-Stick aus dem Umschlag hervor und ging damit in sein Arbeitszimmer. Er steckte den Stick in den Computer. Alexander hatte Angst vor dem, was er gleich sehen würde. Mit weitaufgerissenen Augen starrte er auf den Bildschirm. Seine Kehle wurde trocken, das Schlucken schmerzte, Schweißperlen bildeten sich auf seiner Stirn. Ihm wurde schwindlig. Er sah, wie sich nach endlosen Minuten der Folter drei stämmige Russen an ihr vergingen. Die Russen hatten nackte Oberkörper und ihre dreckigen Jeanshosen waren aufgeknöpft. Sie trugen schwarze Gummimasken über ihren Köpfen. Nur Schlitze für Mund, Nase und Augen blieben frei. Biancas Schmerzensschreie hallten in dem Keller. Ein verfilzter Köter riss wild an seiner Kette und bellte in heißer Erregung. Bianca zerrte mit aller Kraft an den Handschellen, mit denen sie an einer Metallpritsche gefesselt war. Die Matratze war blutdurchtränkt. Dann schlitzten sie ihr die Bauchdecke auf. Bianca war benommen, doch sie hatte die Augen offen. Die Russen rissen den inzwischen vier Monate alten Fötus aus ihrem Leib. Menschliche Formen waren bereits erkennbar. Das Köpfchen war überproportional groß. Der Fötus bewegte sich. Einer der Russen riss das blutige Bündel von der Nabelschnur und schmiss es dem tobenden Mischlingsköter vor die Füße. Der Hund stürzte sich gierig auf das sterbende Fleisch.

Die Kameraführung war darauf bedacht, jedes Detail genau aufzunehmen.

Biancas Schreie wurden zu einem schwachen Wimmern, die Lebensenergie strömte aus ihrem Körper. Dann griff einer der Russen zum Fleischerbeil.

Als der Film zu Ende war, flimmerte eine kurze Mitteilung auf:

WIR SIND QUITT.

Alexander kotzte auf den Teppich. Er knallte den Computer auf den Boden, rutschte auf seinem Erbrochenen aus und fiel hin. Er hyperventilierte, begann hemmungslos zu schluchzen.

In den folgenden Tagen war er kaum ansprechbar. Er betrank sich, schlug die Möbel zu Kleinholz, hatte Tobsuchtsanfälle. Bald wuchs ein neuer Gedanke in ihm. Es war dieser Gedanke, der ihn davon abhielt, den Verstand völlig zu verlieren. Er griff zum Telefon.

»Guten Tag, Herr Rausch. Gibt es Neues von Vasilij?«

»Sie wollen sich rächen?«

»Ja.«

»Das geht nicht.«

»Warum?«

»Vasilij wurde vor zwei Tagen von Interpol in Zusammenarbeit mit dem russischen Geheimdienst in Moskau aufgespürt und gestellt. Er wurde in dem Feuergefecht erschossen.«

Alexander legte auf und stierte mit leeren Augen an die Wand. Vasilijs Tod gab ihm nicht die Befriedigung, die er suchte. Aber wonach suchte er?

Eine Woche später hatte er die Antwort. Diesmal wählte er eine Nummer vom deutschen Geheimdienst.

»Guten Tag, Herr Mayerhofer«, sagte Alexander mit trockener Stimme.

KAPITEL 8

Somalia, September 2006

Die äthiopische Armee war in Somalia einmarschiert. Die Soldaten von Aidids Söldnertruppe hatten es nun mit einem Gegner zu tun, der stärker war als alles, was sie bisher bekämpft hatten.

»Warum fallen sie in unser Land ein?«, fragte Chibala.

»Weil die Äthiopier keine Korananbeter als Nachbarn dulden wollen«, antwortete Baakir. »Doch zumindest schließen sich nun einige unserer Clans zusammen, um gemeinsam gegen den Eindringling zu kämpfen.«

»Kämpfen! Immer nur kämpfen!«, sagte Chibala mit frustrierter Stimme. »Ich fürchte, das wird nie aufhören.«

Einen Monat später brauchte ihr Warlord Aidid Geld für die Bezahlung und Aufrüstung seiner Truppe. Elfenbein war eine gute Einnahmequelle. Die beiden Freunde wurden mit ihren Soldaten auf Elefantenjagd geschickt.

Nach ein paar Stunden Fahrt wurde das Gelände zu schwer für die fünf Jeeps. Sie stellten die Fahrzeuge ab und zu Fuß durchkämmten sie den Busch. Zusammen waren sie über zwanzig Mann. Die Abstände zwischen den einzelnen Soldaten betrugen etwa 100 Meter. Damit bildeten sie eine zwei Kilometer breite Linie. Kein Elefant würde dieser Treibjagd entkommen.

An einer mehrere Kilometer langen Hügelkette teilten sich die Gruppen auf. Baakir blieb mit seinen Soldaten auf der Ostseite, während Chibalas Gruppe auf der westlichen Seite der Erhebung weiterzog. Sie wollten sich am späten Nachmittag am Ende der Hügelkette wieder treffen. Eine Stunde, nachdem sie sich aufgeteilt hatten, bemerkte Chibala eine ungewöhnliche

Stille im Busch. Kaum ein Tier war zu hören. Sogar die Vögel blieben stumm. Chibala wurde misstrauisch, doch es war zu spät. Eine Kompanie der Äthiopier lag auf der Lauer. Die Abstände zwischen Chibalas Soldaten waren zu groß für eine koordinierte Abwehr. Zudem war der Feind hoffnungslos überlegen. Das Feuergefecht dauerte keine fünf Minuten. Fast alle aus Chibalas Gruppe wurden erschossen. Nur er selbst und einer seiner Soldaten blieben verschont. Da Chibala an seinen Rangabzeichen als Gruppenführer zu erkennen war, glaubte er, deswegen noch am Leben zu sein.

Die Äthiopier überwältigten die beiden Somalier und banden ihre Hände mit Draht auf dem Rücken zusammen. Chibalas weißen Turban rissen sie vom Kopf. Die Gefangenen wurden in das Zeltlager am Fuße der Hügel gebracht, wo sie sich auf den Boden setzen mussten.

»Pst, Hajir«, flüsterte Chibala, »sie werden uns foltern und über unsere Truppe ausfragen.«

Hajir nickte, während Chibala weitersprach.

»Sie bringen uns sowieso um. Auf keinen Fall werden wir Baakir und seine Gruppe verraten.«

Hajir schien eine Vorstellung davon zu haben, was das bedeutete. »Auf keinen Fall«, sagte er ängstlich.

»Hey, Somalier, haltet euer Maul«, befahl einer der Wachsoldaten in englischer Sprache.

Es wurde Abend und die Äthiopier holten Hajir zum Verhör ab. Sie brachten ihn auf die andere Seite des Camps. Chibala hörte laute Stimmen und Schmerzensschreie. Wenig später wurde Chibala abgeholt.

Unter einem Baum mit weit ausladender Krone fand das Verhör statt. Der Hauptmann, ein düster dreinblickender kleiner Mann, trug ein dunkelgrünes Barett. Eine wulstige Narbe zierte seine rechte Wange. Er saß auf einem olivgrünen Klappstuhl, der Blechtisch vor ihm hatte die gleiche Farbe.

Vor dem Tisch musste Chibala stehen bleiben. Seine Hände waren noch immer auf dem Rücken zusammengebunden.

Mücken umschwirrten sein verschwitztes Gesicht. Hajir lag ein paar Meter entfernt gefesselt im Staub. Leises, stoßartiges Stöhnen ließ seine Schmerzen erahnen. Sein Gesicht war zerschlagen. Aus einer klaffenden Wunde auf seiner Wange tropfte Blut.

Etwa 50 äthiopische Soldaten standen in der Nähe und warteten auf das kommende Schauspiel.

Der Hauptmann stieß die Rückseite eines Kugelschreibers rhythmisch auf den Tisch und starrte überheblich auf Chibala. Laut war das Klicken des Kulis auf dem Blechtisch zu hören.

»Wir wissen schon vieles von deinem Soldaten«, sagte der Hauptmann. Dabei nickte er abfällig mit dem Kinn in Richtung des im Staub liegenden Hajir. »Und du wirst uns seine Informationen bestätigen.«

Der Hauptmann schmiss den Kuli auf den Tisch und spuckte auf den Boden.

»Wo ist deine Einheit?«, fragte er mit schneidender Stimme.

Chibala schwieg. Hajirs Stöhnen und das Zirpen der Grillen waren die einzigen Geräusche.

»Für welchen Warlord kämpft ihr?«

Chibala schwieg.

»Welche Waffen hat eure Einheit?«

Chibala schwieg. Und er war erleichtert. Sie schienen davon auszugehen, dass er alleine mit seiner Gruppe auf Elefantenjagd war.

Einer der Äthiopier stellte sich grinsend vor Chibala und schaute hoch zu dem Riesen. Einen Augenblick später trat er dem Gefangenen mit dem Schienbein zwischen die Beine. Chibala krümmte sich vor Schmerz und stürzte auf die Knie.

Der Hauptmann erhob sich von seinem Stuhl, lief zu dem knienden Gefangenen und stellte sich ganz nah zu ihm hin.

»Schau dir meine Narbe an!«, schrie der Äthiopier, während er sein Gesicht zur Seite drehte und mit dem Finger auf seine Wange zeigte. »Siehst du sie?«

Chibala nickte.

»Ein Geschenk eines Somaliers. Nun gebe ich das Geschenk

an jeden verdammten Somalier weiter, den ich in die Finger bekomme.«

Chibala bemühte sich um eine ausdruckslose Miene. Ein Mensch wird stark, wenn er mit dem Leben abgeschlossen hat.

»Wo ist euer Lager?« Leise und zischend kam die Frage.

Chibala schwieg.

Der vernarbte Anführer nickte einem stiernackigen Äthiopier zu, der sich daraufhin hinter den knienden Gefangenen stellte. Mit hartem Griff riss er Chibalas Kopf an den kurz gelockten Haaren so ruckartig nach hinten, dass seine Halswirbel knackten. Chibala war gezwungen, nach oben zu sehen. Das Gesicht seines Peinigers thronte über ihm. Schweiß tropfte auf den Gefangenen herunter, die salzige Flüssigkeit brannte in seinen Augen. Stinkender Nikotin-Atem stach in Chibalas Nase. Über dem Schweißgesicht konnte Chibala den dunkel werdenden Abendhimmel erkennen.

Der stiernackige Folterknecht rammte sein Kampfmesser mit voller Wucht durch Chibalas rechte Wange. Die Klinge drückte Ober- und Unterkiefer auf und drang an den Backenzähnen vorbei in den Mund ein.

Chibala konnte die metallene Spitze des Messers mit der Zunge fühlen. Während Stiernacken den Kopf festhielt, zog er betont langsam das Messer mit einer leichten Sägebewegung in Richtung des Ohres. Dabei kratzte die Messerschneide über die Backenzähne.

Chibala bewegte sich nicht.

»Du willst doch nicht für den Rest deines Lebens noch mehr entstellt herumlaufen? Was werden die Frauen dazu nur sagen?« Der Hauptmann zog bei der Frage gelangweilt seine Augenbrauen hoch und blickte in die Runde. Die äthiopischen Soldaten lachten so, wie es Untergebene überall auf der Welt machten, um ihrem Vorgesetzten gefällig zu sein.

Stiernacken hatte Chibalas Kopf inzwischen losgelassen. Blut tropfte aus der klaffenden Wunde und aus seinem Mund. Chibala spuckte eine rote zähflüssige Masse auf den Boden.

»Somalier, du siehst jetzt schon scheiße aus. Was meinst du, wie du aussehen wirst, wenn wir mit dir fertig sind?« Der Hauptmann sprach laut, Speicheltropfen spritzten auf Chibalas Gesicht.

Die Äthiopier berieten sich in ihrer Landessprache. Kurz darauf wurde Hajir auf die Beine gezerrt.

Der Hauptmann bückte sich, um dem knienden Chibala leise ins Ohr zu flüstern. Da der Somalier ein Riese war und der Hauptmann eher klein, musste sich der Äthiopier nur leicht bücken.

»Schau genau hin. Ich gewähre dir einen Blick in deine Zukunft.«

Hajir wurde zwei Meter vor Chibala auf die Knie gedrückt. Die Gefangenen, beide nun auf den Knien, beide mit auf den Rücken gefesselten Händen, schauten einander an. Hajir schüttelte den Kopf als Zeichen, dass er nichts gesagt hatte. Chibala erkannte nackte Angst im Blick seines jungen Soldaten. Hajir war erst 17 Jahre alt. Zu jung zum Sterben.

Es ging blitzschnell. Stiernacken stellte sich hinter Hajir, nahm dessen Kinn in seine linke Hand, drückte es nach oben und gleichzeitig nach hinten an seinen Bauch. Hajir musste mehrmals nervös schlucken und sein Adamsapfel tanzte heftig auf und ab. Panisch keuchend versuchte er, sich aus dem Klammergriff zu befreien, aber sein Kopf war wie in einem Schraubstock zwischen Hand und Bauch des Folterknechtes eingeklemmt.

Stiernacken rammte sein Buschmesser tief in die Seite des Halses und schnitt ihm mit einer halbrunden Sägebewegung die Kehle durch.

Der Körper des Opfers zuckte heftig. Blutfontänen spritzten aus dem Hals. Stiernacken ließ Hajir los und der Sterbende fiel nach vorne auf den Boden. Es war schon fast dunkel, aber Chibala konnte gut erkennen, dass die vordere Hälfte von Hajirs Hals komplett aufgeschnitten war. Grotesk baumelte der Kopf zur Seite, während Hajir in den Dreck kippte.

Ein dünner Blutstrahl spritzte pumpend aus der riesigen

Wunde. Wild zappelten die Beine des Hingerichteten. Auch der Oberkörper zuckte noch einige Male ruckartig und unkontrolliert. Röchelnde Laute kamen aus dem offenen Hals.

Chibala verzog keine Miene. Er wartete auf die Erlösung. Es stirbt sich leichter, wenn man mit dem Leben abgeschlossen hat.

»Morgen früh machen wir weiter. Es liegt an dir, ob du die Mittagssonne erlebst«, sagte der Hauptmann zu Chibalas Überraschung.

Es wurde still im Lager. Die meisten Äthiopier lagen in ihren Zelten. Wegen der Schmerzen konnte Chibala nicht schlafen. Plötzlich, es musste schon weit nach Mitternacht gewesen sein, erklangen Gewehrschüsse auf der anderen Seite des Zeltlagers. Das Mündungsfeuer oben auf dem Hügel verriet die Stellung der Angreifer. Kommandos schallten durch die Nacht. Schnell formierten sich die Äthiopier zur Verteidigung. Einer von ihnen bewachte Chibala. Der Wachsoldat schaute alarmiert in die Richtung des Gefechtslärms. Doch dann versteifte sich sein Körper. Der Äthiopier röchelte, dann fiel er auf die Knie. Ein Messer steckte in seinem Rücken. Gestalten schälten sich aus der Dunkelheit und fielen über den Verletzten her. Augenblicke später lag er leblos auf dem Boden.

»Dreh dich um.« Baakir stand vor seinem Freund. Er wurde von zwei seiner Soldaten begleitet. Baakir durchtrennte die Drahtfessel, und gleich darauf wurden die Somalier von der Nacht verschluckt.

Der Lärm des Feuergefechts ebbte ab. Baakirs Gruppe hatte den Scheinangriff ausgeführt. Auch sie verschwanden in der Dunkelheit. Um zu ihren Fahrzeugen zu gelangen, mussten die Somalier zehn Kilometer laufen. Immer wieder schauten sie während der Flucht nach hinten. Doch die Äthiopier wussten wohl sehr genau, dass eine Verfolgung in der Nacht zum einen fast aussichtslos und zum anderen sehr gefährlich für sie sein würde.

Die Wagenkolonne, bestehend aus fünf Jeeps, fuhr holpernd in die aufkommende Morgendämmerung. Viele Plätze blieben leer. Die beiden Freunde saßen in einem der Jeeps auf der Rückbank. Chibala versuchte, den beißenden Schmerz in seiner Wange zu ignorieren.

»Da-ke Baakir, du hast mir das Lebe gerettet.« Die Wunde an Chibalas Wange erschwerte ihm das Sprechen. Wegen der Verletzung konnte er das »N« nicht aussprechen.

»Du bist immer zur Stelle, we ich Hilfe brauche. Du bist mei Schutze-gel?«

Baakir lächelte. »Hör schon auf. Du hättest schließlich dasselbe für mich getan.«

»Vielleicht kommt irgendwa der Tag, a dem ich mei-e Schuld zurückzahle ka.«

Nachdem sie ihrem Warlord Bericht erstattet hatten und Chibalas Fleischwunde mit groben Stichen genäht worden war, betranken sich die beiden übermüdeten Freunde in Baakirs Zelt. Bei Chibala ging das nur mit großer Mühe. Er musste den Kopf auf die linke Seite legen, um den Alkohol so von der Wunde fernzuhalten.

Die Verletzung heilte. Doch eine wulstige Narbe, so lang wie der kleine Finger eines Kindes, zog sich schräg über seine rechte Wange. Sein Gesicht war entstellt. Das störte ihn allerdings weniger als die Tatsache, dass die Narbe immer dann juckte, wenn er angespannt oder aufgeregt war. Das waren die Momente, in denen Chibala die Äthiopier verfluchte.

Die beiden Freunde hatten die Schnauze voll vom Soldatenleben. Aber wo sollten sie hingehen? Was sollten sie tun? Außer kämpfen konnten sie ja nichts.

Ein paar Monate später kam Baakir aufgeregt in Chibalas olivgrünes Militärzelt. Ein Feldbett stand in der Ecke, doch Chibala lag auf einem Stapel Decken am Boden. Das Feldbett war zu kurz für den Riesen. Baakir kniete sich neben seinen Freund.

»Wir müssen reden.«

»Was gibt's?«

Baakir beugte sich ganz nah an Chibalas Ohr und flüsterte nun. »Ich hab die Lösung.«

»Was für 'ne Lösung?«

»Die Lösung für unser Problem. Wir werden von nun an ein gutes Leben führen. Geld, Weiber, Drogen … alles, was du willst.«

»Werd' deutlicher.«

»Nicht hier.« Obwohl sie in Chibalas Zelt saßen und außer ihnen niemand anwesend war, schaute sich Baakir verschwörerisch nach allen Seiten um. »Nicht hier«, wiederholte er kaum hörbar. »Lass uns einen Spaziergang im Busch machen.«

KAPITEL 9

Deutschland, 2006–2010

»Ja, Herr Hartmann, mein Angebot steht noch«, antwortete der Chef der Abteilung internationale Terrorbekämpfung und organisierte Kriminalität auf Alexanders Frage.

»Gut so. Ich habe nämlich meine Meinung geändert und möchte nun für den BND arbeiten.«

»Ich weiß von dem dramatischen Tod Ihrer Frau und ich habe damit gerechnet, dass Sie bei mir anrufen.«

»Wann kann ich anfangen?«

»Vorerst nicht. Ich gehe davon aus, dass Sie traumatisiert sind. Deswegen sind Sie für die Ausbildung noch nicht bereit.«

»So ein Quatsch!«, rief Alexander aufbrausend. »Ich bin mehr als bereit.«

»Ich mache Ihnen einen Vorschlag. Sie unterziehen sich einer mehrwöchigen intensiven Therapie bei einem unserer Psychologen. Wenn er grünes Licht gibt, sprechen wir über mein Angebot.«

Um den Schock über Biancas Tod zu überwinden, brauchte Alexander keine Therapie, sondern körperliche Anstrengung bis zum Umfallen und starke geistige Herausforderung. Nur so konnte er verhindern, dass ihn die Schuld an ihren Tod zerstörte. Doch er hatte keine Wahl. Zähneknirschend lenkte Alexander ein.

Er hatte nun jeden Tag eine Behandlung mit Herrn Warmuth, dem Psychologen. Nach der ersten Woche platzte Alexander der Kragen. »Mir geht es gut«, sagte er aufbrausend. »Lassen Sie Herrn Mayerhofer wissen, dass ich bereit bin für die Ausbildung.«

»Herr Hartmann«, der Psychologe sprach mit unerträglicher Langsamkeit.

»Es dauert, bis Sie Ihr traumatisches Erlebnis verarbeitet haben. Noch sind Sie nicht entspannt genug.«

»Blödsinn! Dieses angebliche traumatische Erlebnis habe ich schon längst verarbeitet. Ich bin entspannt wie noch nie.«

»Ich spüre, dass Sie voller Wut stecken.«

»Verdammt!« Alexander schlug mit der flachen Hand auf den Tisch. Am liebsten hätte er diesen Trottel niedergeschlagen. »Ich bin die Ruhe in Person. Ich bin entspannt, ich bin relaxed. Ich will einfach nur Geheimagent sein. Und nun bewegen Sie Ihren Arsch und rufen Sie bei Herrn Mayerhofer an.«

Alexander musste einsehen, dass sein Verhalten nicht förderlich war. Die folgenden drei Wochen zogen sich zäh dahin. Eine Therapiesitzung dauerte nie länger als zwei Stunden. Er hatte viel Zeit, und das war schlecht! Mit intensiven Hindernisläufen forderte er seinen Körper bis an die Grenze. Er hatte bereits die schriftlichen Unterlagen für die Agentenausbildung und er lernte, bis er die Augen nicht mehr offenhalten konnte.

Diese schwachsinnige Therapie musste ein Ende haben. Alexander gab sich viel Mühe, diesen bescheuerten Psychologen ein Schauspiel zu liefern. Vor jedem Termin tobte sich Alexander in seinem Appartement für eine Stunde am Boxsack aus. Anschließend schluckte er Beruhigungspillen. Restlos erschöpft ging er anschließend zu Herrn Warmuth. Die Taktik half.

»Wie haben Sie es nur geschafft, in so kurzer Zeit Ihre Verbitterung zu verarbeiten?«, fragte der Idiot.

Alexander lächelte entspannt. »Alles ist vorherbestimmt. Alles hat seinen Platz im Universum. Das Schicksal geht unbeirrbar seinen eigenen Weg. Ich muss es einfach nur zulassen.«

Herr Warmuth nickte zustimmend. Alexander war zufrieden mit seiner Show. Er hatte schon vor Wochen herausgefunden, dass der Therapeut an diesen spirituellen Blödsinn glaubte.

Am nächsten Tag rief Heiner Mayerhofer bei Alexander an.

»Unser Psychologe meint, dass Sie Ihr Trauma überwunden haben.«

»Es wird auch Zeit. Die Gespräche in der Therapie haben mich fast verrückt gemacht.«

»Der Psychologe meinte auch, dass Sie ein ungeeigneter Kandidat für den Job sind.«

»Warum?«

»Weil ein Geheimagent ein knallharter Realist sein muss und Sie sind nach seiner Meinung zu sehr vergeistigt.«

»Was meinen Sie dazu?«

»Ich meine, dass er sich irrt.«

»Sie haben Recht. Besteht Ihr Angebot weiterhin?«

»Ja. Kommen Sie morgen früh um acht Uhr hierher nach Pullach in mein Büro. Ich erkläre Ihnen dann das weitere Vorgehen.«

»Wie lange dauert die Agentenausbildung?«

»Normalerweise zwei bis drei Jahre.«

Alexander blies enttäuscht die Luft aus.

»Aber in Ihrem Fall gehe ich davon aus, dass Sie mit Ihrer Erfahrung als V-Mann viel Zeit kompensieren können.«

»Das hört sich schon besser an.«

»Zudem habe ich eine beschleunigte Ausbildung angefordert. Sie werden jeden Tag bis zu 15 Stunden bei uns verbringen. Keine Wochenenden, keine freien Tage.«

»Genauso stelle ich mir das vor.«

»Wenn Sie sich dem Ende Ihrer Agentenausbildung nähern, werden Sie bei Cargoflight Ihre Umschulung auf den Jumbo beginnen. Die Agentenausbildung und Ihr Pilotenjob laufen dann parallel. Offiziell werden Sie Pilot bei Cargoflight sein. An Ihren freien Tagen werden Sie hier in Pullach trainiert.«

»Klingt nach 'nem straffen Zeitplan.«

»Bis Sie die Ausbildung zum Agenten abgeschlossen haben, werden Sie nicht eine Minute Freizeit haben.«

»Herr Mayerhofer, ob Sie es glauben oder nicht. Freizeit ist so ziemlich das Letzte, was ich brauche.«

»Ich glaube Ihnen.«

Wie er erwartet hatte, lenkte ihn die intensive Ausbildung ab.

Die schmerzlichen Gedanken an Biancas Tod waren nun zumindest erträglich.

Um näher an Pullach zu wohnen, verkaufte er das Haus bei Landshut und mietete sich ein Appartement in Garching.

Das Training war schonungslos. Körper und Geist wurden noch weiter abgehärtet. Er lernte viel über die menschliche Psyche, wie man lügt, wie man Menschen manipuliert. Nach einem Jahr intensiven Trainings begann Alexander seine Umschulung auf den Jumbo bei Cargoflight. Zwei Monate später wurde er als Copilot eingesetzt. Alexander war bereit für den neuen Doppeljob.

Da er nicht in den offiziellen Unterlagen des Geheimdienstes geführt wurde, wusste außer Heiner Mayerhofer niemand beim BND von Alexanders wahrer Identität. Er war unter dem Decknamen Uwe Herbst gespeichert und dieser Herbst tauchte nach der Ausbildung nie mehr auf. Auch bei Cargoflight wusste nur der Flugbetriebsleiter, dass Alexander Geheimagent war.

Im November 2006 hatte Alexander seinen ersten Einsatz. Es ging um organisiertes Verbrechen. Er spielte den hoch verschuldeten und gewissenlosen Frachtpiloten, der dankbar für jeden Zusatzjob war. In Malaysia boomten die geheimen Labore zur Herstellung von synthetischen Drogen wie Amphetamine oder Ecstasy. Der Schmuggel nach Deutschland nahm rapide zu, und die deutsche Regierung wollte die Quelle zum Versiegen bringen. Alexander flog nun oft nach Kuala Lumpur und erschlich sich dort das Vertrauen der Drogenhändler. Mit Alexanders Hilfe wurden bald die Hintermänner aufgedeckt und verhaftet. Es war ein guter Start für eine Reihe von erfolgreichen Einsätzen.

Seit Biancas Tod hatte sich seine Einstellung zum Leben geändert. Er stürzte sich mit hohem Risiko in seinen Job als Geheimagent. Nur durch viel Glück war er bisher ungeschoren davongekommen. Alexander wusste, dass dieses Glück nicht ewig anhalten würde.

Für den Agenten ergab sich ein Problem, an das niemand gedacht hatte. Alexander musste damit rechnen, dass Kriminelle oder Terroristen bei Cargoflight Nachforschungen über den Piloten Alexander Hartmann anstellen würden. Und genau da gab es eine Lücke in der Tarnung. Alexander traf sich mit dem Chef der Terrorbekämpfung, um das Problem zu besprechen.

»Ich könnte in Erklärungsnot geraten.«

»Warum?«

»Die kurzfristigen Änderungen meiner Dienstpläne und die ungewöhnlich langen Aufenthalte an den Einsatzorten werden immer öfter von Kollegen hinterfragt. Sollte einer meiner Gegenspieler herumschnüffeln, könnte das unangenehme Fragen erzeugen.«

»Ich verstehe«, Heiner schob seine Brille mit dem Zeigefinger nach oben und lehnte sich in seinem Bürostuhl zurück.

»Welche Tätigkeit würde deine ungewöhnlichen Piloteneinsätze rechtfertigen?« Sie duzten sich inzwischen.

»Keine Ahnung. Ich überlege schon die ganze Zeit.«

»Du solltest eine Zusatzfunktion haben. Vielleicht stellvertretender Chefpilot?«

Alexander schüttelte den Kopf. »Das würde nicht glaubhaft wirken. Der Chefpilot und sein Stellvertreter arbeiten die meiste Zeit im Büro. Wir brauchen eine Funktion, die meine langen Aufenthalte an den Flugzielen erklärt.«

Heiner stand auf und lief mit hinter den Rücken verschränkten Armen auf und ab. »Zielort-Überprüfer?«

»Das hört sich bescheuert an.«

»Destinations-Checker?«

»Schon besser«, meinte Alexander.

»Destinationskoordinator?«

»Das klingt gut.«

»Aber was würdest du als Destinationskoordinator machen?«

»Ich überprüfe die Destinationen, wenn es dort nicht rund läuft.«

»Zum Beispiel?«

»Zum Beispiel ...« Alexander strich sich nachdenklich mit den Fingern über sein Kinn. »Zum Beispiel, wenn dort häufig

Verspätungen auftreten. Zum Beispiel, wenn dort öfter falsche Fracht in das Flugzeug geladen wird. Zum Beispiel, wenn der Stationsleiter seine Mitarbeiter nicht im Griff hat. Eben immer, wenn Probleme an den Destinationen auftreten.«

»Das klingt glaubwürdig«, lobte Heiner. »Und solche Probleme lassen sich auch leicht erfinden.«

»Und solche Probleme kann natürlich nur ich als Destinationskoordinator wirklich lösen.«

»Ich werde noch heute mit dem Flugbetriebsleiter sprechen.«

Eine Woche später war Copilot Alexander Destinationskoordinator, kurz darauf wurde er zum Kapitän befördert.

Obwohl seit dem schrecklichen Mord an Bianca und dem Baby inzwischen drei Jahre vergangen waren, schmerzte der Gedanke an sie noch immer. Er gab sich die Schuld an ihrem gewaltsamen Tod, und er hatte schwer an dieser Last zu tragen. Alexander konnte sich kaum vorstellen, jemals wieder eine andere Frau zu lieben. Es tat weh, Neues zuzulassen.

Es kam vor, dass Alexander für mehrere Monate keinen Einsatz als Geheimagent hatte. Dann arbeitete er als normaler Pilot. So wie jetzt, als Alexander mit seinem Copiloten Rüdiger Kippes nach Almaty flog. Rüdiger war begeisterter Kletterer und erzählte euphorisch von seinem Hobby.

»Es ist bombastisch. Die Herausforderung am Felsen, die Risikoabschätzung, die körperliche Anstrengung, jeder kommt an seine Grenzen.«

»Das hört sich gut an. Wo könnte ich das lernen?«

»Geh' zum Alpenverein. Die können dir weiterhelfen.«

Eine Woche später meldete sich Alexander zu einem Einsteigerkurs an. Er traf sich zusammen mit drei anderen Anfängern im Kletterzentrum in München. Valentina Schönberger war die Ausbilderin. Hauptberuflich dozierte sie Philosophie an der Hochschule in München, und sie war Mitglied in der Ethikkommission eines Großunternehmens. Zum Ausgleich kletterte sie in den Bergen und war ehrenamtliche Ausbilderin im Alpenverein.

»Klettert niemals ohne Seilpartner«, brachte sie den Schülern als erstes bei. »Es ist wie in einer guten Beziehung. Wichtig ist die Fähigkeit, gut miteinander zusammenzuarbeiten und sich aufeinander verlassen zu können.« Ihre Stimme klang lebendig und klar, wie ein munter plätschernder Gebirgsbach. Mit ihren schwarzen, gelockten Haaren erinnerte sie an eine Flamencotänzerin. Nur ihr Temperament passte nicht dazu, denn sie war eher besonnen und zurückhaltend. Sie hatte abstehende Ohren, die meist durch ihre Haare zu erkennen waren. Es hatte den Anschein, als ob die Ohren sich frech durch die Haare drückten, um zu sehen, was da vor sich ging. Alexander war verwirrt. Er spürte wieder dieses Gefühl, das er erlebt hatte, als er Bianca zum ersten Mal sah. Doch Valentina war so anders als Bianca. Sie war größer und nicht so schlank. Trotzdem mochte er Valentina. Er mochte so ziemlich alles an ihr, sogar ihre abstehenden Ohren. Seit Biancas Tod war sie die erste Frau, die seine Aufmerksamkeit erregte.

Einige Wochen später, am Ende der Ausbildung, gingen die Teilnehmer des Anfängerkurses gemeinsam mit ihrer Ausbilderin zum Abendessen. Die anderen drei Schüler verabschiedeten sich gegen 22 Uhr. Valentina und Alexander blieben noch sitzen.

»Ich fühle mich wohl in deiner Nähe«, sagte er.

Sie schaute ihn lange an, bevor sie antwortete. »Du machst mich neugierig.«

»Warum?«

»Weil du etwas Geheimnisvolles an dir hast. Du strahlst eine Lebenserfahrung aus, wie sie normalerweise nur ältere Menschen haben. Und ich spüre eine leichte Traurigkeit. Ob du mir von deinen Geheimnissen erzählen wirst?«

«Gerne. Wie lange hast du Zeit?«

»Oh! So viel zu erzählen?« Valentina schaute auf die Uhr. »Ich werde jetzt nach Hause gehen. Aber wir können uns gerne in den nächsten Tagen noch einmal zum Essen treffen.«

Sie trafen sich wieder. Alexander sprach von seinem Leben. Doch seine Erzählungen waren auf einem Gerüst von Lügen aufgebaut. Seine kriminelle Vergangenheit blieb ein Geheimnis. Auch seine Arbeit als Geheimagent behielt er für sich. Er sprach von Biancas Tod. In seiner Erzählung war sie jedoch bei einem Autounfall ums Leben gekommen.

»Was machst du beruflich?«

»Ich bin Pilot bei Cargoflight.«

Er fühlte sich nicht wohl dabei, einem Menschen, den er schätzte, nicht die ganze Wahrheit sagen zu können. Einmal Spion, immer Spion, war ihm bei der Ausbildung zum Agenten beigebracht worden. Jetzt verstand er, was damit gemeint war. Er war zum Lügen verdammt.

»Und nun bist du dran«, forderte Alexander sie auf. »Erzähle mir von dir.«

»Ich bin seit zwei Jahren geschieden. Mein Exmann hat mich belogen. Dann beging er einen Versicherungsbetrug. Ich kann Lügen, Betrug und kriminelle Machenschaften nicht ausstehen. Mir blieb nichts anderes übrig, als die Scheidung einzureichen.«

Alexanders Gedanken kreisten. Er und Valentina waren so verdammt unterschiedlich. Sie sprach weiter. »Ein Jahr nach unserer Scheidung wurde ihm Darmkrebs diagnostiziert. Inzwischen ist er gestorben.«

»Fühlst du Trauer?«

»Nein. Nur Mitleid. Er wusste nicht, dass wir alle für unsere Fehler zahlen müssen. Irgendwie und irgendwann. Aber wir zahlen immer!«

Oje, eine Spirituelle, dachte Alexander.

»Respekt und Toleranz sind mir wichtig«, erklärte sie. »Gesetze und Regeln sind nötig, um die Gesellschaft zusammenzuhalten. Auch wenn sie keinen Sinn ergeben mögen. Denn nur so funktioniert eine Gemeinschaft reibungslos. Und jede Art von Gewalt lehne ich entschieden ab.«

»Du bist also Pazifistin?«

»Ja.«

»Wie viele Strafzettel musstest du schon bezahlen?«, fragte Alexander.

Valentina lächelte und schüttelte den Kopf. »Noch keinen einzigen. Und du?« Herausfordernd schaute sie ihn an.

»Och, ich weiß nicht. Ein paar waren es schon. Ist aber schon lange her.« Alexander war ein notorischer Raser. Nur seine Rückendeckung durch den BND schützte ihn vor Führerscheinentzug.

»Wie wichtig sind dir Gesetze?«, fragte sie.

»Sie sind mir wichtig.« Verdammt! Sie zwang ihn zu immer weiteren Lügen.

»Es freut mich, das zu hören.«

Alexander erkannte ihre unterschiedlichen Wertevorstellungen. Wie konnte da eine Beziehung funktionieren?

Einige Tage später rief sie überraschend bei ihm an.

»Mein Seilpartner ist ausgefallen. Willst du am Wochenende für ihn einspringen?«

»Nichts lieber als das. Wohin geht's?«

»In den Wilden Kaiser. Das Klettern dort ist zwar nicht einfach, aber du kletterst ja jetzt schon in der Kletterwand die Schwierigkeitsstufe acht. Den Wilden Kaiser kriegst du hin.«

Es war Alexander absolut egal, ob er den Wilden Kaiser hinkriegen würde.

Es blieb nicht beim Wilden Kaiser. Von nun an unternahmen sie öfters gemeinsame Klettertouren.

Im Herbst 2009 wurde Alexander auf einen neuen Fall angesetzt. Es ging um ein Drogenkartell in Bogotá. Alexander flog zweimal monatlich nach Kolumbien. Er musste Beweise für eine Zerschlagung des Kartells sammeln. Der Kopf der Bande, der menschenverachtende Carlos Ventura, war äußerst nervös und misstrauisch.

Im gleichen Zeitraum kamen sich Valentina und Alexander näher. Sie verbrachten einen Großteil ihrer Freizeit zusammen.

Valentina bezauberte ihn. Er fühlte wieder dieses Kribbeln. Nur mit Bianca hatte er dieses Gefühl erlebt. Es tat nicht mehr weh, Neues zuzulassen. Endlich konnte Alexander wieder lieben und das Leben genießen. Er hatte nur deshalb in den letzten Jahren so todesverachtend als Geheimagent gearbeitet, weil es für ihn keinen Grund gab, sein Leben zu schonen. Das änderte sich nun. Durch Valentina wurde ihm bewusst, dass er seit Biancas Tod wie ein Schlafwandler ohne Emotionen und Gefühle durch das Leben geisterte. Endlich konnte er wieder lieben.

Valentina war, wie so oft in letzter Zeit, bei ihm in seinem Appartement in Garching. Sie hatten sich auf das Sofa gelümmelt. Valentina saß zwischen seinen Beinen mit dem Rücken zu ihm, er massierte sanft ihren Nacken.

»Valentina, du bist eine wunderbare Frau. Ich möchte meine Zukunft mit dir verbringen.«

Sie drehte sich zu ihm um und schaute ihm in die Augen. Dann strich sie weich mit ihrer offenen Hand über Alexanders Wange. »Du tust mir verdammt gut. Ich liebe dich und ich bin mehr als einverstanden mit deinen Zukunftsplänen.«

Alexander bekam plötzlich Angst. Er hatte die ganze Zeit verdrängt, dass ihre junge Beziehung auf den wackeligen Beinen von Lügen stand. Sein Leben war auf Täuschung, Gewalt und Betrug aufgebaut. Sie durfte niemals davon erfahren. Doch wie sollte eine gemeinsame Zukunft mit solch unterschiedlichen Lebenswerten möglich sein? War dieser Konflikt lösbar?

»Wo fliegst du nächste Woche hin?«, fragte sie.

»Wieder nach Bogotá.«

»Wie lange bist du dort?«

»Vier Tage, wenn nichts dazwischenkommt.«

»Was könnte denn dazwischenkommen?«

»Nun ja, in einer Frachtfluggesellschaft laufen die Dinge oft nicht so, wie sie sollten.«

Das Lügen wurde für Alexander unerträglich. Wie würde sie reagieren, wüsste sie, dass er als Spion nach Bogotá flog? Ihren

Ehemann hatte sie vor zwei Jahren wegen weit geringerer Lügen zum Teufel geschickt. Ihre ethischen Werte würden seine Vergangenheit und seine Arbeit als Spion nicht dulden. Valentina würde geschockt sein, wüsste sie von seinem gefährlichen Doppelleben.

Noch in derselben Nacht entschloss sich Alexander dazu, seinen Job als Geheimagent aufgeben. Doch den aktuellen Fall wollte er aus Loyalität zu Heiner noch zu Ende bringen.

Alexander hatte schon einmal einen »letzten Fall« gehabt. Der Fall war in einer Katastrophe geendet. Diesmal durfte nichts schiefgehen. Der unberechenbare Carlos durfte ihm jetzt keinen Strich durch die Rechnung machen. Alexander bekam plötzlich Angst. Und Angst war ein schlechter Gefährte für einen Geheimagenten.

Am nächsten Tag rief Alexander bei Heiner an.

»Ja, es ist dringend. Wir müssen reden«, sagte Alexander.

»Komm morgen Abend in mein Büro.«

Alexander wusste, dass Heiner alles versuchen würde, um ihn als Geheimagent zu behalten. Er hatte jedoch nicht die geringste Ahnung, zu welch hinterhältigen Tricks Heiner fähig war.

KAPITEL 10

Somalia, Dezember 2006–2010

»Komm mit, du fauler Sack«, forderte Baakir. Dabei zog er Chibala am Arm hoch.

»Tu nicht so geheimnisvoll und sag, was los ist.«

Baakir legte den Finger auf den Mund. »Pst! Zeltwände sind dünn. Nur im Busch sind wir ungestört.«

Chibala strich sich über seine wulstige Narbe. Es war wieder da, dieses Jucken.

Jetzt am Mittag suchten die Soldaten Schutz im Schatten der Bäume oder sie verkrochen sich in den Zelten. Es gab nicht viel zu tun im Söldnerlager von Warlord Aidid. Ein Waffendrill am Morgen war das Aufregendste, was die Soldaten für diesen Tag erlebten.

Gemeinsam liefen die Freunde zwischen den Zelten hindurch in den Busch. Nach zehn Minuten setzten sie sich in den Schatten einer Felsengruppe.

»Ich weiß, wie unsere Zukunft aussieht«, sagte Baakir in glühender Begeisterung.

»Da bin ich aber gespannt.«

»Wir werden reich sein und ein herrliches Leben genießen.«

»Ach wirklich? Ich mag deine Fantasie.«

»Schon mal was von somalischen Piraten gehört?«

»Frag nicht so blöd.«

»Das ist es, was wir tun werden.«

»Was werden wir tun?«, fragte Chibala leicht gereizt.

»Wir gehen nach Bosaso und werden Piraten. Dort gibt es keinen Warlord mit leeren Versprechungen und kein erbärmliches Leben, und ...«, Baakir legte bedeutungsvoll seine Hand auf Chibalas Arm, »... Geld, Chibala. Mehr als genug davon.«

»Ach ja? Wir spazieren also nach Bosaso und sagen den Piraten vor Ort, dass wir von nun an in ihre Suppe spucken? Wahrscheinlich breiten sie voller Freude die Arme aus und erklären uns, dass sie nur auf uns gewartet haben.«

Baakir grinste. »Viel einfacher. Mein Onkel hat einem Geschäftsmann in Bosaso von uns erzählt. Dieser Mann organisiert Kaperfahrten und er will mit uns Geschäfte machen.«

»Welche Geschäfte?«

»Na, das liegt doch auf der Hand. Wir kapern ein Schiff und bringen es in den Hafen von Bosaso. Der Geschäftsmann verlangt Lösegeld für die Gefangenen und das Schiff. Wir bekommen davon einen kräftigen Anteil.«

»Das hört sich zu einfach an.«

»Du hast Recht. Einfach wird es nicht sein. Aber es ist das Risiko wert.«

»Wie viele Schiffe hast du schon gekapert?«

»Natürlich noch keins. Aber wir werden es schnell lernen. Es geht um Angriff und Kampf. Und darin sind wir Experten.«

»Werden genug Schiffe zum Kapern da sein?«

»Ganz bestimmt! Durch den Golf von Aden fahren jedes Jahr mehr als 20 000 Frachtschiffe. Dazu kommen noch all die ausländischen Fischkutter, die in unseren Gewässern nichts verloren haben.« Baakir grinste über beide Ohren.

»Wie würde der Deal mit diesem Geschäftsmann aussehen?«

»Wir müssen nur unsere Waffen und Munition mitbringen, den Rest besorgt er. Dafür will er 70 Prozent der Beute.«

»Ist das ein Witz? Da bleibt doch fast nichts für uns hängen.«

»Chibala, wir müssen nur einmal erfolgreich sein, dann haben wir genug Geld, um unser eigenes Boot zu kaufen. Von da an arbeiten wir in unsere eigene Tasche.«

»Die anderen Piraten werden sich das nicht bieten lassen.«

»Die anderen Piraten werden froh sein, sich nicht mit uns anlegen zu müssen.« Baakir strich bei den Worten zärtlich über den Knauf seines Messers.

»Und wie erklären wir das Aidid?«

»Gar nicht. Wir hauen einfach ab.«

»Du scheinst tatsächlich zu glauben, dass deine Idee funktioniert.«

»Natürlich!«

Chibalas Narbe juckte nun besonders stark. War das ein gutes Zeichen oder eine Warnung? Egal! Er wusste, dass er sich auf Baakirs Meinung blind verlassen konnte.

»Also gut«, entschied Chibala. »Werden wir Piraten.«

Eine Woche später gingen die beiden Freunde – wie so oft – gemeinsam auf Patrouillenfahrt. Diesmal hatten sie mehr Waffen und Munition als sonst dabei. Auch einige persönliche Dinge. Aidid würde bald herausfinden, dass sie abgehauen waren. Aber dann würden sie schon weit weg sein.

Bosaso war eine aufstrebende Küstenstadt. Mehrstöckige Geschäftshäuser mit Flachdächern wuchsen überall aus dem Boden, neue Siedlungen entstanden, Straßen wurden gebaut oder modernisiert. Das Geld der Piraten machte aus der stinkenden und verkommenen Hafenstadt eine blühende Oase.

Die Adresse des Geschäftsmanns hatte Baakirs von seinem Onkel aus Mogadischu.

»Wir hätten uns waschen und umziehen sollen«, meinte Baakir, als sie vor dem Haus standen.

»Wir stellen uns als Piraten und ehemalige Söldner vor. Da brauchen wir nicht rausgeputzt zu sein.«

»Aber wir stinken. In unseren dreckigen und verschwitzten Militärklamotten sehen wir aus, als ob wir gerade aus der Hölle kommen.«

»Das stimmt ja auch.«

»Zudem siehst du mit deiner Gesichtsnarbe und deinen stumpfen Augen aus wie der Teufel in Person. Hoffentlich rennt der Geschäftsmann nicht schreiend davon.«

»Dann ist er hier in Somalia am falschen Platz.«

Das einstöckige Haus neben der lauten Hauptstraße war alt

und heruntergekommen. Die Fenster waren klein und ließen nur wenig Licht durch. Ein schwer bewaffneter und grimmig schauender Somalier öffnete die Tür einen Spalt. Kritisch mustere er die beiden.

»Wir wollen mit Ibrahim Adbi Buro sprechen. Er weiß, dass wir kommen.«

»Legt eure Waffen auf der Kommode ab. Alle!« Der grimmige Somalier führte sie in einen düsteren Raum mit niedriger Decke. Nur noch eine Hand passte zwischen Chibalas Turban und die Decke. Der Geruch von gebratenem Hähnchen durchzog das Zimmer.

Der Mittfünfziger Ibrahim saß mit dem Rücken zur Wand am Tisch und sah erschrocken auf seinen Besuch. Sein weißer Kaftan, das einteilige Bekleidungsstück der Araber, war dreckig und spannte über seiner beachtlichen Wampe. Ibrahims ausgestreckte Beine schauten unter dem Tisch hervor. Die Sandalen wirkten viel zu klein für die fetten Füße.

Der Geschäftsmann warf einen besorgten Blick zu seinem Leibwächter. Der bewaffnete Somalier, der die beiden Gäste hereingeführt hatte, hielt sein Gewehr quer vor sich. Er nickte. Ibrahims ängstlicher Blick wich einem Blick der Empörung. Es schien ihm nicht zu gefallen, dass er gestört wurde. Er musterte die Neuankömmlinge.

»Was wollt ihr?« Ibrahims piepsende Stimme wirkte lächerlich.

»Ich bin Baakir Cosoble Garaad, und das ist mein Freund Chibala Ibrahim Abdourahmun. Mein Onkel hat uns geschickt. Er sagt, du hast Verwendung für zwei fähige Sol...«

»Stopp! Ihr stört mich beim Essen. Wartet!«

Ibrahim widmete sich seinem Abendmahl. Energisch riss er einen Schenkel vom fetttriefenden Hähnchen ab. Schmatzend und rülpsend zerrte er mit seinen Zähnen das Fleisch von den Knochen. Eine Fliege setzte sich auf Ibrahims schwitzende Stirn. Es schien ihn nicht zu stören. Chibala und Baakir standen regungslos da und beobachteten den Fettsack. Endlich war auch der letzte Knochen abgenagt. Ibrahim wischte sich die Finger an einem dreckigen Küchentuch ab. Hähnchenfett klebte feuchtschimmernd an seinem Kinn. Er würgte den letzten, halbzerkauten Bissen hinunter. Dann griff er zur Cola-Flasche, trank einen langen Zug und klopfte mit der Faust auf seine Brust. Während er heftig rülpste, knallte er die Flasche auf den Tisch. Ein Teil des Colas sprudelte schäumend über. Ibrahim quittierte die Sauerei mit einem lauten Furzen.

»So, so, meine Lieben. Ihr wollt also für mich kapern?«

»Ja«, antwortete Baakir.

»Ein riesiger Lulatsch und ein Zwerg wollen Piraten sein?«

»Ganz genau.«

»Und du? Was haben sie denn mit dir gemacht? Deine Backe sieht aus wie eine aufgeplatzte Bockwurst.« Der Geschäftsmann zeigte mit dem Finger auf Chibala und kicherte in hohem Ton.

»Mein Aussehen tut nichts zur Sache. Wir sind hier, um Schiffe zu überfallen.«

»Aber ihr seid Aaanfänger, habt keine Ahnung von dem Geschäft und meine Boote könnten verloren gehen. Es gibt genug erfahrene Piraten hier in Bosaso. Warum sollte ich ausgerechnet euch nehmen?«

»Meinem Onkel hast du gesagt, dass du uns anstellst. Darauf haben wir uns verlassen. Zählt dein Wort etwa nicht?«, fragte Baakir.

Sofort wurde aus Ibrahims schmierigem Lächeln ein ernster Gesichtsausdruck.

»Oh doch. Mein Wort zählt.« Verärgert schmiss er das Küchentuch auf den Tisch. »Deinem Onkel sagte ich, dass ich mir die Zeit nehme, euch anzuschauen. Das ist ein großer Unterschied.«

»Er sagte mir auch, dass du uns 30 Prozent von der Beute geben würdest.« Baakir sprach im versöhnlichen Ton.

Ibrahim winkte verächtlich ab. »Quatsch. Hab ich nicht. Ich habe ihm lediglich gesagt, wie der Deal aussehen könnte. Hat er etwa meine Worte verdreht?«

»Du sagst uns also, dass wir umsonst hergekommen sind?«, fragte Baakir.

Ibrahim lehnte sich in seinem Stuhl zurück und verschränkte die Arme hinter seinem Kopf.

»Meine Lieben, das Kapern ist schwiiierig. Die Konkurrenz ist groß. Hier in Bosaso wimmelt es von erfahrenen Piraten. Ihr beiden habt keine Ahnung von dem Geschäft. Wer sollte euch seine Ausrüstung anvertrauen?«

»Du stehst also nicht zu dem, was du zu Baakirs Onkel gesagt hast?« Chibala hatte keine Geduld mehr. Ibrahim legte seine Arme auf den Tisch und beugte sich drohend nach vorne. »Oh, sieh an. Du bist ja ein gaaanz Schneidiger. Aber gut, meine Lieben, ihr könnt für mich arbeiten. Ich kümmere mich um die Lösegeldverhandlungen, stelle die Ausrüstung und das Knowhow zur Verfügung, ihr organisiert die Crew und kapert das Schiff. Dafür bekommt ihr zehn Prozent der Beute.«

»Zehn Prozent? Machst du Witze? Da können wir ja gleich umsonst unseren Arsch hinhalten.« Chibala konnte seine Wut nur noch mit Mühe kontrollieren. Er ging einen Schritt auf den Fetten zu. Sich des Schutzes vergewissernd, schielte Ibrahim zu seinem Wachsoldaten. Der richtete sein Gewehr auf die Besucher, bereit, sofort zu schießen.

»OK! Wie ihr wollt!« Ibrahim schlug so fest mit der Faust auf den Tisch, dass der Teller mit den Knochen wackelte. »Jetzt vergeudet nicht länger meine Zeit und haut endlich ab.«

»Halt! Warte!« Baakir griff Chibala hart am Arm und schaute ihn für einen kurzen Moment mit flehendem Blick an. Dann wandte er sich wieder Ibrahim zu. »Wir nehmen an. Wir zeigen dir, dass wir sehr wohl in der Lage sind, ein Schiff zu kapern.«

Ibrahim nickte.

Als die beiden Freunde wieder auf der Straße waren, konnte sich Chibala nicht mehr zurückhalten.

»Zehn Prozent! Dieser Kotzbrocken beutet uns aus.«

»Ja! Das tut er. Aber durch ihn bekommen wir Einblick in das Geschäft. Es ist ja nur für den Anfang. Dieser Kotzbrocken öffnet uns die Tür ins Piratengeschäft.«

Chibala stemmte seine Hände in die Hüften und schaute aufs Meer.

»Also gut. Gehen wir für den Fettsack auf Kaperfahrt. Aber nur ein einziges Mal.«

Baakir nickte zufrieden. »Nur ein einziges Mal für den Fettsack.«

Die beiden Freunde suchten nach einer Crew. Durch Zufall fanden sie zwei ehemalige Soldaten aus Aidids Kriegshaufen.

»Ach, sieh mal an. Da haben wir ja die gleiche Idee gehabt«, stellte Chibala fest. »Wie lange seid ihr schon in Bosaso?«

»Seit über einem Jahr. Die Piratenkapitäne suchen erfahrene Kämpfer und nach wenigen Tagen hatten wir unseren ersten Job.«

Mit Hilfe ihrer früheren Kameraden hatten Chibala und Baakir bald eine geeignete Crew zusammengestellt. Ihr Team setzten sie zusammen aus ehemaligen Söldnern und aus Fischern, die für die Ortskenntnisse auf dem Meer gebraucht wurden.

Eine Woche später hatte Ibrahim ein Schiff für ihren ersten Angriff ausgemacht. Es war ein kleiner Frachter, der durch den Golf von Aden kommen sollte. Woher Ibrahim die Informationen hatte, war für Chibala vorerst ein Rätsel.

Wir müssen die fette Ratte beobachten und lernen, wie das Geschäft funktioniert.

Chibala und Baakir teilten die Crew auf. Jeder der beiden bekam ein Schnellboot mit einem starken 200-PS Motor. Ausgerüstet waren sie mit Raketenwerfern und Kalaschnikows. Ein GPS diente ihnen zur Navigation, Ersatzkanister mit Diesel sorgten für genug Reichweite. Weil die Routen der meisten Schiffe möglichst weit weg von der somalischen Küste geplant wurden, mussten die Piraten erst den Golf von Aden durchqueren. Die Küste des Jemen lag 160 Seemeilen entfernt. Für diese Strecke brauchten sie acht Stunden. Es war eine lange und unbequeme Fahrt. Am nächsten Morgen fanden sie das Schiff, das sie kapern sollten. Die Piraten wussten, dass die Schiffsbesatzungen Anweisung hatten, sich nicht auf einen Kampf mit den

Piraten einzulassen. Tote und Verletzte sollten vermieden werden. Die Matrosen versuchten jedoch, die Piraten mit Wasserwerfern und Leuchtmunition auf Distanz zu halten. Zusätzlich änderten sie ständig ihren Kurs. Chibala befahl einem seiner Piraten, mit dem Raketenwerfer auf den Bug über der Wasserlinie zu zielen. Da sie auf einem schaukelnden Schnellboot waren, traf die Rakete nicht den Bug, sondern schlug etwa zehn Meter weiter hinten ein. Aus dem großen Loch im Rumpf qualmte es.

Chibala nahm das Megaphon zur Hand.

»Ihr habt eine Minute, euch zu ergeben. Die nächste Rakete wird die Brücke treffen.«

Das genügte, um den Kapitän zum Einlenken zu bringen. Die Piraten mussten nicht einmal ihre Kalaschnikows einsetzen.

»Das ist ja viel einfacher, als gegen einen anderen Clan zu kämpfen«, stellte Chibala erfreut fest.

Die Rückfahrt war wesentlich angenehmer. Ihre beiden Schnellboote hängten sie im Schlepp hinter den Frachter. Schiff und gefangene Crew wurden wie eine Trophäe zurück nach Bosaso gebracht. Bald fand Chibala heraus, dass Ibrahim mit einem Dealer aus Dubai in Kontakt stand. Dieser Dealer besorgte Informationen über die Schiffe und führte die Verhandlungen mit dem Reedereibesitzer für das Lösegeld.

Drei Wochen später rief Ibrahim die beiden Freunde zu sich. Er rieb sich kichernd die Hände, als er zu ihnen sprach: »Meine Liiieben, fette Beute am Horizont. Die holt ihr euch.«

»Aber nicht für dich. Du schuldest uns noch immer das Geld für den ersten Überfall.« Chibalas Narbe juckte wieder.

Ibrahim sah überrascht auf. Niemand hatte es bisher gewagt, so mit ihm zu sprechen. Er vergewisserte sich der Anwesenheit seines Leibwächters, der in der Ecke auf dem Hocker lümmelte. Dann donnerte er die Faust auf den Tisch.

»Wie redest du mit mir?«, schrie er Chibala an. »Noch bestimme ich, was getan wird.«

»Aber du schuldest uns immer noch das Geld vom ersten Überfall«, warf Baakir ein.

»Was glaubt ihr denn, wie lange so eine Lösegeldverhandlung dauert? Einen Tag? Eine Woche? Nein, meine Lieben. So etwas dauert bis zu einem halben Jahr und länger. Ihr bekommt euer Geld schon noch.«

»Gut, wir überfallen das Schiff. Aber nicht für dich. Wir nehmen deine Boote und deine Waffen als Pfand für das Geld, das du uns noch schuldest. Und du gibst uns den Kontakt deines Dealers in Dubai«, forderte Chibala.

»Du bist wohl völlig bescheuert. Nein, mein Lieber, so läuft das Geschäft ni…«

Ibrahim konnte nicht mehr zu Ende sprechen. Chibala stürzte sich auf ihn, packte ihn mit einer Hand am Hals und riss ihn vom Stuhl. Dann drückte er den 120-Kilo-Mann an die Wand. Der Leibwächter sprang auf, um sein Gewehr anzulegen. Das Messer, das Baakir unter seinem Hemd versteckt hatte, war jedoch schneller und steckte einen Augenblick später tief im Bauch des Beschützers. Röchelnd sackte er zusammen, das Gewehr fiel auf den Boden. Mit beiden Händen versuchte Ibrahim verzweifelt, sich aus dem eisernen Griff zu befreien. Seine Glupschaugen waren vor Entsetzen weit aufgerissen. Innerhalb von Sekunden wurde aus dem überheblichen Geschäftsmann ein ängstliches Opfer.

»Ich bin nicht dein Liiieber«, flüsterte ihm Chibala ins Ohr. »Ich bin dein Albtraum. Und jetzt erklärst du uns, wie der Deal mit deinem Verbindungsmann in Dubai aussieht.«

Ibrahim schaute kurz auf seinen toten Wachmann.

»Lass mich … ähhh… los, damit ich … reden kann.«

Chibala löste den Klammergriff und stemmte seine Hände in die Hüften.

»Ich höre?«

Ibrahim spuckte die gewünschten Informationen aus. Nach zehn Minuten wussten die beiden Freunde alles Nötige über das Piratengeschäft.

»Und jetzt nimmst du dein Telefon und rufst diesen Ahmed bin Rashid an.«

Mit zittrigen Händen fummelte Ibrahim das Telefon aus seiner

Hosentasche. Als es läutete, riss Chibala dem Geschäftsmann das Telefon aus der Hand.

»Hallo, Ibrahim«, tönte es aus dem Telefon, »es wird höchste Zeit. Das Schiff ist bald vor der somalischen Küs...«

»Hier spricht Chibala. Der fette Ibrahim hat sich zur Ruhe gesetzt. Ich übernehme von nun an die Geschäfte.«

Stille am anderen Ende. Nur das Atmen von Ahmed war zu hören, bevor er antwortete.

»OK, Chibala. Wie geht es jetzt weiter?«

Wenige Minuten später war sich Chibala mit dem Dealer einig. Nachdem er aufgelegt hatte, drehte sich der Hüne zu Ibrahim, der inzwischen zusammengekauert am Boden saß.

»Ich gebe dir zwei Tage. Wenn du dich dann noch hier in Bosaso blicken lässt, wird mein hübsches Gesicht das Letzte sein, was du noch siehst auf dieser Welt.«

Der Geschäftsmann nickte eingeschüchtert.

Den beiden Freunden wurde Tage später berichtet, dass Ibrahim schon am nächsten Morgen seinen Hausstand auf einen kleinen Lastwagen verstaut hatte und mit großem Gezeter eilig davongefahren war.

»Siehst du, jetzt ist er doch schreiend davongelaufen«, stellte Baakir lächelnd fest.

»Ich wusste, dass er hier in Somalia am falschen Platz ist.«

Die Zusammenarbeit mit Ahmed funktionierte. Innerhalb von drei Jahren gingen acht erfolgreiche Kaperfahrten auf das Konto von Chibala und Baakir. Geldsorgen hatten sie keine mehr. Die beiden Freunde konnten sich täglich frisches Khat leisten, die örtliche Droge. Die Khatblätter vermischten sie mit Tabak oder Haschisch, oder sie tranken die Droge als Tee. Das Rauschmittel wurde jeden Tag mit einer altersschwachen Antonow 2 eingeflogen und war entsprechend teuer. Aber Geld war nicht mehr wichtig. Sie hatten es einfach. Chibala und Baakir kauften sich für 120 000 Dollar eine Villa in Neu-Bosaso. Hier wohnten zum großen Teil Piraten. Kaum sonst jemand konnte sich diesen Luxus leisten.

Im Laufe der Zeit wurde das Piratengeschäft schwieriger. Zu viele Somalier kamen nach Bosaso, um ihr Glück als Piraten zu suchen. Vor der Küste von Jemen patrouillierten immer mehr Kriegsschiffe der westlichen Länder. So blieb nur noch das Meer im Osten sicher genug für die Überfälle.

»Chibala, unsere Reichweite ist zu gering. Wir brauchen ein Mutterschiff. Nur so können wir auch die Frachter weit draußen auf offener See erreichen.«

»Und wie kommen wir an ein Mutterschiff?«, fragte Chibala.

»Wie es der Zufall will, ist gestern ein Fischkutter im Hafen angekommen. Damit kämen wir locker bis auf 1000 Meilen aufs Meer hinaus.«

»Deine Idee gefällt mir.«

Am nächsten Tag machten sie dem Eigentümer und Kapitän des Kutters klar, dass es besser für ihn war, seinen Kutter zu verkaufen. Außerdem lockten sie ihn mit einer fürstlichen Entlohnung. Kurz darauf waren die beiden Freunde stolze Besitzer des Fischkutters. Der Kapitän war nun arbeitslos und wollte Teil der Piratencrew werden. Damit hatten die beiden Freunde auch einen Experten für den Kutter.

»Wie nennen wir unser Mutterschiff?«, fragte Chibala.

»Wie wäre es mit MAMA?«, schlug Baakir vor.

»Klingt gut. MAMA hat so etwas Vertrauliches.«

Von nun an schleppten sie bei den Kaperfahrten ihre beiden Schnellboote hinter dem Fischkutter her. Erst wenn sie das Beuteschiff fanden, kamen die Schnellboote zum Einsatz. MAMA wartete während des Überfalls in gebührender Entfernung.

Da die Handelsschiffe immer größere Umwege in Kauf nahmen, wurde es schwierig, Beute zu finden. Auch ihre nächste Kaperfahrt schien erfolglos zu werden.

»Wir haben den Frachter verpasst«, sagte Baakir zähneknirschend.

»Ja, wieder mal. Los, wir fahren zurück nach Bosaso.«

Enttäuscht tuckerten sie Richtung Südwesten. Sie hatten noch über 800 Meilen vor sich. Dann erlebten sie jedoch eine

Überraschung. Den Frachter, den sie suchten, fanden sie nicht, dafür fanden sie etwas anderes.

Erst erkannte Chibala nur einen hellen Fleck, wenige Minuten später hatte er Gewissheit.

KAPITEL 11

Arabisches Meer, Ende Januar–17. Februar 2010

In einer Bucht von Sri Lanka schaukelte Aphrodite an der Ankerkette leicht in der Dünung. Die Amel 54 war ein moderner, knapp 17 Meter langer Zweimaster. Nach ihrer drei Jahre dauernden Weltumseglung freute sich das Ehepaar nun auf Hamburg, ihre Heimatstadt.

Dieter Paulsen stützte sich mit beiden Händen auf die Seekarte, als er mit seiner Frau sprach: »Liebling, wir müssen uns entscheiden. Segeln wir den langen Weg ums Kap der Guten Hoffnung? Das sind 12000 Seemeilen entlang an der afrikanischen Küste. Oder nehmen wir die Abkürzung durch den Suezkanal?«

»Wie lange brauchen wir für die Route um Afrika herum?«

»Wenn wir nicht zu viele Zwischenstopps einlegen, sind wir etwa sechs Monate unterwegs.«

»Und wie sieht es mit der Abkürzung aus?«

»Deutlich weniger als die Hälfte der Strecke und damit deutlich weniger als die Hälfte der Zeit.«

Manuela legte ihre Hand auf seinen Arm. »Schatz, unsere Tochter wird bald Mama. Ich möchte so schnell wie möglich nach Hause, um mein Enkelkind zu sehen.«

»Aber die Abkürzung ist gefährlich. Schau her, so sieht die Route aus.« Mit seinem Zeigefinger zog Dieter den Kurs auf der Karte nach: von Sri Lanka zunächst nach Nordwesten, nördlich vorbei an den Malediven, dann 1600 Meilen durch das offene Meer in den Golf von Aden und durch das Rote Meer bis zum Suezkanal. Sein Finger klopfte auf die Gewässer vor der Küste Somalias. »Und hier liegt das Problem. Wir müssten etwa 1000 Meilen durch piratenverseuchtes Wasser segeln.«

»Wirklich ungefährlich ist die Strecke ums Kap der Guten Hoffnung auch nicht.«

»Das Gefahrenpotenzial in den somalischen Gewässern ist um ein Vielfaches höher.«

»Dieter!« Sie hatte diesen flehenden Blick in ihren Augen. »Ich muss unsere Tochter und das Baby so schnell wie möglich sehen.«

Er küsste seine Frau auf die Stirn. »Komm schon, Süße. Es macht nichts, wenn wir unser Enkelkind drei Monate später in den Arm nehmen.«

»Dir macht es vielleicht nichts.«

Schweigen breitete sich aus. Sie schauten beide gedankenversunken auf die Karte. Zeit stand gegen Sicherheit.

Dann klopfte Manuela Paulsen mit der flachen Hand auf die Karte.

»Ich hab die Lösung. Lass es uns machen wie sonst auch.« Ein verschmitztes Lächeln erschien auf ihrem Gesicht, als sie im Schubfach unter dem Navigationstisch nach etwas kramte. Sie holte eine Ein-Euro-Münze heraus. Es war eine ganz bestimmte Münze. Es war die Münze, die ihnen schon oft eine Antwort gegeben hatte.

Dieter zog skeptisch seine Augenbrauen hoch. »Du willst unser Schicksal tatsächlich der Münze anvertrauen?«

»Klar, die Vorsehung hat bisher immer gut auf uns aufgepasst.«

Sie warf die Münze zu Dieter, der sie lässig auffing. »Adler steht für die Abkürzung durch den Suezkanal, Zahl für den Umweg über Südafrika«, sagte sie aufgeregt.

Dieter nickte, setzte die Münze mit ihrem Rand auf den Tisch und schoss sie mit schnalzendem Finger in eine rotierende Bewegung. Der Klang der schnelldrehenden Münze auf dem glatten Holztisch kratzte an ihren Nerven. Das durch ein Bullauge einfallende Sonnenlicht reflektierte blitzend in dem Geldstück. Beide starrten blinzelnd auf den Tisch. Dieter hoffte inbrünstig, dass er in wenigen Augenblicken die Eins sehen würde. Manuelas Gefühle waren zwiespältig. Sie hatte zwar Angst vor dem Adler, wollte aber auch nicht die lange Route über Südafrika nehmen. Dieses Geldstück war ihr Glücksbringer und hatte sich bisher gut bewährt. Warum sollte es jetzt anders sein?

Der Klang der rotierenden Münze wurde heller, sie wurde langsamer und fiel endlich um.

»Adler!«, sagte Dieter trocken. Er musste schlucken. Seine Stimme konnte das ungute Gefühl nicht überdecken.

»Komm schon, Liebling«, flüsterte sie ihm zärtlich ins Ohr. »Du weißt genauso gut wie ich, dass die Meldungen der Piratenüberfälle überbewertet werden. Panikmache in der Öffentlichkeit. Außerdem suchen die Piraten nach großen Schiffen, nicht nach kleinen Segelbooten.«

»Ich hoffe, du hast Recht.«

Am nächsten Tag tuckerten sie mit dem Beiboot an Land, um Proviant einzukaufen. Einen weiteren Tag später ratterte die Ankerkette an Bord. Sri Lanka verschwand langsam hinter ihnen am Horizont.

Der Adler hatte sich durchgesetzt. Und nun, zwei Wochen später, befanden sie sich mitten im gefährlichsten Gewässer der Welt.

Mit über 20 Knoten trieb der salzgeschwängerte Seewind sie vorwärts, das Wasser rauschte gurgelnd an den Seiten des Segelbootes entlang. Aphrodite pflügte sich bockend durch das Wasser. Wenn der Bug in ein Wellental einstampfte, spritzte schäumende Gischt über das Vordeck. Das Ehepaar saß im geschützten Cockpit.

Schon seit Tagen wurde Dieter immer nervöser.

»Ich habe ein ungutes Gefühl. Wir sollten umkehren und erst einmal die Malediven ansteuern.«

»Umkehren? Weißt du nicht, dass es Unglück bringt, wenn wir nicht der Vorsehung folgen?«

»Ach, Manuela. Scheiß auf die Vorsehung. Es ist bescheuert, was wir hier tun.«

Manuela funkelte ihn wütend an. »Was bist du nur für ein Feigling. Du warst doch sonst nicht so ängstlich.«

»Spinnst du? Das hat nichts mit Feigheit zu tun. Aber gut, wenn du darauf bestehst, dann halten wir an dieser verdammten Vorsehung und an dem Kurs fest. Ich hoffe nur, dass wir nicht unser blaues Wunder erleben.«

Die folgenden Stunden verbrachten sie beide in beleidigtem Schweigen. Dieter beobachtete immer wieder mit dem Fernglas den Horizont. Dann, es war früher Nachmittag, sah er sie kommen.

»Verdammt! Das sieht nicht gut aus.«

»Was siehst du?«, fragte Manuela nervös. Dieter zeigte wortlos schräg nach hinten.

»Ein Fischkutter? Dieter, das sind normale Fischer, oder?« Hoffnung und Zweifel mischten sich in ihrer Stimme.

»Warum hat ein Fischkutter zwei Schnellboote im Schlepp? Und warum fährt ein Fischkutter mit Vollgas auf uns zu?«

Entsetzt legte sie die Hand über ihren Mund, während Dieter schon nach unten kletterte. Neben dem Navigationstisch war das Funkgerät eingebaut. Hektisch nahm er das Mikrofon in die Hand.

»MAYDAY, MAYDAY, MADAY«

KAPITEL 12

Deutschland, 17. Februar 2010

Heiner stand auf und lief seinem Geheimagenten lächelnd entgegen.

»Setz dich, Alexander. Was kann ich für dich tun?

Während Heiner eine Flasche Wasser über die Sprechanlage von seiner Sekretärin orderte, schaute sich der Agent im Büro um. Der verzweifelte Versuch von Heiner, Freundlichkeit in das Bürozimmer des muffeligen Gebäudes aus dem Zweiten Weltkrieg zu zaubern, war nicht zu übersehen. Helle Farben an der Wand, eine Yuccapalme stand in der Ecke. Aus den eingerahmten Bildern, die in dem offenen Wandregal standen, lachten die Gesichter von Heiners Frau und von seinen beiden Töchtern. Das kleine Modell eines Doppeldeckers mit Sternmotor auf dem Schreibtisch und das Foto an der Wand, das den Privatpiloten Heiner vor einer Cessna 172 zeigte, ließen den Flugenthusiasten erahnen. Vielleicht war diese Leidenschaft für das Fliegen auch der Grund, warum Heiner vor Jahren die Idee gehabt hatte, einen Piloten als Agenten einzusetzen.

Durch das Fenster leuchtete das Abendrot der untergehenden Sonne ins Zimmer und verbreitete eine dunkelrote Schwermut.

»Wie kann man sich in dieser alten Barackenanlage nur wohlfühlen? Es wird Zeit, dass der BND nach Berlin umzieht.«

Heiner winkte resigniert ab. »Ach, daran habe ich mich längst gewöhnt. Ich sehe den alten Mief gar nicht mehr.«

Für ein paar Sekunden herrschte Schweigen. Heiner fixierte Alexander.

»Dich bedrückt etwas, ich spüre es. Raus mit der Sprache.«

»Bogotá wird mein letzter Auftrag sein. Ich stehe danach nicht mehr als Agent zur Verfügung.«

»Wie bitte?«

»Du hast richtig gehört. Ich steige aus. Vier Jahre sind genug.«

»Du machst wohl Scherze? Nein, Alexander, du kannst nicht einfach so aufhören. Wir haben viel Geld in deine Ausbildung gesteckt.«

»Nichts zu machen. Meine Entscheidung ist gefallen.«

»Hast du eine Ahnung, wie lange es dauern würde, dich zu ersetzen?«

Alexander schüttelte den Kopf. »Hör auf und versuche nicht, mich zu überreden. Es wird dir nichts nützen.«

Heiner fuhr sich nachdenklich durch seine dichten Haare.

»Denke an die aufwendige Tarnung, die wir für dich aufgebaut haben. Wie mühselig es war, das Hausverbot in den Spielkasinos für dich durchzusetzen. Die monatlichen Abbuchungen für den Gin und den Whisky, um dein zweites Leben als versoffener und spielsüchtiger Pilot zu untermauern. Die Überziehungszinsen, um deine fiktiven Schulden zu bestätigen, die Kreditkartenzahlungen in den Bordellen ... Ach verdammt! Ich könnte noch eine halbe Stunde fortfahren mit dem Gerüst deiner Tarnung. Und das alles soll nun für die Katz gewesen sein?«

»Nein, es war nicht für die Katz. Diese Tarnung hat mir schon mehrmals mein Leben und dir die Aufträge gerettet. Die Investition in meine Tarnung hat sich schon längst bezahlt gemacht.«

Heiner nahm seine Brille ab und legte sie vor sich auf den Tisch. Sein Tonfall wurde weich und beschwörend, als er seinen Geheimagenten anschaute.

»Alexander. Wir beide wissen es. Du brauchst das Risiko. Schon damals, als du noch für das Würzburger Drogendezernat gearbeitet hast, war es dir klar. Du bist einer dieser Menschen, die den Adrenalinkick brauchen.«

Alexander schüttelte den Kopf. »Du irrst dich. Ich bringe den Einsatz in Kolumbien noch zu Ende, und danach ist es vorbei mit dem Agenten Hartmann.«

»Verdammt! Alexander, das geht nicht so einfach. Deine

Tarnung als Pilot ist genial. Diese Kombination von Frachtpilot und Geheimagent ist unschlagbar. Du weißt selbst, wie erfolgreich du damit bist.«

»Ich verstehe dich ja. Aber es wird höchste Zeit, dass ich wieder an mich denke.«

»Ach so! Herr Hartmann will an sich denken! Ist es zu viel verlangt, wenn du auch ein bisschen an mich denkst, an die Behörde, an die vielen Menschen, denen du durch deine Arbeit das Leben retten kannst? Du hast eine Pflicht gegenüber deinem Vaterland.«

Alexander beugte sich mit wütend funkelnden Augen nach vorne.

»Eine Pflicht gegenüber meinem Vaterland? Was für einen Blödsinn erzählst du mir da? Ich habe meine Pflicht mehr als erfüllt. Meinst du nicht auch?«

»Ich kann dich nicht so einfach ersetz…«

»Meinst du nicht auch?«, fragte Alexander fordernd.

»Ja, ja. Ist ja gut. Du hast deine verdammte Pflicht mehr als erfüllt. Aber trotzdem kannst du nicht ohne Vorankündigung aussteigen.«

»Warum nicht?«

»Du würdest ein großes Loch hinterlassen.«

»Ach wirklich? Und wenn es mich in Bogotá erwischt? Würde ich dann kein großes Loch hinterlassen?«

»Das ist was anderes. Das gehört zum Berufsrisiko und ist manchmal nicht zu vermeiden. Mit diesem Risiko müssen wir leider leben. Aber nicht mit einer plötzlichen Kündigung. Nein, Alexander, du kannst mir nicht ohne Vorwarnung den Rücken kehren.«

»Haben wir einen Vertrag mit Kündigungsfrist?«

»Du weißt sehr gut, dass wir deine Anstellung nie schriftlich festhielten. Wir haben keine schriftlichen Unterlagen von dir gespeichert. Und warum haben wir das nie getan? Warum haben wir dein Arbeitsverhältnis nie auf diese Weise festgehalten?«, forderte Heiner mit erregter Stimme.

Alexander winkte ärgerlich ab. »Lass mich in Ruhe mit dem Quatsch. Wir haben beide davon profitiert.«

»Unsinn!«, Heiner schmiss entnervt seinen Kugelschreiber auf den Tisch. »Ich helfe deinem Gedächtnis ein wenig auf die Sprünge. Um dich zu schützen, haben wir auf jede Art von Aufzeichnungen verzichtet. Weil du es so wolltest. Und nun verwendest du mein Entgegenkommen gegen mich?«

»Du kannst mich nicht umstimmen. Es ist vorbei.«

»Also gut«, Heiners Stimme wurde wieder ruhiger, »zumindest aber musst du mir Zeit geben. Zeit, die ich brauche, um für Ersatz zu sorgen, und das kann dauern.«

»Kannst du dich an Bianca erinnern? Hast du vergessen, dass sie von den Russen auf bestialische Art zu Tode gefoltert wurde? Willst du, dass so was noch mal passiert?«

»Ah, ich verstehe. Du hast wieder eine Frau kennengelernt.«

»Ja, das habe ich. Und ich werde den gleichen Fehler kein zweites Mal machen.«

Alexander stand auf, ging zum Wandregal und schaute die Familienbilder an. Dann drehte er sich zu Heiner um.

»Würdest du an meiner Stelle nicht genauso handeln?«

»Moment mal! Das kannst du nicht vergleichen. Würde ich an der Frontlinie kämpfen, dann hätte ich keine Familie.«

Alexander stützte seine Hände in die Hüften. »Oh, ich verstehe. Du sagst mir also, ich hätte Bianca nie heiraten dürfen?«

»Ja!«

»Du sagst mir, dass ich nie eine feste Partnerin haben sollte?«

Heiner hieb mit der Faust krachend auf den Schreibtisch: »Ja! Verdammt noch mal, ja! Genau das sage ich dir.«

»Also gut«, Alexanders kratzte sich am Hinterkopf. »Ich gebe dir Recht. Als Agent an der Front zu arbeiten und eine Partnerin zu haben, lässt sich nicht vereinbaren. Deswegen schmeiß ich ja jetzt meinen Job hin.«

»Alexander! Das kannst du mir nicht antun. Gib mir ein Jahr.«

»Nein!«

»Ein halbes Jahr.«

»Hör auf zu drängen und sei froh, dass ich den Auftrag in Bogotá noch zu Ende bringe. Ich könnte auch auf der Stelle aufhören.«

»Oh ja? Dann wäre ein halbes Jahr Arbeit für die Katz. Von den Vorbereitungen, die ein weiteres halbes Jahr gedauert haben, will ich gar nicht sprechen. Vergiss nicht, dass du nicht der Einzige bist, der ein hohes Risiko eingeht.«

Alexander nickte. Heiner hatte Recht. Deswegen hatte der Agent ja auch beschlossen, diesen Auftrag zu Ende zu bringen.

»Bogotá ist mein letzter Einsatz. Du kannst mich nicht umstimmen.«

Alexander drehte sich um und verließ das Büro.

»Alexander! Du kannst mich jetzt nicht im Stich lassen.«

Die Tür schlug kräftig ins Schloss.

KAPITEL 13

Arabisches Meer, 17. Februar 2010

Die schaukelnde MAMA machte es Chibala schwer, sein Ziel durch das Fernglas zu fokussieren. Allerdings konnte man bereits mit bloßem Auge die weißen Segel erkennen.

»Ja was haben wir denn da Hübsches?«, sagte Chibala mehr zu sich selbst, als er durch das Fernglas schaute.

»Ein Segelboot«, erwiderte Hamid, der Steuermann.

»Du Blödmann, das sehe ich auch.« Chibala strich sich über seine juckende Narbe.

Grinsend schaufelte sich Hamid mit der Hand einen Haufen pappigen Hühnerreis mit Ketchup aus einem Blechtopf in seinen Mund. Er freute sich anscheinend auf die leichte Beute, die da am Horizont auftauchte. Chibala beugte sich zum Niedergang nach unten in die Kabine.

»Hey, ihr faulen Säcke«, rief er und klopfte dabei mit seinen Faustknöcheln an die Stahlwand. »Aufwachen, es gibt Arbeit.«

Wenige Minuten später stand Baakir neben Chibala und rieb sich verwundert die Augen. Mittlerweile waren klare Umrisse des Segelboots zu erkennen. Eine Person war im Cockpit. Dicht drängten sich die anderen Piraten hinter ihre Führer.

»Hoffentlich sind Weiber an Bord.« Mahad, ein dürrer, ehemaliger Söldner, strich sich in wilder Vorfreude mit der Hand über seine Genitalien. Er sprach aus, was alle dachten.

»Und wenn nicht, dann ficken wir eben die Männer in den Arsch«, kam der trockene Kommentar aus Hamids kauendem Mund.

Chibala schaute seinen Steuermann düster an. »Gib Vollgas, du schwule Ratte.«

Baakir nahm das Fernglas in die Hand. »Kannst du schon die Flagge erkennen?«, fragte Chibala.
»Deutsche Flagge!«
»Sehr gut.« Chibala eilte zum Funkgerät. Während der Abstand schnell kleiner wurde, stellte er Kanal 16, den Notrufkanal, ein. Eine Männerstimme setzte ununterbrochen einen Notruf ab:

MADAY MAYDA MAYDAY
THIS IS SAILINGYACHT APHRODITE
POSITION NORD 10° 53.4 EAST 57° 49.3
WE ARE UNDER PIRAT ATTACK AND NEED IMMEDIATE MILITARY ASSISTANCE

Der verzweifelt klingende Mann gab die Koordinaten seiner Position durch und fragte nach militärischer Unterstützung. Aber Antwort bekam er nicht. Plötzlich ballerte die Besatzung des Segelboots eine rote Signalrakete in den Himmel. Das internationale Zeichen für einen Seenotfall. In hundert Meter Höhe schwebte der rote Rauchkörper an einem kleinen Fallschirm ins Meer. Jedes Schiff im Umkreis von 30 Meilen würde die Signalrakete erkennen.
»Schneller, Hamid, wenn im letzten Augenblick noch ein Kriegsschiff auftaucht, kannst du deinen Männerarsch vergessen.«
»Ich geb' ja schon Vollgas.«
Wenige Minuten später erreichten die Piraten ihre Beute. Zwei Leute standen im Cockpit des Segelboots. Der Mann war mittelgroß und hatte einen kleinen Bauchansatz. Neben ihm stand eine zierliche Frau mit langen blonden Haaren. Beide waren um die 50 Jahre alt.
»Stoppt das Boot und holt die Segel runter!«, rief Baakir in Englisch den Seglern mit dem Megaphone zu. Chibala schoss zur Bekräftigung mit der Kalaschnikow eine Salve durch die Segel.

Als die Segel eingeholt waren, wurde das Boot nicht mehr durch den Winddruck stabil durchs Wasser gezogen und Aphrodite torkelte wie ein Korken auf den Wellen. Eine Minute später hatten die Piraten längsseits mit Leinen an dem Segelboot festgemacht. Die Rümpfe der Boote rieben und schlugen gegeneinander. Der Fischkutter war ein solides Stahlboot, aber das Segelboot war aus glasfaserverstärktem Kunststoff gebaut. Die Längsseite von Aphrodite wurde stark in Mitleidenschaft gezogen.

»Oh nein! Ihr macht unser Boot kaputt!« Völlig verwirrt beobachtete der Segler das Manöver.

»Hey, Arschloch, das Segelboot ist jetzt dein geringstes Problem«, rief Chibala zurück. Seine Leute lachten schallend.

»Ich habe Hilfe angefunkt und ein Kriegsschiff der französischen Marine wird jeden Moment hier sein«, erklärte der Segler, die Frau nickte bekräftigend.

»Ach du Idiot warst das mit dem Notruf? Komisch, von einer Antwort habe ich nichts gehört.«

Verzweifelt schaute sich das Seglerpaar an.

Chibala, Baakir und fünf andere Piraten kletterten auf Aphrodite. Chibala baute sich vor den beiden Seglern auf. Lüstern sah er auf die Frau hinab.

»Seid ihr alleine?«

»Ja.«

»Wie heißt ihr?«

»Manuela und Dieter Paulsen.«

»Wo ist eure Kohle?«

Dieter zögerte.

»Sag's ihm, Liebling.« Dieter blickte seine Frau an und nickte resignierend.

»Wenn Sie uns nichts tun, bekommen Sie alles, was Sie wollen.«

»Wenn wir euch was tun, bekommen wir auch alles, was wir wollen.«

Manuela atmete heftig, der Schweiß lief ihr in Strömen über das Gesicht. Dieter versuchte, sich schützend vor sie zu stellen.

Die Piraten konnten ihm seine Angst ansehen, als er in Chibalas Augen blickte.

»Los, nach unten.« Chibala packte Dieter und stieß ihn den Niedergang hinunter. Die Piraten stiegen hinterher. Manuela blieb zurück im Cockpit und war den lüsternen Blicken der restlichen Piraten auf dem Fischkutter ausgesetzt.

»Hey, Schlampe. Heute ist dein Glückstag. Du wirst nachher von einer Horde geiler Piraten durchgefickt.« Wieder brüllten die Somalier. Sie konnten ihre Erregung nur noch schwer zurückhalten. Manuela drehte sich angewidert ab und stellte sich angespannt hinter das Steuerrad. Sie umklammerte es so fest, dass ihre weißen Knöchel zu sehen waren. Ihr Blick war starr nach vorne gerichtet. Sie ahnte wohl, was auf sie zukommen würde.

»Die sieht aus, als ob sie einen Besenstiel verschluckt hätte«, witzelte einer der Piraten.

»Sie wird nachher noch ganz andere Dinge verschlucken«, sagte der nächste.

Wenige Minuten später schleppten die Piraten, die unter Deck von Aphrodite waren, schwere Taschen den Niedergang hoch. In den Taschen waren Weinflaschen und Bierdosen, Essen und Elektrogeräten, Werkzeugen und Navigationsausrüstung. Die blaue IKEA-Tasche, die über Chibalas Schulter hing, war gefüllt mit Signalmunition, Bargeld und Schmuck.

»Was machen wir mit ihrem Boot?«, fragte Baakir.

»Wir versenken es.«

»NEIN! Bitte nicht.« Der Mann hielt Chibala am Arm fest, dafür kassierte er eine schallende Ohrfeige.

Baakir packte Manuela an ihren blonden Haaren und schleifte sie zur Reling. Kreischend vor Schmerz wehrte sie sich. Dieter ging dazwischen, wurde aber von Chibala, der noch immer die Tasche lässig über seine Schulter trug, mit der freien Hand zu Boden geschlagen. Mühelos wuchtete Baakir die zierliche Frau auf die Reling von MAMA, wo sie begierig von vielen dreckigen Händen auf den Fischkutter gezogen wurde. Dieter musste hinterherklettern.

Als alle Piraten zurück auf ihrem Mutterschiff waren, öffnete Chibala die Munitionskiste. Er nahm eine Handgranate und reichte sie Waiyow, einem ehemaligen Söldner.

»Schmeiß die Granate in die Bilge unter dem Motorraum.«

Waiyow kletterte zurück auf die Aphrodite und verschwand unter Deck. Zwei Minuten später rannte er wieder hoch und sprang auf die MAMA. Zur gleichen Zeit war eine laute Explosion zu hören.

Manuela und Dieter weinten, als ihre Amel 54 mit dem Heck voran langsam vom Meer verschluckt wurde.

»Und jetzt mit Vollgas nach Bosaso«, befahl Chibala. »Wer weiß, ob nicht doch irgendjemand den Notruf aufgefangen hat.«

MAMA kämpfte sich schlingernd und stampfend durch die Wellen. Die zwei Schnellboote, die bei diesem Überfall nicht zum Einsatz kamen, tanzen wild im Schlepp hinterher.

Baakir schaute sich die Reisepässe der Segler an. »Es sind tatsächlich Deutsche«, sagte er erfreut. »Die deutschen Behörden sind einfache Verhandlungspartner. Mit den beiden Gefangenen können wir bestimmt ein schönes Sümmchen verdienen.«

»Mit den beiden Gefangenen können wir bestimmt ein schönes Späßchen haben«, bemerkte Hamid, der Steuermann.

»Oder wir können beides«, antwortete Chibala. Er drehte sich zu seiner Crew um, die dicht gedrängt hinter ihm stand. »Wir werden Lösegeld für die beiden fordern. Also bleiben sie am Leben. Nachdem Baakir und ich mit der Frau fertig sind, könnt ihr sie ficken.«

Das johlende Gebrüll der Piraten tönte ohrenbetäubend zwischen den Stahlwänden des Fischkutters.

Chibala drehte sich zu den beiden Gefangenen.

»Ihr werdet uns in den nächsten Wochen Gesellschaft leisten und uns mit Sicherheit gut unterhalten.«

»Tun Sie uns nichts, dann wird unsere Regierung auch ein vernünftiges Lösegeld bezahlen.«

Chibala schüttelte den Kopf. »Nein, du Trottel. Deine

Regierung wird zahlen, solange ihr am Leben seid. Und jetzt zeigen wir dir, wie man bei uns in Somalia eine Frau fickt.«

»NEIN. NICHT!« Voller Verzweiflung stürzte sich Dieter auf den Riesen. Der packte ihn an der Kehle und drückte ihn mit nur einer Hand auf die Knie. Röchelnd umklammerte der Deutsche mit beiden Händen den Arm des Piratenkapitäns.

»Uns reicht auch das Lösegeld für deine Schlampe. Missbrauche nicht meine Gastfreundschaft, sonst wirst du Fischfutter.«

Chibala wandte sich an seine Piraten. »Fesselt ihn und bindet ihn unter Deck an die Seitenwand. Er soll zusehen, wie wir seine Frau bespringen.«

Manuela wollte auf Dieter zurennen, aber sie wurde zurückgerissen und die steile Treppe nach unten, in den Bauch von MAMA, gezerrt. Dieter bekam einen Tritt in den Unterleib und einen Schlag ins Gesicht. Durch die Wucht fiel er die sechs Stufen der rostigen Metalltreppe hinunter in die Kajüte und schlug sich den Kopf heftig an. Blut rann aus einer Platzwunde an seiner Schläfe.

Die Seitenwände des ehemaligen Fischkutters waren mit Metallringen besetzt. Mit gespreizten Armen und mit dem Rücken zur Wand wurde Dieter an zwei der Ringe gefesselt.

Hier unten im Bauch von MAMA war es stickig und heiß. Vier runde Bullaugen erlaubten der Sonne Eintritt in die Vergewaltigungskammer. Durch die stark schlingernden Bewegungen des Kutters tanzten die Sonnenstrahlen wild durch die Kajüte. Der Schiffsdiesel dröhnte in gleichmäßigem Tuckern und vermischte sich mit dem dumpfen Geräusch des Wassers, das an die Bordwand klatschte.

Die Piraten waren seit über einer Woche auf See. Seit über einer Woche hatten sie sich nicht gewaschen. Als sie ihre Hosen auszogen, waberte der beißende Gestank von Urin, angereichert mit saurem Schweißgeruch, der an ranzige Milch erinnerte, durch die Kajüte. Manuela begann zu würgen. Ihre Kleider wurden ihr vom Leib gerissen. Einer der Piraten schnitt mit einem Messer ihren BH auf. Sie wurde mit dem Rücken auf einen im

Boden verankerten Metalltisch geworfen. Der Tisch war knapp drei Meter lang und etwa einen Meter breit. Sie wurde so platziert, dass ihr Hintern genau an der Kante lag. Grob wurden ihre Beine auseinandergezogen.

»Die Schlampe ist zu trocken. Wo ist das Maschinenfett?«, verlangte der hünenhafte Piratenkapitän lautstark, als er in sie eindringen wollte. Waliyow, bereits nackt und zum Bersten erregt, rannte in den Motorenraum und kam Augenblicke später mit einem verbeulten Blecheimer zurück. Chibala schaufelte eine Handvoll Fett aus dem Eimer und klatschte es zwischen Manuelas gespreizte Beine.

»Halte still, Hure!«

Dieter wurde gezwungen, mitanzusehen, wie die Piraten hemmungslos über seine Frau herfielen. Er brüllte aus Leibeskräften und zerrte wie ein Wahnsinniger an seinen Fesseln. Als Antwort wurden auch ihm die Kleider vom Leibe gerissen. Plötzlich hatte einer der Piraten einen Bootshaken in der Hand. Die Spitze war zweigeteilt. Sie hatte eine gerade Metallspitze und einen halbrunden Haken. Zärtlich strich der Pirat mit der geraden Spitze über die Haut des Seglers. Ganz so, als ob er ihn mit dem Bootshaken liebkosen wollte. Dieter erstarrte. Langsam glitt die Spitze der Stange über den Hals und die Brust des Deutschen, bevor sie über den Bauch hinunter zwischen seine Beine kratzte. Mit ruckartigen Bewegungen stieß der Pirat den Bootshaken zwischen die Beine hindurch. Der Haken glitt an den Hoden vorbei an den After.

»Soll ich dir den Arsch aufreißen?« Wie ein Irrer lachte der Pirat, während er sich mit der freien Hand an der Haltestange festhielt, die an der Decke entlang angebracht war. Dieter schüttelte panisch den Kopf. Der Pirat entschied sich anders und zog den Haken langsam zu sich. Die faltige Haut der Hoden verfing sich an der halbrunden Spitze.

»Oder den Sack?«

Durch die schlingernden Bewegungen von MAMA wurde die Hodenhaut ruckartig ein Stück weit eingerissen. Stoßartig ging

Dieters Atem. Dann schlug der Pirat den Bootshaken quer auf den Mund des Gefangenen. Dieter spuckte Splitter der abgebrochenen Schneidezähne aus.

»Lass mich mal ran,« drängte der dickleibige Hamid, als er Addikhdir zur Seite drängte. Dieter hyperventilierte, als Hamid ihm die Fessel an einer Hand löste.

»Ruhig Kleiner, es ist gar nicht so schlimm. In einem Monat lachst du darüber«, flüsterte Hamid ihm ins Ohr.

»Reicht mir das Fett rüber«, brüllte Hamid in wilder Vorfreude zu seinen Piratenkollegen.

Hamid legte eine Drahtschlinge um den Hals von Dieter. Immer wenn der Gefangene versuchte, sich der Vergewaltigung zu widersetzen, zog Hamid zu. Dieter presste seine Augen fest zusammen, wohl in der Hoffnung, sich der Realität zu entziehen.

Der Fischkutter arbeitete sich mühsam durch die aufgewühlte See, während sich die aufgewühlte Stimmung unter Deck immer weiter steigerte. Die Schmatzgeräusche der Vergewaltigung und die Schmerzensschreie der Gefangenen stachelten die Piraten an.

Es dauerte lange, bis sich alle 16 Piraten befriedigt hatten. Manuela war kaum noch bei Bewusstsein. Sperma, Blut, Maschinenfett und ihr eigenes Erbrochenes überzogen den geschundenen Körper. Dieter ging es nicht besser. Er kniete auf dem Boden, eine Hand noch immer am Haltegriff gefesselt. Sein Hals zeigte durch die Drahtschlinge verursachte rote Schnittwunden. Seine Zähne waren ein Trümmerhaufen. Apathisch stierte er an die gegenüberliegende Wand. Der Traum von der gemeinsamen Weltumrundung hatte sich in einen Albtraum verwandelt. Die Münze hatte sie diesmal betrogen. Der Adler hatte ihr Schicksal besiegelt.

Zwei Tage später waren sie zurück in Bosaso und Chibala rief bei Ahmed an.

»Ja, zwei Deutsche. Ihre Namen habe ich dir schon gegeben. Bilder von den beiden schicke ich dir gleich übers Handy. Sag der deutschen Behörde, dass wir sie jeden Tag missbrauchen. Und zwar so lange, bis wir das Lösegeld haben, oder bis sie tot sind.«

»Treibt es nicht zu schlimm. Die Europäer sind nicht so hart im Nehmen wie ihr Somalis.«

»Keine Sorge. Die beiden haben Gefallen am somalischen Liebesspiel gefunden.«

»Wenn die Geiseln tot sind, wird meine Mühe umsonst sein. Meinen Verlust würde ich dir beim nächsten Auftrag in Rechnung stellen.«

Ahmed legte auf. Baakir hatte die ganze Zeit neben Chibala gestanden und konnte dem Gespräch zuhören. »Ahmed hat Recht. Die Deutschen verrecken uns noch, wenn wir so weitermachen.«

»Also gut, wir holen den Arzt. Er soll die Geiseln aufpäppeln.«

Die beiden Deutschen wurden etwas schonender behandelt. Aber immer noch vergingen sich täglich einige der Männer an ihnen.

»Bitte! Bringt uns endlich um«, flehte Dieter die Piraten mit schwacher Stimme an. Doch den Gefallen erfüllten ihnen die Somalier nicht.

Zwei Wochen später waren Chibala und seine Crew um 800 000 Euro reicher. Die Geiseln wurden von einem Unterhändler abgeholt und auf ein amerikanisches Lazarettschiff gebracht, das für die Übergabe vor die Küste von Bosaso dirigiert wurde. Die Ärzte an Bord hatten alle Hände voll zu tun.

»Es macht Spaß, mit den Deutschen Geschäfte zu machen. Die zahlen immer so schnell.« Baakir grinste, während er das Geld zählte. Chibala dachte schon wieder an die nächste Kaperfahrt.

»Morgen rufe ich bei Ahmed an. Es wird Zeit, dass wir wieder einen Frachter aufbringen.«

»Wir haben aber inzwischen genug verdient, um uns zur Ruhe zu setzen«, bemerkte Baakir.

»Zur Ruhe setzen?« Chibala zog fragend seine Augenbrauen hoch.

»Es wird zu gefährlich. Vor der Küste von Jemen wimmelt es inzwischen von Militärschiffen und Helikoptern. Die Frachtschiffe fahren immer weiter östlich, immer weiter weg von der somalischen Küste. Von den meisten Kaperfahrten kommen wir erfolglos zurück.«

»Du jammerst wie eine alte Straßenhure. Dabei warst du es, der mich überredet hatte, zu desertieren und Pirat zu werden.«

»Da waren die Zeiten aber noch nicht so gefährlich. Außerdem haben wir jetzt genug Geld.«

Chibala wusste, dass sein Freund Recht hatte. »Also gut, wir setzen uns zur Ruhe. Nur noch eine letzte erfolgreiche Kaperfahrt.«

Baakir nickte. »Eine letzte erfolgreiche Kaperfahrt.«

KAPITEL 14

Bogotá, 2. März 2010

»Cargoflight 752, Request right turn heading 260 to avoid weather.«

»Cargoflight 752, heading 260 is approved.«

Der Ausweichkurs wurde den Piloten vom Fluglotsen genehmigt.

Es war Nacht und ein Gewitter stand im Anflug. Die Gewitterzellen waren in Äquatornähe besonders stark ausgeprägt und gut auf dem Wetterradar als bedrohlich wirkende, rote Farbkleckse zu erkennen. Doch hier in Bogotá gab es noch eine andere Bedrohung. Der Flughafen war an drei Seiten von Bergen umgeben. Die beiden Piloten mussten nicht nur den Gewittern ausweichen, sondern die Ausweichroute so wählen, dass sie genügend Abstand zu den Bergen halten konnten.

Mit diesen Gewittern hatten sie nicht gerechnet. Als sie vor fünf Stunden in New York gestartet waren, war gutes Wetter vorhergesagt worden.

Copilot Julian Straub arbeitete erst seit kurzem bei Cargoflight. Es war sein dritter Flug nach der Umschulung auf den Jumbo. Julian war auf diesem Flug der »Pilot Flying«, also jener, der das Flugzeug über Autopilot oder von Hand steuerte. Alexander war der »Pilot Monitoring«, der Pilot, der den Funkverkehr abwickelte und die Checklisten abarbeitete. Vor allem aber war es seine Aufgabe, den »Pilot Flying« zu unterstützen und zu überwachen. Diese beiden Positionen hatten nichts mit dem Dienstgrad von Kapitän und Copilot zu tun und wurden meistens für jeden Flug gewechselt.

»Die Blitze wirken bedrohlich nah«, sagte Julian nervös.

»Halte deinen Blick nur auf die Instrumente, dann ist es nicht so schlimm.« Alexander erkannte den aufkeimenden Stress in der Stimme seines Copiloten.

Der ohrenbetäubende Donner zerrte an ihren Nerven. Heftige Turbulenzen schüttelten den Jumbo kräftig durch. Zum Glück wurden die Piloten von ihren Anschnallgurten in die Sitze gepresst.

»Sieh mal, das Gewitter zieht genau über den Flughafen.« Julian zeigte mit skeptischem Blick auf den roten, klar abgegrenzten Farbflecken auf seinem Navigationsbildschirm.

»Ja, ich sehe es. In den nächsten Minuten werden wir bestimmt nicht in Bogotá landen.«

Dann kam auch schon die Anweisung vom Fluglotsen: »Cargoflight 752, Airport is closed due to active thunderstorm. Enter holding over Ambalema VOR in Flightlevel 160.«

Der Flughafen war wegen des Gewitters geschlossen. Alexander programmierte die Warteschleife über dem Funkfeuer in den Bordcomputer.

»Mist! Wir müssen sofort zum Ausweichflughafen fliegen«, sagte Julian.

»Warte! Wir bleiben vorerst in der Warteschleife, bis ich das aktuelle Wetter von Cali habe«, befahl Alexander.

»Das Wetter dort ist doch gut.«

»In der Vorhersage war das Wetter gut. So wie für Bogotá. Wir werden eine Entscheidung treffen, wenn wir das aktuelle Wetter für Cali kennen.«

Der Ausweichflughafen lag 300 Kilometer im Südwesten. In ihrer Flughöhe von 4000 Metern und mit den Bergen dazwischen war es nicht möglich, über Funk mit Cali in Kontakt zu treten. Deshalb besorgte Alexander die aktuelle Wettersituation vom Ausweichflughafen mit Hilfe von ACARS, einem Kommunikationssystem.

Eine Minute später erschien die Antwort auf dem Display in der Mittelkonsole.

»Wie ich befürchtete. Auch über Cali stehen Gewitter«, stellte Alexander nüchtern fest.

»Was nun?«, fragte Julian besorgt.

»Wir benutzen den Sprit, der für den Flug nach Cali eingeplant ist, um hier in der Warteschleife auszuharren. Dadurch haben wir zusätzlich 25 Minuten gewonnen.«

»Und dann?«

»Dann hoffen wir, dass das Gewitter hier in Bogotá abgezogen ist.«

»Und wenn nicht?«, fragte Julian skeptisch.

»Dann erkläre ich den Notfall und du darfst eine Gewitterlandung machen.«

Als sie in New York die Flugunterlagen durchgearbeitet hatten, waren für Bogotá, Cali und andere Flughäfen in Kolumbien wenige Wolken und leichter Wind vorhergesagt. Deswegen hatten sie sich dazu entschlossen, keinen zusätzlichen Sprit mitzunehmen. Alexander wunderte sich über die drastische Fehleinschätzung der Meteorologen. Während der Autopilot sie zuverlässig in der Warteschleife hielt, schaute sich Alexander noch mal die Flugdokumente an. Dann erkannte er den Fehler.

»Dispatch in New York hat uns eine alte Wettervorhersage gegeben und wir haben es nicht erkannt.«

Alexander zeigte Julian das Blatt, und ganz klein unten links in der Ecke war das Datum zu erkennen. Dort stand 02/03/2010.

»Ja und? Es passt doch. Heute ist der zweite März.«

Alexander schüttelte den Kopf. »Die Amerikaner nutzen ein anderes Datumsystem. Der Monat wird zuerst genannt. Wir haben die Wettervorhersage für den dritten Februar und nicht vom zweiten März.«

Zwanzig Minuten waren vergangen, doch das Gewitter hatte sich nicht verzogen und inzwischen kratzten sie ihre eiserne Spritreserve an. Nicht mehr lange, dann würde aus dem Jumbo ein Segelflieger.

»Was machen wir jetzt?«, fragte Julian.

»Wir landen in Bogotá. Das Gewitter wird uns davon nicht abhalten.«

Julian schluckte nervös.
»Keine Sorge, du kriegst das hin«, sagte Alexander aufmunternd.
Das Szenario einer Landung in schweren Böen hatten alle Piloten von Cargoflight schon im Simulator trainiert. Für Julian würde es nichts wirklich Neues sein.
Viel Zeit blieb nicht mehr. Zwei der acht Treibstoffsensoren meldeten bereits mit einem »Bing« und der gelben Warnlampe den niedrigen Spritstand. Alexander setzte die Notfallmeldung wegen Spritmangel ab.
»MAYDAY, MAYDAY, MADAY Cargoflight 752, fuel-emergency! We need to land now!«
Augenblicke später kam die Freigabe des Fluglotsen zurück:
»Cargoflight 752, cleared to land on runway 31R. Wind 270 with 30 Knots, in gusts up to 45. Crashcrew is on standby.«
Sie hatten die Landefreigabe für eine Gewitterlandung in Böen bis zu 80 Stundenkilometer. Innerhalb einer Minute würde eine ganze Kolonne von Löschfahrzeugen neben der Runway bereitstehen, um bei einer möglichen Bruchlandung zur Stelle zu sein.
»Wir könnten eine automatische Landung machen«, bemerkte Julian.
»Das schafft der Autopilot bei den Böen nicht. Du hast das Vergnügen, eine manuelle Gewitterlandung zu machen.«
»Welche Landeklappen soll ich nehmen?«
»Klappen auf 25 und für die Böen 20 Knoten Aufschlag auf die Geschwindigkeit. Und Julian ... versuche nicht, eine weiche Landung zu machen. Klatsch den Jumbo auf die Bahn. Sicherheit vor Eleganz.«
»Aye aye, Kapitän!«
Julian rieb sich seine verschwitzten Hände an der Hose trocken. Dann legte er seine linke Hand auf die vier Gashebel und deaktivierte die automatische Schubeinstellung. Als Nächstes schaltete er den Autopiloten aus.
Jetzt, da sie dem Gewitter sehr nahe waren, wurden die Turbulenzen noch schlimmer.

Die Boeing 747-400 ächzte und rumpelte. Es klapperte und wackelte. Die Piloten konnten die Instrumente kaum noch erkennen. Die Turbulenzen spielten mit dem riesigen Jumbo, als ob es ein kleines Flugzeugmodell wäre.

»SPEED!«, rief Alexander aus, als er sah, wie die Geschwindigkeit plötzlich rasant abnahm. Julian reagierte sofort und drückte die Gashebel energisch nach vorne.

Der stürmische Wind versuchte mit aller Kraft, den beiden Piloten das Leben zur Hölle zu machen. Alexander war bereit, jederzeit die Kontrolle des Flugzeugs zu übernehmen. Doch Julian schaffte es, hart auf der regenüberfluteten Runway zu landen. Die Triebwerke brüllten auf, als er die Hebel der Schubumkehr bis zum Anschlag nach hinten aufzog.

Die automatische Bremse war auf »MAX AUTO« eingestellt, auf maximale automatische Bremskraft. Die Karbonbremsscheiben von sechzehn Rädern wurden mit brachialer Gewalt zusammengepresst, um die Bewegungsenergie von 290 Tonnen bei 335 Stundenkilometern Geschwindigkeit über Reibung in Wärmeenergie umzuwandeln. Mit Sirenen und blinkenden Lichtern folgten die Feuerwehrfahrzeuge dem Jumbo auf der Runway, aber das Crash-Team wurde nicht gebraucht.

Eine Stunde später saßen sie in einem Taxi auf dem Weg in ihr Hotel. Es regnete zwar noch, aber das Gewitter hatte sich inzwischen verzogen.

»Danke, Alex. Ohne deine Hilfe hätte ich diesen Anflug nie hinbekommen.«

Der Kapitän nickte anerkennend. »Das war eine perfekte Landung.«

Alexander schaute nachdenklich auf die regennasse Straße.

Perfekt möchte ich es morgen auch machen.

Als sie das Hotel erreichten, war Alexander todmüde. Während er einschlief, ging ihm der Fall mit Carlos noch einmal durch den Kopf.

Der deutsche Markt wurde seit einem Jahr verstärkt mit

Drogen aus Kolumbien beliefert. Seit sieben Monaten flog Alexander nun regelmäßig nach Bogotá, um sich in das Kartell einzuschleichen. Doch Carlos Ventura, der Kopf des Kartells, war extrem misstrauisch. Allerdings fing er an, den Piloten als Kurier für kleine Sendungen einzusetzen. In Deutschland hatte Alexander dann auch brav die Lieferungen an den Abnehmer weitergegeben. Somit lieferte er auch die Identität der Zwischenhändler an den BND weiter.

Alexander hatte Carlos erzählt, dass aus Bogotá Rosen nach Europa geflogen wurden. 90 Tonnen auf jedem Flug. Als Manager von Cargoflight konnte Alexander auch private Fracht transportieren.

Vor kurzem hatte Carlos seinen Drogenkurier ermordet, weil er ihm nicht mehr vertraute. Nun stand Carlos vor dem Problem, einen geeigneten Transport zu finden. Bisher wurden die großen Ladungen der Drogen mit dem Schiff nach Europa gebracht. Da Alexander sich für die kleinen Sendungen als zuverlässig bewährt hatte, wollte Carlos es nun mit einer großen Ladung versuchen. Zwei Paletten Polstermöbel sollten transportiert werden. Möbel, vollgestopft mit reinem Kokain im Wert von 110 Millionen Dollar.

Beim nächsten Deal sollte nun zugegriffen werden. Dann gab es genug Beweismaterial, um das Kartell wirkungsvoll zu zerschlagen. Der Plan war, die Kolumbianer erst festzunehmen, wenn die Lieferung in Deutschland übergeben werden würde. Um mögliche Warnungen auszuschließen, sollten Lieferant und Abnehmer zeitgleich geschnappt werden. Um möglichen Verrat zu verhindern, würden die kolumbianische Polizei und die Antidrogenbehörde erst unmittelbar vor dem Zugriff informiert werden.

Alexander atmete tief durch. Es war alles vorbereitet. Morgen früh um 9:20 Uhr sollte er für das Treffen mit dem Drogenboss in dessen Villa in Bogotá abgeholt werden.

Ein letztes Treffen, nur noch ein Gespräch mit Carlos, dachte Alexander. Dann schlief er ein.

Das Läuten des Zimmertelefons riss ihn aus dem Tiefschlaf. Die Leuchtziffern des digitalen Weckers zeigten 5:28 Uhr. Verwundert hob Alexander den Telefonhörer ab. Der Mann sprach Englisch mit starkem spanischem Akzent.

KAPITEL 15

Bogotá, 3. März 2010

»Vamos! Der Chef will dich sprechen«, befahl der Mann in hartem Befehlston.

»Ich soll erst um 9.20 Uhr abgeholt werden«, antwortete Alexander.

»Carlos will dich aber jetzt sehen.«

»Gib mir eine Stunde, dann bin ich bereit.«

»No. Ahora! Er hat gesagt: JETZT! In fünf Minuten holen wir dich vor dem Hotel ab.«

»Fünf Minuten! Machst du Witze? Das schaffe ich ni…«

»Hombre! Hast du es nicht begriffen? Mit Carlos wird nicht diskutiert. Noch vier Minuten. Entiendes!«

Der Anrufer hatte aufgelegt.

Ist meine Tarnung aufgeflogen? Soll ich mich zurückziehen? Wenn sie meine wahre Identität kennen würden, wäre ich längst tot. Ich bleib dran.

Schnell zog sich Alexander an. Im Laufen schnappte er noch seine Jacke. Bogotá liegt zwar nahe am Äquator, aber auch auf über 2500 Meter Seehöhe, da war es um diese frühe Tageszeit noch kühl. Tief atmete Alexander die frische Morgenluft ein, als er vor das Hotel trat. Noch war es Nacht, doch in einer halben Stunde würde die Sonne aufgehen. Ein schwarzer Mercedes mit getönten Scheiben stand in der Hotelauffahrt. Einer von Carlos' Leibwächtern stand neben dem Auto und öffnete wortlos die Tür.

Alexander setzte sich auf den Rücksitz neben einem weiteren Leibwächter. Der Mann, der die Tür aufgehalten hatte, setzte sich auf Alexanders andere Seite, so dass er jetzt eingekeilt war zwischen den beiden korpulenten Kolumbianern. Der dritte Leibwächter steuerte den Wagen.

»Warum diese Eile?«

»Callate! Klappe halten«, kam in scharfem Ton der Befehl von dem Typen, der die Tür aufgehalten hatte.

Schweigend fuhren sie durch Bogotá. Alexander konnte die feindliche Haltung der Kolumbianer spüren. War es ein Fehler, sich zu Carlos bringen zu lassen? Was könnte schiefgelaufen sein? Niemand außer Heiner wusste von Alexanders geheimem Doppelleben. Die Tarnung hatte sich schon oft genug als wasserdicht erwiesen. Er wischte die Gedanken zur Seite. Es war sowieso zu spät, seine Meinung zu ändern.

Der Fahrer lenkte den Mercedes durch den morgendlichen Berufsverkehr. Bald hatten sie die Stadt verlassen und fuhren über die Landstraße in die Berge. Zu Carlos' Villa fuhren sie nicht. Eine dunkle Vorahnung erwachte. Diese Strecke kannte Alexander. Eine halbe Stunde später bogen sie in eine Seitenstraße ab. Kein anderes Fahrzeug war hier zu sehen. Der Schotterweg wand sich in engen Kurven den Berg hinauf. Der Pilot wusste nun, wohin die Fahrt gehen würde. Er bereute es, in den Wagen eingestiegen zu sein. Nach weiteren zehn Minuten sah Alexander die drei Holzhütten zwischen den mager aussehenden Bäumen. Die Morgendämmerung kündigte inzwischen zaghaft den neuen Tag an. Alexander wurde, nachdem er aus dem Wagen stieg, mit gespreizten Beinen und die Hände am Autodach gestützt, gründlich durchsucht. Es war neblig und die Temperatur lag um den Gefrierpunkt, doch ihm fröstelte nicht allein deswegen.

Vier Autos standen bereits hier. Alexander vermutete, dass etwa 20 Männer in den Hütten waren.

Dünne Rauchfahnen kräuselten sich aus den Kaminen. Die Tür der größten Hütte wurde aufgestoßen und donnerte gegen die Hausmauer. Carlos trat heraus. Seine Statur wirkte lächerlich. Er war einen halben Kopf kleiner als Alexander. Seine fette Wampe schob er wie etwas Wertvolles vor sich her. Das blonde Haar klebte fettig auf seinem Kopf.

Man konnte meinen, einen mickrigen kolumbianischen

Farmer vor sich zu sehen. Doch der Eindruck täuschte. Carlos war einer der einflussreichsten Männer im Land. Seine treu ergebenen Diener töteten auf sein Kopfnicken. Die Macht baute er auf seine Intelligenz, Gewalt und Abschreckung auf. Angefangen hatte er als Kleindealer mit einem Killer, der die Drecksarbeit für ihn erledigte. Inzwischen befehligte er eine ganze Armee. Rechtsanwälte und Richter standen ebenso auf seiner Gehaltsliste wie Soldaten, Mörder, Regierungsbeamte, Politiker und Steueranwälte. Die Liste seiner Spezialisten war fünf Seiten lang. Gegen Carlos vorzugehen, war fast aussichtslos. Deswegen war Alexander eingesetzt worden. Nur mit ausreichenden Beweisen konnte Carlos überwältigt werden. Hauptsächlich verdiente der Kolumbianer sein Geld mit Drogen. Er machte aber auch lukrative Waffengeschäfte mit den Rebellen. Sein Privatvermögen wurde auf 700 Millionen Dollar geschätzt. Genug, um sich damit ohne finanzielle Sorgen zur Ruhe zu setzen. Doch obwohl er einer der reichsten Menschen war, wollte er immer mehr. Eine unsichtbare Kraft trieb ihn an. Konnte er nicht ohne den Adrenalinschub der Gefahr leben? War es ähnlich wie bei ihm selbst, fragte sich Alexander, zumindest bis vor kurzem?

»Buenos Dias, Senior Alexander. Hast du gut geschlafen?« Carlos hielt eine Zigarre in der Hand. Die freundliche Begrüßung bestätigte Alexanders dunkle Vorahnung. Der Agent war vor drei Monaten dabei gewesen, als Carlos genau hier einem Dieb aus den eigenen Reihen mit freundlichem Lächeln das Todesurteil zukommen ließ. Der Drogenboss hatte den Dieb damals genauso begrüßt, wie er jetzt Alexander empfing. Im netten Plauderton hatte der Drogenboss einige Fragen gestellt, um dem Angeklagten eine Chance auf Verteidigung zu geben. Die Verhandlung war aber schnell beendet gewesen und mit dem berüchtigten Kopfnicken der nächste Schritt eingeleitet worden. Von dem Augenblick an übernahmen die Vollstrecker das weitere Geschehen und vor Alexanders Augen war der Verurteilte abgeschlachtet worden. Carlos hatte darauf geachtet, dass der Pilot jede Einzelheit gut mitverfolgen konnte. Alexander hatte damals den Eindruck gehabt, dass der Foltermord ihn einschüchtern sollte.

Wie war wohl seine heutige Exekution geplant? Alexander wurde plötzlich ganz ruhig. Es war eine seiner herausragenden Fähigkeiten, die sich schon oft als nützlich erwiesen hatte. Sein Gehirn arbeitete in solchen Situationen losgelöst von allen Emotionen und Ängsten. Sein Verstand arbeitete wie ein Computer, um die Überlebenschancen auszuloten.

»Amigo, es ist kalt hier draußen. Komm, wir gehen rein. Dort können wir reden.« Carlos nahm einen tiefen Zug von der fetten Cohiba und stieß genüsslich den Rauch in Alexanders Gesicht.

»Guten Morgen, Carlos. Schön, dich zu sehen. Allerdings frage ich mich, warum deine Wachhunde mich viel zu früh abgeholt haben.«

»Ah, das sind nur Dummköpfe. Sie haben meine Befehle wohl nicht richtig ausgeführt. Vergiss es.«

»Anscheinend sind deine Wachhunde nicht in der Lage, die Uhr zu lesen.«

Carlos, der schon auf dem Weg zur Hütte war, blieb abrupt stehen und drehte sich zu Alexander um. »Ich habe gesagt, vergiss es!«

Stumm nickte Alexander. Er hatte die Warnung verstanden.

In der Hütte war es düster. Zwei schmale Fenster erlaubten nur gedämpftes Licht. Im offenen Kamin tänzelte munter ein Feuer und es roch nach Rauch. Eine abgewetzte, speckige Sitzgruppe, bestehend aus einem Ohrensessel und einem Zweisitzer, stand um einen flachen, aus grobem Holz gefertigten Wohnzimmertisch. Vier bullige Kolumbianer mit ausdruckslosen Gesichtern standen im Raum verteilt. Dadurch wirkte es bedrückend eng. Alle hatten sie Pistolen an ihren Gürteln hängen. In der Ecke stand ein blauer Werkzeugkasten. Alexander wusste, woher die Blutspritzer auf dem Metallkasten kamen. Vor drei Monaten war der Dieb in Carlos' Team mit den Werkzeugen aus diesem Kasten zu Tode gefoltert worden.

Die Handschellen, mit denen der Dieb gefesselt gewesen war, hingen jetzt an einem Nagel an der Wand.

Eine schiefe Holztür versperrte den Blick in das Nebenzimmer. Alexander war sich sicher, dass dort noch weitere Kriminelle lungerten und nur auf ein Zeichen ihres Bosses warteten. Seine Gedanken arbeiteten auf Hochtouren, während er ein lässiges und gelangweiltes Gesicht machte.

Vielleicht kann ich ein Messer an Carlos Hals drücken, um mir den Weg in die Freiheit zu erpressen? Aber ich habe kein Messer. Ich habe überhaupt keine Waffe bei mir.

Alexander wurde regelmäßig bei den Treffen mit Carlos nach Waffen abgesucht. Deswegen hatte er auch nicht in Erwägung gezogen, ein Messer oder eine Schusswaffe mitzunehmen. Besser würde es im Notfall sein, einem der Gegner die Waffe zu entreißen. Alexander war noch immer ein hervorragender Einzelkämpfer und es würde eine Kleinigkeit sein, Carlos zu überwältigen. Aber die Leibwächter würden keine Sekunde zögern, über ihn herzufallen. Alexander traute sich zu, es mit jedem der Männer einzeln aufzunehmen, vielleicht auch mit zweien auf einmal. Aber nicht mit allen zusammen. Er hatte keine Wahl. Er musste abwarten und hoffen, die Gerichtsverhandlung zu überstehen. Kämpfen war das letzte Mittel. Er hoffte inbrünstig, dass es nicht dazu kommen würde.

»Hier, Amigo. Setz dich auf das Sofa.« Alexander setzte sich wie befohlen, Carlos plumpste in den Ledersessel. Er griff nach einem schweren Glas. »Ein guter schottischer Whisky ist genau das Richtige an so einem kalten Morgen. Willst du auch einen?«

»Nein danke«, antwortete Alexander. Er registrierte, wie die Männer im Raum verteilt waren. Drei der Leibwächter standen in seinem Rücken. Das war keine gute Ausgangssituation für einen Kampf.

Carlos ließ die Eiswürfel im Glas rotieren und stierte Alexander an. Eine sonderbare Stille lag in der Luft. Eine Stille, die durch das Klingen der Eiswürfel, das lebhafte Prasseln des offenen Kaminfeuers und die tickende Wanduhr laut und nervig war.

Es klirrte metallisch. Einer der Leibwächter nahm die Handschellen von der Wand und schmiss sie auf den Tisch. War das Urteil schon gefällt? Oder war es ein Test? Alexander wartete ab. Er machte sich bereit, dem Kolumbianer, der am nächsten stand, die Waffe zu entreißen.

Carlos schaute kurz auf die Handschellen und kam dann schnell zur Sache.

»Amigo, wenn die Flüge deiner Airline Bogotá verlassen, sind sie immer randvoll ausgelastet. Warum werden für dich zwei Paletten mit Blumen abgeladen, um Platz für Möbel zu schaffen?«

Alexander schaute Carlos verblüfft an und schüttelte den Kopf. Er erzeugte den Eindruck, als ob er nicht glauben konnte, dass er wegen so einer Lappalie ausgefragt wurde.

»Deswegen bringst du mich um diese nachtschlafende Zeit hierher?« Verwundert zog der Pilot seine Augenbrauen hoch. »Natürlich wird Fracht für mich abgeladen. Wir fliegen so gut wie immer mit voller Ladung aus Bogotá raus. Ich war mir sicher, dass du das weißt. Denkst du denn, ich hätte dir angeboten, eine große Menge Drogen zu transportieren, wenn ich nicht wüsste, wie ich das machen muss?«

Alexander spielte den Ball in Carlos Ecke. Damit erkaufte er sich Zeit, um seine Antwort zusammenzubauen. Und er stellte den Kolumbianer damit als Trottel hin. Ein gefährliches Spiel. Aber was konnte Alexander noch verlieren?

Carlos runzelte die Stirn.

»Weißt du überhaupt, dass ich Destinationskoordinator bin?«, fuhr Alexander fort.

Der Drogenkönig hämmerte sein Glas so fest auf den flachen Tisch, dass der Whisky herausspritzte.

»Si! Natürlich weiß ich das! Ich weiß alles. Und hör auf, mich auszufragen! Du bist hier derjenige, der sich erklären muss.« Carlos' Stimme war gereizt. In besänftigendem Ton sprach der Geheimagent weiter.

»Das Personal in Bogotá ist von meinem Urteil abhängig. Wenn ich der Meinung bin, dass sie ihre Arbeit nicht gut machen, teile ich das der Geschäftsleitung in München mit. Die Leute hier werden dann verwarnt oder gleich gefeuert. Sie machen übrigens ihre Arbeit nicht gut, und das wissen sie. Teresa, die Stationsleiterin, ist unter anderem dafür verantwortlich, dass die Rosen rechtzeitig von den Blumenfarmen am Airport angeliefert werden. Weil das aber nicht klappt, haben wir regelmäßig Verspätungen. Ich könnte dafür sorgen, dass Teresa ihren Job auf der Stelle verliert.«

Carlos hörte mit unbeweglicher Miene zu und nahm einen tiefen Zug von seiner Zigarre, während Alexander weitersprach.

»Deswegen wird sie alles tun, um mein Wohlwollen zu erreichen. Ich habe ihr gesagt, dass ich eine private Lieferung nach München mitnehmen möchte. Damit drücke ich Teresa in die Entscheidung, entweder mir gefällig zu sein oder der Airline. Nun, die Geschäftsleitung sitzt weit weg, ich bin hier vor Ort. Sie muss nur eine kurze Erklärung abgeben, warum zwei Paletten nicht beladen wurden. Dafür gibt es viele Gründe.«

»Welche?«, kam schneidend Carlos' Frage.

»Die Paletten könnten falsch mit den Blumenkartons beladen werden. Oder eine Ladung Blumen ist bei der Anlieferung vom Lastwagen gefallen, und um weitere Verspätung zu vermeiden, bleiben die Rosen kurzerhand zurück. Es gibt noch eine Reihe weiterer Erklärungen. Teresa wird sich etwas Gutes einfallen lassen.«

Alexander lehnte sich zurück. Entweder Carlos schluckte jetzt den Köder, oder Alexander würde den Mittag nicht mehr erleben. Der Drogenboss nahm sein Glas wieder in die Hand und die Eiswürfel tanzten fröhlich klirrend. Schon wieder breitete sich die laute Stille aus. Der Agent konnte die angespannte Erregung der Leibwächter fühlen. Die Kolumbianer mochten den Europäer nicht. Sie hofften auf das Kopfnicken ihres Bosses.

Die Spannung im Raum war fast körperlich zu spüren. Carlos saß mit ausdrucklosem Gesicht da. Er trank einen Schluck, stellte das Glas zurück auf den Tisch und spielte mit den Handschellen. Dann stand Carlos auf und lief auf ihn zu.

»Komm her, Amigo. Lass dich drücken.« Alexander hatte Mühe, sich seine Erleichterung nicht anmerken zu lassen. Er stand auch auf und wurde herzlich von Carlos gedrückt. »Du musst verstehen, meine Nerven sind angespannt. Ich muss einfach skeptisch sein, das ist meine Lebensversicherung. Wann geht die Lieferung raus?«

»Übermorgen. Du kannst deine Abnehmer informieren.«

»Sehr gut. Es macht Spaß, mit dir Geschäfte zu machen. Mein Sekretär wird dich heute Mittag anrufen, um die Einzelheiten zu besprechen.«

Für Carlos war das Problem gelöst. Nun hatte er wohl keine Lust mehr, sich mit Alexander weiter zu unterhalten. Der Pilot wurde mit dem schwarzen Mercedes zurück in die Stadt gefahren. Diesmal saßen nur er und der Fahrer im Wagen.

Zwei Tage später wurden Polstermöbel, vollgestopft mit Kokain, am Airport in Bogotá angeliefert. Die Antidrogenpolizei überprüfte zwar mit ihren Spürhunden die angelieferte Fracht, knapp 90 Tonnen Blumen, doch der Drogencheck war schon abgeschlossen, als die Möbellieferung eintraf. Während die Möbel in den Jumbo geladen wurden, stand der Einsatzleiter der Antidrogenpolizei zufrieden lächelnd in seinem Büro und zählte das Geld.

Alexander flog das Flugzeug nach München. Damit war sein letzter Auftrag beendet.

Als der Drogenkunde in München das Kokain übernehmen wollte, schlug die Polizei zu. Gleichzeitig stürmte in Bogotá eine Hundertschaft Soldaten die Verstecke von Carlos und seinen Helfern. Neben Carlos wurden in Kolumbien und Europa insgesamt sechs weitere Drogenbosse und über 70 Mitarbeiter des Kartells verhaftet. Es gab nur wenig Gegenwehr. Der Überraschungseffekt war gelungen. Auch Carlos leistete keinen Widerstand. Er wusste, wann es vorbei war.

Für den BND war die Operation ein voller Erfolg, für Alexander war es der Ausstieg aus dem Agentenleben. Jetzt wollte er nur noch für Valentina da sein. Schluss mit den Lügen und der Geheimniskrämerei!

KAPITEL 16

Somalia, 27. März 2010–4. Juli 2010

»Keine Sorge. Ich weiß, wie wir das Schiff finden werden.« Chibala legte auf und schmiss das Handy in die Ecke des Sofas.

»Ein Auftrag?«, fragte Baakir, der gerade verschlafen mit einer Flasche Bier in der Hand aus seinem Schlafzimmer tapste. Bier nach dem Aufwachen war für ihn zur Gewohnheit geworden. Leise zog er die Tür hinter sich zu.

»Scheint 'ne interessante Nacht gewesen zu sein«, stellte Chibala bei Baakirs Anblick fest.

Baakir grinste. »Oh ja. Owliyoo lässt sich verdammt gut ficken.«

»Sie ist hübsch. Vielleicht solltest du sie dir als Freundin halten.«

»Bist du bescheuert?« Bakkirs Stimme wurde leise. »Sie ist doch nur eine somalische Schlampe, die in unserem Heckwasser mitschwimmen will.«

Seine Stimme erhob sich wieder zu normaler Lautstärke. »Erzähl mir lieber von dem Anruf eben.«

»Ahmed hat fette Beute angekündigt. Ein deutscher Frachter.«

»Deutsch ist immer gut.« Baakir kratzte sich nachdenklich am Hinterkopf. »Aber hast du gestern Abend das Gerede in der Bar gehört?«

Chibalas Augen verengten sich. »Ja, ja. Gerede eben. Mehr war es auch nicht.«

»Chibala! Die Kriegsschiffe sind nun auch vermehrt im Arabischen Meer unterwegs. Es wird immer gefährlicher, Beute zu machen.«

»Ja und?« Chibala wurde wütend. »Was willst du mir damit sagen?«

»Ich will damit sagen, dass es hier nicht nur um Gerede geht. Du weißt so gut wie ich, dass unser Kapergeschäft immer schwieriger wird. Wir sollten sofort damit aufhören.«

Zornig packte Chibala eine Flasche Tusker, die auf dem Tisch stand, und schmetterte sie an die Wand neben der Schlafzimmertür, wo sie zerplatzte.

»Du jammerst wie eine Straßennutte«, schrie er. »Du warst es doch, der mich hierher nach Bosaso brachte.«

»Ja! Das war ich.« Auch Baakir schmiss nun seine Flasche, die er noch immer in der Hand hielt, an die Wand. Niemand sonst durfte so mit Chibala umgehen. »Aber haben wir inzwischen nicht genug verdient? Genug für Khat und genug für geile Weiber bis zum Ende unserer Tage?«

»Nein! Noch nicht genug. Noch lohnen sich die Überfälle.« Das nächste Tusker zerschellte an der Steinwand.

Baakir eilte zum Bierkasten. »Es ist aber zu gefährlich geworden«, schrie er wutschnaubend. Wieder flog eine Flasche durch die Luft.

»Gefährlich! Gefährlich! Alles in unserem beschissenen Leben ist gefährlich.« Tusker Nummer fünf musste dran glauben.

»Letzte Woche haben sie drei Somalier von Issak Khalids Crew erschossen. Eins-Zwei-Drei.« Gleich drei Flaschen donnerte Baakir an die Wand.

»Verflucht!« Chibala zog eine weitere Flasche aus dem Kasten und schmiss sie mit Wucht an die Wand, bevor er sich wütend zu Baakir drehte. »Wir hatten eine Abmachung. Eine letzte erfolgreiche Kaperfahrt. Kannst du dich nicht mehr erinnern? Oder hast du dir inzwischen dein Gehirn rausgevögelt?«

»Was ist denn das hier für ein Lärm?« Owliyoo kam splitternackt aus dem Schlafzimmer angerannt.

»Halt die Klappe!«, schrien die beiden Freunde gleichzeitig. Eingeschüchtert zog sich Owliyoo wieder zurück ins Schlafzimmer. Zwei Flaschen donnerten in dumpfem Knall an die sich schließende Tür.

Baakir drehte sich hitzig zu Chibala. »Also gut«, brüllte er.

Die nächste Flasche, die letzte aus dem Kasten, zerschellte. »Wir gehen auf Kaperfahrt. Noch ein letzter erfolgreicher Überfall. Dann hören wir auf.«

Plötzlich wurde es still. Die beiden Freunde schauten sich grimmig an.

»Der Kasten ist leer«, stellte Chibala fest.

Dann lachten sie. Es war einer der wenigen Momente, in denen Chibala lachte.

»Die Flaschen gehen auf dein Konto«, scherzte Baakir. »Und nun erzähl mir von der fetten Beute.«

Chibala zeigte mit seinem Kinn an den Tisch. »Setz dich.«

Der Gestank des Bieres, der nun durch den Raum zog, störte sie nicht. Chibala breitete zwei beschmierte Blätter vor sich aus.

»Die TAIPAN hat niedrige Bordwände. Ihr Bauch ist randvoll gefüllt mit Lebensmitteln für die UN in Mogadischu.«

»Wie viel Lösegeld können wir erwarten?«

»Vier Millionen Dollar.«

»Hört sich gut an. Ich liebe die Deutschen. Sie zahlen so bereitwillig anständiges Lösegeld. Wo lauern wir auf die Beute?«

»Das Schiff wird entlang der Küste von Jemen weit nach Osten fahren, und dann mit Kurs 180 Grad nach Süden abdrehen. Östlich vorbei an der Socotra Insel. Ich denke, wir werden 100 Meilen südlich der Insel auf sie warten.«

»Es wird trotzdem eine Suche nach der Stecknadel im Heuhaufen.«

»Kannst du dich an die Signalrakete erinnern, die von den beiden deutschen Seglern kurz vor unserem Überfall abgefeuert wurde?«

»Was hat das mit unserer Suche zu tun?«, fragte Baakir verwundert.

»Der Rauchkörper hing an einem Fallschirm. In der Höhe ist das Signal viel weiter zu sehen.«

»Du willst einen aus der Crew in die Luft schießen?«

»Genau.«

»Ich wusste, dass du irre bist.«

»Ich habe einen Fallschirm besorgt. So einen, mit dem Touristen in Mombasa an einem Seil hinter einem fahrenden Motorboot in die Luft gezogen werden. Das Seil verlängern wir auf 800 Meter und einer aus unserer Crew wird mit Fernglas und Funkgerät in luftiger Höhe nach dem Frachter Ausschau halten.«

Baakir schüttelte verblüfft den Kopf. »Wann geht's los?«

»In vier Tagen verlassen wir Bosaso. Am 4. April wird die MS Taipan im Zielgebiet sein. Wenn der Überfall erfolgreich ist, gehen wir in Piratenrente.«

Beim Abendessen in der Kneipe besprachen sie ihre Strategie für den Überfall auf die Taipan. Als sie anschließend über den Parkplatz zu Baakirs Toyota Geländewagen liefen, passierte es. Chibala sah den im Dreck zusammengerollten Köter nicht. Der Somalier wollte im letzten Moment zur Seite steppen, knickte aber dabei mit dem Fußgelenk um. Wild jaulend rannte die Töle davon.

»Scheiß Köter!«

»Ist was passiert?«

»Mein Fuß. Irgendetwas stimmt damit nicht.« Unter Schmerzen humpelte Chibala zum Wagen.

Am nächsten Morgen war der Knöchel tiefblau und heftig angeschwollen. Chibala konnte nicht auftreten.

»Hoffentlich bist du in ein paar Tagen fit für den Überfall«, sagte Baakir.

»Das wird schon werden«, antwortete Chibala gereizt.

»Um sicherzugehen, solltest du den Arzt aufsuchen. Vielleicht kann er den Heilungsprozess beschleunigen.«

Chibala, der normalerweise wegen solcher Kleinigkeiten nicht zimperlich war, nickte. »Fahr mich zu diesem Knochenflicker Yusuf Ali.«

Zähneknirschend hörte sich der Pirat das Resultat der Untersuchung an.

»Tja, Chibala«, Yusuf beugte sich nachdenklich über den

Knöchel, »mit diesem Fuß wirst du die nächsten paar Wochen keine großen Sprünge machen.«

»Die nächsten paar Wochen? Du spinnst wohl. Ich muss in wenigen Tagen fit sein.«

Yusuf, den Umgang mit Piraten gewohnt, schaute Chibala tief in seine mattschwarzen Augen.

»Deine Bänder sind überdehnt und brauchen Ruhe. Ich habe dir nur einen ärztlichen Ratschlag gegeben. Es ist mir scheißegal, was du machst.«

»Und was sollte ich deiner Meinung nach tun?«

»Dein Bein muss hochgelagert und gekühlt werden. Zur Stabilisierung brauchst du einen Kompressionsverband. Schonen, Chibala, du musst dein Bein schonen, sonst knickst du wieder um. Der Schaden wird dann noch größer und du humpelst für den Rest deiner Tage als Krüppel rum.«

»Ach, verflucht.« Chibala war frustriert. Am liebsten hätte er jetzt eine Flasche Bier an die Wand gedonnert. »Also los, dann tu, was nötig ist.«

Am Nachmittag saß Chibala mit dick eingebundenem Bein auf dem Sofa in ihrer Villa.

»Mit dem Bein kann ich keine Kaperfahrt machen. Die Taipan können wir vergessen.«

»Warum?«

»Warum? Hab ich doch gerade gesagt. Ich bin nicht einsatzfähig.«

»Dann ziehen wir den Überfall eben ohne dich durch. Oder glaubst du etwa, wir kriegen das nicht hin?« Baakir schaute seinen Freund herausfordernd an.

»Erst wolltest du von einem Überfall nichts wissen, und nun kann es dir nicht schnell genug gehen.«

»Wir haben gesagt, ein letzter erfolgreicher Überfall. Die Taipan ist die beste Chance, die wir seit Langem hatten.«

Chibala nickte. Sein Freund hatte Recht.

»Dann komme ich mit und bleibe auf MAMA, während du mit der Crew die Taipan überfällst.«

»Du weißt, wie sehr MAMA auf offener See schwankt. Du würdest wieder umknicken. Dann bist du ein Krüppel.«

»Quatsch! Mein Fuß ist ja dick eingewickelt.«

»Traust du mir nicht zu, alleine mit der Crew eine Kaperfahrt zu machen?«

Chibala schaute seinen Freund nachdenklich an. Darum ging es also. Baakir wollte sich beweisen.

»Ich traue dir alles zu. Ich bleibe sowieso lieber hier, rauche Khat und vergnüge mich.«

Drei Tage später wurde MAMA mit Waffen, Diesel, einem Fallschirm und einem sehr langen Seil beladen. Der junge Yassin wurde ausgewählt, als Späher am Fallschirm nach der Beute zu suchen. Baakir und 14 Piraten waren bereit für die Kaperfahrt.

»Wenn wir zurückkommen, lade ich dich auf einen mehrmonatigen Urlaubstrip nach Madagaskar ein.«

»Und ich spendiere das Khat«, bemerkte Chibala trocken. Er stützte sich auf Krücken, um sein Bein zu schonen.

Baakir sprang mit den anderen Piraten in das Schnellboot. MAMA wartete in der Bucht vor Anker.

»Denk an Madagaskar«, rief Baakir seinem Freund zu, als sie davonbrausten. Das waren die letzten Worte, die Chibala von seinem einzigen Freund hörte.

Unter Getöse verließen die Piraten die Bucht von Bosaso. Drei Tage vor dem Überfall auf die Taipan. Drei Tage vor Ostermontag.

Chibala wartete vergebens auf ihre Rückkehr. Eine Woche später erfuhr Chibala es aus dem Fernseher. Ein Bericht von CNN. Fünf Piraten aus der Crew waren erschossen worden, die anderen wurden verhaftet und nach Europa verschleppt. Dort erwarteten sie langjährige Haftstrafen. Baakir war unter den Gefangenen. Das erste Mal seit über 400 Jahren würde es in Deutschland wieder einen Piratenprozess geben. Chibala war am Boden zerstört. Der schleimige Ahmed hatte ihm nichts von dem holländischen Kriegsschiff gesagt, das sich in der Nähe der Taipan befand.

Chibala überlegte, wie er Baakir aus Deutschland befreien konnte. Er versuchte in den nächsten Wochen immer wieder, bei Ahmed anzurufen. Aber der Dealer antwortete nie. Der Somalier kontaktierte andere Mittelsmänner in Dubai, aber keiner konnte oder wollte helfen. Chibala dachte fieberhaft über eine Lösung nach. Nach drei Monaten sah er ein, dass es unmöglich sein würde, Baakir aus dem deutschen Gefängnis zu befreien.

Doch dann kam unerwartete Hilfe.

KAPITEL 17

Frankfurt, 10. Mai 2010

»Wie viel?«

»Nun ja«, Siebenlist räusperte sich verlegen. »Sehen Sie sich diese Graphen an.« Er beugte sich nach vorne und schob einige Blätter mit Kurslinien und Tabellen über den riesigen Schreibtisch zu seinem Boss.

»Nach den Auswertungen der neuesten Zahlen komme ich zu dem vorläufigen Ergebnis, dass der Schaden größer ist als befürchtet. Hier auf dieser Tabelle können Sie den Erdrutsch der Aktien deutlich ...«

»Wie viel?«, wiederholte Hubert von Godehardt nun fordernd mit lauter Stimme. Dabei schlug er mit der Hand auf den Tisch. Siebenlist zuckte zusammen und schaute eingeschüchtert auf den Boden. Er wirkte mit seiner runden Brille und dem schütteren Haar wie ein blasser und unscheinbarer Büroangestellter. Doch von Godehardt wusste, dass der Eindruck täuschte. Sein Finanzexperte war ein Genie. Allerdings war er ein typischer Fachidiot, der außer Zahlen nichts anderes kannte. Obwohl die Klimaanlage für eine angenehme Kühle sorgte, konnte von Godehardt den penetranten Achselschweiß seines Angestellten riechen.

»Herr Siebenlist! Schauen Sie mir in die Augen!«

Langsam hob der Angestellte seinen Kopf. »85 Millionen Euro«, sagte er kaum hörbar.

»Wie viel?« Ungläubig kam diesmal die Frage des Unternehmers.

»85 Millionen Euro!«, sagte Siebenlist nun schnell mit lauter Stimme. Er zog sich mit dem Zeigefinger seinen Hemdkragen auf. »Es tut mir sehr leid, Herr von Godehardt. Den automatischen Verkauf hatten Sie ja abgelehnt und wir konnten einfach nicht schnell genug reagieren. Unser Kapital war diesem Crash hilflos …«

»Unser Kapital?« Der Unternehmer beugte sich aggressiv nach vorne. »Unser Kapital sagen Sie?«

»Entschuldigen Sie, Herr von Godehardt. Ihr Kapital natürlich.« Demütig senkte Siebenlist wieder seinen Blick.

Verbittert schmiss von Godehardt den teuren Füllfederhalter von Montblanc auf den Tisch und lehnte sich zurück. Obwohl er das halbe Jahrhundert gerade erst überschritten hatte, war sein Haar schon komplett grau. Im Gegensatz zu Siebenlist strotzte er allerdings vor Kraft. Mit seiner von der Karibiksonne gebräunten Haut und dem tadellos sitzenden weißen Hemd sah er äußerst attraktiv aus. Nur der kleine Bauchansatz passte nicht so recht dazu. Er war ein Mann von Welt und das sah man ihm an. Aber wenn er wütend war, dann sah man ihm das auch an.

»85 Millionen Euro? So viel von meinem Geld war am US-Markt investiert?«

Siebenlist nickte stumm.

»Und wer hat mir dazu geraten?«

Der Finanzexperte antwortete nicht.

»Herr Siebenlist, wie hoch ist Ihr Gehalt?«

»Das hat doch …«

»Wie hoch?« Die Frage kam laut und schneidend wie ein Befehl.

»20000 Euro, plus Geschäftswagen, Appartement und Spesen«, flüsterte Siebenlist.

»20000 Euro Monatsgehalt!« Von Godehardt kniff die Lippen zusammen und nickte leicht mit dem Kopf. Dann nahm er seine Lesebrille ab und warf auch sie auf den Tisch. »Ein wahrlich fürstliches Gehalt, nicht wahr?«

»Ja, Herr von Godehardt. Sie zahlen mir ein fürstliches Gehalt.«

Der Unternehmer massierte sich in einer Geste der Verzweiflung seinen Nasenrücken.

15 Minuten! Es waren nur 15 Minuten! Aber diese verfluchte Viertelstunde am 6. Mai, vor genau vier Tagen, war der schlimmste Augenblick in seinem bisher so glorreichen Leben gewesen. Für den skrupellosen Geschäftsmann Hubert von Godehardt war eine Welt zusammengebrochen. Der Blitz-Crash in den USA war dafür verantwortlich. Spezialisten an der Wall Street vermuteten, dass sich ein Händler vertippt hatte. Ein Zahlendreher? Eine oder zwei Nullen zu viel? Der bescheuerte Händler verkaufte angeblich 75 000 Verträge und hatte dadurch das Chaos ausgelöst. Die automatisch einsetzenden Verkaufsprogramme stießen daraufhin massig Aktien ab, der Dow Jones fiel um fast 1000 Punkte. Rund 900 Milliarden Dollar verschwanden in weniger als 15 Minuten im gierigen Schlund des Aktienmarktes. 85 Millionen Euro davon aus der Tasche des deutschen Unternehmers Hubert von Godehardt.

Alles, was er bisher angefasst hatte, hatte er zu Gold gemacht. Besonders seine illegalen und verbrecherischen Geschäftspraktiken trugen ihren Teil dazu bei. Doch diesmal war er der große Verlierer.

Nun saß der Verlierer in seinem feudalen Stadtbüro in Frankfurt und starrte auf seinen Aktienexperten.

»Was soll ich jetzt tun?«, fragte von Godehardt.

Siebenlist schüttelte resignierend den Kopf. »Ich weiß es nicht. Noch nicht. Aber ich arbeite an einer Lösung.«

»Wie viel Geld ist noch übrig?«

»29 Millionen Euro. Davon allerdings nur 17 Millionen in verfügbarer Form. Der Rest, also 12 Millionen Euro, steckt in Immobilien und langfristigen Geldanlagen. An diesen Rest kommen wir vorläufig nicht ran.«

Der Unternehmer schloss seine Augen.

»Gehen Sie.«

Siebenlist stand auf, beugte sich weit über den Schreibtisch und raffte die Papiere, die quer auf dem Tisch verstreut lagen, zusammen. Mit zügigen Schritten eilte er hinaus.

Hubert von Godehardt lief ans Fenster. Er legte seine

Handfläche mit gespreizten Fingern auf das Glas und lehnte seine Stirn an die kühlende Scheibe.

Kümmerliche 17 Millionen Euro! Damit ist es mir unmöglich, den Verlust durch neue Spekulationen wieder auszugleichen. Und ausgleichen muss ich irgendwie.

Die 23 Angestellten mussten bezahlt werden. Mehr als die Hälfte von ihnen waren hochbezahlte Spezialisten auf ihrem Gebiet. Laufende Kredite für Immobilien, die luxuriösen Büroräume und sein exklusiver Lebensstil verschlangen viel Geld. Auch sein bescheuertes Weib brauchte Unsummen für ihre ständigen Shoppingtouren. Seine finanziellen Verpflichtungen bewegten sich im schwindelerregenden Bereich von 700 000 Euro monatlich.

Wenn mir nicht bald etwas Geniales einfällt, dann schmilzt mein viel zu dünnes Finanzpolster schneller weg als Eiscreme in der Karibiksonne.

Es war ein Teufelskreis. Er musste mit großen Summen arbeiten, um entsprechend große Gewinne zu generieren. Der jetzige kümmerliche Rest reichte dafür einfach nicht aus. Zum ersten Mal in seinem Leben war er nun finanziell schwer angeschlagen. Zum ersten Mal in seinem Leben fühlte er sich nun arm.

Ich muss eine Lösung finden.

KAPITEL 18

Frankfurt, 4. Juli 2010

Inzwischen waren fast zwei Monate vergangen, doch Hubert von Godehardt wusste immer noch nicht, wie er aus dem finanziellen Desaster herauskommen sollte. Wie er vorhergesehen hatte, fraßen seine finanziellen Verpflichtungen das verbleibende Kapital rasend schnell auf.

Siebenlist hatte mehrere Vorschläge ausgearbeitet, die sich jedoch alle als wirkungslos erwiesen. Legale Geschäftspraktiken würden nicht weiterhelfen. Die dramatische Situation erforderte dramatische Maßnahmen. Aber welche?

Von Godehardt setzte sich mit einer dampfenden Tasse Kaffee an den Schreibtisch in seinem Stadtbüro und schaltete den Computer ein. Wie jeden Tag erkundigte er sich online über das Weltgeschehen. Wie jeden Tag waren die Meldungen deprimierend. Der Finanzmarkt kam einfach nicht in Schwung. Doch dann erregte eine Überschrift aus dem Nachrichtenteil seine Aufmerksamkeit.

Die Niederlande liefern somalische Seeräuber nach Deutschland aus.

Interessiert las von Godehardt den Artikel. Piraten hatten am 4. April vor der Küste Somalias versucht, einen deutschen Frachter zu überfallen. Ein holländisches Kriegsschiff war in der Nähe gewesen und war dem Frachter zu Hilfe gekommen. Einige der Somalier waren erschossen worden, die überlebenden Piraten wurden gefangengenommen.

Er spürte wieder dieses elektrisierende Kribbeln in seinen Fingern. Dieses Kribbeln, das immer dann kam, wenn er Geschäfte witterte. Aber wie sollten ihm gefangene Piraten aus seiner katastrophalen Lage helfen?

Mit einem speziellen Mobiltelefon, das von Godehardt nur für geheime Gespräche nutzte, wählte er eine als »Immobilien VAE« getarnte Telefonnummer. Sie fing mit +971 an. Die Landesvorwahl der Vereinigten Arabischen Emirate. Ahmed bin Rashid aus Dubai war sein Kontaktmann für illegale Geschäfte im arabischen und ostafrikanischen Raum. Ohne Umschweife kam von Godehardt auf den Punkt.

»Guten Tag, Ahmed. Hier ist Hans. Was wissen Sie von dem Piratenüberfall auf die Taipan am 4. April?« Bei dem Araber war von Godehardt nur als »Hans« bekannt.

»Ich weiß alles darüber.«

»Erzählen Sie mir alles darüber.«

Nach fünf Minuten kannte der Unternehmer die Hintergründe des missglückten Kaperversuches der Piraten.

»Und dieser Chibala ist noch immer in Bosaso?«

»Bestimmt. Er brütet wahrscheinlich gerade vor sich hin und sucht verzweifelt nach einer Möglichkeit, seinen Waffenbruder aus dem Gefängnis in Deutschland zu befreien.«

»Wer ist dieser Baakir?«

»Baakir ist Chibalas engster und einziger Freund. Sie kennen sich seit ihrer Kindheit und Chibala würde alles tun, um ihn zu befreien.«

»Alles sagen Sie?«

»Alles sage ich!«

»Würde dieser Chibala auch viele Menschenleben riskieren, um Baakir wiederzusehen?«

»Darauf können Sie wetten. Chibala kennt keine Skrupel.«

»Haben Sie noch Kontakt zu ihm?«

»Ich kann ihn jederzeit erreichen.«

»Ich rufe Sie nachher noch einmal an und gebe Ihnen genaue Instruktionen für diesen Chibala.«

Von Godehardt legte auf und lächelte. Zum ersten Mal seit dem Börsencrash fühlte er sich wieder gut. Er legte ein Blatt

Papier vor sich auf den Tisch und schrieb einige Schlagworte auf. Piraten – Investition – Anschlag – Erpressung – Täuschung.

Die Worte umkreiste er, manche Worte verband er mit Linien. Viele weitere Blätter wurden bekritzelt. Aus der Schublade zog er einen Laptop. Es war ein gebrauchter Laptop vom Schwarzmarkt. Diesen Laptop nutzte er nur für seine heimlichen Internetaktivitäten. Von Godehardt überprüfte Aktienkurse. Niemand sollte jemals davon erfahren. Wenn es später nötig werden sollte, würde er den Laptop verschwinden lassen. Es würde keine Spuren seines verbrecherischen Planes geben.

Er nahm ein Feuerzeug, zündete die bekritzelten Blätter an und ließ sie in den Abfalleimer fallen, der speziell für solche Zwecke bereitstand. Der Unternehmer wusste nun, wie er schnell und sicher zu viel Geld kommen würde. Dann sprach er über die Telefonanlage mit seiner Sekretärin.

»Schicken Sie Siebenlist sofort zu mir.«

Kurz darauf erklärte von Godehardt seinem Aktienexperten den Plan. Allerdings nur den finanziellen Teil. Den verbrecherischen Teil behielt er für sich. Siebenlist würde sich zwar zu illegalen Geldgeschäften anstiften lassen, aber nicht zu einem Unterfangen, das Hunderte von Menschenleben forderte.

Siebenlist machte große Augen, als er von dem waghalsigen Finanzdeal erfuhr. »Das ist sehr riskant. Sie werden noch mehr Geld verlieren.«

»Lassen Sie das meine Sorge sein. In den nächsten Tagen wird der Auftrag über unseren Kontaktmann an der Börse in Singapur abgeschlossen. Bereiten Sie alles vor.«

Siebenlist zögerte. »Herr von Godehardt, ich rate Ihnen dringend davon …«

»Verdammt! Siebenlist! Sie haben es nicht geschafft, meine Situation zu verbessern. Nun werden Sie genau das tun, was ich Ihnen sage. Ist das klar!«

Siebenlist blickte betroffen zu Boden. »Es ist klar und ich habe Sie verstanden. Ich werde mich sofort an die Arbeit machen.« Der Finanzexperte eilte hinaus.

Hubert von Godehardt stand auf, lief zum Fenster und schaute nachdenklich über die Dächer der Stadt. Der Startschuss für Unternehmen Himmelssturm – so nannte er seinen Plan – war gefallen.

Als Nächstes musste er eine geeignete Waffe finden. Von Godehardt hatte schon zweimal mit einem ehemaligen Söldner Geschäfte gemacht. Der Ex-Söldner war bekannt für seine Waffen-Expertise, vor allem aber für seine Verschwiegenheit. Das Telefongespräch dauerte nur wenige Minuten. Hubert von Godehardt beendete die Erklärung seines Vorhabens mit einer Frage: »Soll ich für meine Zwecke eine Stinger-Rakete einsetzen?«

»Seit dem Afghanistan-Krieg ist der Markt überschwemmt davon«, antwortete der Ex-Söldner. »Allerdings sind es Boden-Luft-Raketen, die in erster Linie zum Abschießen von Flugzeugen in der Luft genutzt werden. Zudem sind sie sehr anfällig gegen Feuchte und ein geübter Schütze ist auch nötig. Der Einsatz soll in Kenia stattfinden. Die Regenzeit ist zwar gerade zu Ende, aber trotzdem gibt es immer wieder Regentage. Zudem geht es um ein Bodenziel. Für Ihr Vorhaben habe ich eine bessere Idee.«

»Ich höre.«

»Sie brauchen eine Milan-Rakete. Sie ist zuverlässig und erreicht eine 90-prozentige Trefferquote.«

»Welche Wirkung hat die Rakete?«

»Ihre Durchschlagskraft knackt Panzerstahl, der einen Meter dick ist, oder durchdringt zwei Meter Stahlbeton. Für Ihre Zwecke also mehr als ausreichend.«

»Und wie komme ich an diese Rakete?«

»Soll ich die Waffe in Europa oder in Afrika besorgen?«

»In Afrika. Dann erspare ich mir den Schmuggel von Europa nach Kenia.«

»Ich kenne einen libyschen Oberst, der gerne bereit ist, Zusatzgeschäfte zu machen.«

»Und woher bekommt er die Raketen?«

»Die Franzosen haben letztes Jahr an Gaddafi Milan-Raketen

im Wert von 168 Millionen Euro geliefert. Ein fetter Auftrag. Der Diktator nutzt die Raketen, um die Rebellen in seinem Land zu bekämpfen. Gewinnbringende Geschäfte sind ein vorzügliches Mittel, um das humanitäre Gewissen von Politikern und Geschäftsleuten, wenn es denn vorhanden ist, restlos zu begraben.«

Das konnte von Godehardt gut nachvollziehen. Er würde auch keine Sekunde zögern, todbringende Waffen zu verkaufen, wenn er die Chance für einen guten Verdienst sehen würde.

»Ist die Milan-Rakete problemlos für einen somalischen Piraten zu bedienen?«

»Absolut. Sie ist idiotensicher. Auch ungeübte Schützen können gut damit umgehen. Deswegen ist diese Rakete auch so gut für Ihren Plan geeignet.«

»Die Milan also. Stellen Sie den nötigen Kontakt zu diesem libyschen Oberst her. Ich werde Ihnen Ihre übliche Provision überweisen.«

Von Godehardt legte auf. Sein Netzwerk, das er über Jahre gewissenhaft aufgebaut hatte, funktionierte. Es war ein gutes Gefühl, die richtigen Berater und Spezialisten zu haben.

Er telefonierte noch mit zwei britischen Schmugglerpiloten, dann rief er wieder bei Ahmed in Dubai an. Diesmal sprach von Godehardt nur von dem terroristischen Teil des Planes. Die Informationen beruhten jedoch auf einer großen Lüge. Chibala sollte niemals die Wahrheit erfahren.

Nach dem Gespräch stand von Godehardt auf und genehmigte sich einen Gin-Tonic zur Geburtsstunde von Unternehmen Himmelssturm. Wie gut es war, wieder die Kontrolle über die Geschehnisse zu haben. Endlich hatte Hubert von Godehardt eine Antwort auf das Desaster im Blitz-Crash von New York. Nicht nur die finanziellen Verluste würden abgefangen werden, es würden auch noch viele Millionen Euro zusätzlich in seine Kassen fließen. Wie wunderbar doch das Börsengeschäft war.

In seinem pompösen Haus in Dubai legte Ahmed bin Rashid das Telefon auf den Tisch und rieb sich lächelnd die Hände. Ein Großauftrag. Wunderbar. Es gab nicht allzu viele Mittelsmänner, die mit den somalischen Piraten zusammenarbeiteten. Dennoch war es ein Glücksfall, dass er, Ahmed, bisher mit Chibala Geschäfte gemacht hatte und gleichzeitig mit Hans bekannt war. Dieser Hans, oder wie sein wirklicher Name auch sein sollte, war eine goldene Kuh, die man nur noch melken musste. Zwei potentielle Geldquellen konnten nun zusammenfließen.

Es war Ahmed klar, dass Hans ein verlogenes Spiel trieb. Für den Araber war es offensichtlich, dass Chibala nur benutzt werden sollte. Aber das war egal. Hauptsache, das Geld sprudelte kräftig. Der Araber suchte nach der Nummer des Piraten.

KAPITEL 19

Somalia, 4. Juli 2010

Chibala lag in dem riesigen Bett in seiner Villa und zupfte gelangweilt die Blätter von dem Khatstrauch. Wie so oft in letzter Zeit stopfte er das Khat in seinen Mund. Die leichte Droge nahm ihm zumindest für ein paar Stunden den Schmerz über den Verlust seines Freundes.

Vor einer Stunde hatte Chibala seine Lieblingsnutte entnervt hinausgeschmissen. Sie schaffte es nicht, ihn zu befriedigen. Gar nichts mehr konnte ihn befriedigen, seit Baakir nicht mehr da war.

Die Mittagssonne schien schwach durch den dicken Vorhang, das herbe Aroma des Khats überdeckte den Schweißgeruch. Chibala lag auf dem Rücken und kaute auf den Blättern, da klingelte das Telefon. Als er auf dem Display erkannte, wer ihn da anrief, schnellte er hoch und spuckte geräuschvoll das Khat aus.

»Hallo, Chibala, wie geht's?«

»Ahmed! Du dreckiger Verräter«, schrie Chibala ins Telefon. »Ich habe hundertmal versucht, dich anzurufen. Wo hast du gesteckt?«

»Beruhige dich. Ich musste für einige Zeit von der Bildfläche verschwinden.«

»Ich soll mich beruhigen? Du hast uns nicht gesagt, dass die Taipan extrem gut bewacht wurde. Deswegen werde ich Baakir vielleicht nie wiedersehen. Ich überlege, nach Dubai zu kommen, um dir den Hals umzudrehen.«

Chibala sprach eine leere Drohung aus. Er wurde als einer der gefährlichsten somalischen Piraten international gesucht. Ihm war klar, dass er sofort verhaftet werden würde, sollte er nach Dubai kommen.

»Chibala, du kannst mir glauben. Von der holländischen Marine wusste ich nichts. Die internationalen Anti-Piraten-Kräfte haben ihre Taktik geändert. Kriegsschiffe befinden sich nun oft in der Nähe der Handelsschiffe. Leider war deine Crew das erste Opfer dieser neuen Taktik.«

»Warum hast du meine Anrufe nie angenommen?«

»Weil ich das Telefon versteckt habe. Es durfte keine Spuren geben.«

»Und warum meldest du dich jetzt? Willst du dich entschuldigen für dein Versagen?«

»Etwas viel Besseres. Ich weiß, wie du Baakir und deine Crew freibekommst.«

Ahmed erklärte in den nächsten Minuten den Plan. Es hörte sich riskant an, die deutsche Regierung zu erpressen. Zudem misstraute Chibala dem hinterhältigen Araber. Doch es war die einzige Chance, Baakir wiederzusehen. Diese Aussicht machte Chibala blind für alles andere.

»Wie hoch sind die Kosten für die Vorbereitung?«, fragte Chibala.

»Das Teuerste, die Raketen, kosten dich 225 000 US-Dollar. Der Transport mit dem Schmugglerflugzeug noch mal 70 000 Dollar. Mit Nebenkosten wie Schmiergeld, Unterkunft, Fahrzeug und anderem Kleinkram wird sich die Summe für dich in Richtung 400 000 Dollar bewegen.«

»Und du erwartest, dass ich das alles bezahle?«

»Wer denn sonst? Ich bin nur der Vermittler. Denk daran, es geht darum, deinen Freund wieder freizubekommen. Ich werde allerdings versuchen, den Betrag in die Verhandlungsmasse zu nehmen. Dann geht die Rechnung für dich am Schluss zu null auf.«

»Und was springt für dich dabei raus?«

»Du zahlst noch diese Woche 100 000 Dollar an mich. Das ist ein Freundschaftsdeal, weil ich euch nicht rechtzeitig vor der Militärpräsenz in der Nähe der Taipan warnen konnte.«

»Deine Provision bekommst du, nachdem ich Baakir wieder hier in Bosaso sehe.«

»Nein, wenn du bei dem Anschlag ums Leben kommst, gehe ich leer aus.«

»Wenn ich den Anschlag nicht vorbereite, gehst du sowieso leer aus.«

»Also gut, du zahlst mir jetzt die Hälfte, den Rest, nachdem du Baakir wiedersiehst.«

Chibala strich mit den Fingern über seine juckende Narbenwulst. Das Geld interessierte ihn nicht. Er würde seinen letzten Cent ausgeben, um seinen Freund zu befreien. »Einverstanden. Wie lange werden die Verhandlungen dauern?«

»Schwer zu sagen. Die Deutschen werden bestimmt eine Hinhaltetaktik anwenden. Aber da sind sie bei mir an den Falschen geraten.«

»Ich hoffe nur, du bereitest die Aktion diesmal gründlich vor.«

»Was denkst du von mir? Ich plane immer gründlich.«

»Tatsächlich? Beim Überfall auf die Taipan hat deine Gründlichkeit aber komplett versagt.«

»Das … das war doch etwas anderes.«

»Erspare mir deine faule Ausrede. Es geht nun darum, Baakir aus dem Gefängnis zu holen. Versagen ist keine Option.«

»Keine Sorge. Du kannst mir vertrauen.«

»Dir vertrauen? Du machst wohl Scherze?«

»Ich fürchte, du hast keine andere Wahl, wenn du Baakir und den Rest deiner Piratencrew wiedersehen willst.«

Chibala musste einsehen, dass der Araber Recht hatte. »Na gut. Wir haben einen Deal. Solltest du aber versuchen, mich zu verarschen, werde ich dafür sorgen, dass deine Tage gezählt sind.«

Nach dem Gespräch legte sich Chibala wieder auf das Bett und schloss die Augen. Eine schwierige Aufgabe lag vor ihm. Eine Aufgabe, die vielleicht eine Nummer zu groß war. Doch für Baakir war Chibala bereit, alles zu riskieren.

Der Gesprächspartner in Dubai hatte nach dem Telefonat ganz andere Gedanken. Ein hinterhältiges Lächeln erschien auf Ahmeds fettem Gesicht. Er würde nicht nur Geld von dem Somalier einsacken, sondern ein Vielfaches dessen von ganz anderer Stelle. Solche Geschäfte liebte er. Diese Geschichte mit der Freipressung von Baakir und der Piratencrew war eine riesige Lüge. Aber das würde der vernarbte Somalier nie erfahren.

Noch am selben Abend begab sich Chibala auf die Suche nach geeigneten Mitstreitern. Die Ajuuki-Bar war ein guter Ort dafür. Für den Anschlag brauchte er drei skrupellose Somalier, die für Geld bereit waren, ihm bedingungslos zu folgen.

Nach wenigen Tagen und vielen Gesprächen hatte er seine Wahl getroffen.

Dufu Anwar Baashi war mit seinen 42 Jahren über vierzehn Jahre älter als Chibala. Seinen Glatzkopf umwickelte Dufu mit einem rotweißen Turban. Wenn er lachte, konnte man sein missratenes Gebiss erkennen. Die Schneidezähne hatten eine spitz zulaufende Form und standen schief im Mund. Bei dem Anblick dachte man zwangsläufig an das Gebiss des Königs der Meere. Diese Fehlstellung der Zähne hatte ihm den Spitznamen »Shark« eingebracht. Shark trug ein graues, wadenlanges Tuch um seine Hüften und schwarze, hinten offene Slipper an seinen Füßen. Der Muslim dachte zielorientiert und logisch. Ein Menschenleben war ihm so viel wert wie das Leben eines Insekts. Er war genau der richtige Mann, um Chibalas rechte Hand zu werden.

Der 18-jährige Nadif Abdikhadir Saydi kleidete sich mit seiner weiten, khakibraunen Baumwollhose und seinem gelben T-Shirt nach westlichem Stil. Er war bisher Handlanger einer Piratenbande gewesen. Er war unerfahren als Kämpfer, aber er war schlau. Chibala wählte ihn aus drei Gründen. Der Junge hatte eine schnelle Auffassungsgabe und war immer gut für neue Ideen. Er war halber Kenianer, was man an seinem breiten Gesicht erkennen konnte. Außerdem sprach er Swahili. Neben

Englisch war das die Landessprache in Kenia. Und nach Kenia würden sie bald gehen. Ein weiterer Grund für Nadifs Wahl waren sein naives Kichern und sein harmloses Aussehen. Unter seiner verschwitzen, ehemals schwarzen Baseballmütze von Adidas schauten zwei kindliche Augen hervor. Nie würde man bei seinem Anblick vermuten, dass sich dahinter ein Terrorist verbarg, der bereit war, Tod und Verderben über Hunderte von Menschen zu bringen.

Der dritte Auserwählte war optisch das genaue Gegenteil des schmächtigen Nadifs. Salongo Abuubaka Habane war untersetzt und wuchtig wie ein Ochse. Sein dümmlicher Gesichtsausdruck wurde durch die wulstigen Lippen und die Boxernase noch verstärkt. Die tiefschwarze Hautfarbe verlieh ihm ein bedrohliches Aussehen. Salongos obere Schneidezähne waren ihm vor Jahren ausgeschlagen worden. Die fette Zahnlücke ließ sein pockennarbiges Gesicht noch dunkler wirken. Er hatte nur wenige Haare auf dem Kopf. Dafür wucherten aus seinen Ohren und aus seiner Nase die Haare in dichten Büscheln. Salongo trug immer dieselbe graue Uniform. Seine Kampfstiefel schnürte er mit neongelben Schnürsenkeln. Er war ein hirnloser Befehlsempfänger, der die Gewalt und den Kampf liebte. Egal, ob mit den Händen, mit dem Messer oder mit Feuerwaffen, Salongo war ein Meister darin. Ihn brauchte Chibala, um mögliche Schwierigkeiten kompromisslos aus dem Weg zu räumen.

Nun saßen sie zu viert am Tisch in der hintersten Ecke der Bar und unterhielten sich angeregt. Chibala erklärte ihnen den Auftrag. Doch nannte er weder das Ziel des Anschlages noch den Zeitplan. Er sagte ihnen nur, dass sie nach Nairobi gehen würden.

»Es ist ein riskanter Einsatz. Doch wenn das Unternehmen erfolgreich ist, bekommt jeder von euch 100 000 Dollar.«

Die drei Ausgewählten schauten sich an. Shark kratzte sich an seinem Turban. »Das Piratengeschäft ist im Moment brandgefährlich. Erst vor zwei Tagen haben sie wieder eine Crew aus

Harardheere erwischt. Dieser Auftrag ist eine gute Alternative zum Kapern. Ich bin also dabei!«, sagte Shark und hieb seine Faust zur Bekräftigung auf den Tisch.

Salongo hob mit düsterem Blick und einem grunzenden Laut seinen Daumen als Zeichen dafür, dass auch er einverstanden war.

Nadif kicherte vor Aufregung. »Wie interessant das Leben doch ist. Gerade wollte ich eine Karriere als Pirat beginnen, und nun werde ich Terrorist. Wir sind doch nun Terroristen, oder?«

Chibala nickt. »Wir planen einen Anschlag mit vielen Toten. Ja, wir sind jetzt Terroristen.«

Am nächsten Tag besprach Chibala am Telefon mit Ahmed ausgiebig die Organisation des Anschlags. Dann rief der Somalier seine neue Crew zu sich in seine Villa in Neu-Bosaso, um dort ungestört die Vorbereitung zu planen. Nach mehreren Stunden wusste jeder, was zu tun war.

»Ab sofort lasst ihr euch nicht mehr in der Kneipe oder im Restaurant blicken«, befahl Chibala. Sie nickten alle und Chibala gab letzte Anweisungen. »Nadif und ich werden morgen mit der Antonow losfliegen. Ihr beide,« dabei zeigte er auf Shark und Salongo, »fahrt einen Tag später mit meinem Geländewagen nach Nairobi. Die 2600 Kilometer könnt ihr zum großen Teil auf der befestigten Küstenstraße fahren. Haltet euch nicht in Mogadischu auf und gönnt euch erst eine ausgiebige Pause, wenn ihr in Nairobi seid.«

Am nächsten Abend saß Salongo einsam am Tisch in seinem schmuddeligen Appartement. Der Fernseher ging mal wieder nicht. Die Geräusche der Straße drangen zu ihm durch. Der Lärm aus der Bar nebenan wirkte wie ein Lockruf.

Scheiß drauf! Gegen ein Bier wird Chibala nichts einzuwenden haben. Außerdem braucht er es ja nicht zu erfahren. So wie es aussieht, werde ich die nächsten Wochen sowieso keinen Spaß haben.

In der Bar traf Salongo zufällig den Händler für Außenbordmotoren und sie führten eine nette Unterhaltung. Der Händler war sehr beeindruckt von Salongos alten Piratengeschichten und lud ihn zum Trinken ein. Sie tranken und redeten viel. Meistens redete Salongo, das merkte er aber nicht.

KAPITEL 20

Somalia, 10. Juli 2010

Am nächsten Morgen setzte Shark seinen neuen Boss und den kindlichen Nadif eine halbe Autostunde außerhalb von Bosaso an einer staubigen Landepiste ab. Zwar gab es einen heruntergekommenen Flughafen, an dem kaum Flugzeuge landeten, doch von dieser Flugreise sollten möglichst wenig Leute wissen. Chibala und Nadif schulterten ihre Rucksäcke und liefen zu der altersschwachen Antonow 2, die neben der Wellblechhütte mit dem Sprittank stand.

»Ich habe Schiss vor dem Flug«, sagte Nadif.

»Quatsch. Fliegen ist nicht gefährlich.« Chibala winkte genervt ab.

»Nein, du verstehst mich nicht. Ich habe Schiss vor diesem Flugzeug und vor diesem Piloten.«

Chibala blieb stehen und schaute zu dem dreckigen Doppeldecker. Der Sand unterhalb des Motors war schwarz von Öl. Aus dem oberen Flügel tropfte Sprit mit einem ploppend-metalischen Geräusch auf die untere Fläche. Der Pilot war gerade mit dem Betanken fertig und stand in vier Meter Höhe auf der Antonow, als er den Zapfhahn an einer Schnur abseilte. Dümmlich lächelnd strahlte er sie an. »Ich muss nur noch Öl nachfüllen, und das GPS überprüfen. Und hoffentlich springt der scheiß Motor an.«

Nadif schaute seinen Boss skeptisch an. »Verstehst du, was ich meine?«

Chibala zuckte nur mit den Schultern. »Ein Terrorist hat keine Angst vor dem Tod und damit auch nicht vor dem Fliegen.«

Nadif nickte unsicher.

Während er wirre Selbstgespräche führte, stellte der Pilot eine

Leiter an die Motorenverkleidung. Schwankend, als ob er getrunken hätte, kletterte er hoch und füllte sieben Dosen Öl in den riesigen Sternmotor.

»Füllst du nicht zu viel Öl nach?«, fragte Nadif verwundert.

»Überhaupt nicht. Dieser Motor verbrauchte mehr Öl als ein Kleinwagen auf 100 Kilometer an Sprit.« Der Pilot kicherte besorgniserregend.

Die beiden Fluggäste kletterten in die Antonow. Der Laderaum bot normalerweise Platz für zehn Passagiere. Doch die Sitze waren alle ausgebaut worden. Es sah aus wie auf einer Müllhalde. Überall lagen geöffnete und geschlossene Öldosen zwischen stinkenden Putzlappen, leeren Trinkkanistern und Essensabfällen. Der Geruch von Khat überdeckte zum Glück den Gestank. Chibala und Nadif machten es sich mit ihren Rucksäcken auf ein paar verölten Decken bequem.

Der Motor wollte nicht starten. Chibala schaute nach vorne ins Cockpit, der Pilot lächelte zurück. »Geduld, die Kiste wird gleich anspringen.« Spuckend und stotternd erwachte der Motor mit neun Zylindern und 30 Litern Hubraum endlich zum Leben. Nach wenigen Minuten lief er gleichmäßig. Es stank nach verbranntem Öl.

Als der größte Doppeldecker der Welt träge abhob, zog er eine blaue Abgaswolke hinter sich her. Nach drei Stunden landeten sie im Grenzgebiet von Somalia und Dschibuti auf einer verlassenen Rollbahn. Die Antonow hatte nur eine Reichweite von 1 400 Kilometern und Nachtanken war hier nicht möglich. Deswegen endete der erste Teil ihrer Reise an diesem verlassenen Ort. Der Pilot stellte den Motor nicht ab, und sobald die beiden Fluggäste ausgestiegen waren, rollte die Antonow zurück auf die Rollbahn. Zwei Minuten später hob der russische Doppeldecker ab und flog zurück nach Bosaso.

Auf dem zweistündigen Fußmarsch kreuzten die beiden Somalier die Grenze zu dem kleinen Land Dschibuti. Sie erreichten das Städtchen Loyada. Dort fanden sie für 50 Dollar einen Einheimischen, der sie mit seinem klapprigen Renault die 20

Kilometer in die Hauptstadt Dschibuti brachte. Es wurde inzwischen dunkel und sie mieteten sich in ein Hotel ein.

Am folgenden Tag machten sie sich auf die Suche nach einem Fahrer mit Geländewagen. Die beiden Terroristen mussten 2500 Kilometer quer durch Eritrea und den Sudan über die Grenze nach Libyen kommen. Nach mehreren Tagen und etlichen Besuchen in diversen Bars wurden sie schließlich fündig. Der schlitzohrige Radames kam aus Ägypten und lebte schon seit vielen Jahren hier. Für 10000 Dollar stellte er seine Ortskenntnisse und seinen Toyota Land Cruiser zur Verfügung. Aber das Beste an ihm war, dass er keine Fragen stellte. Der Geländewagen wurde mit Benzinkanistern, Notfallausrüstung und genug Wasser und Verpflegung vollgestopft.

Große Teile der Strecke konnten sie auf befestigten Straßen fahren. Aber immer öfter mussten sie ihren Weg über Geröll und Wüstenpisten zurücklegen.

Im Sudan herrschte Bürgerkrieg. Es war nicht einfach, den Milizen aus dem Weg zu gehen. Chibala befürchtete, nicht rechtzeitig zum Treffpunkt zu kommen. Sie lösten sich mit dem Fahren ab und nach zehn Tagen waren sie am Ziel. Doch sie kamen zwei Stunden zu spät. Das Treffen war für acht Uhr morgens geplant gewesen.

Der militärische Landeplatz lag einsam zwischen versandeten Hügeln im Dreiländereck von Libyen, Sudan und Chad. Der rötliche Wüstensand bot ein trostloses Bild. Kein Baum und kein Busch störten die Eintönigkeit. Die drückende Vormittagshitze lähmte das Land und ließ erahnen, wie heiß es in ein paar Stunden sein würde.

»Ob sie schon wieder weg sind?«, fragte Nadif.

»Wir werden warten. Vielleicht sind sie noch nicht da.« Chibala hatte zwar die Telefonnummer des Offiziers, aber hier in der Wüste gab es kein mobiles Netz. Sie mussten hoffen, dass die Waffen noch geliefert wurden. Weitere drei Stunden später erschienen schließlich zwei Armeelaster und ein Jeep.

»Ihr seid spät dran.« Chibala machte sich nicht die Mühe, den vorwurfsvollen Ton in seiner Stimme zu unterdrücken.

Der Oberst aus Gaddafis Armee mit dem wohlklingenden Namen Hasana Kiwanika stemmte seine Hände in die Hüften. Obwohl er wohl kaum größer als einen Meter siebzig war, wirkte er sehr bestimmend. Sein ernster Blick und seine Gestik zeigten, dass er gewohnt war, zu befehlen.

»Seit wann legt ein gemeiner Pirat Wert auf Pünktlichkeit?«

Die Stimme des Obersts passte zu seinem Namen. Sie war trotz der autoritären Erscheinung wohlklingend und weich. Sogar die Beleidigung wirkte nicht wie eine solche. Chibala, der einen Augenblick daran gedacht hatte, dem Kerl an die Gurgel zu gehen, wartete vorerst ab. Der Offizier hatte fünf Soldaten dabei. Treue Untergebene, die nichts gegen einen netten Nebenverdienst hatten. Gaddafis Multimillionen-Raketendeal mit den Franzosen zahlte sich für die Soldaten aus.

»Hier ist die Milan-ADT-ER«, sagte der Oberst und zeigte auf die Kiste, die gerade von dem Lastwagen geladen wurde. »Es ist das neueste Modell mit größerem Tötungspotential. In der nächsten Kiste sind die Raketenrohre.«

»Und wo sind die Handfeuerwaffen?«, fragte Nadif.

Der Oberst blickte den Jungen herablassend an. »Bist du überhaupt schon alt genug, um mit solchen gefährlichen Waffen zu spielen?«

»Mach dir darüber keine Sorgen«, antwortete Nadif beleidigt.

Der Oberst nickte und zeigte auf die dritte Kiste. »Da drin sind vier Kalaschnikows und vier Pistolen mit dazugehöriger Munition. Es ist alles da, was ihr angefordert habt.«

»Wird Gaddafi seine nagelneuen Raketen nicht vermissen?«, fragte Nadif voller Neugier.

»Pirat, kümmere dich um deinen eigenen Dreck. Der Deal schließt dumme Fragen aus.«

»Zum Deal gehören aber eine Einweisung und ein Testschuss«, forderte Chibala.

»Den Laster dort werdet ihr nach der Einweisung abschießen. Ich lasse ihn zwei Kilometer entfernt in Position bringen.«

»Mir wurde gesagt, die Rakete ist auf drei Kilometer einsetzbar.«

»Also gut, Pirat. Der Laster wird in drei Kilometer Entfernung aufgestellt.«

»Mir gefällt nicht, dass du uns so abfällig ›Piraten‹ nennst. Ich werde dich von nun an Schwarzhändler nennen.«

Der Oberst legte seinen Kopf in den Nacken und schaute Chibala ein paar Sekunden an.

»Wie soll ich euch nennen?«

»Wie wäre es mit Somalier?«

»Wie du willst, Somalier.«

»Mir wurde auch gesagt, dass man mit der Rakete bewegliche Ziele abschießen kann.«

Der Oberst stutzte und stemmte seine Hände wieder in die Hüften.

»Und wie stellst du dir das vor? Ich kann doch keinen meiner Soldaten den Laster fahren lassen, während du auf ihn schießt.«

»Wir könnten die Lenkung des Lasters blockieren und ihn einen abschüssigen Weg herunterrollen lassen«, schlug Nadif vor.

»Siehst du hier irgendwo abschüssige Wege?« Der Oberst machte eine theatralisch ausladende Geste in alle Richtungen.

»Nein«, Nadif schob seine Schildkappe nach vorne und kratzte sich an seinem lockigen Hinterkopf, »die fehlen hier. Aber mir kommt da eine andere Idee.«

»So, so du Klugscheißer. Vielleicht wieder so eine abschüssige Schnapsidee?«

Nadif ignorierte den Oberst. »Ich sehe gerade, dass der Lastwagen eine Winde mit Drahtseil an der vorderen Stoßstange hat. Wie lang ist das Drahtseil?«

Der Oberst ahnte, worauf Nadif hinauswollte und schaute einen seiner Soldaten fragend an.

»50 Meter oder mehr«, kam auch gleich die Antwort.

»Wir könnten das Ziel mit eurem anderen Laster durch die Wüste ziehen«, schlug Nadif stolz vor. Der Oberst nickte beeindruckt. »Ja, das könnte funktionieren.«

Die Einweisung in die Raketenanlage dauerte nicht lange. Das simple Waffensystem, bestehend aus einer Startschiene und dem Raketenrohr, war so konzipiert, dass jeder Blödmann es verstehen konnte. Nach einer Stunde wussten Chibala und Nadif alles Nötige zur Handhabung der Milan. Chibala wählte eine der fünf Raketen aus und installierte sie auf der Startschiene.

»Ich bin bereit für den Testschuss.«

Der Oberst nickte. »Konzentriere dich. Du feuerst gerade 15 000 Dollar in die Wüste. Es wäre schade, wenn du dein Ziel verfehlst.«

Der Soldat, der die beiden Somalier eingewiesen hatte, gab seine letzten Tipps an Chibala. »Denk daran, du musst das Ziel mit dem Drehgriff im Fadenkreuz halten. Wie bei einem Computerspiel. Die Rakete bekommt die Steuerimpulse durch den Lenkdraht und findet so ihr Ziel.«

Der Oberst gab das Kommando über Funk an den Fahrer des ziehenden Lastwagens. Das Gespann, drei Kilometer entfernt, beschleunigte auf 50 km/h. Chibala feuerte die Rakete ab. Der Lenkflugkörper flog 20 Sekunden lang durch die Luft. Der Einschlag war vernichtend. Nur die massive Stoßstange des hinteren Lastwagens hing noch rauchend an dem Drahtseil, das zum vorderen LKW führte. Glühender Metallschrott prasselte auf den Boden.

»Überzeugt?«, fragte der Oberst. Chibala nickte. Nachdem die Somalier auch die Handfeuerwaffen überprüft und getestet hatten, zog Chibala eine Plastiktüte mit dem Geld aus seinem Rucksack. Der Oberst nahm die Tüte entgegen, zählte die Banknoten und verabschiedete sich mit einem kurzen Nicken.

Wenige Minuten später war der Konvoi, der jetzt nur noch aus einem Laster und einem Jeep bestand, hinter den Sandhügeln verschwunden. Chibala winkte Radames zu sich. Der Fahrer hatte die ganze Zeit einige hundert Meter entfernt gewartet.

Sie spannten eine Plane vor dem Geländewagen und machten es sich gemütlich. Nun mussten sie bis zum Abend warten. Vor ihnen lag der abenteuerlichste Teil ihrer Reise.

KAPITEL 21

Pullach bei München, 11. Juli 2010

Der Leiter des Ressorts Internationaler Terrorismus und organisiertes Verbrechen saß in seinem Büro und telefonierte.

»Ja, wir werden Agenten schicken, und ... vielen Dank, John.« Heiner Mayerhofer beendete das Gespräch, stand auf und schaute nachdenklich aus dem Fenster. Sein Verbindungsmann vom amerikanischen Geheimdienst CIA hatte eben angerufen. John Miller und er pflegten schon lange enge Verbindungen. John hatte ihm gerade eine brisante Neuigkeit anvertraut.

Dank eines aufmerksamen CIA-Agenten in Bosaso hatten die Amerikaner davon erfahren. Somalische Piraten planten einen Anschlag auf eine deutsche Einrichtung in Nairobi.

Doch welche Einrichtung sollte das Anschlagsziel werden? Wann sollte der Angriff erfolgen? Und wieso somalische Piraten? Auf diese Fragen hatten die Amerikaner keine Antworten. Zumindest aber kannte Heiner nach diesem Telefongespräch die Namen der vier Piraten, die nun Terroristen waren. Ihr Anführer, Chibala, stand schon seit einiger Zeit ganz oben auf der Liste der gesuchten Piraten. Er war als skrupellos und besonders brutal bekannt.

Heiner rief nach Ilse, seiner Sekretärin.

»Rufen Sie das strategische Team zusammen. Besprechung in 20 Minuten.«

Er zog die Tastatur zu sich und gab einige Befehle ein. In großen Buchstaben waren zwei Worte auf dem Bildschirm zu sehen.

STRENG GEHEIM!

Mit dem nächsten Klick erschienen Namen und eine Menge dazugehöriger Daten. Würden die falschen Leute diese Seite sehen, würde das den Tod derer bedeuten, die auf dieser Seite gespeichert waren. Heiner kraulte sich seinen dichten Vollbart und schaute auf die Liste seiner Agenten.

Wen sollte er nach Nairobi schicken? Wer war wohl dafür am besten geeignet?

KAPITEL 22

Libyen, an der Grenze zum Sudan, 24. Juli 2010

Es hörte sich wie ein bedrohliches Brummen an. Das Brummen wurde lauter. Dann erschien das Flugzeug am Horizont. Es flog tief, keine 100 Meter hoch.

»Was ist denn das für eine imposante Kiste?«, fragte Nadif ängstlich. Er wusste, dass sie bald damit fliegen würden.

»Eine Twin Otter«, erklärte Chibala, der es von Ahmed wusste. »Das Flugzeug ist für 20 Passagiere ausgelegt. Mit seinen zwei Propellerturbinen ist der Schulterdecker bestens geeignet, um auf kurzen Pisten zu starten oder zu landen. Das Flugzeug ist ideal für den Einsatz in Afrika.«

Die Twin Otter machte einen Überflug über die unbefestigte Sandpiste, dann setzte sie zur Landung an.

»Die UN schickt uns ein Flugzeug«, stellte Nadif fest, als er die Bemalung erkannte. »UNITED NATIONS« stand in blauer Schrift auf dem weißen Rumpf. Auf dem Leitwerk war das UN-Emblem zu sehen: die Erdkugel, eingerahmt von zwei Olivenzweigen.

Nach der Landung rollte die Twin Otter mit den nun schrill pfeifenden Triebwerken auf die beiden Somalier zu und kam direkt neben ihnen zum Stehen. Augenblicke später erschien einer der beiden Piloten in der aufschwingenden Beladetür im hinteren Teil des Flugzeuges. Sein Gesicht wurde von einer viel zu großen Pilotenbrille und einer tief in die Stirn gezogenen Schildkappe verdeckt. Er sprang auf den Boden und lief Chibala und Nadif entgegen. In seinem Gürtel steckte eine Pistole. Er trug eine speckige Jeans und ein schwarzes Baumwollshirt mit dem roten Aufdruck »Smuggler-Hero«. Weiße Schweißränder zierten das Shirt im Bereich der Achselhöhlen.

»Ich bin Tom und der andere Pilot ist Jerry«, schrie er gegen den Turbinenlärm an. »Wir stellen die Turbinen nicht ab und wollen sofort wieder in die Luft. Gebt mir jetzt das Geld. Wenn der Betrag stimmt, könnt ihr mit eurer Fracht für einen netten Nachtflug nach Kenia an Bord kommen.«

Chibala reichte ihm die vereinbarten 70 000 Dollar in einer schmutzigen Plastiktüte.

»Wartet hier.« Tom verschwand im Rumpf der Twin Otter. Zwei Minuten später erschien sein Gesicht wieder in der offenen Beladetür. Er pfiff laut durch seine Finger gegen den Lärm und winkte ihnen auffordernd zu, die Fracht einzuladen.

Chibala und Nadif schleppten die erste Kiste vom Geländewagen zum Flugzeug.

»Stopp!«, schrie Tom ihnen entgegen. »Keine Kiste. Das ist nur unnötiger Ballast.«

»Machst du Witze?«, brüllte Chibala zurück. »Die Fracht bleibt in den Kisten.«

»Wie du willst.« Tom verschwand wieder im Rumpf der Twin Otter und kam einen Augenblick später mit der Geldtüte zurück. Er sprang auf den Boden, ging zu Chibala und gab ihm die Tüte.

»Hier habt ihr euer Geld. Ich habe 20 000 Dollar für unsere bisherigen Bemühungen einbehalten.« Er drückte Chibala die Tüte in die Hand und wollte wieder ins Flugzeug springen. Chibala hielt ihn an der Schulter zurück. Er hätte dem verschwitzten Piloten am liebsten das Messer in den Rücken gerammt. Es war Chibala jedoch klar, dass er die beiden Piloten nun brauchte. »Also gut. Die Kisten bleiben hier«, sagte er zähneknirschend.

»Braver Junge.« Tom nahm die Tüte mit dem Geld wieder an sich. Die beiden Somalier entnahmen Startschiene, Raketenrohre, Handfeuerwaffen und Munition aus den Kisten und hievten die Fracht an Bord. Zumindest konnten sie die Waffen in bereitliegende Decken einwickeln und mit Gurten festzurren. Nach wenigen Minuten war die Beladung abgeschlossen und die beiden Somalier kletterten in das Flugzeug. Als Chibala zurückblickte, sah er, wie ihr ägyptischer Fahrer – um 10000 Dollar reicher – mit seinem Land Cruiser zwischen den Hügeln verschwand. Keine drei Minuten später war die Twin Otter wieder in der Luft. Sie flogen nach Südosten, 2300 Kilometer quer durch den Sudan. Ihr Ziel war eine einsame Landepiste am Turkana See im Norden Kenias.

Chibala schaute sich in dem Flugzeug um. Die laute Kabine war niedriger als die der Antonow. Nadif konnte nicht aufrecht stehen, Chibala schon gar nicht. Dafür war die Kabine breiter und länger. Kerosingeruch lag in der Luft. Bis auf zwei Sitze waren alle anderen ausgebaut. Seiten- und Deckenverkleidungen fehlten und man konnte die rohen Blechwände mit den Verstrebungen sehen. In der Mitte der Kabine war ein Zusatztank mit Spanngurten verankert. Zwei handgelenkdicke Spritleitungen führten nach oben und verschwanden rechts und links durch die Decke. Einer der beiden Piloten, diesmal war es Jerry, kam aus dem Cockpit. Wegen des turbulenten Fluges musste er sich gut festhalten. Auch er hatte Sonnenbrille und Schildkappe auf. Er brüllte fast, um den Fluglärm zu übertönen.

»Willkommen an Bord von Schmuggelairlines. Ich bin Jerry. Die Flugzeit wird etwa neun Stunden betragen. Wir fliegen durch die Nacht und landen morgen früh. Da wir nicht auf irgendwelchen Radarschirmen auffallen wollen, fliegen wir immer schön brav unter 200 Meter Höhe.«

»Wird das Wackeln bald aufhören?«, fragte Nadif.

Jerry lachte. »Ich muss dich enttäuschen. Die Turbulenzen werden durch die Bodenthermik erzeugt. Die kommen auch nachts noch vor.«

»Ich weiß nicht, ob ich das lange aushalte.« Es war Nadif jetzt schon schlecht.

»Das musst du aber. Kotztüten liegen hier überall rum. Nach Gebrauch gut verschließen und in den Müllsack dort befördern, sonst müssen wir euch rausschmeißen. Ob ihr euch anschnallt oder nicht, ist eure Sache. Ich rate euch, es zu tun. Reklamation und Schadensersatz werden prinzipiell abgewiesen.«

»Ich lege mich auf die Matratze. Dort kann ich mich ja auch mit Anschnallgurt sichern«, bemerkte Chibala.

»Das kannst du vergessen. Tom und ich lösen uns nachher im Cockpit mit dem Fliegen ab. Die Matratze hinter dem Cockpit ist ausschließlich für uns Piloten reserviert. Ihr könnt es euch hier auf den Sitzen bequem machen. Decken liegen darunter. Weil die Flugstrecke so lang ist, mussten wir den 1300 Liter Zusatztank einbauen. Deswegen kann es ab und zu nach Sprit stinken. Gewöhnt euch daran. Aus Gewichtsersparnis fehlt die Seitenverkleidung. Deswegen ist es so laut. Auch die Bordtoilette fehlt aus demselben Grund. Ihr könnt in das Chemie-Klo dort in der Ecke scheißen und in den Kanister daneben pissen. Kniet euch dazu hin. Tut euch den Gefallen und schraubt den Kanister nach Benutzung wieder zu. Ansonsten müsst ihr den Gestank ertragen und die Sauerei auch wieder wegwischen.«

Chibala verzog wie üblich keine Miene, doch Nadif konnte man sein Unwohlsein deutlich ansehen. Jerry sprach weiter. »In der Kiste rechts hinterm Cockpit sind Sandwiches und Wasser. Bedient euch.« Jerry schaute sie lachend an. Der Flug machte ihm sichtlich Spaß. »Wie ihr seht, bieten wir euch einen ausgezeichneten Service.« Er reichte ihnen Kopfhörer. »Hier. Setzt das auf, sonst habt ihr nach einer Stunde Ohrensausen. Noch Fragen?«

»Wie kommt ihr zu einem Flugzeug der UN?«

Jerrys Grinsen wurde noch breiter. »Einer unserer Freunde ist ein guter Lackierer.«

»Und warum die UN Bemalung?«

»In diesem Teil der Welt werden beim Anblick des UN-Logos weniger Fragen gestellt.«

»Habt ihr keine Angst, von Bodentruppen abgeschossen zu werden?«

»Ja, haben wir. Deswegen fliegen wir ja nachts.« Jerry verschwand ins Cockpit.

»Hast du jetzt weniger Schiss als bei dem Flug mit der Antonov?«, fragte Chibala seinen Mitreisenden. Nadif schüttelte den Kopf.

In der Nacht waren die Turbulenzen etwas schwächer. Doch Nadif brauchte trotzdem sieben Kotztüten. Chibala musste nur zweimal die Tüten in Anspruch nehmen. Endlich dämmerte der Morgen. Es war eine Erlösung, als sie nach neun Stunden am Turkana See zur Landung ansetzten. Tom und Jerry machten wieder einen tiefen Überflug über die Landepiste, dann kam die eigentliche Landung. Holprig und schüttelnd kam die Twin Otter zum Stehen.

Shark und Salongo, die beide schon seit über einer Woche in Nairobi waren, warteten mit einem alten Mitsubishi-Kastenwagen am Ende der Piste.

Auch jetzt stellten die Piloten die Triebwerke nicht ab. Solange sie mit ihrem Flugzeug am Boden standen, waren sie angreifbar, deswegen wollten die beiden britischen Schmuggler schnellstmöglich wieder in die Luft.

»Ihr habt drei Minuten, dann hauen wir ab. Egal, ob ihr alles ausladen könnt oder nicht«, schrie Tom gegen den Triebwerkslärm an.

Chibala ärgerte sich über die seiner Meinung nach unnötig kurze Frist. Zügig entluden die vier Terroristen ihre Fracht. Die Raketenrohre, Schusswaffen, Munition und ihre Rucksäcke waren schon ausgeladen. Die Startschiene war das letzte Waffenteil.

Dann passierte etwas Unerwartetes.

KAPITEL 23

Nairobi, 24. Juli 2010

Heiner Mayerhofer hatte zwei erfahrene Geheimagenten zur Jagd auf die somalischen Terroristen nach Nairobi geschickt. Die Namen Peter Osterbrück und Jörg Becker waren natürlich Decknamen. Die richtigen Namen waren ein streng gehütetes Geheimnis. Außer den Betroffenen selbst kannten nur Heiner und sein Stellvertreter dieses Geheimnis.

Die beiden Agenten hatten sich im Sankara Hotel in Nairobi eingemietet. Seit mehreren Tagen suchten sie schon nach den Terroristen, von denen sie nur Namen und Gesichter kannten.

»Wir haben sie!«, jubelte Peter Osterbrück, der gerade in das Zimmer seines Kollegen stürmte. Voller Stolz legte er ein Blatt Papier auf den Tisch.

»Hier«, Peter klopfte mit dem Finger auf eine Markierung in der Liste. »Eine der Zielpersonen, die wir suchen. Sie haben sich im Somalier-Viertel eingenistet.«

»Wie bist du an die Liste gekommen?«, fragte Jörg Becker.

Peter grinste verschmitzt. »Ich habe meinen Charme spielen lassen und die richtige Verhandlungstaktik angewandt. Ein nettes Mädchen in der Meldebehörde von Eastleigh hat mir daraufhin bereitwillig die Liste der neuen Mieter überlassen.«

»Du hast Schmiergeld gezahlt?«

»Genau. Ein wirkungsvolles Zaubermittel in Afrika.«

»Nicht nur da«, meinte Jörg. Er stellte die Tasse Tee zur Seite und beugte sich über die Liste. Einer der Namen war eingekringelt.

»Dufu Anwar Baashi«, sagte er zufrieden, als er den Namen auf der Liste sah, »einer unserer vier neuen Freunde. Ich hätte nicht gedacht, dass die Terroristen so bescheuert sind, sich in einer Meldeliste einzutragen.«

»Haben sie auch nicht. Aber der Vermieter hatte mit seinem Smartphone den Pass des Terroristen fotografiert und das Foto der Meldebehörde weitergegeben.«

Jörg nickte zufrieden. »Hast du noch mehr rausgefunden?«

»Dufu hat vor wenigen Tagen eine Dachwohnung angemietet und bar im Voraus bezahlt. Hier ist die Adresse.«

»Was ist mit den anderen Somaliern?«

»Keine Ahnung. Daran müssen wir jetzt arbeiten.«

Jörg zog Fotos der vier Terroristen aus dem Aktenkoffer und legte sie auf den Tisch. Dann tippte er mit dem Zeigefinger auf das Foto des Anführers. Obwohl er das Bild von Chibala schon öfter gesehen hatte, erzeugte der Anblick dieses dämonischen Somaliers immer noch ein Gefühl der Beklemmung.

»Dieser Riese ist so gefährlich, wie er aussieht. Er würde keine Sekunde zögern, uns umzubringen.«

»Und der hier auch nicht«. Peter zeigte auf den bedrohlich wirkenden Salongo.

Jörg packte die Fotos wieder weg. »Lass uns herausfinden, ob wir uns in der Nähe der Terroristenwohnung einmieten können.«

Peter grinste. »Schon passiert. Etwa 150 Meter entfernt gibt es ein geeignetes Haus mit einer kleinen leerstehenden Dachwohnung. Sie hat ein Fenster, das in Richtung der Terroristen-Wohnung liegt. Das Haus befindet sich gegenüber der Straße, die das Somalier-Viertel abgrenzt.«

»Es liegt also außerhalb von Little Mogadishu?«

»Ja. Und somit in einem anderen Verwaltungsbezirk. Mit der Meldebehörde von Eastleigh haben wir nichts zu tun.«

»Und dadurch haben wir eine noch bessere Verschleierung für den Fall, dass jemand herumschnüffelt«, stellte Jörg fest.

»Mit dem Richtmikrofon sollten wir in der Lage sein, die Jungs von da zu belauschen.«

»Wird es nicht auffallen, wenn sich zwei Weiße in dieser Gegend einmieten?«

Peter kratzte sich am Hinterkopf. »Na ja. In den angrenzenden Häusern wohnen Leute aus aller Welt.«

»Hört sich doch gut an. Doch wieso hast du diesen zweifelnden Gesichtsausdruck?«

»Es sind fast ausschließlich Farbige, die da wohnen. Und ein paar Inder. Ich fürchte, wir werden auffallen.«

»Wir brauchen also ein Argument. Warum sollten zwei Europäer an so einem Ort eine Wohnung mieten?«, fragte Jörg. Er stand auf und schenkte sich Tee nach. Mit der Tasse in der Hand lief er nachdenklich im Zimmer auf und ab. Dann erhellte sich sein Gesicht. »Ich hab's. Wir geben uns als Filmteam aus, als Kameramann und Journalist. Wir arbeiten an einem Fernsehbericht über Eastleigh.«

»Hört sich plausibel an. Trotzdem würden wir auffallen.«

»Welche Option haben wir?«

»Mir fällt keine ein.«

»Dann ist die Entscheidung gefallen. Wir sind ein Filmteam. Somit können wir auch unsere technische Ausrüstung erklären.«

»Komm, die Dachwohnung schauen wir uns an.«

KAPITEL 24

Kenia, 25. Juli 2010

Die Terroristen mussten die Waffen hinter der laufenden Turbine vorbei zum Mitsubishi schleppen. Der heiße Abgasstrahl trieb Chibala den Schweiß auf die Stirn, der Abgasgeruch drang stechend in seine Nase.

Tom stand in der Ladetür und klopfte ungeduldig auf seine Armbanduhr. Über Nacht hatten sich noch mehr weiße Schweißränder unter seinen Achseln gebildet.

»Noch eine Minute!«, schrie er gegen den pfeifenden Turbinenlärm der Twin Otter.

Inzwischen hatten sie jedoch fast alle Waffenteile umgeladen. Chibala legte das letzte Raketenrohr in den Kastenwagen, der mit geöffneter Heckklappe nur wenige Meter neben der Twin Otter wartete. Nadif wuchtete die 30 Kilogramm schwere Startschiene an die Beladeöffnung des Flugzeuges und übergab es an Shark.

Nach einem letzten Blick in den Rumpf des Flugzeuges signalisierte der junge Halbsomalier mit erhobenem Daumen zu Chibala, dass sie mit dem Ausladen fertig waren. Dann sprang Nadif auf den Boden und folgte Shark. Der Somalier mit dem Haigebiss schleppte die schwere Startschiene auf seinem Rücken. In dem Moment, als er hinter der Turbine vorbeilief, heulte das Triebwerk auf und das Flugzeug rollte los. Der Propellerwind blies Staub und kleine Steine in Sharks Gesicht. Noch schlimmer war jedoch, dass der Propellerstrahl den schmächtigen Somalier fast umwehte. In seinen offenen Sandalen stolperte er. Die Startschiene glitt aus seinen verschwitzten Händen und krachte auf den einzigen Stein, der weit und breit zu sehen war.

»Pass auf, du Idiot!«, schrie Chibala. In einem ersten Impuls hätte er Shark am liebsten niedergeschlagen.

»Ich habe den Schuh verloren«, verteidigte sich Shark und hob die Startschiene wieder auf.

Tom winkte ihnen aus der Beladeöffnung des davonrollenden Flugzeuges zu und legte dann die Hand zum militärischen Gruß an die Stirn. »Jederzeit wieder«, schrie er ihnen zu. Dann zog er die Tür hinter sich zu. Die Twin Otter rollte zur Startbahn. Eine Minute später hob das Flugzeug ab und verschwand im Tiefflug nach Norden. Das Dröhnen der Turbinen war bald nicht mehr zu hören. Eine Hyäne schrie in der Ferne, Vögel zeterten über die Störung durch den Fluglärm, Grillen setzten ihr Konzert fort. Die Geräusche der afrikanischen Tierwelt dominierten wieder das Land.

»Weg von hier«, kommandierte Chibala, und sprang in den versifften Mitsubishi-Bus. »Und du!«, sagte er wütend zu Shark, der den Bus steuerte, »kaufst dir morgen richtige Schuhe.«

Chibala schaute sich in dem Fahrzeug um. Eine Sitzbank mit aufgerissenem Plastikpolster war in der Mitte des Laderaumes montiert. Wie im Flugzeug fehlte auch im Bus die Innenverkleidung. Allerdings nicht aus Gewichtsgründen wie bei der Twin Otter, sondern weil der Kastenwagen eine alte, abgenutzte Kiste war.

»Keine Sorge«, sagte Shark, der wohl Chibalas besorgten Blick bemerkte. »Das Fahrwerk ist fast neu und der Motor wurde ausgetauscht.«

»Wie ist es in Nairobi gelaufen?«, fragte Chibala.

»Bestens«, sagte Shark aufmunternd. Salongo nickte zustimmend, während Shark weitersprach. »Wir haben ein Appartement im Dachgeschoss in einem dreigeschossigen Haus in Eastleigh angemietet. Die Eingangstür haben wir mit zusätzlichen Schlössern verstärkt. Im Treppenaufgang gibt es eine weitere Gittertür. Die Raketen können wir in der Wohnung sicher und gut verstecken.«

Chibala nickte mit bewegungslosem Gesichtsausdruck. Ihm

war nicht anzusehen, ob er wegen der Panne mit der Startschiene noch sauer war. Er kletterte aus dem Beifahrersitz nach hinten.

»Wir schauen uns das Abschussgestell an«, sagte er zu Nadif, der zusammen mit Salongo auf der Rücksitzbank saß.

Während der Fahrt quetschten sie sich an Salongo vorbei nach hinten in den Laderaum zu den Waffen.

»Das Gehäuse der Lenkelektronik ist beschädigt«, stellte Nadif fest.

Chibala schaute für einige Augenblicke ausdruckslos auf die beschädigte Stelle. »Wir machen einen Testschuss!«

»Wann?«, fragte Nadif.

»Jetzt!«

»Wo?«

»Hier in der Gegend.« Chibala drehte sich nach vorne zu Shark. »Verlasse bei nächster Gelegenheit die Straße. Wir fahren in den Busch.«

Zehn Minuten später bogen sie in eine Nebenstraße ab. Kein anderer Verkehr war auf der Schotterpiste zu sehen. Die Gegend war offenbar unbewohnt. Nur einmal sahen sie einen in rotes Tuch gehüllten Massai-Krieger, der ein paar Kühe beaufsichtigte. Er lehnte an seinem Speer und schaute dem Bus neugierig nach. Nach weiteren 20 Minuten sahen die Somalier eine Felsenansammlung auf einem flachen Hügel.

»Stopp. Hier ist eine gute Stelle. Wir ballern eine Rakete in den Steinhaufen.«

Die Handhabung der Milan-Rakete war einfach. Innerhalb weniger Minuten war sie einsatzbereit. Nadif setzte das Raketenrohr in die Startschiene und mit einem metallischen Klick waren die beiden Teile miteinander verbunden. Das Dreibein, auf dem die Raketenanlage ruhte, drückten sie in den Staub.

Chibala legte sich hinter die Waffe. Er atmete ein paarmal tief durch, entsicherte, zielte und drückte ab. Nichts. Er drückte noch mal den Abzug. Die Rakete zündete nicht.

»Verflucht! Ich hab's geahnt.« Chibala sprang auf und schaute

Shark anklagend an. Es war so, als ob der Teufel ihm mit seinen stumpfen Augen in die Seele schauen würde.

»Sorry, tut mir leid.« Shark schwitzte. »Es war diese scheiß Hektik, die der Pilot gemacht hat.«

»Packt den Krempel wieder ein. Wir fahren nach Nairobi.«

Als sie wieder auf der befestigten Straße waren, nahm Chibala sein Telefon aus der dreckigen Militärjacke und wählte Ahmeds Nummer.

»Wir sind mit den Waffen in Kenia gelandet. Morgen werden wir in Nairobi sein.«

»Prima. Dann läuft ja alles nach Plan«, sagte Ahmed.

»Nein. Tut es nicht. Das Gehäuse mit der Elektronik ist demoliert. Die Rakete zündet nicht.«

»Wie konnte das passieren?«

»Das ist jetzt unwichtig. Wichtig ist aber, dass wir ein neues Ersatzteil brauchen. Die Bauteile der Startschiene können ausgetauscht werden und wir brauchen nun eine neue Lenkelektronik. Besorge mir das Teil.«

»Ach ja? Eine neue Lenkelektronik? Du glaubst wohl, dass so ein Waffenteil in jedem Supermarkt zu bekommen ist!«

»Ich habe nicht behauptet, dass es einfach ist. Aber du sagst doch immer, dass du dein Geld wert bist. Jetzt kannst du deine Fähigkeiten unter Beweis stellen.«

»Und wer zahlt das Ersatzteil und den Transport?«

»Die Hälfte zahlst du, die andere kommt von mir.«

»Oh nein. Dann bleibt ja fast nichts mehr übrig von meinem Anteil. Außerdem war es ja eure Schuld.«

»Es ist deine Schuld, dass wir überhaupt hier sind. Hättest du bessere Informationen beim Überfall auf die Taipan geliefert, müssten wir Baakir nicht aus dem deutschen Knast freipressen.«

Ahmed seufzte. »Du gehst in Vorleistung und mit meinem Verhandlungsgeschick werde ich die Deutschen am Ende dafür zahlen lassen.«

Chibala hatte keine Lust, noch länger mit Ahmed darüber zu

diskutieren. »Na gut. Und nun bewege deinen Arsch und kümmere dich um die Lenkelektronik.«

»Ich rufe dich zurück.«

Am nächsten Morgen erreichten die Terroristen Nairobi. Das Somalier-Viertel Eastleigh wirkte geschäftig, doch zum Glück lag das Haus mit der angemieteten Wohnung abgelegen an einer unbefestigten Seitenstraße.

Hinter dem Haus war eine Mauer, und dahinter eine stark befahrene Durchgangsstraße.

»Das Haus liegt am Ende einer Sackgasse. Hier kommt kaum jemand vorbei«, sagte Shark. Salongo nickte zustimmend. So wie auch die anderen Häuser in dem Viertel, wirkte dieses Haus unfertig und heruntergekommen. Während Salongo im Bus bei den Waffen wartete, führte Shark seinen Boss und Nadif ins Haus. Amateurhafte Graffiti-Zeichnungen schmückten die Wände des Treppenaufgangs.

SOMALIA FUCKS ATHIOPIA

war mit großen Buchstaben gleich neben dem Eingang auf die unverputzte Wand gesprüht. Ein Geländer gab es nicht, die schroffen Betonstufen waren dreckig. Es stank nach Urin.

Zurückhaltend lächelnd grüßten zwei der Nachbarn, die ihnen auf der Treppe entgegenkamen. Chibala ging davon aus, dass von ihnen keine Schwierigkeiten zu erwarten waren. In Somalia bekämpften sich die unterschiedlichen somalischen Clans, aber wenn man in einem fremden Land war, dann schweißte die Nationalität zusammen.

Wie Shark gesagt hatte, versperrte eine Gittertür auf der Treppe den Weg ins obere Stockwerk. Shark öffnete mit dem Schlüssel das stabile Vorhängeschloss und kurz darauf zwei weitere Schlösser am Eingang zur Wohnung.

Die Dreizimmerwohnung wirkte trostlos. Die Wände waren roh verputzt, ein Bodenbelag fehlte und der Estrich zeigte grobe Gebrauchsspuren. Eine Dachgaube ließ nur wenig Tageslicht in das Zimmer. Shark und Salongo hatten die Wohnung drei Tage vorher angemietet und mit den nötigsten Möbeln bestückt. In der Küche hingen einige Schranktüren schief. Ein Plastikvorhang hing halb zerfetzt zwischen zwei Schrankreihen an einer Stange. Dahinter waren Besen, Eimer und sonstiges Reinigungsmaterial wild durcheinandergestapelt.

Ein Holztisch und vier Metallstühle standen in der Mitte der Küche. Vier Matratzen lagen verteilt in den angrenzenden Räumen auf dem nackten Boden.

Chibala inspizierte die Wohnung mit unbeweglicher Mine. Nadif zuckte mit den Schultern. »Ich habe schon Schlimmeres gesehen«, meinte er.

»Holt die Ausrüstung hoch«, kommandierte Chibala.

KAPITEL 25

Frankfurt, 26. Juli 2010

Hubert von Godehardt saß bei sich zuhause am Schreibtisch und starrte auf den Kalender an der Wand. Es kam ihm noch so lange vor, bis die finanzielle Durststrecke überwunden war. Wie profitabel »Operation Himmelssturm« sein würde, konnte er zum jetzigen Zeitpunkt noch nicht genau sagen. Erst nach dem Stichtag würden die Gewinne sichtbar werden. Er schätzte aber, dass mehr als 140 Millionen Euro in seine Taschen fließen würden.

Das Mobiltelefon summte. Ein Anruf aus Dubai auf seiner Geheimnummer.

»Schlechte Nachrichten«, quäkte die Stimme am anderen Ende. Ahmed erzählte von dem Vorfall beim Ausladen der Waffen. »Können Sie eine neue Lenkelektronik besorgen?«

»Augenblick«, Hubert von Godehardt nahm seine Brille ab, schloss die Augen und massierte sich mit Daumen und Zeigefinger die Nasenwurzel. *Scheiß Nigger. Zu bescheuert, um ein paar Waffen umzuladen.*

Von Godehardt analysierte die Situation. Woher sollten die Somalier überhaupt wissen, dass nur die Lenkelektronik defekt war? Konnten nicht auch andere Komponenten beschädigt sein? Er traute ihnen nicht die geringste Fachkompetenz in Bezug auf die Milan-Rakete zu. Sie waren ja nicht einmal in der Lage, die Rakete umzuladen.

Nach wenigen Augenblicken wusste er, was zu tun war. »Es wird keine neue Lenkelektronik geben.«

»Nein? Was machen wir dann?«

»Ich werde eine komplett neue Startschiene besorgen. Es muss gewährleistet sein, dass die Raketenanlage funktioniert.«

»Und wie kommen die Somalier an die Ersatzwaffe ran?«, fragte Ahmed.

»Darüber werde ich mir jetzt Gedanken machen.«

»Wir könnten den Anschlag verschieben.«

»Nein!« Hubert von Godehardt schlug mit der Faust auf den Tisch. Dann lehnte er sich zurück und blies geräuschvoll die Luft raus.

Beruhige dich, Junge. Du hast schon Schlimmeres durchgestanden.

Für Sekunden herrschte Stille in der Leitung. Von Godehardt sah wieder den Kalender an der Wand an. Er hatte genügend Vorlaufzeit eingeplant. Er wusste, dass ein solches Unternehmen unerwartete Schwierigkeiten bereiten konnte. Trotzdem stand er nun unter Zeitdruck. Im Gedanken überschlug er die Tage bis zum geplanten Anschlag. Wie wenige es plötzlich waren.

»Hans, sind Sie noch dran?«, fragte Ahmed unsicher.

»Der Anschlag kann nicht verschoben werden. Er muss zum geplanten Zeitpunkt stattfinden. Er muss! Haben Sie verstanden?«

»Aber warum denn?«

»Ahmed! Wagen Sie es nie wieder, meine Entscheidungen zu hinterfragen. Ist das klar?« Gerade, weil der Geschäftsmann diese Worte langsam und leise sprach, wirkten sie besonders bedrohlich.

»Ja ... ja, natürlich.«

»Ich werde Sie zurückrufen.« Hubert von Godehardt legte auf und starrte minutenlang geistesabwesend durch das Fenster in den Himmel.

Der Plan war nicht perfekt und das ärgerte ihn als Perfektionisten gewaltig. Er musste sich auf andere Menschen verlassen, auf Menschen, die er nicht kannte. Es war eine Schwachstelle, aber dieser Plan war seine einzige Chance.

Ahmed fühlte sich unwohl. Trotz der Klimaanlage war ihm heiß und er öffnete einen weiteren Knopf an seinem Hemd, um Luft an seinen fetten Hals zu lassen. Dass es nicht um die Freipressung der Piraten ging, war dem Araber von Anfang an klar gewesen. Aber worum ging es dann? Was waren die Hintergründe für den Anschlag? Warum konnte das Vorhaben nicht verschoben werden? Ahmed zuckte mit den Schultern. Es konnte ihm schließlich egal sein. Hauptsache, die Provision klingelte in seiner Kasse.

KAPITEL 26

Frankfurt, 26. Juli 2010

Der Unternehmer hatte die Nase voll. Die Unfähigkeit der anderen trieb ihn in den Wahnsinn. Von nun an würde Hubert von Godehardt die Dinge persönlich in die Hand nehmen. Zuerst musste eine neue Raketenanlage gekauft werden. Am einfachsten wäre es, sie in Europa zu besorgen. Aber wie sollte die Waffe nach Nairobi geschmuggelt werden? Es fehlte ihm an einer geeigneten Transportmöglichkeit. Es wäre immer noch besser, eine Startschiene in Afrika zu besorgen. Die Logistik hatte sich dort erst vor kurzem bewährt. Der Unternehmer kannte den Verkäufer und die Schmuggler für den innerafrikanischen Transport. Von Godehardt griff zum Telefon. Das Gespräch mit Hasana Kiwanika, dem libyschen Oberst, dauerte keine fünf Minuten.

»Aber natürlich. Ich kann jederzeit liefern«, sagte der Offizier mit sanfter und wohlklingender Stimme.

»Sehr gut. Ich werde den Transfer des Geldes gleich nachher veranlassen.«

Zufrieden legte von Godehardt auf. Na also! Sobald er die Kontrolle hatte, lief es wie geschmiert. Die zusätzlichen Kosten von 150 000 Dollar schmerzten zwar, aber diese Investition war nötig. Zudem würde der zu erwartende Gewinn diese Summe wie ein Taschengeld erscheinen lassen.

Nun musste noch der Waffentransport geregelt werden. Es sollte so sein wie beim letzten Mal. Nur ein Anruf war nötig, und Geld natürlich. Die beiden britischen Schmugglerpiloten waren teuer, 70 000 Dollar waren ein stolzer Preis, aber der Transport ging schnell und zuverlässig vonstatten.

Von Godehardt wählte die Nummer von Tom und Jerry.

»Geht nicht«, antwortete Tom, nachdem der Unternehmer seine Forderung gestellt hatte.

»Warum?«

»Weil wir seit gestern in Südafrika sind. Ein Großauftrag hält uns hier bis Ende August fest. Danach könnten wir für Sie fliegen.«

»Ich kann aber nicht warten. Brechen Sie Ihren Auftrag in Südafrika ab. Ich zahle Ihnen das Doppelte von dem, was Sie dort verdienen würden.«

»Die Lieferung muss Ihnen sehr wichtig sein.«

»Ja, das ist sie auch. Also? Wie viel?«

»Nein. So etwas machen wir nicht. Schließlich haben wir einen Ruf zu verlieren. Es bleibt dabei. Wir sind erst Ende August wieder frei.«

Von Godehardt legte enttäuscht auf. Die verdammten Schmuggler hatten doch tatsächlich ein Ehrgefühl, und sie fühlten sich ihrem Auftraggeber gegenüber loyal. Nun ja, deswegen waren sie auch so zuverlässig. Jetzt arbeitete ihre Zuverlässigkeit allerdings gegen seine Interessen. Es blieb nur noch eine Möglichkeit. Die MILAN musste auf dem Landweg von Libyen nach Nairobi gebracht werden. 3 000 Straßenkilometer durch Sand und Staub, den größten Teil der Strecke durch den Sudan. Durch ein Land, das vom Bürgerkrieg zerrissen war. Es gab Straßensperren und Kontrollen. Mit Soldaten und Milizen war jederzeit zu rechnen. Es würde gefährlich sein, eine Rakete unbemerkt durch das Land zu schmuggeln. Von Godehardt stand auf, ging ans Fenster und dachte nach. Die Zeit drängte, und er brauchte dringend eine Idee, doch er war optimistisch. Er wäre nicht der erfolgreiche Unternehmer, wenn er nicht für alle Probleme eine Lösung finden würde. Nach einigen Minuten konzentrierten Nachdenkens wusste er, was zu tun war. Seine Idee war nicht ungefährlich, doch es schien keine Alternative zu geben. Nun brauchte von Godehardt noch einen Fahrer, der sich im Sudan auskannte. Der Unternehmer hoffte, dass Ahmed weiterhelfen konnte. Schließlich hatte der Araber in Ostafrika ein weitverzweigtes Netzwerk von Leuten, die bereit waren, für Geld alles zu riskieren.

»Ich kenne einen Schmuggler aus Khartum«, sagte Ahmed in dem anschließenden Telefongespräch. »Ein Sudanese, der nichts gegen einen ordentlichen Zusatzverdienst hätte. Allerdings nehme ich an, dass er sich die Gefahr teuer bezahlen lässt.«

»Bieten Sie ihm 50 000 Dollar. Er muss drei weitere Fahrer anheuern, und sie sollen zwei Fahrzeuge einsetzen, damit sie Tag und Nacht fahren können.«

»Zwei Fahrzeuge?«

»Richtig. Das Auto, das vorausfährt, wird mit harmloser Ladung als Köder dienen. Das eigentliche Schmugglerfahrzeug fährt mit der Waffenanlage wenige Kilometer hinterher und kann so über Walkie-Talkie rechtzeitig gewarnt werden. Sobald eine Straßenkontrolle auftaucht, muss das Schmuggler-Fahrzeug den Checkpunkt in sicherer Entfernung durch das Gelände umrunden. Das Fahrzeug, das vorausfährt, wird problemlos durch die Kontrollen kommen.«

»Ja, so könnte es funktionieren.«

»Und sagen Sie dem Fahrer, er muss mit seiner Crew rechtzeitig aufbrechen. In vier Tagen soll die Rakete an der libyschen Grenze abgeholt werden.«

»Das wird nicht klappen. Von Karthum bis zur libyschen Grenze sind es 1 000 Kilometer Luftlinie. Ich befürchte, es wird ein Problem, so schnell die Fahrer zu organisieren.«

»Verschonen Sie mich mit Ihren Problemen und finden Sie eine Lösung. Ich bezahle Ihnen schließlich ein kleines Vermögen. Dafür erwarte ich eine entsprechende Gegenleistung. Habe ich mich klar ausgedrückt?«

»Ja, Hans, das haben Sie.«

»Nun frage ich Sie noch einmal: Werden Sie es hinkriegen, die Fahrer rechtzeitig loszuschicken, oder muss ich mir einen anderen Geschäftspartner suchen?«

»Ich werde alles Notwendige zu Ihrer Zufriedenheit veranlassen.«

Hubert von Godehardt legte auf.

Na also, es geht doch. Der Araber braucht nur ab und zu einen Tritt in den Arsch.

In Dubai war die Reaktion auf das Gespräch eine ganz andere. Ahmed feuerte das Telefon in die Ecke und schrie laut vor sich hin.

»Du kotzarroganter Mistkerl. Am liebsten würde ich deine deutschen Eier abschneiden und in deinen Rachen stopfen.«

»Geht es Ihnen gut, Herr bin Rashid?«, fragte seine Haushälterin aus der Küche.

»Halt' die Klappe und kümmere dich um deinen eigenen Scheiß.«

Ahmed ging in sein Bürozimmer und knallte die Tür hinter sich zu.

Beim nächsten Deal mit diesem Arschloch werde ich eine noch höhere Provision verlangen.

Ahmed versuchte, nicht mehr an Hans zu denken und suchte nach der Nummer des Sudanesen.

KAPITEL 27

Frankfurt, 27. Juli 2010

Unruhig wälzte sich Hubert von Godehardt im Bett hin und her. Seine Haare waren nassgeschwitzt, sein Atem war schwer. Mit Ohrstöpseln schützte er sich vor den Schnarchgeräuschen seiner Frau. Er überlegte schon seit einiger Zeit, sein unnützes Weib aus dem Schlafzimmer – am besten gleich aus seinem Leben – zu werfen.

Es war jedoch nicht ihr Schnarchen, das ihm den Schlaf raubte. Der Transport des Ersatzteils bereitete ihm Sorgen. War die Taktik mit den zwei Geländewagen gut genug? Der sudanesische Kurier Abdal Rahmen Kaguib hatte angeblich schon öfter für Ahmed Aufträge übernommen und war nach Aussage des Arabers verlässlich. Doch zu sehr musste sich der Unternehmer wieder einmal auf andere verlassen.

Er dachte auch an den Tag des Anschlags. Wie schnell die Zeit plötzlich raste.

Stunden später summte leise das Handy mit seiner Geheimnummer. Es war aber das aufleuchtende Display, das ihn aus seinem unruhigen Schlaf weckte. Müde zog er die Ohrstöpsel heraus und schaute auf das Display. Der Name des Anrufers vertrieb sofort seine Müdigkeit. Von Godehardt hob ab. »Augenblick«, flüsterte er. Mit einem abfälligen Blick auf seine schlafende Ehefrau schälte er sich aus dem Bett. Ihr Schlafmittel wirkte vorzüglich. Sie hatte sich von dem Anruf zum Glück nicht wecken lassen. Das ersparte ihm weitere Lügen.

Leise zog er die Schlafzimmertür hinter sich zu. Er lief durch das riesige Penthouse in sein Bürozimmer, schaltete das Licht ein und dimmte es stark ab.

»Ich hoffe, Sie haben einen guten Grund, mich mitten in der Nacht anzurufen!«

»Ähm, den habe ich. Es gibt wichtige Neuigkeiten.«

»Ich höre.«

»Sie sagten mir ja, dass ich Sie sofort anrufen sollte, wenn in Ostafrika ungewöhnliche Aktivitäten im Gange wären ...«

Von Godehardt sagte nichts und wartete ab. Ein Moment bedrückender Stille breitete sich aus.

»... ähm, nun ja«, stammelte der Anrufer. »In Nairobi tut sich was. Ich denke ... ähm, ich denke, die Information ist verdammt viel wert.«

»Wie meinen Sie das?«

»Ich denke, die Information ist mehr wert ... ich meine ... mehr als den üblichen Preis.«

»Wollen Sie mich erpressen?«

»Äh ... wie soll ich sagen ... ich weiß, dass Sie gerne bereit sind, für diese Information mehr zu bezahlen.«

»Wie viel?«

»Die doppelte Summe. 20 000 Euro.«

Hubert von Godehardt setzte sich mit einem Seufzer in den schweren Chefsessel hinter seinem Mahagoni-Schreibtisch. »Warum sollte ich das tun?«

»Der Bundesnachrichtendienst wurde alarmiert. Durch einen Tipp vom CIA konzentrieren sich die Geheimdienst-Aktivitäten gerade auf Nairobi. Zwei Agenten sind bereits vor Ort. Es geht darum, einen Terroranschlag zu verhindern und die Hintermänner zu entlarven. Ich bin in der Lage, Ihnen exakte Daten und Namen zu liefern.«

Der Unternehmer schloss die Augen und rieb sich mit Zeigefinger und Daumen die Nasenwurzel. Dieser widerliche Spitzel wurde zu gierig. Aber von Godehardt brauchte ihn.

»Einverstanden. Aber nur, wenn die Information wirklich ihren Preis wert ist.«

»Keine Sorge. Wahrscheinlich noch viel mehr.«

»Wir werden sehen. Die Bezahlung erfolgt auf die übliche Weise. Und jetzt befriedigen Sie meine Neugier.«

Fünf Minuten später war das Gespräch mit dem Maulwurf

beendet. Hubert von Godehardt stand auf und ging zu dem Schrank mit den Getränken. Er füllte das Glas mit Eiswürfeln und schenkte sich einen doppelten Scotch ein. Dann schlenderte er zu der riesigen Glasfront, die vom Boden bis zur Decke reichte. Er legte eine Hand an das Fenster und blickte gedankenverloren in die Nacht. Das abgedimmte Licht seines Bürozimmers spiegelte sich im Fenster. Inmitten der schwach zu sehenden Lichter der Stadt war sein Ebenbild zu erkennen. In der freien Hand schwenkte er das Glas mit dem Scotch. Die Eiswürfel klirrten. Ein Lächeln umspielte sein Gesicht.

Wie schwach die Menschen doch sind. Für lächerliche Motive verkaufen sie ihre Seele. Aber solche Menschen sind meine Diener. Solche Menschen sind mein Schlüssel zu den wichtigsten politischen und wirtschaftlichen Machenschaften. Und solch ein schwacher Mensch ist mein Zugang zu den geheimen Entscheidungen des BND.

Er trank einen Schluck. Ein angenehmes Brennen breitete sich in seiner Kehle aus.

Ja, er kannte die Schwächen des menschlichen Verstandes. Um Verräter anzuwerben, funktionierten drei Köder: Geld, Sex oder die Befriedigung starker Gefühle, wie etwa Liebe, Hass und Rache.

Seinen Diener beim BND hatte er vor drei Jahren gleich mit zwei Ködern gelockt: mit Geld und dem starken Gefühl der Genugtuung. Schon mehrmals hatten sich die Informationen des Maulwurfs als hilfreich erwiesen. Meist ging es um Drogengeschäfte. Doch nun ging es um Operation Himmelssturm, es ging um Terrorismus. Hubert von Godehardt hatte den Maulwurf vor einigen Wochen aktiviert und ihm den Auftrag gegeben, alle Informationen in Bezug auf Ostafrika sofort an ihn weiterzuleiten. Das zahlte sich nun aus. Nur wurde der Spitzel plötzlich unverschämt. Leider musste von Godehardt im Moment diese Unverschämtheit dulden. Doch nur im Moment. Jetzt galt es, die Information zu verwerten. Er sah sein Spiegelbild in der dunklen Glasscheibe. Kaum merklich, mit zufriedenem Gesicht, nickte das Spiegelbild. Zwei Minuten später saß er wieder an seinem Schreibtisch und wählte die Nummer in Dubai. Ahmed würde den Auftrag des Doppelmordes sofort an die Terroristen weitergeben.

KAPITEL 28

München, 28. Juli 2010

Nach dem Gespräch mit dem Auftraggeber nahm der Maulwurf seine Hornbrille ab und wischte sich mit einem Taschentuch den Schweiß von der Stirn. Sein rechtes Bein wippte immer noch in hoher Frequenz, aber das spürte er nicht. Er spürte allerdings dieses wunderbare Gefühl der Befriedigung, das sich jedes Mal bei der Weitergabe von Informationen einstellte. Wie einfach es doch war, die doppelte Summe zu verlangen. Ob er noch mehr hätte verlangen können?

Unbewusst kratzte er an dem fetten Pickel, der auf seiner großen Nase wucherte. Obwohl er 35 Jahre alt war, hatte er noch immer Probleme mit Akne.

Er starrte auf das Poster mit der nackten Frau an der Wand und dachte daran, wie weit er es inzwischen gebracht hatte. Und das, obwohl er bei den Aufnahmetests kläglich gescheitert war. Damals wollte er so gerne Geheimagent werden, um sein Land vor dem Untergang zu bewahren. Er wollte ein Held sein, von den Frauen geliebt und von den Männern bewundert werden. Aber er war ihnen nicht gut genug gewesen. Und nun arbeitete er schon seit fünf Jahren in einem kleinen Kellerbüro ohne Fenster. Er musste die Drecksarbeit machen: staubige Bürokratie, Botengänge, Terminplanungen … es war zum Kotzen.

Wer sich als Agent beim BND bewarb und nicht genommen wurde, hatte normalerweise keine Aussicht auf einen anderen Job innerhalb der Behörde. Doch sein Vater hatte früher als Ingenieur in der Technikabteilung des BND gearbeitet. Aufgrund seines Einflusses hatte sein Sohn die Stelle im Büro bekommen. Der magere Hornbrillenträger fühlte sich gekränkt und wollte diesen unwürdigen Job ablehnen. Doch es war schwierig, woanders Arbeit zu finden. Also wurde er Büroangestellter beim Geheimdienst und wartete auf seine Chance. Er wollte Spion sein, egal für wen. Er wollte viel Geld verdienen, egal womit. Er verglich seine Existenz mit der einer Zecke. So ein Blutsauger wartete jahrelang geduldig im Gras auf seinen Wirt. Kam der dann endlich vorbei, biss sich die Zecke an ihm fest und saugte sein Blut. Wie eine Zecke wartete auch der Hornbrillenträger auf den großen Moment. Und der kam vor drei Jahren. Ein Unbekannter rief ihn an. Er wusste erstaunlich viel über das Leben des hageren Büroangestellten. Das Angebot war verlockend. Wenig Arbeit, viel Verdienst. Informationen gegen Geld. Es war nicht allzu schwierig, als Angestellter der Abteilung für internationalen Terrorismus und organisiertes Verbrechen Hintergründe und Fakten auszuspionieren. Der Hornbrillenträger hatte seitdem schon einige Male streng vertrauliche Informationen an den Fremden weitergereicht. Die Zecke hatte ihren Wirt gefunden und saugte sich genüsslich mit Blut voll. Es war erstaunlich, wie schnell sich der Hornbrillenträger an den Zusatzverdienst gewöhnt hatte. Ruhm und Ehre blieben ihm zwar verwehrt, aber Geld war ein gutes Trostpflaster. Er hatte kein schlechtes Gewissen. Der BND war schließlich selbst schuld daran, wenn Geheimnisse nicht mehr geheim blieben. Sie hätten es ja auch anders haben können.

Ist mir doch egal, wer das große Geld macht. Und es geht ja nur um internationale Immobiliengeschäfte.

Das zumindest hatte ihm sein Auftraggeber am Anfang ihrer Geschäftsverbindung gesagt. Seitdem war nicht mehr darüber gesprochen worden.

»Sie sind gierig«, sagte ihm sein Auftraggeber eines Tages. »Das gefällt mir. Pflegen Sie Ihre Gier, denn sie ist mir sehr dienlich.«

Jetzt bekam der Auftraggeber die Quittung für seine Frechheit. Der Preis für die Informationen kostete nun das Doppelte. Doch Gier war auch eine unheilbare Krankheit und setzte dem Befallenen Scheuklappen auf. Das erkannte der Hornbrillenträger allerdings nicht. Er hatte eine weitere Chance gesehen und seine Informationen einige Tage zuvor auch einem Reporter angeboten. Der witterte die große Schlagzeile und wollte die ganze Story haben. Nur der Preis musste noch verhandelt werden.

Wie wunderbar doch Gier war. Die Zeiten, in denen sich der Angestellte als Versager gefühlt hatte, waren endgültig vorbei. Jetzt war er ein hochkarätiger Geschäftsmann, der mit Wissen handelte. Und spionieren konnte er auch noch.

Der Mann legte seine Hornbrille auf den Nachttisch, zog sich aus und legte sich ins Bett. In seinen Gedanken kuschelten sich zwei nackte, vollbusige Blondinen zu ihm und schnell war er erregt. Nach der Selbstbefriedigung schlief er entspannt ein.

KAPITEL 29

Nairobi, 28. Juli 2010

»Wann geht es endlich los?« Der wortkarge Salongo stellte seinen Kampfstiefel auf den Stuhl und band sich den neongelben Schnürsenkel zu.

»Du Blödmann! Hast du es nicht kapiert? Erst brauchen wir das Ersatzteil für die Rakete«, erklärte ihm Shark. Er hatte inzwischen seine Sandalen gegen nagelneue Turnschuhe getauscht, und anstelle seines Wickelrocks trug er nun eine hellgraue Stoffhose. Nur sein weiß-roter Turban erinnerte noch an seinen muslimischen Glauben.

»Und auf was schießen wir mit der Rakete?«, fragte Salongo.

»Ja, auf was schießen wir mit der Rakete? Du hast uns nie das Ziel des Anschlags genannt«, gab Shark die Frage an Chibala weiter.

»Das genaue Ziel werdet ihr bald erfahren. Wenn Ahmed bei seinen Verhandlungen mit den Deutschen allerdings erfolgreich ist, wird es gar nicht zum Einsatz der MILAN kommen.«

Salongo schaute auf die Raketen in der Ecke des Zimmers.

»Hoffentlich ist Ahmed nicht erfolgreich.«

»Du solltest aber hoffen, dass er erfolgreich ist.«

»Warum?« Salongo stülpte seine Lippen enttäuscht nach außen.

»Warum? Was werden wohl das kenianische Militär und die Polizei nach dem Anschlag machen?«

Der pockennarbige Salongo zuckte mit den Schultern. Nadif kratzte sich am Kopf und gab die Antwort.

»Ja klar. Die Grenze wird dichtgemacht und überall werden Straßensperren errichtet.«

»Genau. Vor allem nach Somalia werden sie die Grenze blockieren. Nur wenn es wirklich nötig ist, werden wir die Rakete abschießen. Und für diesen Fall müssen wir einen Fluchtweg nach Norden erkunden. Das wird unsere Aufgabe in den nächsten Tagen sein.«

»Wie lange wird es dauern, bis das Militär nach dem Anschlag aktiv wird?«, fragte Shark.

»Ich schätze, dass wir zwei Stunden haben. Danach müssen wir von der Straße runter und die Nebenstraßen benutzen.«

»500 Kilometer auf Nebenstraßen? Das hört sich mühselig an«, bemerkte Nadif.

Chibalas Telefon klingelte. Der vernarbte Riese hob ab. »Was ist los?«

Die anderen drei Terroristen lauschten interessiert.

»Ja, ja, schon gut. Meine Batterie war leer. Also, was willst du?«, fragte Chibala. Er lief mit dem Telefon am Ohr in eine Ecke des Zimmers und hörte die meiste Zeit nur zu.

»Verstanden. Wir kümmern uns darum«, sagte Chibala, dann legte er auf.

»Wer war das?«, fragte Nadif.

Chibala schüttelte den Kopf. »Niemand.«

»Und was wollte dieser Niemand?«

Chibala drehte sich zu Nadif und packte ihn an der Kehle. »Wage es nicht, mich zu hinterfragen.«

Nadif nickte ängstlich.

»Ist ja gut, Boss.«

Chibala stieß den jungen Halbsomalier weg. »Ich hab Hunger. Los kommt, wir gehen was essen.«

Eingeschüchtert trotteten sie hinter ihrem Boss her und fuhren schweigend im Mitsubishi zu einem indischen Restaurant. Während Shark am Steuer saß, kritzelte Chibala etwas auf einen Zettel und zeigte ihn seiner Crew.

Wir werden belauscht.

Das Restaurant befand sich im ersten Stock. Chibala wählte einen Tisch in der hintersten Ecke. Aus den Lautsprechern ertönte leise indische Musik. Der Kellner brachte die Speisekarten.

»Uns gefällt die Musik. Nur ist sie sehr leise. Könnt ihr die Musik etwas lauter machen?«, fragte Chibala.

»Aber gerne.« Der Inder lächelte und schien geschmeichelt. Nachdem die Musik lauter gestellt worden war, sprach Chibala mit leicht nach vorne gebeugtem Körper zu seiner Crew.

»Ahmed war vorhin am Telefon. Er hat Neuigkeiten.«

Verwundert schaute ihn seine Crew an, während Chibala weitersprach. »Der deutsche Geheimdienst hat zwei Agenten auf uns angesetzt.«

Shark zog die Augenbrauen hoch. »Ist das der Grund, warum du vorhin so geheimnisvoll getan hast?«

Chibala nickte. »Ahmed vermutet, dass wir rund um die Uhr beschattet werden.«

Salongo schaute sich suchend um.

»Nicht umschauen! So warnst du die Agenten nur.«

Mit betroffenem Blick drehte sich der pockennarbige Bulle wieder zurück.

»Gut möglich, dass unser Appartement mit Richtmikrofon oder Wanzen überwacht wird«, überlegte Chibala laut.

»Ob die Agenten von unserem Problem mit der Abschussanlage wissen?«

»Kann sein. Aber das werden sie uns bald sagen.«

»Wie meinst du das?«

»Wir stellen ihnen eine Falle.«

»Und wie wollen wir das machen?«

»Eure Ideen sind gefragt.« Chibala legte sein Telefon auf den Tisch. »Seht her. Ahmed hat Bilder von den beiden geschickt.«

Einer nach dem anderen sah sich die Fotos an.

»Weiß Ahmed, wo die Agenten wohnen?«

Chibala schüttelte den Kopf. »Nein, so sehr …«

Der Kellner kam, um die Bestellung aufzunehmen. Als sie wieder ungestört waren, sprach er weiter.

»So sehr ins Detail ging seine Quelle nicht. Ich möchte die Agenten noch heute Nacht erledigen. Überlegt euch, wie wir die Burschen erwischen können.«

Sie schauten sich an. Jeder dachte nach und brachte Vorschläge. Doch kein Vorschlag war überzeugend genug. Inzwischen wurde das Essen serviert. Mit vollen Backen brüteten die Somalier weiter an einer Agentenfalle.

»Ich hab's!« Im Eifer spuckte Nadif beim Sprechen Krümel seines Naanbrots auf den Tisch. Die anderen schauten ihn neugierig an. Nadif sprach für die nächsten Minuten. Keiner unterbrach ihn.

»Und du meinst, der Spion wird vor dem Puff warten?«, fragte Shark.

»Klar. Da ist es dunkel. Die Büsche bieten guten Schutz, und es treiben sich kaum Leute dort rum. Es stehen bestimmt einige Fahrzeuge auf dem Parkplatz. Ein Spion kann sich dort gut verstecken«, antwortete Nadif überzeugt.

»Und ein paar Somalier können dort gut einen Spion überfallen«, meinte Chibala.

»Und ein Salongo kann dem Drecksack gut das Messer in die Rippen rammen«, freute sich Salongo.

»Nicht so schnell. Zuerst muss der Spion meine Fragen beantworten«, sagte Chibala. »Erst wenn ich mit ihm fertig bin, kannst du ihn abstechen.«

Endlich gab es etwas zu tun. Warum brauchte der Kellner nur so lange mit der Rechnung?

Inzwischen war es längst Nacht. Sie fuhren in das Bordell, das sie schon von mehreren Besuchen kannten. Den Kleinbus parkten sie direkt vor dem Eingang. Wie sie erwartet hatten, stand etwa ein Dutzend Autos kreuz und quer auf dem unbefestigten Parkplatz. Mit obszönen Gesten und lautem Gelächter verschwanden sie in dem Gebäude. Chibala hatte eine kurze Unterredung mit einer Prostituierten. Dann nahm er seine Crew zur Seite.

»Salongo und ich gehen mit der Hure durch den Hintereingang

raus. Wir umrunden den Häuserblock und schleichen uns in der Dunkelheit in die Büsche, die am Rande des Parkplatzes stehen. Dann greifen wir uns den Spion.«

»Und wir?«, fragte Shark und deutete auf Nadif.

»Ihr bleibt hier und lasst euch gelegentlich am Fenster sehen. Sobald wir den Spion haben, fahren wir mit seinem Wagen in den Busch.«

»Für ein schmerzliches Verhör?«, fragte Nadif.

»Für ein sehr schmerzliches.«

Chibala und Salongo verließen das Gebäude durch den Hinterausgang. In ihrer Begleitung war die Prostituierte. Sie war noch jung, vielleicht 20. Sie konnte reden wie ein Wasserfall. Chibala wollte sie als Ablenkung einsetzen. Nach einigen Minuten Fußmarsch hatten sie den Häuserblock umrundet und kamen zur Vorderseite des Bordells. Sie schlüpften durch ein Loch im Zaun auf den Parkplatz und gingen hinter einem großen Busch in Deckung.

»Da«, raunte Chibala, nachdem er das Gelände mit den Augen abgesucht hatte. Er zeigte in die Ecke des Parkplatzes. »Seht ihr den dunklen Wagen?«

Salongo nickte, und die Prostituierte hielt freudig ihren Daumen hoch.

»Vergesst nicht, der Inhalt seiner Brieftasche gehört mir«, erinnerte sie die Somalier an die Abmachung.

Obwohl es dunkel war, konnten sie erkennen, dass ein Mann in einem der Autos saß. Für ein paar Minuten beobachteten sie ihren Beobachter. Er telefonierte und nahm dann eine Kamera in die Hand.

Wegen des bevorstehenden Kampfes schnaufte Salongo erregt durch seine buschigen Nasenhaare. Chibala ermahnte ihn mit dem Finger auf seinen Lippen, still zu sein.

Chibala schickte das Mädchen los. Einige Augenblicke später schlenderte sie durch die geparkten Fahrzeuge. Scheinbar zufällig entdeckte sie den Mann, der im Auto saß.

Der Peilsender am Mitsubishi hatte Peter Osterbrück zuverlässig zu den Terroristen geführt. Der Agent erkundete mit geübtem Auge das Umfeld. Der Parkplatz des Bordells war an drei Seiten mit Buschreihen und einem löchrigen Zaun abgegrenzt. Der Kleinbus der Zielpersonen stand direkt neben dem Eingang. Osterbrück parkte seinen Leihwagen in der Ecke des Geländes zwischen anderen Fahrzeugen, dann rief er seinen Partner an.

»Dreimal darfst du raten, wo die Burschen jetzt sind.«

»Ach, komm schon. Ich habe keine Lust auf solche Späßchen?«

»Im Puff sind sie. Erst haben sie sich ihre Wampen beim Inder vollgefressen und nun wollen sie mit den Frauen ihren Spaß haben. Die Jungs scheinen darauf zu achten, dass ihre körperlichen Bedürfnisse ausreichend befriedigt werden.«

»Scheint ein längerer Abend für dich zu werden. Melde dich, wenn es etwas Neues gibt.«

Osterbrück legte auf und nahm seine Kamera in die Hand. Er nutzte das Zoom als Fernglas und beobachtete die Hausfront des Bordells. Mehrmals sah er einen Mann hinter einem der Fenster. Der Agent glaubte, einen der Terroristen erkannt zu haben und schoss ein paar Fotos.

Ihre bisherigen Überwachungsergebnisse waren nicht berauschend. Auf die entscheidende Frage, wer hinter dem Anschlag steckte, hatten sie noch keine Antwort gefunden. Doch mit Hilfe der Richtmikrofone hatten sie in Erfahrung gebracht, dass die MILAN-Rakete nicht funktionierte und die Terroristen auf ein Ersatzteil warteten.

Osterbrück drehte die Rückenlehne nach hinten und machte es sich bequem. Die beiden Agenten hatten einen Streit darüber gehabt, ob diese enge Observierung nötig war. Das war sie natürlich nicht, und Jörg hatte das auch klar zum Ausdruck gebracht. Doch Osterbrück wollte nicht tatenlos in der stickigen Dachwohnung herumsitzen. Er wollte die Terroristen sehen, er wollte Adrenalin spüren.

Erschrocken zuckte er zusammen, als es plötzlich am Seitenfenster klopfte.

»Hallo, Süßer. Warum so alleine?« Eine junge Prostituierte stand neben seinem Wagen.

»Hau ab«, sagte Osterbrück erzürnt.

»Abhauen soll ich? Bin ich dir etwa nicht hübsch genug?«, rief sie in lautem Ton.

Der Agent drehte die Seitenscheibe herunter. Leise, in besänftigendem Ton, sprach er zu der Prostituierten.

»Mädchen. Ich bin nicht interessiert. Und nun schau, dass du verschwindest.«

»Ah. Lass mich raten. Du stehst auf Jungs, stimmt's?«

Osterbrück fuhr sich entnervt durch die Haare.

»Bist du Europäer? Ich mag Europäer. Die sind nicht so arrogant wie die Amis.«

Der Agent entschied, dass es Zeit wurde, abzuhauen. Er wollte den Motor starten. Plötzlich zersprang die Fensterscheibe auf der Beifahrerseite mit einem ohrenbetäubenden Knall. Tausend kleine Splitter regneten in den Innenraum. Ein faustgroßer Stein traf seinen Kopf.

KAPITEL 30

Sudan, 28. Juli 2010

Die Hitze der Libyschen Wüste war erdrückend. Abdal Rahmen Kaguib, der sudanesische Kurier, hatte gerade die 30 Kilogramm schwere MILAN-Startschiene von Gaddafis Oberst übernommen. Sofort machte er sich mit den drei anderen Fahrern in den beiden Geländewagen auf den gefährlichen Weg quer durch den Sudan nach Nairobi.

Sie wechselten sich beim Fahren ab. Einer schlief, während der andere am Steuer saß. Nur so konnten sie die 3 000 Kilometer in sechs Tagen schaffen.

Abdals Range Rover Defender war vollgeladen mit Sprit- und Wasserkanistern. Die Rücksitze fehlten. Eine Matratze auf der einen Seite des Laderaums und Decken zur Polsterung gegen die ruppige Fahrt füllten eine Seite der Ladefläche aus. Neben der Matratze war die Kiste mit der MILAN-Rakete verzurrt. Bei Abdal im Range Rover war Mohammed als zweiter Fahrer dabei. Der junge Bursche freute sich über den Zusatzverdienst und machte sich keine Gedanken über das Risiko.

Der Toyota Land-Cruiser, das Fahrzeug, das vorausfuhr, war ähnlich ausgerüstet. Nur hatte der Land-Cruiser anstelle der Waffenanlage ein paar Kisten mit harmlosen Medikamenten an Bord. Sobald eine Straßensperre vor dem Land-Cruiser auftauchte, warnten die Fahrer der Vorhut Abdal über das Walkie-Talkie. Abdal und Mohammed hielten immer einen Abstand von etwa zehn Minuten ein. So hatten sie genug Zeit, die Straße rechtzeitig zu verlassen, um durch das Gelände die Sperre zu umfahren.

Der Trick funktionierte. Bei den Straßensperren gaben die beiden Fahrer an, dass die Kisten mit den Medikamenten für die

Truppen der Milizen bestimmt waren. Ein gefälschtes Schreiben mit der Unterschrift eines Generals untermauerte ihre Geschichte. Nachdem das Fahrzeug durchsucht worden war, konnten sie passieren. Nicht einmal Schmiergeld mussten sie zahlen.

Inzwischen hatten sie schon mehr als die halbe Strecke und drei Straßensperren hinter sich gebracht. Dann passierte das Unglück. Ein Militärjeep schloss von hinten auf. Abdal schlief gerade, Mohammed sah die Soldaten nicht rechtzeitig kommen. Der Range Rover wurde angehalten und die Schmuggler mussten aussteigen.

Zwei der Soldaten hielten ihre Gewehre auf Abdal und Mohamed gerichtet.

»Was macht ihr hier?«, fragte der Anführer in strengem Ton.

»Wir liefern ein Ersatzteil nach Juba.«

»Was für ein Ersatzteil?«

Abdal wusste, dass die Soldaten den Range Rover durchsuchen würden.

»Eine MILAN-Startschiene.«

»Warum macht das ein ziviler Transport?«

»Äh, weil kein Militärfahrzeug zur Verfügung stand.«

Der Feldwebel zog seine Pistole und legte auf Abdal an. »Du lügst.«

KAPITEL 31

Nairobi, 28. Juli 2010

Halb benommen durch den Steinwurf registrierte Osterbrück den Angriff. Noch während die Splitter in den Wagen prasselten, steckte ein massiger, schwarzer Mann seinen Kopf durch das zerbrochene Fenster auf der Beifahrerseite. Kräftige Arme, Pythonleibern gleich, schlängelten sich dem Agenten blitzschnell entgegen. Verzweifelt schlug er gegen die Pranken, die nach ihm griffen.

Die Pistole ... im Handschuhfach ... ich brauche die Pistole.

Der Geheimagent versuchte, seine Waffe zu erreichen, doch der Angreifer versperrte ihm den Weg. Der Agent drückte sich mit dem Rücken gegen die Tür auf der Fahrerseite. Weg von der Attacke, weg von den kräftigen Armen, die ihn packen wollten. Osterbrück erkannte, dass er Salongo vor sich hatte.

Oh Gott! Die Terroristen!

Schlagartig wurde ihm bewusst, dass der Somalier bestimmt nicht alleine angriff. Die Fensterscheibe auf der Fahrerseite war noch heruntergedreht, weil er ja gerade mit der Prostituierten gesprochen hatte. Sein Rücken war nicht gedeckt! Doch die Erkenntnis kam zu spät. Plötzlich spürte er einen brennenden Schmerz um seinen Hals. Ihm wurde die Luft abgedrückt. Osterbrück fasste sich an die Kehle. Ein Draht wurde um seinen Hals zugezogen. Erfolglos versuchte er, seine Fingerspitzen unter die Schlinge zu pressen, um den Draht wegzuziehen. Innerhalb weniger Sekunden schnitt der Draht oberhalb des Kehlkopfes tief in die Haut. Der Agent konnte das nasse Blut fühlen. Mit brachialer Gewalt wurde er an der Schlinge aus dem offenen Fenster gezerrt. Osterbrück fiel in den Staub.

Luft! Ich brauche Luft!

Die Schmerzen waren kaum auszuhalten. Osterbrück wurde so weit hochgezogen, dass er knien konnte. Dann wurde die Drahtschlinge weggenommen. Wie ein Ertrinkender atmete Osterbrück die Luft ein. Plötzlich stand Salongo mit einer Rolle Klebeband vor ihm und umwickelte seinen Kopf.

Der Agent wollte sich wehren, doch irgendjemand hielt seine Arme schmerzhaft auf den Rücken zusammen. Salongo schlug ihm mehrmals die Faust ins Gesicht, die Schneidezähne des Agenten wurden zertrümmert. Er konnte die Zahnsplitter im Mund spüren und wollte sie ausspucken, aber das war wegen des Klebebands nicht möglich. Sie warfen ihn mit der Brust nach vorne in den Dreck und fesselten seine Hände. Dann wurde er auf den Rücken gedreht. Nun erkannte er Chibala, der gerade die Drahtschlinge mit den zwei Holzgriffen vom Boden hochhob und in seine Jackentasche steckte.

»Eine Garrotte«, sagte er leise mit dunkler Stimme, als er den Blick von Osterbrück sah. »Sehr effektiv, leise, und es fließt nur wenig Blut.«

»Wo ist meine Bezahlung?«, fragte die junge Prostituierte fordernd.

Die beiden Somalier leerten die Taschen des Agenten. Nur ein Portemonnaie war zu finden. Darin war ein Führerschein, ausgestellt auf den Namen Peter Osterbrück, und Bargeld.

Chibala nahm das Geld, 110 Dollar und 6000 Kenia Schilling, und reichte es der Prostituierten. Zufrieden tänzelte sie davon.

»Schick' unsere Freunde her«, rief Chibala ihr nach. Er öffnete den Kofferraum des Toyotas. Salongo packte den gefesselten Agenten unsanft am Arm, zog ihn hoch und schubste ihn in den Kofferraum. Dann wurde die Klappe zugeschlagen. Osterbrück atmete heftig durch seine gebrochene Nase. Adrenalin rauschte durch seine Adern. Er hörte, wie mehrere Männer leise miteinander sprachen. Der Leihwagen wackelte, als sie einstiegen. Türen wurden zugeknallt. Dann fuhren sie davon.

Osterbrück war nicht gläubig, aber nun flehte er Gott um Hilfe an. Der Agent hoffte, stark genug zu sein, um keine Details des Auftrags preiszugeben. Noch wichtiger war es aber, seinen Kollegen und Freund nicht zu verraten.

Nach einiger Zeit hielt der Wagen an. Die Kofferraumklappe wurde aufgestoßen. Osterbrück blinzelte in das Licht der Taschenlampe, die ihn anstrahlte. Salongo zerrte den gefesselten Agenten aus dem Kofferraum und warf ihn auf den Boden. Der Mond zeigte sich hinter einer Baumkrone, schemenhaft waren die Schatten von Büschen zu erkennen. Sie mussten außerhalb der Stadt sein. Osterbrück erkannte die vier Terroristen, die um ihn standen.

Chibala bückte sich zu dem Gefangenen, drehte seinen Kopf auf die Seite und riss das Klebeband unsanft ab.

Der Agent wusste, dass nun die schlimmsten und letzten Minuten seines Lebens auf ihn zukommen würden.

»Wo ist dein Kumpel?«, fragte der hünenhafte Terrorist.

»Welcher Kumpel?«

Chibala nickte Salongo zu. Daraufhin rammte der Ochse sein Kampfmesser dem am Boden Liegenden tief in den Oberschenkel. Osterbrück heulte mit schmerzverzerrtem Gesicht auf. Er wollte sich wegdrehen. Salongo nahm seine Hand vom Messer und ließ es im Bein des Spions stecken. Osterbrück erkannte, dass es besser war, jetzt ganz ruhig zu liegen. Er fühlte sich hilflos wie ein Kleinkind.

Chibala drückte seinen Kampfstiefel auf den Hals des Gefangenen. Dabei leuchtete er mit einer Taschenlampe in sein Gesicht.

»Hör zu, Spion! Ich habe eine gute und eine schlechte Nachricht für dich. Die schlechte zuerst: Du wirst gleich sterben.«

»Was kann da noch … ahhh … für eine gute Nachricht kommen?«

»Du kannst wählen, wie schnell du stirbst.«

»Schnell … bitte.« Osterbrück zitterte am ganzen Körper.

»Dafür kann ich sorgen. Du musst nur ein paar Fragen beantworten. Wo ist dein Kollege?«

Osterbrück spuckte Reste seiner Zähne aus und versuchte sich zu beruhigen. Wie war das in der Ausbildung? Wie sollten sie sich in solchen Situationen verhalten? Scheiße! Er konnte sich nicht erinnern. Die Angst vor dem Tod machte es ihm unmöglich.

»Ich warte nicht mehr lange«, kam drohend der Hinweis von Chibala.

Osterbrück versuchte mit aller Anstrengung, seine Gedanken zu sammeln.

Jörg nicht verraten! Jörg nicht verraten!

Chibala nickte wieder, und Salongo ließ sich mit seinem Hintern schwer auf die Brust des Agenten fallen. Die Rippen krachten und die Luft wurde aus Osterbrücks Lungen gepresst. Salongo fasste an das Messer, das noch im Oberschenkel steckte, und drehte es langsam in der Wunde. Der Agent versuchte verzweifelt, sich in zuckenden Bewegungen zu drehen und zu winden. Es war zwecklos. Salongo presste ihn mit seinem Gewicht fest auf den Boden.

»Wo ist der zweite Agent?«

»Im ... im Haus ... keine ... etwa ... hundert Meter ... ahhh... entfernt.«

»Von wo entfernt?«

»Von ... von eurem Appartement.«

Jörg, verzeih mir. Ich kann nicht ... ich kann nicht anders.

Die Angst vor weiteren Schmerzen raubte ihm den Verstand. In abgehackten Worten sagte er alles, was sie über Jörg wissen wollten. Die Fragestunde war aber noch nicht vorbei.

»Wie viele Wanzen habt ihr versteckt?«

Osterbrück redete. Geduldig hörten die Terroristen dem stammelnden Mann zu. Jeweils einen Peilsender an den beiden Fahrzeugen. Keine Wanzen im Appartement. Die Sicherheitsschlösser hatten sie in der kurzen Zeit nicht knacken können, ohne dabei Spuren zu hinterlassen.

»Woher wusstet ihr von uns?«

»Vorgesetzter ... Briefing ... ahhhh... wir erfahren nie ... von der Quelle.«

»Stech' ihm ein Auge aus«, sagte Chibala emotionslos zu

Salongo. Mit einem Ruck zog der Somalier das Messer aus dem Bein des Agenten. Verzweifelt wand sich Osterbrück unter dem schweren Gewicht, das auf ihm drückte. Salongo klemmte den Kopf des Agenten zwischen seine Knie. Eine Hand presste er auf das Gesicht und mit Zeigefinger und Daumen zog er die Augenlieder von Osterbrücks linkem Auge auseinander. Dann senkte sich die Messerspitze.

»Nein! Nicht das Auge.« Der Agent wurde panisch und versuchte dabei seinen Kopf wegzudrehen, aber Salongo war zu stark. Das Licht der Taschenlampe blendete das Auge, das Osterbrück jetzt nicht mehr schließen konnte. Langsam drückte Salongo die Stahlspitze in den Augapfel. Osterbrück presste seinen Hinterkopf in den Dreck. Sein Atem ging hechelnd, seine Beine zuckten frenetisch, seine Hacken gruben sich in den Staub. Das Auge war elastisch und zuerst gab es dem Druck der Messerspitze nach. Doch dann durchstieß das Messer die Augenhornhaut und drang tief in den Augapfel.

»Es fühlt sich an, als ob ich in eine unreife Dattel stechen würde«, sagte Salongo lachend zu den anderen.

Osterbrück schrie und hoffte, dass er bald bewusstlos werden würde.

»Das ist genug. Zieh das Messer wieder aus seinem Auge«, kommandierte Chibala. Er ging auf die Knie und beugte sich ganz nah über das Gesicht des Agenten.

»Woher wusstet ihr von uns?«

Salongo löste den Druck seiner Oberschenkel, und der Agent schüttelte seinen Kopf. Doch er bereute die Bewegung sofort. Durch das Schütteln flossen Augendotter und Blut aus der Augenhöhle. Er hätte niemals gedacht, dass Schmerzen so fürchterlich sein konnten. Salongo zog den Kopf des Agenten an den Haaren an und eine schwabbelige Flüssigkeit sickerte aus dem Auge in seinen Mundwinkel. Osterbrück hyperventilierte, sein Puls raste. Gurgelnd spuckte er die weiteren Worte aus.

»… uns wird nie … gesagt … welche Quelle … wird uns nie gesagt.«

»Ich glaube dir nicht«, sagte Chibala.

Plötzlich rammte Salongo die wuchtige Messerklinge bis zum Anschlag in das Herz des Agenten. Der stechende Schmerz war das Letzte, was Osterbrück noch registrierte. Unkontrolliert zuckte der gefesselte Agent. Dann erschlaffte sein Körper. Peter Osterbrück war erlöst.

»Du Idiot! Du solltest ihn doch noch nicht töten«, schrie Chibala.

»Aber Boss, du hast doch genickt. Ich dachte …«

Chibala schlug ihm die Faust ins pockennarbige Gesicht.

»Ich hab nicht genickt und hör gefälligst auf zu denken. Du bist zu blöd dazu.«

»Sorry für das Missverständnis.« Salongo stülpte seine blutenden Lippen nach außen, als er das Messer aus dem Körper des Agenten zog. Der Todesstoß war kein Missverständnis gewesen. Als Chibala den Deutschen nach der Quelle der Informationen ausfragte, hatte sich Salongo an den Abend vor ihrer Abreise nach Nairobi erinnert, an den spendablen und neugierigen Händler in Bosaso.

Ich habe im Suff zu viel gequatscht! Weiß dieser Agent deswegen von uns? Wenn Chibala das rauskriegt, bringt er mich um.

Chibala gab weitere Anweisungen. »Schmeiß den Kadaver in die Büsche. Wir kümmern uns jetzt um den zweiten Agenten.«

Salongo packte den Körper des Agenten am Fußgelenk und zog ihn wie ein totes Tier hinter sich her in das nächste Gestrüpp. Shark und Nadif, die während der ganzen Zeit dabeigestanden hatten, liefen zusammen mit Chibala zum Wagen. Sie fuhren mit dem Leihwagen des Agenten in die Stadt. Kurze Zeit später steuerte Shark den Wagen in Schrittgeschwindigkeit durch die Straße, in der das Versteck der Agenten war.

»Hier ist das Haus.« Nadif deutete auf das Gebäude, in dem sich die Agentenwohnung befand.

»Du wartest hier, während wir zu dritt reingehen«, sagte Chibala zu Shark. Dann wandte er sich an Salongo: »Und du hältst dich zurück.«

Leise schlichen die drei Somalier die Treppen hinauf. Es war zwei Uhr morgens. Niemand sonst war im Treppenhaus.

»Stinkt genauso nach Pisse wie bei uns«, flüsterte Nadif.

Chibala legte den Finger auf den Mund. Bisher war alles so, wie Osterbrück es gesagt hatte. Dann waren sie im oberen Stockwerk angekommen.

Der Riese zog den Schlüssel, den er dem toten Agenten abgenommen hatte, aus seiner Tasche und steckte ihn leise ins Türschloss.

KAPITEL 32

Nairobi, 28. Juli 2010

Jörg Becker konnte nur noch mit Mühe seine Augen aufhalten. Lustlos schmiss er das Sudoku-Rätsel in die Ecke und setzte sich aufs Bett. Die Zielpersonen amüsierten sich schon eine ganze Weile im Puff. Komisch, dass der Bordellbesuch so lange dauerte. Becker wartete darauf, dass sich Peter wieder meldete. Becker war dagegen, den Somaliern so dicht auf den Fersen zu bleiben. Schließlich hatten sie Wanzen an ihren Fahrzeugen angebracht. Doch Peter fand die Observierung aus der Ferne langweilig. Er wollte sich profilieren und fand es aufregend, möglichst engen Kontakt zu den Kriminellen zu halten. Becker hatte nachgegeben.

Obwohl sie wussten, dass der Anschlag bald stattfinden würde, hatte ihr Hauptquartier in Pullach beschlossen, noch abzuwarten. Durch die Observierung der Somalier erhofften sie sich Hinweise auf die Hintermänner des Anschlags. Vor drei Tagen waren die beiden Agenten vom luxuriösen Hotel in dieses Drecksloch umgezogen, um die Terroristen besser überwachen zu können. Die Ungeduld seines Kollegen konnte Becker gut verstehen. Auch er sehnte sich danach, endlich aktiv zu werden und die Somalier auszuschalten. Peter und er würden ein Attentat vereiteln und damit vielen Menschen das Leben retten. Eine Beförderung war nicht auszuschließen. Es war nur schade, dass ihre Arbeit geheim bleiben musste. Zu gerne hätte Becker sich als großer Retter in der Presse gesehen.

Ob er sich kurz hinlegen sollte? Nur für einige Minuten die Augen schließen? Vor einer Stunde hatte Peter die letzte Meldung abgesetzt. Sobald die Terroristen aus dem Puff kämen, würde Peter Bescheid sagen. Zudem würde die Wanze im Kleinbus der

Somalier anzeigen, wenn sie losfuhren. Becker zog die Schuhe aus und legte sich mit seinen Kleidern aufs Bett. Nur ein wenig entspannen. Kurze Zeit später fiel er in einen unruhigen Schlaf. Er träumte, dass er Geräusche hörte.

Plötzlich spürte er einen harten Druck auf seinen Mund. Gleichzeitig schlang sich etwas um seinen Körper. Er konnte seine Arme nicht mehr bewegen. Zuerst dachte er an eine Würgeschlange. Doch dann wurde das Licht eingeschaltet. Er sah das vernarbte Gesicht von Chibala vor sich. Die Hand des Hünen presste auf seinen Mund. Ein zweiter Schwarzer, der Agent erkannte Salongo, umklammerte seinen Körper. Eine dritte Person stand im Zimmer. Jörg Becker hoffte, einen schlimmen Albtraum zu haben. Doch so intensiv konnte kein Traum sein. Als Chibala die Hand wegzog, klebte der dritte Eindringling blitzschnell ein Klebeband über den Mund des Agenten.

»Guten Morgen, Geheimagent Jörg Becker«, sagte Chibala leise. Der Agent konnte den feuchtwarmen Knoblauchatem riechen. Chibala schob seine Faust in das Blickfeld des Agenten. Die Finger steckten in einem Schlagring. Vier kleine Metallnoppen schmückten den Ring. Dann schlug Chibala wuchtig und hart zu. Immer wieder. Das Gesicht des Agenten wurde zertrümmert. Es dauerte keine Minute, bis er bewusstlos war.

Langsam kam Jörg Becker zu sich. Sein ganzer Körper schmerzte. Vor allem aber das Gesicht.

Die Arme, ich kann sie nicht bewegen. Schmerzen! Bin ich gefesselt? Ahhh, der Überfall ... Scheiße! Wo ist Peter? Warum hatte er mich nicht vor den Terroristen gewarnt? Sie müssen auch ihn erwischt haben.

Becker spürte, dass er mit auf dem Rücken gefesselten Händen auf einem Stuhl saß. Er wollte die Augen öffnen, aber die Augenlieder waren zugeschwollen und schwer wie Blei. Nur mit Mühe gelang es ihm, sie einen Spalt weit zu öffnen. Er saß in einen fremden Raum. Das Licht war angeschaltet, es musste noch Nacht sein. Der Anführer der Terroristen saß vor ihm. Er setzte sich so auf den Stuhl, dass er seine Arme überkreuzt auf die Stuhllehne legen konnte. Dahinter standen weitere Personen.

»Schütte Wasser über seinen Kopf«, befahl Chibala einer schmächtigen Person. Becker erkannte Nadif.

Durch die kalte Dusche zuckte Becker zusammen und er kam vollständig zu sich. Die Schmerzen in seinem Gesicht waren mörderisch. Die Nase schien zertrümmert zu sein. Er konnte kaum noch durch sie atmen, doch er roch das Blut.

Aber der Mund, der Mund! Das Klebeband hatten sie ihm inzwischen abgezogen. Die Lippen hingen in Fetzen, die Schneidezähne schienen alle ausgeschlagen zu sein. Mit der Zunge tastete er vorsichtig über die scharfen Reste seiner Frontzähne, die sich mit kraterartigen Löchern abwechselten.

»Wo ... wo bin ich?«, fragte er langsam. Es war schwierig, mit eingeschlagenen Zähen zu sprechen.

Chibala stand auf und trat ihm gegen das Schienbein.

»Hier stelle ich die Fragen. Hast du verstanden?«

Der Agent nickte.

»Woher wusstet ihr von uns?«, fragte Chibala.

Becker dachte nach: *Sie haben uns gefunden ... Peter muss geredet haben ... ich muss die Wahrheit sagen.*

»Wir werden ... von unseren Vorgesetzten ... nur mit nötigen und relevanten Fakten, ahhhh ... versorgt.«

Chibala gab ihm eine schallende Ohrfeige. Beckers Kopf schien zu platzen.

»Verarsche mich nicht, Spion!«

»Woher ... Woher die Informationen kommen, wird uns nie gesagt. Für genau den Fall, wie er ... wie er jetzt vorliegt.«

Chibala donnerte dem Agenten seine Faust auf die Nase. Ein hässliches Knirschen erfüllte den Raum. Becker wurde vor Schmerz schwindelig. Er übergab sich.

»Der Spion kotzt uns die ganze Bude voll!«, schrie Shark angewidert. »Ich lass ihn nachher seine Kotze auflecken.«

»Woher wusstet ihr von uns?«, fragte Chibala.

»Ich kann mich nur immer … ahhh… wieder … Wir werden nie über … die Info in Kenntnis gesetzt.«

Diesmal krachte die Faust auf Beckers verletzten Mund. Es fühlte sich an, als ob glühende Nadeln in die offenen Wunden gestochen wurden. Der Schmerz zog bis in die Hirnschale. Prustend spuckte er Blut und Zahnsplitter aus, bevor er wieder sprach.

»Und wenn … du mich … mich totschlägst«, er konnte kaum noch sprechen, »ich kann … dir nichts … anderes sagen.« Er spürte, dass ihm bald die Sinne schwinden würden.

»Wie viele Wanzen habt ihr versteckt?«

»In euren Fahrzeugen … jeweils eine … Wanze.«

»Wisst ihr von dem Zustand unserer Rakete?«

Becker nickte. Er hatte nicht die Kraft, zu lügen. »Durch Richtmikro … Sie ist euch … runter … und dadurch … beschädigt … Ihr braucht … braucht … Ersatzteil.«

Chibala wickelte das grausilberne Klebeband um den Kopf des Agenten. Diesmal über Augen und Ohren. Becker mochte sich nicht vorstellen, welche Schmerzen das Abziehen des Klebebands verursachen würde.

Salongo hatte die ganze Zeit im Hintergrund gestanden. Zuerst hatte er Angst gehabt, dass der Spion Hinweise auf den Händler in Bosaso geben würde. Aber der Agent schien tatsächlich nichts zu wissen.

»Seht euch sein Gesicht an«, sagte Nadif fasziniert. »Ab den Augen abwärts ist es nur noch eine breiige Masse aus Fleisch und Blut.«

»Was machen wir mit ihm?«, fragte Shark.

»Wir unternehmen morgen einen Ausflug in den Busch. Dort schneiden wir ihm die Kehle durch«, antwortete Chibala.

»Warum töten wir ihn nicht gleich?« Salongo spielte bei der Frage mit seinem Messer, an dem noch Blut klebte.

»Weil ich nicht mit einem stinkenden Kadaver im Zimmer schlafen will und jetzt bin ich zu müde, um rauszufahren«, sagte Chibala.

»Ich habe eine Idee.« Shark lächelte und zeigte sein Revolvergebiss. »Warum gönnen wir uns nicht einen kleinen Spaß mit dem Spion?«

»Spaß mit dem Spion?«, Salongos Neugier war geweckt. »Was meinst du damit?«

Shark erklärte seinen Plan.

»Mit gefällt deine Idee«, sagte Chibala anschließend.

In Erwartung eines außergewöhnlichen Schauspiels legten sich die Terroristen schlafen.

KAPITEL 33

Hongkong, 28. Juli 2010

Am Tag zuvor waren sie mit einem Frachtjumbo in München gestartet. Das erste Ziel war Hongkong. Da der Flug über zehn Stunden dauerte, hatte Alexander zwei Copiloten dabei. Somit konnte immer einer der drei Piloten während des Flugs in einer der beiden Kojen schlafen. Am Vormittag waren sie gelandet. Morgen Abend würden sie mit dem nächsten Frachtjumbo weiterfliegen. Erst über Taiwan, dann nach Nordosten, vorbei an Japan und über die Aleuten nach Anchorage in Alaska. Auf diesem Flug würden sie die Datumsgrenze überfliegen und damit eine Zeitreise unternehmen. Sie würden um 21 Uhr Ortszeit in Hongkong starten und in Anchorage um 15 Uhr Ortszeit des gleichen Tages landen. Zwei Tage später würden sie weiterfliegen. Chicago, New York und Los Angeles standen noch auf dem Plan. Der Flugumlauf würde sie einmal um die Welt führen. Elf Tage später, nachdem sie in München nach Osten abgeflogen waren, würden sie, aus Westen kommend, dort wieder landen.

Alexander kam sich vor wie ein Vagabund der Lüfte. So liebte er das Leben.

Inzwischen war es Nacht in Hongkong. Er saß er mit seinen beiden Kollegen unter freiem Himmel beim Essen in Kowloon.

»Noch dlei Tsingtao?«, fragte der Kellner.

»Was fül 'ne Flage.« Copilot Frank Gerstner äffte den Chinesen nach und hielt seinen Daumen grinsend hoch.

»Es ist verblüffend«, stellte Frank erstaunt fest. »Die Chinesen können das ›R‹ tatsächlich nicht aussprechen.«

Markus Höchberger, der zweite Copilot, lehnte sich zurück, streckte die Beine unter dem Tisch aus und strich sich über seinen gewölbten Bauch.

»Ahhhh. Zuviel gegessen. Ein Obstler wäre jetzt genau das Richtige zur Verdauung.«

»Den kannst du bei den Chinesen vergessen. Da kriegst du höchstens einen Reisschnaps«, frotzelte Frank.

Alexander lächelte. Wie unkompliziert das Leben doch war, wenn man nicht mehr als Geheimagent arbeitete. Er musste nicht mehr lügen. Er musste nicht mehr um sein Leben fürchten. Zufrieden schaute er sich um. Die Stadt pulsierte. Überall waren Menschen zu sehen. Lautes Stimmengewirr und Verkehrslärm bestimmten die Geräuschkulisse. Auch auf dem Wasser herrschte reges Treiben. Sie hatten von ihrem Platz eine gute Aussicht über Victoria Harbour auf Hongkong Island. Es wimmelte von Booten und kleinen Schiffen, die ständig zwischen dem Festland und der Insel hin und her stampften.

Jetzt, nachdem die Sonne untergegangen war, reflektieren sich die Lichter und Reklameanzeigen der Hochhäuser im aufgewühlten Fahrwasser. Alexander blickte über das Wasser und dachte an sein früheres Leben als Spion. In Bogotá hätte es ihn um Haaresbreite erwischt. Es war höchste Zeit geworden, sein Agentenleben an den Nagel zu hängen. Heiner hatte sich nach der Beendigung des Auftrags in Bogotá noch einmal gemeldet. Doch Alexander hatte ihm unmissverständlich klargemacht, dass es vorbei war mit dem Agenten Hartmann. Heiner hatte es endlich kapiert.

Ein Klingeln riss Alexander aus seinen Gedanken. Er schaute auf das Display seines Handys, stand auf und lief einige Meter zur Seite, um ungestört mit Valentina sprechen zu können.

»Hallo, mein Liebling«, sagte Alexander erfreut. »Was für eine schöne Überraschung.«

»Ich vermisse dich, und ich hatte Sehnsucht nach deiner Stimme. Außerdem habe ich eine wunderbare Idee.«

»Mit der Sehnsucht bist du nicht alleine, und auf deine Idee bin ich mächtig gespannt.«

»Alex, du wirst es nicht glauben.«

»Was nicht glauben?«

»Nun ja, was ich gemacht habe.«

»Was hast du gemacht?«

»Ach Liebling, es ist so aufregend.« Valentina liebte es, ihn auf die Folter zu spannen.

»Also gut, Schatz, du hast es geschafft. Ich platze vor Neugier.«

»Nun ja, ich habe ein paar Anrufe gemacht, und ob du es glaubst oder nicht, es wird funktionieren.«

»Tatsächlich? Und was wird funktionieren?«

»Aaaalso, der Kurs an der Uni, der in einer Woche anfangen sollte, findet nicht statt. Einige andere Termine konnte ich verlegen. Wenn du nach Hause kommst, hast du ja für eine Woche frei. Die Wettervorhersage klingt vielversprechend … Alex, Liebling, wir können endlich in die Dolomiten zum Klettern. Ist das nicht wunderbar?«

Schon seit Längerem planten sie eine Klettertour mit Übernachtung auf einer Hütte, doch bisher war immer etwas dazwischengekommen. Mal passte das Wetter nicht, dann musste Alexander arbeiten, oder Valentina hatte keine Zeit.

»Das ist ja großartig. Moment, lass mich kurz überlegen … am sechsten August lande ich morgens in München. Dann brauche ich erst mal ’ne Mütze voll Schlaf, doch am nächsten Tag können wir losziehen.«

»Ja genau. So stelle ich mir das vor. Ach, Liebling, ich bin so happy. Ich werde gleich ein Zimmer beim Hüttenwirt buchen.«

Sie sprachen noch für ein paar Minuten, dann verabschiedete sich Alexander und ging zurück zu seinen Kollegen.

»Hey, du strahlst ja über beide Ohren. Das muss ein guter Anruf gewesen sein.«

»Oh ja. Das war es.«

»Wir besprechen gerade den weiteren Verlauf des Abends. Da gibt es einige Bars, die auf unseren Besuch warten.«

»Ich werde gleich zum Schlafen ins Hotel zurückgehen. Ihr müsst die Bars ohne mich aufsuchen.«

»Ja, ja. Das Übliche«, maulte Markus.

»Wie meinst du das?«

»Du gehst doch kaum noch mit deinen Kollegen aus.«

»Ich sitze gerade mit euch hier.«

»Das ist vielleicht eine rühmliche Ausnahme. Meistens behauptest du, eine Besprechung als Destinationskoordinator zu haben.

»Das bringt der Zusatzjob nun mal mit sich.«

»Die Gerüchteküche brodelt. Es wird über dich gesprochen.«

»Was wird über mich gesprochen?«

»Dass mit dir irgendetwas nicht stimmt. Du verheimlichst uns was. Das sieht sogar ein Blinder.«

»Wie kommt ihr auf so eine Schnapsidee?«

»Komm schon, Alex! Verkauf uns nicht für blöd. Du gehst deinen Kollegen aus dem Weg.«

»Stimmt!«, bestätigte Frank. »Neun Monate lang bist du ständig nach Bogotá geflogen. Nicht ein einziges Mal hast du dich mit deinen Copiloten zum Essen oder zu einem Drink getroffen.«

»Ich hatte öfter mit der Stationsleiterin und ihren Managern Geschäftsessen. Die Station lief verdammt schlecht. Wir mussten eine Lösung finden.«

»Du hattest in Bogotá jeden Abend ein Geschäftsessen?«

»Natürlich nicht. Aber während meine Kollegen den ganzen Tag faulenzen konnten, musste ich arbeiten. Deswegen war ich abends meist müde.«

»Alex!« Frank beugte sich leicht nach vorne. »So schlecht kann eine Station ja gar nicht laufen, dass du für neun Monate ständig dahin fliegen musstest.«

»Genau!«, bestätigte Markus. »Außerdem fliegen wir schon seit Jahren so gut wie immer mit voller Ladung aus Bogotá raus.«

»Einige Kollegen behaupten inzwischen, du seist ein Industriespion und würdest versuchen, die Konkurrenz auszuschalten, damit wir ein weiteres Flugzeug einsetzen können. Dein Job als Destinationskoordinator ist nur eine Tarnung.«

Alexander war erstaunt, wie nahe sie damit der Wirklichkeit kamen.

»Sag schon«, forderte Frank. »Was hast du dort gemacht? Wir wollen es wissen.«

»Da gibt es nichts zu wissen.«

Der Kellner kam zurück an den Tisch. Da Frank sein Bier schon fast leergetrunken hatte, wollte er eine neue Runde bestellen.

»Für mich nicht«, sagte Alexander. »Wie ich schon sagte, ich gehe jetzt zurück ins Hotel.«

»Schade. Du wirst viel verpassen.«

»In Anchorage gehen wir zusammen aus. Versprochen. Ich kenne da ein Restaurant, das euch gefallen wird.«

Alexander zahlte seine Rechnung und stand auf. »Vielleicht sehen wir uns ja zum Frühstück. Ansonsten morgen Abend zum Check-in für den Flug nach Alaska.«

Als Alexander zum Hotel zurücklief, dachte er an das Gespräch. Natürlich hätte er mit seinen Copiloten in Bogotá ausgehen können. Aber er war davon ausgegangen, dass Carlos ihn beschatten würde, und Alexander wollte seine Kollegen nicht in Gefahr bringen. Es war ihm nicht bewusst gewesen, dass seine Copiloten die soziale Abschottung als äußerst ungewöhnlich registrierten.

Doch jetzt war das alles vorbei. Alexander war nun kein Agent mehr. Ein ganz normales Leben lag vor ihm, ein Leben mit Valentina. Nichts in der Welt konnte ihrer Liebe noch im Weg stehen, glaubte er.

KAPITEL 34

Kenia, 29. Juli 2010

Es war noch dunkel, als Shark und Nadif aufstanden. Damit sie die anderen beiden Somalier nicht weckten, schlichen sie leise in die Küche, um dort Rührei zu braten.

»Er scheint noch bewusstlos zu sein«, bemerkte Nadif, als er auf den Gefangenen schaute.

»Hoffentlich erholte er sich gut. Er soll heute Abend bei Kräften sein.« Shark konnte das Schauspiel kaum erwarten.

Chibala kam gähnend aus dem Schlafzimmer. Er musste sich bücken, als er durch die Tür schritt.

»Wann geht ihr los?«

»Gleich. Wir essen nur noch fertig.«

Shark kannte in Eastleigh einen Wildhüter, der reiche Somalis durch die Nationalparks führte. Von ihm erhofften sich die Terroristen die nötigen Informationen für ihr grausames Spiel. Doch zuerst mussten sie noch ihren Mitsubishi-Kleinbus vom Bordellparkplatz abholen. Den Wagen der Agenten würden sie anschließend irgendwo am Rand der Stadt abstellen.

»Und vergesst nicht, dass wir spätestens um 12 Uhr losfahren wollen. Wenn ihr den Wildhüter bis dahin nicht gefunden habt, dann schneiden wir dem Deutschen ganz einfach die Kehle durch«, sagte Chibala.

»Keine Sorge. Wir werden rechtzeitig zurück sein.«

Nachdem Shark und Nadif das Appartement verlassen hatten, legte sich Chibala wieder hin. Er dachte an Baakir und an den Grund ihres Aufenthalts in Nairobi. Es sollte nicht mehr lagen dauern, bis er seinen Freund umarmen konnte.

Drei Stunden später saßen Chibala und Salongo beim Frühstück. Der Agent fing an zu stöhnen.

»Unser Freund wacht auf.« Die Somalier blickten in die Ecke, in der ihr Gefangener lag.

»Sollen wir ihn füttern, damit er nachher nicht so schwach ist?«, fragte Salongo in tiefem Ton.

»So wie seine Fresse aussieht, kann ich mir nicht vorstellen, dass er Nahrung zu sich nehmen kann«, meinte Chibala.

Die Eingangstür wurde aufgeschlossen, Shark und Nadif kamen gutgelaunt herein.

»Wir waren erfolgreich.«

»Wo sind sie?«, fragte Chibala.

»Bringt die Karte. Ich zeige euch, wo wir hinfahren müssen.«

Sie räumten den Tisch ab und breiteten die Karte aus. Shark kratzte sich an seinem rotweißen Turban und schaute für einen Moment angestrengt auf die Karte.

»Hier.« Er klopfte mit dem Zeigefinger auf die Karte. »Am Rande vom Amboseli-Nationalpark hält sich das Rudel zurzeit auf. Die Touristen werden heute zu den Elefanten auf der anderen Seite fahren. Uns wird niemand stören.«

Chibala schaute auf seine Armbanduhr. »In zwanzig Minuten fahren wir los.«

»Sollen wir den Geländewagen nehmen?«, fragte Shark seinen Boss.

»Mit dem Agenten sind wir zu fünft, und wir haben einige Stunden Autofahrt vor uns. Wir nehmen den Bus. Da haben wir mehr Platz.«

Salongo zog den Spion vom Stuhl und legte ihn auf den Boden. Damit nicht gleich jeder sehen konnte, was sie nachher in ihr Fahrzeug einluden, wickelte Salongo eine schwarze Plane um den Körper des Gefangenen.

»Was ... habt ihr vor?«, stammelte Becker.

»Halts Maul und halt still, sonst kriegst du wieder eins in die Fresse«, sagte Salongo.

Die Straßen um Nairobi waren verstopft. Obwohl sie keine 150 Kilometer fahren mussten, waren sie über fünf Stunden unterwegs. Inzwischen bewegten sie sich in Schrittgeschwindigkeit auf dem schmalen, mit Schlaglöchern übersäten Buschweg. Nachdem die Stadt endlich hinter ihnen lag, hatte Salongo den Gefangenen aus der Plastikplane herausgeschält. Nun saß der Spion mit auf dem Rücken gefesselten Händen hinter dem Fahrersitz auf dem Boden. Das Klebeband um Beckers Augen hatte Salongo auch abgerissen. Schön langsam, damit Hautfetzen auf der Klebestelle hängenblieben.

Salongo und Nadif saßen auf der Rückbank, den Gefangenen zu ihren Füßen. Sie verkeilten sich im Bus, um sich so wegen der heftigen Schaukelbewegungen abzustützen.

»Wir hätten doch den Geländewagen nehmen sollen«, sagte Shark, als er den Mitsubishi vorsichtig um die Schlaglöcher lenkte. Dann sackte der Bus heftig in eine Spurrille. Der Gefangene kippte zur Seite und krachte mit dem Kopf vor Salongos Füße. Der Somalier lachte abfällig und trat dem Spion ins Gesicht.

»Es wird bald dunkel«, bemerkte Chibala, der auf dem Beifahrersitz saß.

»Sie müssen hier irgendwo sein«, sagte Shark und kratzte sich an seinem Turban. Er war stolz auf seine Idee und hoffte, die Tiere bald zu finden.

»Stopp!« Chibala zeigte auf eine Baumgruppe. »Da sind sie.«

Sie stiegen aus, und Salongo zerrte den Agenten aus den Wagen.

»Dreh dich um.«

Mit einem schnellen Hieb durchtrennte der Somalier den Kabelbinder, mit dem der Agent gefesselt war. Gleichzeitig schnitt das Messer tiefe Wunden in die Handgelenke. Blut tropfte über die Finger des Spions auf den Boden. Chibala stellte sich vor den Agenten. »Du bist frei, und du bekommst eine Waffe.«

Achtlos schleuderte der Riese einen Stock von einem Meter Länge vor Becker auf den Weg. »Lauf um dein Leben.«

Der Agent war übel zugerichtet. Sein Gesicht war nur noch eine Masse aus blutigem, blau-gelb geschwollenem Fleisch. Sein Körper war übersät mit Prellungen und Schnittwunden.

Umständlich, wie ein alter Mann, bückte er sich nach dem Stock. Dann torkelte er los. Immer wieder schaute er zurück zu den vier Somaliern.

»Er glaubt, wir schießen ihn in den Rücken«, bemerkte Shark amüsiert.

»Wie lange er wohl braucht, um die Hyänen zu entdecken?«, fragte Salongo. Sein Blick wanderte dabei zu der kleinen Tiergruppe, die faul unter einigen Bäumen lag. Die ersten Tiere stellten bereits ihre Ohren auf und hielten ihre Nasen in die Luft.

»Sie riechen das Blut«, rief Shark begeistert.

»Kommt, wir fahren näher ran.«

Sie stiegen in den Bus und folgten dem Geheimagenten. Das Gelände war flach, und sie konnten in langsamer Geschwindigkeit durch das Savannengras fahren. Der Spion blieb plötzlich wie angewurzelt stehen.

»Er hat sie gesehen«, sagte Shark aufgeregt. Der Spion lief weiter. Schneller diesmal.

Die ersten Hyänen standen auf. Einige der Tiere streckten sich. Andere stießen ihre markanten, langen Rufe aus, die dann in einen hohen, kurzen und abrupten Abschluss übergingen.

»Die Jagd geht los!« Salongo rieb sich in freudiger Erwartung die Hände.

In gemächlichem Trott bewegten sich die Hyänen von schräg hinten auf ihr Opfer zu. Die Erregung der beginnenden Jagd erfasste die Tiere. Ihre Bewegungen wurden schneller, ihre Fresslust erwachte.

Der Spion machte einen gehetzten Eindruck.

»Er sucht nach einem Versteck.«

»Da hat er Pech. Außer Gras und ein paar Büschen gibt es hier nichts.«

Dann war es so weit. Eine der Hyänen setzte zum Angriff an. Der Agent schlug mit dem Stock zu. Die Hyäne wich aufheulend zurück.

»Der Bursche ist zäh«, bemerkte Shark.

Doch nun fielen die anderen Hyänen über den Agenten her

und rissen ihn zu Boden. Ihr wildes Knurren und Gekreische ließ ihren Fressrausch erahnen. Augenblicke später rissen sie die ersten Fleischfetzen aus dem Rumpf des Agenten.

Die Somalier warteten in etwa 20 Metern Entfernung in ihrem Bus. Nach zehn Minuten fuhren sie ganz nah ran an die Stelle des Kampfes. Die Hyänen wichen unter heftigem Protest zögerlich zurück. Da es nun dunkel wurde, beleuchtete Shark mit dem Scheinwerfer die Überreste von Jörg Becker.

»Die Hälfte des Körpers ist schon weg.« Salongos Augen leuchteten.

KAPITEL 35

Pullach, 2. August 2010

Der Wind peitschte Nieselregen durch die frühe Nacht. Das konnten sie aber nicht sehen, da das abhörsichere Beratungszimmer keine Fenster hatte. Die Stimmung im Raum war jedoch genauso deprimierend wie die trostlose Nacht.

Erhard Unsleber, der Präsident des BND, knallte zornig den roten Plastikordner auf den Tisch.

»Wie konnte es so weit kommen?«

Betroffenes Schweigen. Außer dem Präsidenten waren noch sein Vize Markus Kühnlein und zwei Abteilungsleiter anwesend. Krisensitzung war angesetzt. Der Präsident gab das Wort an seinen Vize.

»Herr Kühnlein, fassen Sie das Problem noch einmal zusammen.«

Der Vize nickte und fing an:

»Genau genommen haben wir es mit drei Problemen zu tun. Erstens: Wir haben einen Maulwurf in unseren Reihen. Das Resultat sind zwei tote Agenten. Wir wissen noch nicht, wo wir bei der Suche nach dem Leck ansetzen sollen. Zweitens: Uns, also der BRD, steht ein Anschlag großen Ausmaßes direkt bevor. Allerdings wissen wir so gut wie nichts über die Hintergründe. Wir kennen weder das exakte Ziel noch den genauen Zeitpunkt des Anschlags. Drittens: Irgendjemand hat der Presse einen Tipp gegeben.«

Der Präsident stand auf und lief wie ein gereizter Tiger im Raum auf und ab. »Peter Osterbrücks Leiche zeigte Spuren der Folter. Von Becker fehlt noch jede Spur. Doch es dürfte klar sein, dass auch Agent Becker nicht mehr am Leben ist.«

Betroffenes Nicken der Anwesenden. Der Präsident nahm

seine Brille ab und putzte sie gedankenverloren mit seiner Krawatte.

»Beim Geheimdienst ist nichts mehr geheim. Bringen Sie mir Vorschläge, meine Herren. Ich will etwas hören, was uns weiterbringt. Fangen wir mit dem Maulwurf an … Herr Hochstetter, der Maulwurf fällt in Ihr Resort. Erklären Sie mir doch bitte, wie es so weit kommen konnte.«

Jürgen Hochstetter, Leiter der BND-Eigensicherung, war dafür verantwortlich, Verrat in den eigenen Reihen auszuschließen.

»Viele Mitarbeiter haben Zugang zu den Akten. Es wird schwer werden, die undichte Stelle zu finden.«

»Ist das so?« Die Stimme des Präsidenten klang herausfordernd. »Wir haben doch genügend Sicherheitsnetze, wie Sie ja selbst vor wenigen Wochen noch gesagt haben. Erinnere ich mich richtig? Waren Sie es nicht, der mir zusagte, dass alle unsere Mitarbeiter den von Ihnen selbst entwickelten Persönlichkeitstest durchlaufen haben und absolut …«

»Ja, aber …«

Der Präsident schlug wütend auf den Tisch. »Fallen Sie mir nicht ins Wort!«

Eingeschüchtert und mit leicht trotzigen Augen blickte Hochstetter seinen Boss an. Nach kurzem Schweigen sprach der Präsident in verärgertem Ton weiter.

»Haben Sie mir nicht gesagt, dass Sie für unsere Mitarbeiter die Hand ins Feuer legen? Herr Hochstetter, wie es aussieht, haben Sie sich gerade kräftig die Finger verbrannt.«

Hochstetter räusperte sich. »Ich hatte die Situation falsch eingeschätzt.«

Der Präsident stütze sich mit den Händen auf dem Tisch ab. Drohend blickte er auf den sitzenden Hochstetter hinunter.

»Sie haben die Situation falsch eingeschätzt? Ist Ihnen klar, dass Ihre Fehleinschätzung zwei unserer Agenten das Leben gekostet hat? Wir sollten vielleicht mal Ihr tolles psychologisches Testverfahren unter die Lupe nehmen. Es hat versagt … Sie haben versagt!«

Heiner Mayerhofer, Leiter der Abteilung für internationalen Terrorismus und organisierte Kriminalität, versuchte, das Gespräch wieder auf die eigentlichen Probleme zu richten.

»Herr Präsident, Sie können versichert sein, dass wir gerade auf Hochtouren an der Aufklärung arbeiten. Ich habe großes persönliches Interesse an Antworten, die beiden Agenten kommen schließlich aus meiner Abteilung ...«

»... und aus meiner Behörde«, feuerte der aufgebrachte Präsident zurück. »Was glauben Sie denn, was für ein politischer Druck gerade auf mich ausgeübt wird. Der Chef des Bundeskanzleramtes sitzt mir im Nacken. Er fordert Erklärungen. Die Presse hat Wind davon bekommen und ist nur noch schwer zurückzuhalten. Meine Herren, diese Sache könnte zum größten Desaster in der Geschichte des BND werden. Wir brauchen Lösungen, und zwar schnell!«

Der Präsident setzte sich. »Herr Mayerhofer, bringen Sie uns auf den neuesten Stand.«

Heiner strich mit den Fingern durch seinen dichten Bart, stand auf und ging zum Beamer. Dann fing er mit seinem Vortrag an. Das erste Bild erschien an der Wand. Es zeigte eine Aufnahme der somalischen Hafenstadt Bosaso.

»Ein Agent vom CIA ist schon vor über einem Jahr in Bosaso eingeschleust worden. Seine Aufgabe ist es, Aktivitäten der Piraten zu beobachten und weiterzugeben. Vor kurzem ist dieser amerikanische Agent auf einen unserer Freunde aufmerksam geworden ...«

Das nächste Bild zeigte einen bedrohlich wirkenden, riesigen Somalier in einer zerschlissenen Uniform. Eine wulstige Narbe durchzog seine rechte Wange und ließ sie wie einen zerfurchten Bergrücken aussehen. Die pechschwarzen, stumpfen Augen wirkten angsteinflößend.

»Darf ich vorstellen«, theatralisch zeigte Heiner mit offener Hand auf das Großbild an der Wand. »Chibala! Einer der erfolgreichsten Piraten Somalias. Er hat im April dieses Jahres seine komplette Crew beim Überfall auf den deutschen Frachter

MS Taipan verloren. Der Frachter wurde 500 Kilometer vor der somalischen Küste überfallen. Das alleine zeigt schon die ausgefeilte Organisation der Piraten. Zum Glück war das holländische Kriegsschiff Tromp in der Nähe und hat den Notruf der Taipan aufgenommen. Die Holländer griffen sofort ein. Fünf der Piraten wurden erschossen und die restlichen zehn überwältigt. Chibala selbst konnte wegen einer Verletzung am Fuß nicht bei dem Überfall dabei sein. Leider. Hinter diesen Mann sind die Anti-Piraten-Kräfte schon lange her.«

Heiner drückte wieder die Fernbedienung. Nun war ein Bild der gefangenen Piraten zu sehen.

»Deutschland stellte einen Auslieferungsantrag an die Holländer. Die zehn Piraten erwarten nun in Hamburg ihren Prozess. Der CIA-Agent in Bosaso beobachtete Chibala. Seit dem missglückten Überfall bis vor etwa einem Monat verhielt sich der Pirat unauffällig. Dann wurde er wieder aktiv. Offenbar suchte er eine neue Crew zusammen. Diesmal hatte er allerdings nur drei Somalier um sich geschart. Das ist sonderbar. Für einen Überfall auf ein Schiff werden für gewöhnlich deutlich mehr Piraten angeheuert. Chibala und seine kleine Crew haben sich mehrere Tage intensiv besprochen. Dann hat sich die Gruppe aufgeteilt, und Chibala hat mit einem der Piraten die Stadt verlassen.«

»Wie kam der Agent an diese Informationen?«, fragte der Präsident.

»Er soff mit dem Piraten.«

Das nächste Bild zeigte einen untersetzten pockennarbigen Somalier mit wulstigen Lippen und einer riesigen Zahnlücke. Mit seinen breiten, hängenden Schultern wirkte er wie ein Ochse.

»Das ist Salongo. Ein ehemaliger Söldner, der seine Leben als Pirat verbrachte. Er hat wenig Hirn, aber umso mehr Muskeln. Er ist dafür bekannt, kompromisslos und mit äußerster Brutalität Befehle auszuführen.«

»Und was hat der CIA-Agent von Salongo erfahren?«

Heiner nickte zufrieden. Er hatte ungeteilte Aufmerksamkeit. Die Wut seines Chefs hatte sich in Neugier gewandelt.

»Das Ergebnis ist verblüffend und erschreckend zugleich. Es geht nicht etwa um einen weiteren Piratenüberfall. Sie planen einen Anschlag auf eine deutsche Einrichtung in Nairobi. Genaueres wusste Salongo nicht. Er hat auch von einem Dealer in Dubai erzählt. Inzwischen wissen wir, dass es sich um einen gewissen Ahmed handelt. Chibala scheint in engem Kontakt mit diesem Araber zu stehen.«

Heiner nahm einen Schluck Wasser und sprach weiter. »Chibala ging mit Nadif, dem jüngsten der Piraten, nach Libyen, um von einem Oberst aus Gaddafis Armee MILAN-Raketen zu kaufen. Salongo und der vierte Mann aus der Gruppe, Dufu, genannt Shark, hatten den Auftrag, am nächsten Tag mit Chibalas Geländewagen nach Nairobi aufzubrechen. Dort sollten sie ein Appartement anmieten und einen Kleinbus kaufen. In Nairobi hat sich die Gruppe zwei Wochen später wieder getroffen.«

»Haben die Terroristen die Raketen bekommen?«

»Ja. Unsere Agenten haben erfahren, dass die Startschiene der Raketenanlage beim Transport jedoch beschädigt wurde. Ahmed wurde damit beauftragt, das Ersatzteil zu besorgen.«

»Haben Sie eine Einschätzung über den Zeitpunkt des Anschlags?«

»Schwer zu sagen. Die Beschädigung ihrer Waffe scheint die Terroristen nicht sonderlich zu beunruhigen. Nach den mir vorliegenden Erkenntnissen vermute ich, der Anschlag ist für Ende August geplant.«

»Wie viele deutsche Einrichtungen gibt es in Nairobi?« Der Präsident putzte sich bei der Frage wieder die Brille.

»Neben der Botschaft gibt es einige deutsche Schulen sowie Stiftungen und Institute. Außerdem sind dort zahlreiche deutsche Firmen ansässig. Insgesamt gibt es 56 denkbare Ziele, die sich für einen Terroranschlag eignen würden.«

»Fliegt eine deutsche Airline nach Nairobi? Könnte ein Anschlag auf ein Flugzeug geplant sein?«

»Skytrain fliegt von Frankfurt aus mehrmals die Woche nach

Nairobi. Aber die MILAN ist eine Boden-Boden-Rakete. Sie eignet sich nicht zum Abschuss eines Flugzeugs.«

»Also können wir das zumindest ausschließen.« Der Präsident wirkte erleichtert. »Erzählen Sie uns von der Rakete.«

»Es handelt sich um die Panzerabwehrrakete MILAN ADT-ER. Das Ziel wird mit einem Wärmezielgerät anvisiert. Entwickelt zur Panzerabwehr, wird die MILAN aber auch gegen Bunker und Brücken eingesetzt. Die Rakete hat die ungeheure Durchschlagskraft von zwei Metern Stahlbeton oder einem Meter Panzerstahl. Es gibt nicht viel, was dieser Rakete standhalten kann.«

Heiner zeigte ein kurzes Video von Abfeuerung und Einschlag einer MILAN-Rakete in ein stillgelegtes Fabrikgebäude. Fassungslos starrte der Präsident auf das Bild der Zerstörung. Das ganze Gebäude fiel in sich zusammen. Umherfliegende Steine prasselten im Umkreis nieder, dichter Staub hüllte das Geschehen ein. Augenblicke später lichtete sich der Staub. Nur noch eine Ruine war stehengeblieben.

»Mein Gott, wenn diese Rakete in die Botschaft einschlägt, dann bleibt außer Trümmern nichts mehr übrig.«

Der Vize Markus Kühnlein meldete sich zu Wort: »Welches Motiv haben die Terroristen für ihren Anschlag?«

»Es geht um Erpressung.« Heiner schaute dabei in die fragenden Augen der Anwesenden. »Chibala will seine Piratencrew, vor allem aber Baakir, seinen treuen Gefährten, freipressen.«

»Wer ist dieser Baakir?«, fragte der Präsident.

»Er ist so etwas wie ein Blutsbruder von Chibala. Der Terrorist würde alles tun, um Baakir zu befreien.«

»Bedeutet das, wir können mit den Terroristen verhandeln? Dann ist die Lage doch nicht so aussichtslos, wie ich angenommen hatte.«

Heiner schüttelte seinen Kopf. »Das stimmt nicht ganz.«

»Warum nicht?«

»Es wurden nie Forderungen an die Bundesrepublik gestellt. Ahmed soll der Zwischenhändler für die Verhandlungen sein.

Eine Kontaktaufnahme zur deutschen Regierung hat bisher aber nicht stattgefunden.«

Der Präsident schaute verwirrt. »Was heißt das?«

»Wir wissen es noch nicht.«

»Meinen Sie, der Anschlag wird stattfinden?«

»Wenn wir uns die aufwendige und teure Vorbereitung betrachten, muss ich davon ausgehen.«

Der Präsident holte tief Luft. »Herr Mayerhofer, ich hoffe, Sie haben einen Vorschlag, wie wir weiter vorgehen sollen.«

»Nun ja, solange wir den Maulwurf nicht gefunden haben, können wir keinen weiteren Agenten nach Nairobi schicken.«

»Also Aufklärung mit Satelliten?«

»Das würde uns in diesem Fall nicht weiterbringen.«

»Kriegen Sie die Sache wieder unter Kontrolle?« Der Präsident zog bei der Frage skeptisch seine Augenbrauen hoch.

Heiner zögerte einen Augenblick und spielte nachdenklich mit den Fingern an seinem Bart. Er hatte eine waghalsige Idee. Doch noch musste erhebliche Überzeugungsarbeit geleistet werden. Ob die Idee funktionieren würde, stand in den Sternen. Aber der Chef wollte eine Antwort.

»Ja, ich kriege die Sache wieder unter Kontrolle.«

Erhard Unsleber nickte zufrieden. Er drehte sich zu Hochstetter.

»Und Sie, Herr Hochstetter, finden den Maulwurf.«

»Natürlich, Herr Präsident. Ich werde Sie nicht enttäuschen.«

»Nicht schon wieder enttäuschen, meinen Sie wohl.«

Inzwischen war es drei Uhr früh. Die anderen Teilnehmer der geheimen Besprechung waren längst zuhause. Nur Heiner war noch da. Er saß in seinem Büro in Pullach und arbeitete an einer Strategie. Die Voraussetzungen waren mehr als ungünstig. Allerdings kam ihm zugute, dass die Somalier ein Ersatzteil brauchten. Es gab nur einen Agenten, der für diesen Auftrag wirklich geeignet war. Ein Agent, der nicht in den Unterlagen des BND geführt wurde und damit für den Maulwurf unsichtbar war.

Aber dieser Agent hatte sich zur Ruhe gesetzt. Heiner saß noch weitere zwei Stunden an seinem Schreibtisch und recherchierte. Dann schaute er überrascht auf seinem Bildschirm.

Mit dieser Information hab ich dich in der Hand. Es tut mir leid, mein Junge, ich fürchte, ich muss dich erpressen.

Ein trauriges Lächeln umspielte sein müdes Gesicht. Heiner hatte ein schlechtes Gewissen. Aber hier ging es um deutlich mehr als um ein schlechtes Gewissen. Hier ging es um viele Menschenleben. Sein Plan nahm Gestalt an. Nun brauchte er allerdings noch grünes Licht von einem mächtigen Mann. Dem einzigen Mann, der das Gesetz auf legale Weise beugen konnte. Die codierte E-Mail ging an den Bundesstaatsanwalt.

KAPITEL 36

München, 6. August 2010

»Cargoflight 765, wind 230 with 12 knots, cleared to land runway 26 left.«

Der Fluglotse gab den Piloten die Landefreigabe. Der routinierte Copilot Frank Gerstner setzte den schweren Jumbo nach elf Stunden Flugzeit in München sanft auf die Bahn 26 links auf. Sie kamen aus Los Angeles und waren froh, nun wieder zuhause zu sein. Während sie auf ihre Parkposition auf dem Vorfeld des Frachtbereiches rollten, räumte Markus Höchberger, der auf dem Beobachtersitz saß, die Flugdokumente weg. Die letzte Checkliste wurde gelesen, Alexander füllte das technische Logbuch aus. Eine halbe Stunde nach der Landung war er in seinem verbeulten Passat auf dem Weg in sein Appartement in Garching.

Während der Fahrt rief er Valentina an. »Guten Morgen, Schatz. Soeben gelandet. In einer Stunde bin ich bei dir.«

»Beeil dich. Ich bin verrückt nach dir.«

Alexander fuhr – viel zu schnell – erst in seine Wohnung. Koffer auspacken, duschen, frische Kleider anziehen und dann zu Valentina nach Freising. Er kam gerade aus der Dusche und rubbelte seine Haare trocken, als das Handy klingelte. Nackt eilte er zum Telefon und schaute auf das Display. Zögernd nahm er das Gespräch an.

»Hallo, Alexander, nach meinen Informationen bist du gerade in München gelandet.«

»Guten Morgen, Heiner, du hast also immer noch Einblick in meine Einsatzplanung bei Cargoflight.«

»Natürlich. Wir zahlen ja auch noch dein Gehalt.«

Daran hatte Alexander nicht gedacht. »Das muss schnellstmöglich geändert werden.«

»Ich muss dich sprechen.«

»Nein!«, sagte Alexander bestimmt. »Solltest du versuchen, mir einen neuen Fall einzureden, brauchen wir uns nicht weiter zu unterhalten.«

»Alexander. Lass uns ...«

»Ich habe dir ganz klar gesagt, dass meine Entscheidung unumstößlich ist.«

»Stimmt. Aber es gibt da etwas, was du wissen musst.«

»Ich muss nur wissen, dass ich kein Agent mehr bin. Und nun hör auf, mich zu bedrängen. Ich wünsche dir einen schönen Tag.«

»Warte! Es geht darum, dich zu schützen.«

»Mich zu schützen? Das ist nicht nötig.«

»Du weißt nicht, worum es geht.«

»Heiner, ich bin raus aus dem Agentengeschäft. Deswegen gibt es auch keine Bedrohung mehr für mich.«

»Eine Bedrohung kann von völlig unerwarteter Seite kommen.«

»Also gut. Du hast fünf Minuten. Erzähl mir, um was es geht.«

»Ich sage es dir unter vier Augen.«

»Nein. Du sagst es mir jetzt am Telefon oder gar nicht.«

»Es ist streng vertraulich und es wird länger als fünf Minuten dauern.«

»Nein!«

»Valentina würde es nicht gefallen, wenn sie dich für lange Zeit nicht mehr sehen könnte.«

»Was zur Hölle soll das bedeuten?«

»Genau das will ich dir ja erklären.«

Alexander seufzte. »Wie lange würde es dauern?«

»Eine halbe Stunde.«

»Und danach habe ich meine Ruhe vor dir?«

»Wenn du es möchtest.«

»Also gut. Eine halbe Stunde. Wir können uns heute Abend um 19 Uhr in Freising treffen. In dem Restaurant, das wir schon öfters für Besprechungen genutzt haben.«

Auf der Fahrt zu Valentina überlegte Alexander, wie er sein Treffen mit Heiner vor ihr verheimlichen konnte. Er hasste es, sie anzulügen. Zwanzig Minuten später war er bei ihr. Sie nahmen sich in die Arme und küssten sich.

»Komm!« Sie führte ihn an der Hand ins Esszimmer. »Schau, was ich vorbereitet habe. Das richtige Frühstück für einen Frachtpiloten.«

Es duftete nach frischem Brot und Pfefferminztee, nach Obst und Gemüse. Dünne Dampfschwaden zogen aus dem Teekessel.

»Alex«, ganz sanft strich sie dabei mit ihren Fingern über seine Wange. »Du kannst dir gar nicht vorstellen, wie sehr ich mich auf unsere gemeinsame Woche freue.«

»Sehr gut kann ich mir das vorstellen. Mir geht es ja genauso.«

Als sie mit dem Frühstück fertig waren, gingen sie ins Wohnzimmer, um ihre Klettertour für den nächsten Tag zu besprechen.

»Du hast ja schon alles vorbereitet.« Alexander sah die Ausrüstung in der Ecke des Wohnzimmers liegen. Helme, Seile, Klettergurte, Karabiner ... alles, was man zum Klettern brauchte.

»Weil ich es nicht mehr erwarten kann. Wir müssen die Sachen morgen früh nur noch in den Wagen laden und dann düsen wir los. Komm her, lass uns die Tour auf der Karte anschauen.«

Nachdem die Tour besprochen war, konnte Alexander kaum noch die Augen offen halten. Der Jetlag schlug mit voller Wucht zu. Sein Biorhythmus war noch auf LA eingestellt. Dort war es jetzt drei Uhr früh.

»Liebling, ich muss ein paar Stunden schlafen.«

»Ich weiß. Du bist bestimmt hundemüde.«

»Ach ja, ein alter Freund hat sich bei mir gemeldet. Er möchte mich dringend sehen. Ich treffe ihn heute Abend für eine halbe Stunde in der Stadt. Anschließend komme ich gleich wieder zu dir zurück.«

»Alex, du weißt doch, dass du deine Freunde auch zu mir bringen kannst.«

»Ich weiß.« Er küsste sie auf die Stirn. »Aber ich glaube, Heiner möchte lieber ungestört mir mit sprechen. Sieht so aus, als ob er Beziehungsprobleme hätte.«

Es tat weh, den Menschen, den man am meisten liebte, anzuschwindeln. Aber das war wohl der Preis, den ein ehemaliger Geheimagent zahlen musste. Außerdem lag er mit dem Argument »Beziehungsprobleme« gar nicht so falsch. Schließlich ging es um so etwas wie eine geschäftliche Beziehung. Alexander würde heute Abend sicherstellen, dass Heiner das Ende dieser Beziehung ein für alle Mal akzeptierte.

Er legte sich in ihr Bett. Wie abgesprochen, weckte Valentina ihn einige Stunden später. Sie kuschelte sich zu ihm und holte ihn mit sanften Küssen aus dem Schlaf. Ihre Finger glitten über seinen Körper. Zärtlich knabberte sie an seinem Ohr.

»Hallo, Schatz. Du wolltest jetzt aufwachen.«

Sie liebten sich und alberten im Bett herum. Dann schaute Alexander auf die Uhr. »Mist! Ich muss mich beeilen.«

30 Minuten später erschien Alexander in dem Restaurant, das Heiner und er als Treffpunkt vereinbart hatten. Heiner saß schon an einem Tisch in der Ecke.

»Hallo, Alexander, schön, dich wiederzusehen.«

»Das Gleiche kann ich nicht behaupten.«

»Tu mir den Gefallen und höre mir die nächsten Minuten zu, ohne mich zu unterbrechen. Habe ich dein Wort darauf?«

Alexander seufzte. »Ja, ja. Helfen wird es dir aber nichts.«

»Ich weiß. Ich kenne deine Situation und respektiere deine Entscheidung. Trotzdem möchte ich dir einiges erzählen.«

»Bringen wir es hinter uns. Hoffentlich bereue ich nicht, mit dir hier zu sitzen.«

»Es gibt ein ernsthaftes Problem in Nairobi. Ein Terroranschlag gegen eine deutsche Einrichtung wird gerade vorbereitet. Ich übertreibe nicht, wenn ich sage, dass wahrscheinlich Hunderte von Menschenleben in Gefahr sind.«

Alexander funkelte Heiner an und wollte ihm gerade ins Wort fallen. Heiner hob abwehrend die Hand.

»Stopp! Du hast mir dein Wort gegeben, mich nicht zu unterbrechen.«

Alexander verschränkte seine Arme. »Du vergeudest unsere Zeit.«

Heiner fuhr unbeirrt fort. »Wir haben eine undichte Stelle in der Behörde. Ein Maulwurf in den eigenen Reihen. Zwei Agenten wurden als Resultat dessen letzte Woche in Nairobi ermordet.«

»Das tut mir leid.«

»Wegen des Verräters können wir im Moment keine weiteren Agenten nach Nairobi schicken.«

Alexander lehnte sich zurück. Er ahnte, worauf das Gespräch hinauslief. »Bevor die beiden Agenten umgebracht wurden, konnten sie noch einige interessante Details in Erfahrung bringen. Der Anschlag wird mit einer MILAN-Rakete durchgeführt. Beim Transport der Rakete ist allerdings ein Waffenteil zu Bruch gegangen. Die Terroristen brauchen Ersatz dafür.«

»Du wolltest mir etwas von einer Bedrohung für mich erzählen. Was du mir da gerade sagst, interessiert mich nicht.«

»Alexander, dieser Fall ist von äußerster Wichtigkeit. Du wärst als Frachtpilot bestens geeignet, um den Terroristen das Ersatzteil zu beschaffen. Auf diese Weise könntest du dich in ihr Vertrauen schleichen und Informationen über die Hintermänner erfahren.«

»Und mein eigenes Leben würde wegen des Maulwurfs ebenfalls bald beendet sein.«

»Nein. Eben nicht. Du wirst nicht in den offiziellen Akten geführt. Ich bin der Einzige in der Behörde, der von dir weiß. Für den Maulwurf bist du unsichtbar.«

»Ach, sieh an. So ist das also. Ja, wahrscheinlich würde der Verräter nichts von mir wissen. Wahrscheinlich wäre ich für ihn unsichtbar ... Wahrscheinlich! Aber wie du weißt, bin ich aus dem Geschäft raus und somit erübrigt sich jede weitere Diskussion. Zudem hattest du heute Morgen gesagt, dass es um mich geht. Darum, mich zu schützen. Du hast mich reingelegt, um mich zu diesem Gespräch an den Tisch zu bringen.«

»Alexander. Tu mir den Gefallen und nimm diesen Auftrag an. Ich appelliere an deine patriotische Verantwortung. Das bist du mir schuldig.«

Alexander lehnte sich wütend nach vorne.

»Patriotische Verantwortung? Erzähl den Mist unseren korrupten Politikern, die sich doch allesamt im Lobbyismus suhlen. Und schuldig bin ich dir schon gar nichts.«

»Du hast Recht. Das war dumm von mir gesagt. Aber wir brauchen dein Alibi als Frachtpilot, wir brauchen deine Anonymität und wir brauchen deine Fähigkeiten. Alexander! Nur mit dir können wir an die Hintermänner rankommen. Nur mit dir können wir viele Menschenleben retten.«

»Nichts zu machen.«

Alexander stand auf, um zu gehen. »Die Rechnung übernimmst du. Das bist du mir schuldig.«

»Warte. Da gibt es noch etwas, was du wissen musst.«

Mit ernstem Gesicht und fordernder Stimme sprach Heiner weiter.

»Setz dich wieder hin. Bitte. Jetzt erzähle ich dir von der Gefahr, in der du schwebst.«

KAPITEL 37

Nairobi, 6. August 2010

»Wir müssen aus Eastleigh abhauen!«, sagte Chibala nach dem Mord an den beiden Spionen zu seinen Mitstreitern. »Zuerst entfernen wir die Wanzen aus unseren Fahrzeugen und dann suchen wir sofort ein neues Versteck.«

Innerhalb weniger Tage fanden sie einen geeigneten Unterschlupf. Diesmal machten sie nicht den Fehler, sich zu registrieren. Sie wohnten nun illegal, so wie viele, die hier lebten.

Kibera war der größte Slum der Welt. Über eine Million Menschen lebten hier zusammengepfercht auf der Fläche einer Kleinstadt. Sie fanden ein verkommenes Gebäude im Randbereich zu dem Slum. Das Haus war eines der letzten gemauerten Häuser, bevor sich ein unüberschaubares Chaos von Blech- und Lehmhütten ausdehnte. Chibala überzeugte den Hausbesitzer mit dem mächtigen Argument von Geld. Der Besitzer räumte das einstöckige Haus und zog mit seiner Familie bei Verwandten ein. Die grob gemauerten Außenwände waren von Rauch und Ruß schwarzgefleckt. Die Fensterrahmen passten weder in der Form noch in der Farbe zusammen und der beißende Geruch von verbranntem Müll war allgegenwärtig. Der verdreckte Wassergraben vor dem Haus wurde als Abwasserkanal benutzt. Die stinkende Brühe schimmerte im Morgenlicht. Plastiktüten, Essensreste, Bananenschalen und anderer Unrat bedeckten die steile Uferböschung und das Wasser. Eine brüchige Betonbrücke führte über den Graben zu dem Haus. Auf dem Hinterhof konnten die Terroristen ihre Fahrzeuge unter einem Blechverschlag verstecken.

Ahmed hatte Chibala bestätigt, dass die Deutschen es im Moment nicht wagten, weitere Agenten zu schicken. Trotzdem war

Chibala vorsichtig. Gegen eine weitere Überwachung mit einem Richtmikrofon wusste er sich zu schützen.

»Dreh die Musik auf, wir müssen reden«, sagte Chibala. »Beat it« von Michael Jackson tönte blechern aus dem Radio. Die Somalier achteten darauf, weit weg vom Fenster im Hintergrund der Küche zu sitzen. Es war später Vormittag und sie frühstückten Rührei mit Schinken und Ketchup. Obwohl Salongo den Mund noch voll hatte, stopfte er sich einen weiteren überfüllten Löffel mit der Pampe in den Mund. Dabei schnaufte er laut durch seine behaarte Nase.

»Hey Salongo, du prustest ja wie ein Nilpferd. Die Musik als Hintergrundgeräusch könnten wir uns schenken«, meinte Shark.

»Halt's Maul, sonst klatsche ich deinen verdammten Turbanschädel an die Wand«, würgte der stiernackige Somalier hervor. Rührei spritzte in kleinen Brocken aus Salongos Mund.

Chibala hieb mit der flachen Hand auf den Tisch. »Wir müssen reden, habe ich gesagt. Damit meinte ich nicht euer Gequatsche über schnaubendes Fressen.«

Die beiden Streithähne verstummten.

»Der Zeitpunkt des Anschlags ist bald da«, erklärte Chibala.

»Und auf was feuern wir?«, fragte Shark.

»Auf ein Flugzeug.«

»Ein Flugzeug? Ich dachte, mit der MILAN kann man keine Flugzeuge in der Luft abschießen.«

»Nicht in der Luft. Aber ein Flugzeug ist ja auch vollbesetzt, bevor es abhebt.«

Die Somalier grinsten, während Chibala weitersprach. »Ich werde jetzt mit Nadif zum Flughafen fahren. Wir suchen eine geeignete Stelle für ein freies Schussfeld mit der Rakete.«

»Und was machen wir beide?« Shark deutete mit dem Kinn in Richtung des immer noch kauenden Salongos.

»Ihr wartet hier auf weitere Anweisungen.«

Mit dem Mitsubishi fuhren sie los. Der schmächtige Nadif saß am Steuer, sein Boss auf der Beifahrerseite. Er kramte das

Telefon aus der Jackentasche und wählte Ahmeds Nummer. Ohne Begrüßung kam Chibala gleich auf den Punkt. »Was ist mit den Verhandlungen?«

Ahmed räusperte sich. »Auch dir einen wunderbaren guten Morgen.«

»Lass den Quatsch und beantworte meine Frage.«

»Ich stehe in engem Kontakt mit den deutschen Verhandlungsführern. Natürlich geben sie vorerst nicht nach. Es wird zäh werden.«

»Das heißt also, sie lassen sich nicht erpressen und werden Baakir nicht freilassen?«

»Kann sein.«

»Dann müssen wir den Anschlag wohl durchführen?«

»Im Moment sieht es danach aus. Ich versuche, die Deutschen umzustimmen.«

»Mach ihnen klar, dass wir es ernst meinen.«

»Glaubst du, ich bin ein Anfänger?«

»Wann kommt das Ersatzteil?«, fragte Chibala. »Wir haben nicht mehr viel Zeit dafür.«

»Ich habe eine kleine Änderung vorgenommen und eine komplett neue Startschiene gekauft.«

»Warum nicht eine neue Lenkelektronik, so wie ich es gesagt habe?«

»Weil ich sichergehen wollte, dass ihr eine funktionierende Raketenanlage habt. Wer weiß, was sonst noch bei eurem Missgeschick beim Ausladen beschädigt wurde.«

»Wann trifft die Startschiene hier ein?«

»Das ist ein anderes Problem. Ich hatte einen Sudanesen beauftragt, die MILAN von dem libyschen Oberst Hasana Kiwanika zu kaufen und mit dem Auto zu dir nach Nairobi zu bringen.«

»Mit dem Auto durch den Sudan? Bist du bescheuert? Das Land befindet sich mitten im Krieg.«

»Das ist mir klar. Aber der Plan war gut.« Ahmed erzählte, wie der Schmuggel der MILAN-Rakete hätte erfolgen sollen. »Leider ist der Kurier dennoch erwischt worden.«

»Ich habe große Lust, dir die Knochen zu brechen.« Chibala konnte seine Wut kaum noch unterdrücken.

»Mach dir keine Sorgen. Die Kosten der verlorenen Rakete trage ich. Am Ende werde ich die Deutschen dafür zahlen lassen. Verstehe das als ein Zeichen dafür, dass ich an eine erfolgreiche Freipressung deiner Freunde glaube.«

»Du Idiot! Es geht um Wichtigeres als um die Bezahlung der Rakete. Wenn wir uns an den Zeitplan halten wollen, muss das Ersatzteil bald hier sein.«

»Ich suche gerade nach einer Möglichkeit, eine neue Startschiene nach Nairobi zu bringen.«

»Dann beeile dich gefälligst.« Stinksauer legte Chibala auf.

Inzwischen waren sie am Airport angekommen. Für eine Weile beobachteten sie das geschäftige Treiben. Dichter Verkehr herrschte auf der Straße zum Terminal.

»Und jetzt?«, fragte Nadif.

»Wir fahren an der Umzäunung des Flughafengeländes entlang und suchen uns ein freies Schussfeld für die Rakete.«

Im Süden blockierte das Terminal die Sicht auf die Flugzeuge. Im Westen und Norden sah es nicht viel besser aus. Zu viele Gebäude standen dazwischen. Die Hallen ließen kaum Sicht auf die geparkten Flugzeuge zu. Und wenn keine Gebäude im Weg standen, dann versperrten mehrreihige Drahtzäune den Weg. Eine Stunde später musste Chibala ernüchtert feststellen, dass der Plan so nicht funktionieren würde. Wütend schmiss er die Karte in den Dreck.

»Scheiße! Auf den Bildern hat das ganz anders ausgesehen. Da gab es nicht so viele Gebäude und Zäune.«

»Und wenn wir das Ding durch die Zäune schießen? Es ist ja nur Maschendraht.«

»Die Rakete wird über den Lenkdraht gesteuert. Es besteht Gefahr, dass der sich an dem Zaun verfängt und dann würde die Rakete abstürzen. Nein! Es hilft nichts. Wir brauchen freies Schussfeld ohne Zäune dazwischen.«

»Im Osten gibt es keine Gebäude.«

»Aber das Terminal und das Vorfeld sind auf der südwestlichen Seite. Von der östlichen Flughafengrenze bis zum Vorfeld sind es schon über drei Kilometer. Dazu kommt der Sicherheitsstreifen, der von Soldaten bewacht wird. Zudem versperren auch im Osten Zäune ein freies Schussfeld. Nein, einen Anschlag von der östlichen Seite können wir vergessen.«

»Und wenn wir von einer Erhöhung schießen? Zum Beispiel vom Dach des Busses?«

Chibala schaute den schmächtigen Nadif anerkennend an. »Lass es uns überprüfen.«

Sie kletterten auf das Dach des Kleinbusses. Schnell erkannten sie jedoch, dass diese Möglichkeit auch nicht funktionieren würde. Der Mitsubishi war gerade mal zwei Meter hoch.

»Wir müssten zehn Meter und mehr in die Höhe gehen. Und selbst dann bestünde noch Gefahr, dass sich der Lenkdraht durch die geneigte Flugbahn in einem der Zäune verheddert.«

Enttäuscht kletterten sie vom Dach des Busses. Chibala beobachtete den Flughafen und überlegte, wie sie mit der Rakete doch noch ein Ziel finden könnten. Nadif schleuderte kleine Steine durch die Luft und blickte ihnen nach.

»Ja. So könnte es gehen«, sagte Nadif plötzlich und rannte um den Wagen herum. Er suchte die Karte, die Chibala in den Staub geworfen hatte. Aufmerksam studierte er sie.

»Was könnte so gehen?«

»Wenn wir nicht hoch genug kommen, um freies Schussfeld zu haben, dann lassen wir das Flugzeug hoch genug für die Rakete kommen.«

»Du meinst, wir sollten das Flugzeug in der Luft abschießen?«

»Genau.«

»Hast du nicht verstanden? Wir können keine Flugzeuge in der Luft abschießen. Die MILAN ist zu langsam dafür und außerdem haben wir nur eine Reichweite von drei Kilometern.«

»Augenblick.« Nadif eilte an die Heckklappe, zerrte den gefüllten 20-Liter Ersatzkanister hervor und drückte ihn Chibala in die Hand.

»Was soll das?«, fragte Chibala genervt.

»Ich demonstriere dir etwas.«

Nadif hob einen faustgroßen Stein vom Boden auf und stellte sich neben seinem Boss. »Ich werfe jetzt den Stein von uns weg. Du versuchst, den fliegenden Stein mit dem Kanister abzuwerfen.«

»Blödsinn. Das geht nicht.«

»Genau. Weil der Stein zu schnell fliegen und der Kanister nach wenigen Metern auf den Boden krachen wird.«

»Du nervst. Mit deinem Spiel zeigst du nur, was ich schon weiß.«

»Warte. Ich stelle mich nun fünf Meter vor dich und werfe den Stein in einen Bogen auf dich zu. Jetzt versuchst du, den Kanister vor dich zu halten und den Stein damit abzufangen.«

Nadif eilte einige Meter von Chibala weg. Als er sah, dass Chibala den Kanister in den Händen hielt, warf er den Stein. Mühelos hielt Chibala den Kanister hoch. Es machte »kling«, als der Stein auf den Kanister einschlug.

»Siehst du! Es funktioniert. Der Stein ist das Flugzeug, der Kanister die Rakete. Entfernung ist kein Problem, da das Flugzeug auf die Rakete zufliegt. Zielen und Treffen ist aus demselben Grund auch kein Problem.«

Chibala nickte. »Steig ein. Wir fahren in den Osten des Airports und überprüfen, ob deine Idee anwendbar ist.«

Zwanzig Minuten später parkten sie den Bus auf freien Feldern zwischen dem Dorf Mihango und dem Flughafen. Hier gab es keine Sicherheitszäune und keine Soldaten, die den Flughafen bewachten. Die Somalier schauten nach Westen auf das Flughafenterminal. Winzig klein erschienen die Flugzeuge, die dort geparkt waren. Chibala nahm das Fernglas mit integriertem Distanzmesser und beobachtete den Flughafen.

»Wir sind sechs Kilometer von den geparkten Flugzeugen weg.«

»Und wie weit sind wir von dem Ende der Runway entfernt?«

»Zweieinhalb Kilometer«, sagte Chibala, nachdem er das Ziel justiert hatte.

»Perfekt!«

Über eine Stunde lang beobachteten sie die abfliegenden Flugzeuge. Die großen Maschinen hoben alle sehr spät auf der vier Kilometer langen Startbahn ab und donnerten Augenblicke später über die Terroristen hinweg.

»Woher wissen wir, dass am Tag des Anschlages die Flugzeuge nach Osten starten? Ich kann mich daran erinnern, dass am Flughafen von Bosaso die wenigen Flugzeuge aus unterschiedlichen Richtungen gestartet sind«, stellte Chibala fest.

»Ja, ich erinnere mich. Ich glaube, das hängt mit dem Wind zusammen.«

»Finde es raus.« Sie fuhren zurück zu ihrer Unterkunft in Kibera. Nadif setzte Chibala ab. Da es in ihrem Haus keine Internetverbindung gab, fuhr er mit dem Kleinbus ins nächste Internetcafé. Zwei Stunden später kam er eilig zurück. »Es stimmt! Flugzeuge starten und landen immer gegen den Wind.«

»Es kann also sein, dass unser Flugzeug nach Westen startet«, meinte Chibala. »Das wäre schwierig für einen Anschlag, da gleich hinter dem Flughafengelände Wohngebiet anfängt. Wir hätten kaum freies Schussfeld.«

Nadif grinste. »Google hat mir mitgeteilt, dass hier in Nairobi der Wind fast immer verlässlich aus östlicher Richtung weht und deswegen ist die Startbahn 06 die Hauptstartbahn.«

»Und wir sind gleich auf der richtigen Seite für unsere Flucht nach Somalia«, stellte Chibala zufrieden fest.

KAPITEL 38

München, 6. August 2010

Alexander stand für einen Augenblick unentschlossen neben dem Tisch im Lokal, während Heiner mit hochgezogenen Augenbrauen und offener Hand auf den Stuhl deutete. »Bitte! Was ich dir jetzt sage, dürfte höchst interessant für dich sein.«

»Also gut. Du hast noch fünf Minuten.« Vorwurfsvoll klopfte Alexander auf seine Uhr und setzte sich seufzend hin.

»Beim Bundeskriminalamt haben sie ein neues Verfahren der Gesichtserkennung eingeführt. Sogar eine Sonnenbrille oder ein angeklebter Bart sind keine Hindernisse mehr. Mit diesem Verfahren rollen sie sehr erfolgreich alte Fälle auf.«

»Was interessiert mich das?«

»Das BKA ist seit einem Jahr dabei, ungelöste Banküberfälle zu überprüfen. Der Leiter der Sondereinheit, ein alter Freund von mir, hat eine ganz bestimmte Akte auf meinen Wunsch vorerst zurückgestellt. In dieser Akte sind drei Vorfälle aus dem Jahr 2005 zusammengetragen. Obwohl die Überfälle in verschiedenen Städten erfolgten, geht das BKA in allen drei Fällen von ein- und demselben Täter aus. Die Waffe, eine Walther P1, war keine echte Pistole. Nie wurde jemand damit verletzt. Allerdings wurde bei einer Verfolgung eine Frau von einem Polizisten aus Versehen in den Arm geschossen.«

Alexander war geschockt. Woher zur Hölle wusste Heiner von den Banküberfällen? »Warum erzählst du mir das?«

»Sagen wir mal, dieser Bankräuber würde einen Terrorakt verhindern. In diesem Fall hätte er sehr gute Chancen auf Straferlass.«

»Straferlass? Von wem?«

»Vom einzigen Mann im Land, der solche Deals machen kann. Vom Bundesstaatsanwalt.«

»Wie gut wären die Chancen des Bankräubers?«

»100 Prozent. Ein guter Freund von mir, ein Verfassungsrichter, hat mit dem Bundesstaatsanwalt gesprochen und der hat grünes Licht gegeben.«

»Ich muss schon sagen, du hast viele gute Freunde in wertvollen Positionen.«

»Ich bin auch schon viele Jahre im Geschäft.«

»Wann verjährt ein Banküberfall?«

»Nach 20 Jahren. Es dauert also noch.«

Alexander hatte plötzlich Angst. Was würde Valentina sagen, wenn er in den Knast müsste?

»Wenn dieser ehemalige Bankräuber nach Nairobi geht, wird er also Straferlass erhalten?«

»Nicht ganz. Der Bankräuber erhält Straferlass, wenn er die Hintermänner aufspürt und den Anschlag verhindern kann.«

»Das hört sich nach Erpressung an. Nicht gerade dein Stil.«

»Wie würdest du an meiner Stelle handeln?«

»Welche Strafe wird den Bankräuber erwarten, wenn er nicht nach Nairobi geht?«

»Bis zu fünf Jahre ohne Bewährung.«

Die Gefängniszeit störte Alexander weniger als die Tatsache, dass er damit Valentina verlieren würde. Ihr Moralverständnis würde niemals einen Straftäter als Lebenspartner dulden. Sie durfte nie von diesem Teil seiner Vergangenheit erfahren. Er sah nur eine mögliche Option. Und die war lebensgefährlich.

»Habe ich nach Nairobi Ruhe vor dir?«

»Du hast mein Wort darauf.«

»Ich traue deinem Wort nicht mehr.«

»Hast du eine Alternative?«

»Ich fürchte nicht. In fünf Tagen bin ich bereit.«

»Tut mir leid, keine Zeit. Vor einer Stunde habe ich bereits deinen Dienstplan bei Cargoflight ändern lassen. Du fliegst morgen früh um elf Uhr.« Heiner schob einen Memory-Stick zu Alexander. »Hier sind alle relevanten Informationen zu dem Fall.«

»Du warst dir wohl sehr sicher, dass du mich überreden kannst?«

»Ja.«

Mit zusammengekniffenen Lippen nickte Alexander. »Was genau soll ich in Nairobi machen?«

»Den Anschlag verhindern. Aber bevor du die Terroristen eliminierst, sollst du die Hintermänner ausfindig machen. Wir wollen das Problem an der Wurzel packen.«

»Ich habe verstanden.«

Heiner fasste Alexander am Arm. »Ich muss dich warnen. Es wird gefährlich werden.«

»Wird es das nicht immer?«

»Das stimmt. Doch dieser Fall hat eine besondere Brisanz.«

Alexander hatte ein ungutes Gefühl. Gab es so etwas wie eine Todesahnung?

»Heiner, woher weißt du von den Banküberfällen?«

»Ich arbeite beim BND. Informationen beschaffen gehört zu meinem Job.«

Wortlos nahm Alexander den Memory-Stick an sich und stand auf.

Als er das Lokal verlassen hatte, klappte er das Handy auf und checkte seine Textmeldungen. Tatsächlich, Nachricht von Crew Control. Eine Änderung. Morgen früh um elf Uhr war er für den Flug München-Nairobi eingeteilt.

Gedankenverloren stieg er in sein Auto.

Ist das Gerede mit der Gesichtserkennung und der Aufarbeitung alter Fälle eine Lüge? Hat Heiner geblufft? Das würde er doch nicht tun!

Alexander glaubte, Heiner richtig einschätzen zu können.

Fünf Jahre waren seit diesen verdammten Banküberfällen vergangen. Eine gefühlte Ewigkeit, in der Alexander so viel erlebt hatte, dass ihm seine kurze kriminelle Laufbahn wie aus einem früheren Leben erschien. In jenem Leben hatte ihn die Gier nach Geld beeinflusst. Inzwischen erschien es ihm absurd, dass er damals so einen Mist gebaut hatte. Und nun holte ihn seine kriminelle Vergangenheit ein. Valentina! Sie durfte nie davon erfahren.

»Hallo, Liebling. Ich habe schlechte Neuigkeiten«, sagte er, als er wieder bei ihr war. »Gerade habe ich eine Nachricht von Crew Control bekommen. Ich muss fliegen.«

»Wann?«

»Schon morgen.«

Sie blickte ihn einen Moment verwirrt an. Er konnte ihre Enttäuschung spüren.

»Du hast eine Woche frei. Deine Firma kann dich nicht in deiner Freizeit verplanen.«

»Leider doch. Als Destinationskoordinator gelten für mich nicht die üblichen Regeln. Es gibt Probleme in Nairobi. Aber das ist mein letzter Einsatz als Destinationskoordinator. Ich hänge den Job an den Nagel. Versprochen.«

»Sonderbar, ich war der Meinung, du hast mir dieses Versprechen schon vor einigen Monaten gegeben, nachdem du an der Station in Bogotá gearbeitet hattest.«

Alexander fuhr sich verlegen durch sein kurzes Haar. Er kam sich vor wie ein Betrüger. Das war er ja auch.

Valentina schaute traurig auf die gepackten Kletterrucksäcke.

»Unsere Bergtour können wir vergessen.«

»Wir verschieben sie. Oder du gehst alleine.«

Valentina schaute ihn überrascht an. »Alex, du Depp. Du weißt genau, dass man nie alleine klettern darf. Außerdem geht es mir nicht ums Klettern. Ich freute mich vor allem auf die Zeit mit dir.«

»Tut mir leid, Valentina. Ich werde es wiedergutmachen. Nachdem ich die Probleme in Nairobi gelöst habe, nehme ich mir Urlaub und bin ganz für dich da. Es wird alles anders. Vertraue mir.«

Sie schauten sich lange in die Augen. Dann strich sie ihm wieder mit ihren Fingern zart übers Gesicht.

»Ja, Alex, ich vertraue dir.«

Alexander legte sich früh schlafen. Ein anstrengender Tag wartete auf ihn. Valentina ging mit ihm zu Bett. Wie eine Katze schmiegte sie sich weich in seine Arme. Er spürte ihren sportlichen Körper, der eine wohlige Wärme ausstrahlte.

Sie vertraut mir und ich missbrauche ihr Vertrauen. Hab ich so eine Frau überhaupt verdient?

Mit schlechtem Gewissen schlief er ein.

KAPITEL 39

München, 7. August 2010

»Es geht um einen neuen Spionageeinsatz, hab ich Recht?« Begeistert rieb sich Sebastian Müller, der Flugbetriebsleiter von Cargoflight, die Hände, als Alexander sich setzte.

»Du hast wie immer Recht. Ich bin aber auch aus einem anderen Grund hier.«

»Schieß los, was kann ich für dich tun?« Sebastian lehnte sich in seinem Bürostuhl zurück und faltete die Hände über seinen wohlgenährten Bauch.

Er war der Einzige bei Cargoflight, der von dem Deal mit dem BND wusste. Der Flugbetriebsleiter fand Geheimniskrämerei aufregend, und mit großem Eifer sorgte er dafür, dass Alexander seinen Job als Geheimagent mit voller Unterstützung der Firma durchführen konnte. Da zudem der BND auch Alexanders Pilotengehalt zahlte, hatte der Flugbetriebsleiter den Vorteil, dass ihn sein Kapitän nichts kostete.

»Ich brauche vorerst vier Tage Aufenthalt in Nairobi. Gib mir wie üblich freie Hand und ich plane mit Crew Control meine Piloteneinsätze«, sagte Alexander.

»Wie üblich genehmigt.« Sebastian winkte Alexander über den Schreibtisch näher zu sich. Dann flüsterte er. »Um was geht es diesmal? Drogen? Waffen? Terrorismus?«

»Du weißt, dass ich nicht über meine Einsätze sprechen darf.«

»Komm schon, Alexander. Sag mir nur dieses eine Mal, um was es geht.«

Alexander schüttelte mit dem Kopf.

»Schon gut. Ich verstehe.« Mit gespielter Enttäuschung lehnte sich Sebastian zurück. »Topsecret!«

»Genau!«

»Und was ist der andere Grund, weswegen du noch hier bist?«
»Ich hänge meinen Nebenjob an den Nagel. Dieser Auftrag in Nairobi wird mein Letzter sein.«
»Bedeutet das, es wird keine geheimen Einsätze mehr geben?«
Alexander nickte.
»Und keinen Destinationskoordinator?«
Alexander nickte.
»Bedeutet das auch, dass der BND dein Pilotengehalt nicht mehr bezahlt?«
Alexander nickte wieder. Sebastian wirkte enttäuscht.
»Na gut. Ich muss nur wissen, ab wann ich dich auf unsere Gehaltsliste setzen muss.«
»Ich gehe davon aus, dass der Einsatz noch in diesem Monat zu Ende sein wird. Ich könnte also ab September von Cargoflight bezahlt werden. Ach ja, und Urlaub brauche ich auch dringend. Es haben sich ja genügend Tage in den letzten Jahren angesammelt. Wenn du einverstanden bist, nehme ich gleich einen ganzen Monat frei.«
»Ich bin einverstanden. Ich gebe ein Rundschreiben heraus, in dem ich deine Entscheidung vom Rücktritt als Destinationskoordinator ankündige.«
»Warte bitte damit, bis mein Einsatz in Nairobi zu Ende ist.«
»Ah! Ich verstehe. Die Tarnung muss aufrechterhalten werden, stimmt's?«
»Stimmt.«
Alexander stand auf und verabschiedete sich. Kurz darauf traf er im Briefingraum Sven Kleinhenz, seinen Copiloten für den Flug nach Nairobi.
»Hallo, Alex. Wie ich im Plan gesehen habe, bleibst du für vier Tage in Nairobi. Ich nehme an, du wirst die Station überprüfen.«
»Das hast du richtig erkannt.«
»Du kannst bestimmt Unterstützung gebrauchen. Ich wäre eine gute Hilfe.«
»Tatsächlich? Und wie würde deine Hilfe aussehen?«

»Ich könnte mein geistiges Potenzial einbringen und am Hotelpool bei einem Gin-Tonic darüber nachdenken, wie wir die Verspätungen in Nairobi in den Griff kriegen.«

»Vielen Dank für dein großzügiges Angebot. Du wärst bestimmt eine ausgezeichnete Hilfe. Ich befürchte nur, Crew Control würde nicht sehr erfreut sein.«

Sie grinsten sich an und gemeinsam arbeiteten sie die Unterlagen für den Flug durch. Eine Stunde später standen sie mit dem Jumbo auf der Startbahn 26 rechts.

»Cargoflight 752, wind 290, 8 knots, cleared for takeoff runway 26 right.«

Sven wiederholte die Startfreigabe und Alexander schob die Schubhebel nach vorne. Majestätisch hob der Jumbo ab.

Nachdem sie ihre Reiseflugfläche erreicht hatten, gab es für die Piloten nicht mehr viel zu tun. Alexander überprüfte auf dem Bildschirm die technischen Systeme und zog anschließend seinen Laptop aus der Tasche. Der Autopilot steuerte das Flugzeug. Gelegentlich musste Sven Änderungen in den Bordcomputer eingeben. Als »Pilot Monitoring« überwachte er zudem die Instrumente und bestätigte die Anweisungen der Fluglotsen. Alexander steckte den Memorystick in seinen Laptop. Heiners Informationen waren wie üblich sehr ausführlich. Schon bald wurde dem Agenten unbehaglich. Er war den Umgang mit Schwerkriminellen gewohnt. Sie waren fast alle skrupellos und brutal. Doch beim Anblick von Chibalas Foto fühlte Alexander eine Beklemmung. Seine innere Stimme riet ihm, sich vor dem Somalier in Acht zu nehmen.

Wie nehme ich am besten Kontakt zu den Terroristen auf? Sie wissen, dass der deutsche Geheimdienst informiert ist und werden gegenüber jedem Fremden, der sich ihnen nähert, misstrauisch sein. Ich muss es so hinkriegen, dass sie Kontakt zu mir aufnehmen. Aber wie soll ich das anstellen?

Dann kam ihm eine Idee. Über Satellitentelefon rief er Heiner an. Da Sven das Gespräch mithören konnte, musste Alexander zurückhaltend formulieren.

»Ich möchte in Nairobi eine Cessna 206 zur Verfügung haben. Kannst du das in die Wege leiten?«

»Geht in Ordnung. Ich halte dich per E-Mail auf dem Laufenden.«

Die Cessna 206 war eine Propellermaschine mit sechs Sitzen. Alexander hoffte, den Terroristen mit dem Flugzeug eine Option zur Flucht anbieten zu können und damit ihr Vertrauen zu erschleichen.

»Was willst du denn mit einer Cessna?«, fragte Sven.

»Ich muss vielleicht nach Mombasa fliegen. Dort haben wir ein weiteres Büro.«

»Und wer ist dieser Heiner?«

»Er arbeitet im After-Sales-Management. Wenn nötig, unterstützt er meine Arbeit als Destinationskoordinator.«

»Hast du in Nairobi auch so lange zu tun wie in Bogotá?«

»Ich hoffe nicht.« Alexander erkannte den zweifelnden Blick seines Kollegen.

Am frühen Abend landeten sie in Nairobi. Nachdem das Flugzeug auf der Parkposition zum Stillstand gekommen war, wurden die riesigen Bremsklötze unter die Reifen gelegt. Sobald die hohe Metalltreppe an die Eingangstüre geschoben worden war, strömte das Bodenpersonal herein. Die Flugzeugnase schwang hoch und die ersten Paletten rollten aus dem Bauch des Jumbos auf eine hydraulische Plattform. Auch die anderen Beladetüren wurden geöffnet. Die Kommandos des Lademeisters klangen laut über das Hauptdeck, es herrschte ein scheinbar wildes Durcheinander. Inzwischen stand ein Tanklaster unter der linken Tragfläche und ein Mechaniker schloss den Tankschlauch an, während zwei Ingenieure die technischen Systeme überprüften. Der Service erinnerte an den Boxenstopp eines Formel-1-Wagens. Nur mit dem Unterschied, dass es hier nicht um Sekunden ging. Die beiden Piloten arbeiteten die letzte Checkliste ab, verstauten die Flugdokumente und räumten ihre Taschen aus dem Cockpit. Bald würde die nächste Pilotencrew ankommen, um die Boeing 747 mit neuer Fracht nach Kinshasa zu fliegen.

Der stellvertretende Stationsleiter stieg keuchend die steile Treppe hoch in den »Buckel«, die obere Etage des Jumbos. Er schien überrascht, als er den Destinationskoordinator vor sich sah. Alexander fragte nach dem verantwortlichen Stationsleiter. Wie der Pilot angenommen hatte, war Joseph nicht da.

»Richte Joseph aus, dass ich ihn morgen Vormittag sehen will. Um zehn Uhr möchte ich vom Hotel abgeholt werden, um elf Uhr erwarte ich Joseph im Airportbüro. Wurde das verstanden?«

»Jawoll, Kapitän Hartmann.« Der Stellvertreter wirkte eingeschüchtert.

Alexander und Sven wurden zum Terminal gefahren. Zoll und Einreiseformalitäten waren schnell erledigt. Der Crewtransport, der sie zum Hotel fahren sollte, wartete bereits. 40 Minuten später standen sie im Intercontinental Hotel am Empfangstresen, um einzuchecken.

»Noch Lust auf einen Absacker?«, fragte Sven.

»Tut mir leid. Ich muss noch arbeiten.« Damit sagte Alexander nicht einmal die Unwahrheit. Nur sah die Arbeit ganz anders aus, als Sven sich diese vorstellte.

Alexander ging auf sein Zimmer, bestellte per Telefon über den Concierge ein Taxi, zog sich um und ging wieder nach unten. Allerdings nicht in die Hotellobby, weil er verhindern wollte, auf Sven zu treffen. Alexander lief zur Rückseite des Hotels und durch die Garage für die Angestellten zur Ausfahrt. Das Taxi wartete bereits.

»Ins Miami 2000«, bat Alexander den Fahrer. Die Terroristen waren untergetaucht. Doch die beiden Agenten hatten vor ihrer Ermordung noch herausgefunden, dass die Zielpersonen öfters im Miami 2000 verkehrten.

Die Diskothek befand sich im oberen Stockwerk des zweistöckigen Gebäudes. Die Musik war bis auf die Straße zu hören. Alexander ging die Treppe nach oben, vorbei an stinkenden Toiletten im ersten Stockwerk. Einige Schwarze standen auf der Treppe und unterhielten sich. Die Männer musterten den

Weißen argwöhnisch. Alexander wusste, dass er mit seiner ausgewaschenen Jeans, den Ledersandalen und dem schmutzigen schwarzen Polohemd, das über seiner Hose hing, schäbig wirkte. Er spielte den verschuldeten und versoffenen Frachtpiloten. Genau deswegen hatte er sich auch am Morgen nicht rasiert.

Vor der Damentoilette hatte sich eine Warteschlange gebildet. Lachend und schwätzend warteten die Frauen, bis sie an der Reihe waren. Trotz seines schmuddeligen Aussehens lächelten ihn die meisten Damen hoffnungsvoll an. Alexander ging ins obere Stockwerk. Musik dröhnte aus den altersschwachen Boxen. Das Miami 2000 war ein dunkler und dreckiger Schuppen. Gleich neben der Treppe zog sich eine Bar wellenförmig, einer Schlange gleich, an der Wand entlang. Die Tanzfläche davor war von Sitzgruppen umgeben.

Der Laden war gut besucht. Nur wenige Weiße waren unter den Besuchern. Ein Teil von ihnen vergnügte sich mit den Schönheiten von Nairobi.

Es roch nach Schweiß und verbrauchter Luft. Laserlicht durchschnitt die Dunkelheit. Infolge der hochfrequenten Lichtblitze erschienen die Tanzenden wie roboterhafte Wesen mit abgehackten Bewegungen.

Der Agent ergatterte einen Platz an der Bar, gleich neben dem Treppenaufgang. Hier war die Musik nicht ganz so laut, man konnte sich gerade noch unterhalten. Alexander orderte ein Tusker, das örtliche Bier. Er brauchte einige Minuten, um sich an dieses Schummerlicht zu gewöhnen, doch Gesichter waren auch dann schwer zu erkennen. Der Agent positionierte sich so, dass er den Treppenabgang im Blick hatte. Jeder, der auf die Toilette ging, musste neben ihm vorbeilaufen. Gestalten wie Chibala oder Salongo würden ihm auffallen.

»Hallo, Süßer. Warum so alleine?«

»Hallo, Süße. Wie es aussieht, bin ich jetzt nicht mehr alleine.«

Alexander spendierte der jungen Frau ein Bier. Schnell kamen sie ins Gespräch. Alexander wusste, dass es hier viele Prostituierte gab. Er als Europäer war eine beliebte Beute bei den

Damen, die sich ihr Taschengeld aufbessern wollten. Diese Tatsache machte er sich zunutze.

»Was bringt dich nach Nairobi?«

»Ich bin Frachtpilot. Kennst du den Jumbo?«

»Nein, kenn ich nicht. Hört sich aber groß an.«

»Oh ja. Der Jumbo ist das größte Flugzeug der Welt. Vorhin erst habe ich die Kiste hier in Nairobi gelandet.«

»Was fliegst du so durch die Gegend?«

»Alles.«

»Alles?«

»Natürlich. Es gibt nichts, was ich nicht transportiere. Heute hatte ich zum Beispiel einen riesigen Stromgenerator für eine Farm an Bord.«

»Bei dir scheint alles so groß zu sein.«

»Du hast es erkannt, mein Täubchen.«

»Ich mag Piloten, bei denen alles groß ist.«

Alexander spielte den Angeber. Mit lauter Stimme erzählte er von seinen Heldentaten. Weitere Prostituierte wurden auf ihn aufmerksam. Er war spendabel und bald umringt von Frauen, die ihm fasziniert und lachend zuhörten. Lebhaft imitierte er mit seinen Händen Flugbewegungen, sein Publikum hing an seinen Lippen. Er erzählte von Triebwerksbränden, von Gewitterflügen und von wild gewordenen Pferden im Frachtraum.

»Willst du nicht die Nacht mit mir verbringen?«, hauchte ihm eine hübsche junge Frau ins Ohr.

»Liebend gerne. Aber ich bin total abgebrannt und muss erst wieder meine Kasse im Spielkasino auffüllen.«

Keine der Zielpersonen war bisher aufgetaucht. Nach zwei Stunden schlenderte Alexander mit einer Flasche Bier in der Hand durch die Disco. Sein Kopf bewegte sich im Rhythmus der Musik. Seine freie Hand stopfte er in die Hosentasche. Er benahm sich so, als ob er eine Frau für die Nacht suchte. Er stierte vor allem zu den Damen, die auf den Sitzgruppen lungerten. Tatsächlich schaute er sich aber nach den Somaliern um. Ein Hüne wie Chibala würde selbst in dem schlechten Licht auffallen. Nach seinem Rundgang musste Alexander einsehen, dass die Terroristen nicht da waren. Enttäuscht ging er zurück zum Hotel.

Das Spielkasino, das zum Hotel gehörte, befand sich im selben Gebäude. Etwa dreißig Menschen tummelten sich an den Tischen und versuchten ihr Glück. Alexander war froh, seine Spielsucht schon lange besiegt zu haben. Jetzt war er hier, um seine Tarnung aufzubauen. Er spielte. Wenn er gewonnen hatte, stieß er einen Freudenschrei aus und rammte seine Faust in Siegerpose in die Luft. Wenn er verlor, was meistens der Fall war, dann schlug er aus Wut mit der Hand auf den Tisch und fluchte laut vor sich hin. Er verspielte knapp hundert US Dollar beim Black Jack und beim Roulette. Einmal, nachdem er wieder beim Roulette verloren hatte, schmiss er sein volles Weinglas wütend auf den Boden. Das Abendkleid einer Asiatin wurde dabei bespritzt. Viele empörte Augenpaare richteten sich auf ihn. Alexander tat so, als ob es ihm egal wäre und lief zum nächsten Tisch.

»Entschuldigen Sie bitte.« Ein Angestellter hatte sich genähert. Es war ihm sichtbar peinlich, Alexander zurechtzuweisen.

»Was willst du, Nigger?«

»Andere Gäste haben sich beschwert. Wenn Sie sich weiterhin so benehmen, muss ich Ihnen Hausverbot erteilen.«

»Du bist wohl nicht ganz bei Trost! Weißt du überhaupt, mit wem du gerade redest?«

»Es tut mir leid. Wir haben unsere Regeln.«

»Ihr habt tatsächlich Regeln? Ich pfeife auf eure Regeln. Außerdem bin ich sowieso blank. Ihr Verbrecher habt mir die letzte Kohle aus der Tasche gezogen und auf mein Zimmer darf ich ja nicht anschreiben.«

Alexander mochte sich nicht vorstellen, was Valentina sagen würde, wenn sie ihn so sehen würde. Schwankend, den angetrunkenen Idioten spielend, verließ er das Kasino durch den Verbindungsgang ins Intercontinental Hotel. Jeder der Anwesenden, insbesondere das Personal, würde sich an ihn erinnern.

KAPITEL 40

Nairobi, 8. August 2010

Nervös zog Joseph an seiner Zigarette, während er übermüdet die Statistiken der letzten Monate durchforstete. Der Stationsleiter hatte die ganze Nacht in seinem Büro gearbeitet und der neue Tag war längst angebrochen.

Es gab nicht so viele Flugverspätungen hier in Nairobi, dass eine Überprüfung gerechtfertigt war. An der Auslastung konnte es auch nicht liegen. Die Bäuche der Frachtflugzeuge waren während der Hauptsaison bis auf den letzten Platz mit Rosen gefüllt. Wussten sie in München von den Schmiergeldern, die Joseph annahm? Die Blumenzüchter wollten langfristige Zusagen für den Transport ihrer Rosen nach Europa. Sie waren bereit, gut für so einen Vertrag zu zahlen. Es lag in Josephs Hand, mit welchen Züchtern die Verträge geschlossen wurden. Und jetzt war der Destinationskoordinator plötzlich hier. Es war zum Kotzen! Warum waren diese scheiß Deutschen immer so misstrauisch?

Bis vor drei Jahren war Joseph ein kleiner Abteilungsleiter für Cargoflight in Nairobi gewesen. Er hatte mit seiner Frau und den beiden Kindern in einer mickrigen Mietwohnung gelebt. Seine Frau arbeitete auf dem Gemüsemarkt, damit sie sich das Auto leisten konnten. Dann kam das Glück und Joseph wurde zum Stationsleiter befördert. Seitdem lebten sie in paradiesischen Verhältnissen. Über Nacht war er anerkannt und respektiert in der Gesellschaft von Nairobi. Cargoflight zahlte ein kräftiges Gehalt und die Nebengeschäfte, die seine Position ihm ermöglichte, verdreifachten dieses Einkommen. In Afrika war Korruption ein lukratives Geschäft, doch jetzt schien das alles bedroht. Gestern Abend hatte ihn sein Stellvertreter informiert.

Dieser verfluchte Kapitän Hartmann war zu einer Überprüfung nach Nairobi gekommen. Natürlich hätte Joseph nach der Landung der Maschine am Airport sein müssen, um einen reibungslosen Service zu garantieren. Doch sein Stellvertreter war darin genauso gut wie er selbst. Joseph hatte seine Zeit lieber für eine sinnvollere Tätigkeit verwendet.

Hätte er auf das Geschäftsessen gestern Abend verzichten sollen? Auf 4 000 Dollar Schmiergeld, das ihm vom Chef eines Fuhrunternehmens in einer Serviette gewickelt über den Tisch geschoben worden war? Die Schmiergeldzahlung war doch nichts Schlechtes. Schließlich hatte der Fuhrunternehmer nun mit seinen sieben Lastwagen für das nächste halbe Jahr einen Vertrag mit Cargoflight und damit eine sichere Einnahmequelle. Aus Erfahrung wusste Joseph, dass jeder Mensch käuflich war. Es war nur eine Frage des Preises. Wie viele Geldscheine wohl nötig sein würden, damit der Destinationskoordinator sich Scheuklappen aufsetzen ließ? Joseph schaute unruhig auf die Uhr. Kapitän Hartmann würde bald eintreffen.

Um 09:30 Uhr klingelte der bestellte Weckruf. Alexanders quälte sich aus dem Bett und orderte sein Frühstück aufs Zimmer. Dann öffnete er seinen Laptop. Eine Mail von Heiner.

Cessna ist organisiert und steht am Wilson Airport bereit. Deine kenianische Fluglizenz wird im Laufe des Tages in einem Umschlag durch deine Zimmertür geschoben. Der obligatorische Checkflug, der Papierkram und die Einweisung auf die C-206 entfallen. Du bist als Charterkunde bei ›Kenian-Sky-Charter‹ eingetragen.

Alexander musste schmunzeln. Er konnte sich gut vorstellen, dass Heiner eine behördliche Überprüfung der Charterfirma angedroht hatte, um den Besitzer von Kenian-Sky-Charter kooperativ zu stimmen. Für die schnelle und unbürokratische Zustellung der kenianischen Fluglizenz hatte Heiner bestimmt die diplomatischen Beziehungen der deutschen Botschaft ausgenutzt. Es war gut, starke Verbündete zu haben. Besonders, wenn man gegen einen brutalen und unberechenbaren Feind kämpfte.

Fünfzehn Minuten später betrat Alexander die Lobby. Es wurde Zeit, die Tarnung des Destinationskoordinators auszubauen. Tarnen und Täuschen waren überlebenswichtig für einen Geheimagenten.

Ein Fahrer mit einem Wagen von Cargoflight wartete bereits vor dem Hotel. Schweigend fuhren sie zum Büro am Airport.

»Guten Morgen, Alexander. Wir haben uns lange nicht gesehen.« Joseph begrüßte ihn mit einem feuchtwarmen Händedruck. Ein unangenehmer Zigarettenatem schlug Alexander entgegen.

»Hallo, Joseph. Ich hatte erwartet, dich gestern nach der Landung am Airport zu sehen.«

»Da ist 'ne dumme Sache passiert.« Joseph vermied den direkten Augenkontakt. »Mein Wagen ist auf den Weg zum Airport stehen geblieben. Ich kam erst an, als du schon weg warst.«

»Ich nehme an, der Akku deines Handys war auch leer und du konntest deswegen dein Team nicht informieren.«

»Mein Team kommt auch ohne mich gut klar. Hätte ich gewusst, dass du an Bord bist, hätte ich mich natürlich abholen lassen, um dich zu empfangen. Warum hast du dich nicht angekündigt?«

»Joseph, du weißt, es ist eine Taktik unseres Managements, dass ich unangemeldet komme.«

»Ja, ja. Ich frage mich nur, warum du meine Station überprüfst. Wir haben wenig Verspätungen und die Auslastung der Flugzeuge könnte kaum besser sein.«

Alexander zuckte mit den Schultern. »Die Geschäftsleitung denkt da anscheinend anders.«

»Lass uns doch heute Abend in gemütlichem Ambiente darüber sprechen. Ich habe für uns im Coffee Garden Restaurant einen Tisch reserviert. Es ist das beste Fischrestaurant in ganz Nairobi.«

»Danke, Joseph. Aber die Einladung darf ich nicht annehmen.«

»Warum nicht?«

»Komm schon, Joseph. Du weißt es doch. Unsere Führung glaubt, dass einige der Stationsleiter versuchen könnten, mich zu bestechen, damit ich einen positiven Bericht abgebe.«

Alexander konnte Joseph ansehen, dass er enttäuscht war.

»Zeig mir, wie du die Arbeitsprozesse beim Umladen des Frachters organisiert hast«, forderte Alexander. Ohne eine Antwort abzuwarten, lief er in die Lagerhalle. Das Ziel des Agenten war es, von möglichst vielen Mitarbeitern gesehen zu werden. Einige Stunden später fuhr Alexander zurück zum Hotel. Er hatte noch Schlaf nachzuholen.

Am Abend klingelte sein Wecker. Über Internet rief er bei Valentina an. Kenia und Deutschland lagen fast auf den gleichen Längengraden und Zuhause war es nur eine Stunde früher als in Nairobi.

»Hallo, Liebling. Ich vermisse dich«, sagte er.

»Weißt du schon, wann du zurückkommst?«

»Bald, Valentina. Es dauert nur noch ein paar Tage.«

»Wo liegt das Problem in Nairobi?«

»Chaotische Organisation, schlecht motivierte Mitarbeiter und Diebstahl.«

Sie unterhielten sich noch einige Minuten, bevor sie das Gespräch beendeten. Alexander atmete frustriert aus. Kam er von dem Lügen nie mehr los?

Eine halbe Stunde später fuhr Alexander wieder mit dem Taxi ins Miami 2000. Einige der Mädchen begrüßten ihn schon wie einen alten Bekannten.

Er ging an die Bar, bestellte sich ein Bier und beobachtete die Menschen.

»Hallo, Alexander, treibt dich die Sehnsucht nach mir hierher?«, fragte eine Prostituierte, mit der er schon am Vorabend gesprochen hatte. Da er ihre Drinks bezahlte, hörten sie gerne seinen Geschichten zu.

Nach wenigen Minuten spürte Alexander etwas Bedrohliches. Er konnte es sich nicht erklären. Vielleicht war es so etwas wie ein sechster Sinn. Er spürte auch Angst.

Die vier Somalier belagerten eine vergammelte Kunstledersitzgruppe in der hintersten Ecke der Disco. Seine Crew vergnügte sich mit einigen Nutten, doch Chibala saß mit finsterer Miene auf dem Sofa. Eine Nutte setzte sich auf die Armlehne und wollte mit ihm flirten.

»Halt die Klappe, ich denke nach«, befahl er ihr.

»Soll ich gehen?«

»Nein. Bleib sitzen. Vielleicht habe ich nachher Lust auf dich.«

Chibala dachte an die zwei ermordeten Agenten. Mit den Informationen, die sie vor ihren Tod weiterleiten konnten, musste der Geheimdienst doch etwas unternehmen! Keine Regierung der Welt würde tatenlos zusehen, wenn ein Anschlag bestätigt war. Was planten sie? Wo waren die neuen Spione?

Aufruhr an der Bar lenkte Chibala ab. Da das Discolicht gerade nicht blitzte, waren die Menschen in der schwachen Beleuchtung besser zu erkennen. Ein Weißer zog dort die Aufmerksamkeit der Nutten auf sich. Theatralisch und mit weit ausladenden Bewegungen vollführte er eine Art Tanz. Nein, ein Tanz war es nicht. Dazu war es nicht rhythmisch genug. Der Weiße bückte sich und zog seine gespreizten Arme schräg nach oben. Dann ballte er die Hände zu Fäusten, die ein imaginäres Steuerrad zu halten schienen. Die umstehenden Mädchen lachten.

»Was ist das für ein Clown?«, fragte Chibala die Nutte, die neben ihm saß.

»Der?« Die Nutte kicherte. »Ein Frachtpilot. Trinkt sich gerade seinen Frust von der Seele. Wie er sagt, will er in der Spielbank seinen Schuldenberg verringern. Er war gestern schon hier und ist wohl einsam.«

Chibala nickte. *Ein Frachtpilot mit Schulden? Interessant.*

»Salongo, siehst du den Idioten dort vorne an der Bar?«

Der Ochse schaute in die angezeigte Richtung und nickte.

»Bring ihn zu mir.«

Alexander erzählte gerade eine erfundene Geschichte eines

Triebwerksfeuers kurz nach dem Start. Die Mädchen in seiner Nähe klatschen vor Vergnügen in die Hände.

Plötzlich packte ihn eine Hand von hinten am Hals und drückte mit brachialer Gewalt zu. Der Schmerz raubte Alexander für einen Moment den Atem. Im letzten Augenblick konnte er den Impuls unterdrücken, sich mit einem Ellenbogenstoß zu verteidigen.

»Hey! Was soll das? Nimm sofort deine dreckigen Griffel von mir.« Alexander schaffte es, sich soweit umzudrehen, dass er in das Gesicht des Angreifers sehen konnte. Ein pockennarbiges, schwarzes Schlägergesicht mit wulstigen Lippen und breiter Boxernase grinste ihn an. Adrenalin durchflutete Alexanders Körper, als er Salongo erkannte. Zum Glück hatte Alexander sich nicht mit einem Karateschlag gewehrt. Die Tarnung des versoffenen Frachtpiloten wäre sonst kaum noch glaubwürdig gewesen.

»Mein Boss will mit dir reden«, brüllte Salongo gegen den Lärm der Musik in Alexanders Ohr.

Wie einen geprügelten Hund führte der Somalier den Agenten quer über die Tanzfläche, den eisernen Griff am Hals nie lockernd. Die Tanzenden wichen schnell aus. Dem bedrohlichen Somalier mit seiner weißen Beute wollte niemand im Wege stehen. Der Pilot wurde auf das Sofa neben einen Hünen gestoßen. Das grelle Discolicht pulsierte langsam. Eine fette Narbe war auf der Wange des Hünen zu erkennen.

Chibala höchstpersönlich. Es kann losgehen.

Die vier Schwarzen stierten den Piloten an. Der Jüngste von ihnen, das musste Nadif sein, hatte unverhüllte Neugier im Blick. Der kenianische Einfluss war seinem kindlichen Gesicht anzusehen. Dufu, der Älteste, hatte seinen Mund leicht geöffnet und das spärliche Licht gab einen Blick auf seine spitzen Zähne frei. Der Spitzname »Shark« war sehr treffend. Der Junge und der Alte saßen jeweils in einem Sessel.

»Hier ist der Idiot«, sagte Salongo und ließ sich auf Alexanders anderer Seite in das Sofa fallen. Der Agent saß nun zwischen Chibala und Salongo.

»Seid ihr verrückt geworden?«, empörte sich Alexander in englischer Sprache und versuchte, wieder aufzustehen. Chibala drückte ihn unsanft in den Sessel zurück. »Mein Freund, ich möchte nur mit dir reden.«

Alexander schaute die beiden bedrohlichen Gestalten rechts und links neben sich abwechselnd an. »Holiday« von Madonna dröhnte aus den Boxen.

»Erstens«, sagte Alexander. »Ich bin nicht dein Freund und zweitens: Ich bin nicht daran interessiert, mit dir zu reden.«

»Wie ich höre, bist du Frachtpilot.«

»Ja, bin ich. Sonst noch was?«

»Für welche Firma arbeitest du?«

»Das geht dich einen Dreck an.« Alexander wollte erneut aufstehen, doch die beiden Somalier hielten ihn wieder zurück.

»Warte. Ich will mich nur nett mit dir unterhalten.«

»Aber ich nicht mit dir. Last mich jetzt gehen, oder ich rufe die Männer von Security.«

Der Hüne verzog keine Miene, die anderen drei Terroristen lachten schallend.

»Bist du an einem kräftigen Nebenverdienst interessiert?«

»Kräftiger Nebenverdienst? Wie kräftig?«

»30 000 Dollar.«

»Ein Nebenverdienst unter 40 000 Dollar interessiert mich grundsätzlich nicht. Wir kommen also nicht ins Geschäft.« Alexander wollte wieder aufstehen. Erneut wurde er in den Sessel zurückgedrückt.

»Warte. Nicht so impulsiv! 40 000 Dollar lassen sich vielleicht lockermachen.«

Alexander kratzte sich am Hinterkopf, als würde er nachdenken. »Und wie sieht die Gegenleistung aus?«

»Nichts Schwieriges. Aber ich weiß noch nicht, ob du der geeignete Mann für mich bist. Also, für wen arbeitest du?«

»40 000 Dollar, sagst du?«

Chibala nickte.

»In cash?«

»In cash!«

»Ich bin Kapitän und Manager bei Cargoflight. Wir fliegen dreimal die Woche nach Nairobi.« Alexander setzte eine wichtige Miene auf.

»Beeindruckend. Ich bewundere Piloten.«

»Ja, wir haben schon eine enorme Verantwortung im Cockpit. Da kann ganz schön viel schiefgehen.«

»Du sagst, du bist auch Manager? Was managest du genau?«

»Ich bin Destinationskoordinator und überprüfe, ob die Außenstationen auch gut geführt werden. Hier in Nairobi gibt es seit Längerem Probleme. Ich bin hier, um die Ursache dafür zu erkunden.«

Chibala nickte mit ausdrucksloser Miene. »Wie heißt du?«

»Sag mir erst deinen Namen.«

»Ich bin Joshua, das hier sind meine Freunde.«

»Alexander.«

»Hallo, Alexander. Gut, dich kennenzulernen. Warum ist deine Nase krumm?«

Alexander fasste sich irritiert an seinen leicht gebogenen Nasenrücken. »Eine der Nutten, dich ich vor wenigen Jahren bestieg, war keine Nutte. Ich hatte eine unsanfte Auseinandersetzung mit ihrem Ehemann.«

Nadif und Shark grinsten.

»Du bist also der Chef auf dem Flugzeug?«, fragte Chibala weiter.

»Klar, ich bin der Kapitän. Auf mich hören sie alle.«

»Alle? Wie viele Piloten seid ihr denn?«

»Ich habe nur einen oder zwei Copiloten bei mir. Aber am Boden sind 'ne ganze Menge Leute, die meinen Anweisungen zu folgen haben. Wenn ich komme, dann schwitzen sie. Mein Wort ist Gesetz. Sie wollen ja nicht ihren Job verlieren.«

»In deiner Position verdienst du bestimmt viel Geld. Warum bist du bereit, mit mir Geschäfte zu machen?«

»Bist du bescheuert?« Alexander war empört. »Ich bin noch lange nicht bereit, mit dir Geschäfte zu machen. Vielleicht stehe ich gleich auf und geh zurück zur Bar.« Wie zur Bestätigung rülpste Alexander laut aus. Der Geruch von Bier schwebte in der Luft. Chibala starrte den Agenten ausdruckslos an. In seinem Gesicht war nicht der geringste Ansatz einer Regung zu erkennen. »Die Nutten in Deutschland sind teuer«, sagte Alexander nun in gemäßigtem Ton. »Außerdem hatte ich eine Pechsträhne in der Spielbank. Aber das wird sich bald ändern.«

»Du bist also daran interessiert, Geld zu verdienen?«

»Kommt darauf an, um was es geht.«

»Ich möchte etwas schmuggeln. Wenn du mir hilfst, würdest du gegen das Gesetz verstoßen. Wäre das ein Problem für dich?«

Ein herablassendes Lächeln erschien auf Alexanders Gesicht.

»Gegen das Gesetz verstoßen? Pah! Um ehrlich zu sein, das Gesetz interessiert mich einen feuchten Dreck. Jeder muss selbst sehen, wo er bleibt. Ich bin vom Gesetz oft genug verarscht worden.« Alexander massierte sich an der Stirn. »Es kommt natürlich auch auf Größe und Menge der Schmuggelware an. Was soll ich denn für euch nach Europa bringen?«

»Nein, nein. Nicht nach Europa bringen, sondern von Europa nach Nairobi. Musst du durch den Zoll gehen?«

»Ja. Wir werden aber nie kontrolliert.«

»Ich brauche ein Metallgestell zur Achsvermessung von Lastkraftwagen. Das Teil ist etwa 30 Kilogramm schwer. Zu groß, um in einem normalen Koffer transportiert zu werden. Könntest du so etwas unbemerkt in Nairobi einführen?«

»Ein 30 Kilogramm schweres Teil? Das wird klappen, aber nicht für 40 000 Dollar.«

»Vielleicht war es doch keine gute Idee, dich um den Transport des Gerätes zu bitten. Ich denke, ich werde meine andere Lieferquelle benutzen.«

Alexander stand auf. Diesmal wurde er nicht zurückgehalten. »Es war nett, mit euch zu plaudern.« Er drehte sich um und wollte gehen.

»Hey, Pilot.«

Alexander blieb stehen.

»45 000 Dollar sind mein letztes Angebot.«

»Das hört sich schon besser an.«

»Setz dich wieder.«

Mit möglichst arrogantem Blick schlenderte Alexander zurück, und ließ sich mit einem genervten Seufzer in das Sofa plumpsen.

»Zunächst möchte ich allerdings einige Fragen beantwortet haben«, sagte Chibala.

»Schieß los.«

»Bist du ein Spion?« Chibalas stumpfe Augen schienen Alexander direkt in die Seele zu starren.

»Das ist eine bescheuerte Frage.«

»Warum?«

»Wenn ich ein Spion wäre, dann würde ich es dir bestimmt nicht auf die Nase binden.«

»Antworte mir trotzdem.«

»Was passiert, wenn ich ein Spion bin?«

»Dann wirst du einen qualvollen Tod sterben.«

»Ich bin kein Spion. Noch weitere Fragen?«

»Wie wichtig ist dir ein Menschenleben?«

Alexander schaute den Somaliern abwechselnd in ihre Gesichter. Er ließ sich Zeit mit seiner Antwort.

»Sterben muss jeder früher oder später. Reicht dir das?«

»Das reicht. Ich denke, wir kommen ins Geschäft. Und nun möchte ich wissen, wie du mein Gerät aus dem Jomo Kenyatta Airport rauskriegst.«

Der Pilot fuhr sich mit beiden Händen durch seine Haare und lehnte sich nach vorne.

»Mal überlegen. Als Destinationskoordinator habe ich natürlich besonders gute Möglichkeiten. Der Stationsleiter von Cargoflight ist ein fauler Sack und ich muss ihm auf die Füße treten. Er wird alles für mich tun, damit ich ihm das Leben nicht zu schwer mache. Außerdem fürchtet er um seinen Job. Er würde das Gerät für mich aus dem Airport rausbringen, ohne dabei durch den Zoll zu gehen.«

»Das hört sich gut an. Ich habe das Gefühl, du bist der richtige Mann. Wie schnell könntest du liefern?«

»In zwei Tagen fliege ich zurück nach München. Als Destinationskoordinator kann ich entscheiden, wann ich wieder zurückkomme. Der nächste Flug zurück nach Nairobi geht weitere zwei Tage später. Ich könnte also in vier Tagen wieder hier sein. Wer würde mir in Deutschland dieses Gerät übergeben?«

»Lass das meine Sorge sein. Wie sicher ist es, dass du in vier Tagen wiederkommst?«

Alexander stieß großkotzig die Luft aus und zeigte mit dem Finger auf seine Brust.

»Ich bin der Destinationskoordinator! Wenn ich sage, ich muss nach Nairobi, dann wird es keiner wagen, mir zu widersprechen.«

»Gut, denn eine Verspätung ist keine Option. Ich habe andere Lieferanten, die günstiger sind. Da mir aber an einer zügigen Lieferung gelegen ist, würde ich den teuren und schnellen Transport mit dir wählen. Kann ich mich auf dich verlassen?«

»Für 45 000 Dollar? Was für eine Frage.«

»Wo wohnst du hier in Nairobi und wie kann ich dich telefonisch erreichen?«

Der geldgierige Pilot gab artig Auskunft.

»Und wie kann ich dich erreichen?«, fragte Alexander.

»Du brauchst mich nicht zu erreichen. Ich komme auf dich zu. Du kannst jetzt wieder an die Bar und den Frauen deine tollen Abenteuer erzählen.«

Alexander erhob sich und ging in Richtung Bar. Dann blieb er abrupt stehen, drehte sich um und lief zurück zu den Somaliern.

»Ach ja, da fällt mir doch gerade noch etwas Interessantes für euch ein.«

»Wirklich?«

»Für den Fall, dass ihr Lust auf eine Flugsafari haben solltet, ich kann euch gegen entsprechende Entlohnung kreuz und quer durch Kenia fliegen.«

»Danke. Aber auf eine Flugsafari können wir verzichten.«

Alexander zuckte mit den Achseln, ging zurück zur Bar und bestellte sich ein weiteres Bier.

Chibala beobachtete den Piloten. Während er sich über seine juckende Wange strich, spürte er die kratzenden Bartstoppeln, die sich spärlich auf der Narbe bildeten.

»Glaubt ihr, er ist ein Spion?«, fragte Chibala.

»Der Schwächling hat nix drauf und ist weich wie 'ne Gummipuppe. Der ist kein Spion«, stellte Salongo mit tiefer Stimme fest.

»So bescheuert wie er würde sich kein Spion verhalten. Außerdem haben wir den Kontakt zu ihm gesucht. Nach meiner Meinung ist dieser arrogante Idiot tatsächlich ein verschuldeter Frachtpilot«, meinte Nadif.

»Es hört sich zu gut an, um wahr zu sein. Zur richtigen Zeit am richtigen Ort … das stinkt zum Himmel.« Shark war skeptisch, genauso wie der nachdenkliche Chibala.

»Stimmt. Wir werden ihn überprüfen. Wenn er derjenige ist, der er vorgibt zu sein, dann werden wir ihn benutzen. Wenn nicht, werde ich ihm die Kehle durchschneiden.« Chibala wandte sich an Shark. »Geh auf die Straße und hole dir ein Taxi, dann wartest du, bis dieser Idiot die Disco verlässt. Folge ihm. Ich will wissen, wo er hingeht.«

»Geht in Ordnung, Boss.«

Chibala gab sich wieder seinen Gedanken hin. *Flugsafari?*

Keine halbe Stunde, nachdem Shark die Disco verlassen hatte, verabschiedete sich Alexander von den Nutten, die ihm wehmütig nachschauten. Shark folgte dem Taxi des Piloten. Sie fuhren zum Intercontinental Hotel. Alexander stieg jedoch nicht am Hoteleingang aus, sondern an der anderen Seite des Gebäudes und verschwand im Spielkasino.

Shark ging wenige Minuten später zum Wachmann am Eingang.

»Hey! Hast du Lust auf 'nen Nebenverdienst?«

Der Wachmann schaute sich um und nickte vorsichtig.

»Der Mann, der gerade reingekommen ist, kannst du mir etwas über ihn sagen?«

»Natürlich könnte ich das.«

Shark gab ihm 50 Dollar. Mit verstohlenem Blick steckte der Wachmann den Geldschein in seine Hosentasche. »Ab und zu gehe ich nach innen und schaue mir die Leute an«, sagte der Wachmann mit gedämpfter Stimme. »Dieser Kerl war gestern Abend schon hier. Arroganter Herrenmensch! Hat sich wie ein Arschloch aufgeführt. Er scheint dringend einen großen Gewinn nötig zu haben.«

Nach zwei Minuten war Shark informiert. Mit dem Taxi fuhr er zurück in ihr neues Heim in Kibera, wo er sich mit den anderen Terroristen traf. Chibala rief nach Sharks Bericht bei Ahmed in Dubai an und erzählte von dem Frachtpiloten.

»Du hast ja so tolle Verbindungen. Lass den Piloten in Deutschland überprüfen«, forderte Chibala.

»Keine Sorge. Wir werden die Wahrheit über diesen Typen herausfinden.«

KAPITEL 41

Frankfurt, 9. August 2010

Hubert von Godehardt blickte verächtlich zu seiner Frau. Die Schlaftabletten, die er heimlich gegen stärkere ausgetauscht hatte, wirkten vorzüglich, doch leider förderten sie ihr Schnarchen. Dieses Weib war nur noch mit Ohrstöpseln zu ertragen. Schon längst hatte er das Interesse an ihr verloren. Bei der Heirat vor 15 Jahren war sie ihm zumindest noch nützlich gewesen. Sie kam aus einer reichen Adelsfamilie und durch die Heirat hatten sich ihm viele vorteilhafte Geschäftsverbindungen eröffnet. Er sonnte sich auch gern in ihrem Glanz, doch inzwischen war nur noch ein mattes Schimmern übriggeblieben. Er hatte nicht mehr das geringste Interesse an ihr. Sie war einfach zu bescheuert. Und für Sex war sie sowieso untauglich, doch dafür hatte er seine Edelnutten. Die waren knackig, hatten geile Titten und verstanden es, ihn zu befriedigen. Er brauchte seine Frau nicht mehr. Die Entscheidung für die Scheidung hatte er längst getroffen. Sobald Operation Himmelsturm beendet war, würde er sie rausschmeißen. Er hatte per Ehevertrag dafür gesorgt, dass er nicht allzu viel an sie zahlen musste. Zudem war er ja nicht mehr wirklich reich und die zehn Prozent von seinem aktuellen Vermögen waren zu verschmerzen. Von seinen Gewinnen, die er in Kürze an der Börse in Singapur einstreichen würde, sollte niemand erfahren. Zumindest nicht so lange, bis die Scheidung vollzogen war.

Von Godehardt verdrängte die lästigen Gedanken an seine Frau und konzentrierte sich auf die aktuellen Probleme.

Weil diese schwarzen Affen absolut nutzlos sind, rennt mir nun die Zeit davon. Erst haben die Somalier die Waffenanlage beschädigt, und jetzt haben sich die sudanesischen Schmuggler mit der Ersatz-Rakete erwischen lassen. Muss ich denn die Startschiene persönlich nach Nairobi bringen?

Aber noch andere Sorgen quälten ihn. Seit die beiden Agenten beseitigt worden waren, hatte der Maulwurf keine weiteren Aktivitäten feststellen können. Es herrschte Funkstille beim BND. Dem Geschäftsmann war jedoch klar, dass die Behörde nicht tatenlos herumsitzen würde. Was zur Hölle hatte der Geheimdienst vor?

Es war vier Uhr früh, als sein Handy summte und das Display aufleuchtete. Ein leises Grunzen war von seiner Frau zu hören, dann schnarchte sie weiter. Von Godehardt zog die Stöpsel aus seinen Ohren, ging ins Nebenzimmer und hob ab.

»Ich hoffe, Sie haben einen guten Grund, mich um diese Zeit anzurufen.«

»Einen sehr guten Grund sogar.«

»Was gibt es?«

»Vielleicht die Lösung Ihres Problems.«

»Ahmed, ich warne Sie. Lassen Sie sich nicht jedes Wort aus der Nase ziehen.«

Während der Araber erklärte, was er von Chibala über Alexander Hartmann erfahren hatte, machte sich von Godehardt Notizen.

»Ein deutscher Frachtpilot? Was für ein sonderbarer Zufall!«, wunderte sich der Unternehmer. »Und die Somalier sind sicher, dass sie den Piloten aufgegriffen haben und nicht umgekehrt?«

»Er wollte nicht mit ihnen sprechen.«

»Das könnte gestellt gewesen sein.«

»Sie haben ihn mit Gewalt zu sich geholt. Es sieht so aus, als ob uns ein glücklicher Zufall den Piloten vor die Füße gespült hat.«

»In unserem Geschäft gibt es keine glücklichen Zufälle. Ich werde den Mann überprüfen lassen.«

»Das ist bestimmt sinnvoll. Aber nach meiner Meinung sagt dieser Frachtpilot die Wahrheit.«

»Ihre Meinung interessiert mich einen Dreck. Ich rufe Sie später zurück.« Von Godehardt betrachtete seinen Notizblock.

ALEXANDER HARTMANN – FRACHTPILOT – MÜNCHEN

Alexander Hartmann. Wenn du kein Spion bist, dann bist du die Lösung für mein Problem.

Von Godehardt ging durch die schwere Tür in sein Bürozimmer und schenkte sich einen Scotch ein. Mit dem Glas in der Hand lief er zum Panoramafenster und schaute in die Dunkelheit.

Bist du aber ein Spion, finde ich das heraus und dann gibt es nichts, was dich noch retten kann.

Sein Blick fiel auf den Kalender an der Wand. Es blieb kaum noch Zeit. Er setzte sich in seinen Chefsessel. Trotz der späten Nachtstunde führte er einige Telefongespräche. Hubert von Godehardt ließ seine Spürhunde von der Kette. In wenigen Stunden würde er eine Antwort haben.

KAPITEL 42

Nairobi, 9. August 2010

»Er ist im Airport«, sagte Shark ins Telefon. Er und Salongo lagen seit den frühen Morgenstunden vor dem Hotel des Piloten auf der Lauer. Shark berichtete nun seinem Boss, dass der Pilot mit einem Cargoflight-Fahrzeug abgeholt worden und nun auf dem Flughafengelände war.

»Wo genau seid ihr?«, fragte Chibala. »Ich komme mit Nadif zu euch.«

Eine halbe Stunde später parkte Nadif den Mitsubishi unter einen Baum neben dem anderen Wagen. Sie hatten einen guten Blick auf die Schranke, durch die das Cargoflight-Fahrzeug verschwunden war. Chibala stieg aus, ging zu seinem Toyota-Geländewagen und sprach zu Shark.

»Nadif und ich folgen dem nächsten Cargoflight Mitarbeiter. Ihr fahrt dem Piloten nach, wenn er wieder aus dem Airport rauskommt.«

Schon bald erschien ein Wagen der Airline an der Schranke. Der Fahrer hielt den Toyota Corolla an, stieg aus und sprach mit dem Security-Mitarbeiter. Das Firmenlogo auf dem Auto und der Jacke des Angestellten war nicht zu übersehen. In einem dunkelblauen Kreis befanden sich drei ineinandergeschachtelte rote Boxen. Der Schriftzug CARGOFLIGHT umschloss den unteren Teil des Emblems im Halbrund. Der Mitarbeiter stieg wieder in den Wagen und fuhr davon. Chibala und Nadif hefteten sich an seine Fersen. Der Mann von Cargoflight bog nach zehn Minuten in einen Vorort von Nairobi ab. Dann parkte er seinen Wagen vor einer Bar und ging hinein.

»Wir haben Glück. In der Bar kannst du ihn ansprechen.«

»Ich? Und was ist mit dir?«

»Ich warte hier draußen. Du siehst nicht nur so aus wie ein Kenianer, du sprichst auch ihre Sprache. Wir Somalier sind nicht sonderlich beliebt und daher würde ich nur Misstrauen erwecken.«

Chibala erklärte, welche Fragen der junge Halbsomalier stellen sollte, dann betrat Nadif die Bar. Am Tresen erkannte er den Arbeiter der Frachtfirma und setzte sich neben ihn. Mit bewunderndem Blick schaute Nadif den Mann an.

»Sag bloß, du arbeitest bei Cargoflight?«

Der Kenianer drehte sich zu Nadif. »Ja, das tue ich.«

Nadif streckte ihm lächelnd die Hand hin.

»Ich bin Nadif und ein großer Fan von Flugzeugen.«

»Hallo, Nadif, ich bin Moses.«

»Ich bin auch ein großer Fan vom Jumbo. Es ist schon irre, wie viel Fracht der Bauch dieser Maschine schluckt.«

»Ja, der Jumbo ist schon eine geile Kiste.«

Nadif verwickelte Moses in ein Gespräch. Er war stolz auf seinen Job bei Cargoflight.

»Arbeitest du direkt am Flugzeug?«

»Natürlich. Ich bin in der Beladegruppe. Über ein elektrisches Schaltpult an der Seitenwand des Jumbos bediene ich die Transportrollen, die im Boden des Frachtraums eingelassen sind. Damit bewege ich tonnenschwere Paletten. Ist aber nicht ganz ungefährlich.«

Nadif war begeistert und orderte eine Runde Bier. Moses fühlte sich offenbar geschmeichelt und bereitwillig erzählte er von seiner verantwortungsvollen Arbeit.

»Was meinst du, Moses? Wird es möglich sein, dass ich mir den Jumbo einmal näher anschaue?«

»Nee, wird kaum funktionieren. Sicherheit und so. Gerade jetzt ist es unmöglich, da ein hohes Tier aus München hier ist. Unsere Führung hier in Nairobi ist ziemlich nervös.«

»Ein hohes Tier? Wird euch auf die Finger geschaut?«

»Sowas in der Art. Ein wichtiger Manager fühlt meinem Boss kräftig auf den Zahn. Seit gestern schnüffelt er bei uns herum.«

»Ach, diese Manager haben doch gar keine Ahnung von der Praxis. Die haben nur 'ne große Klappe und sind die vollen Theoretiker.«

»Oh nein! Dieser Manager ist alles andere als ein Theoretiker. Er ist selbst Kapitän auf dem Jumbo und hat das Flugzeug vorgestern Abend nach Nairobi geflogen.«

»Also ein Mann, der weiß, von was er spricht?«

»Absolut. Gestern hat er mich über meine Arbeit ausgefragt. Ich muss zugeben, er war tief beeindruckt. Wer weiß, vielleicht werde ich für eine Beförderung vorgeschlagen.«

»Ich drücke dir die Daumen und hoffe, dieser Manager lässt euch schnell in Ruhe. Womöglich ist er mit seiner Arbeit schon fertig.«

»Ganz bestimmt nicht. Jetzt gerade ist er im Büro am Airport und unser Stationsleiter ist mächtig nervös.«

Sie unterhielten sich noch ein paar Minuten über Belanglosigkeiten, dann verabschiedete sich Nadif.

»Und?«, fragte Chibala ungeduldig, als Nadif in den Wagen stieg.

»Dieser Alexander Hartmann hat die Wahrheit gesagt. Er ist Pilot und so etwas wie ein Manager, der die Station überprüft. Die haben mächtig Schiss vor ihm.« Nadif erzählte seinem Boss von dem Gespräch mit dem Cargoflight-Angestellten.

»Du glaubst also diesem deutschen Wichser?«, fragte Chibala.

»Du etwa nicht?«

»Er mag zwar Pilot sein, aber er wirkt nicht so versoffen und verwahrlost, wie er vorgibt.«

»Willst du die Finger von ihm lassen?«

»Nein. Ich werde ihn aber genau beobachten.« Chibala griff nach seinem Handy.

Alexander studierte gerade die Statistiken der Station, als sein Telefon klingelte.

»Hallo, Pilot.«

»Was gibt es? Ich bin beschäftigt.«

»Ich komme auf dein Angebot zurück.«

»Welches Angebot meinst du?«

»Ich möchte mit meinen Freunden vielleicht doch eine Flugsafari machen.«

»Schön, wir können später darüber sprechen.«

»Ich will aber jetzt darüber sprechen.«

»Hör zu, Somalier. Du hast zwar meine Dienste gekauft, aber ich bin nicht dein Sklave. Ruf mich in einer Stunde an.«

»Nein. Du wirst sehr gut von mir bezahlt und ich will jetzt mit dir sprechen.«

Alexander blies hörbar die Luft aus. »Also gut. Mach es kurz.«

»Erzähle mir, wie der Deal mit dem Flugzeug aussehen wird.«

»Sobald ich weiß, wann ihr die Safari machen wollt, reserviere ich die Cessna.«

»Den Zeitpunkt erfährst du kurz vorher.«

»Dann ist aber nicht gewährleistet, dass ein Flugzeug zur Verfügung steht. Schließlich gibt es noch andere Piloten, die fliegen wollen.«

»Es wird genug Flugzeuge geben.«

»Da täuschst du dich.«

»Ich verlasse mich auf dich. Du wirst schon eines für uns bekommen.«

»Na gut. Ich kann es versuchen. Bezahlung erfolgt vorher.«

»Wie viel?«

»800 Dollar die Stunde.«

Der reguläre Preis für die Cessna 206 betrug 390 Dollar. Doch Alexander wollte sein Image als geldgieriger Pilot aufrechterhalten.

»Du bist teuer.«

»Ich bin gut.«

»Ab wo fliegen wir?«

»Ab dem Wilson Airport.«

Die meisten der kleineren Charterfirmen hatten ihren Sitz und ihre Flugzeuge an diesem Flugplatz. So auch die Firma, die das Flugzeug für Alexander bereitstellte. Wilson Airport lag zudem für die Terroristen strategisch günstig zwischen dem großen internationalen Jomo Kenyatta Airport und dem Slum von Kibera.

»Wie viele Flugstunden möchtet ihr chartern?«, fragte Alexander.

»Wie weit kommen wir mit einer Tankfüllung?«

»Etwa 1 200 Kilometer.«

»Wie lange brauchen wir dafür?«

»Bei normaler Reisegeschwindigkeit etwa vier Stunden.«

»Wir nehmen das Flugzeug für vier Stunden.«

»Dann schuldest du mir ...«, Alexander rechnete kurz nach, »3 200 Dollar.«

Er konnte ein entnervtes Schnauben im Telefon hören.

»Du bekommst das Geld, bevor wir losfliegen.« Chibala legte auf.

Alexander wählte die Nummer von »Kenia Air Charter«. Wie zu erwarten, stand die Cessna 206 bereit. Heiner hatte ganze Arbeit geleistet. Das Flugzeug wurde für die ganze Woche für ihn geblockt. Aber das würden die Somalier nicht erfahren.

KAPITEL 43

Frankfurt, 9. August 2010

Innerhalb weniger Stunden hatte Hubert von Godehardt ein komplettes Profil über Alexander Hartmann vorliegen. Dieser Kerl war tatsächlich Pilot und Destinationskoordinator bei Cargoflight. Er hatte einen Berg von Schulden und in einigen Spielkasinos im Münchner Umkreis Hausverbot. Die Überprüfung seiner Kreditkarte bezeugte einen beachtlichen Konsum von Alkohol und gelegentliche Besuche in Bordellen. Hartmann verdiente viel Geld, konnte aber offensichtlich nicht damit umgehen. Dieser Trottel war genau der Typ Mensch, den Hubert von Godehardt nun gut gebrauchen konnte.

Wenig später kam die Meldung von seinem Maulwurf im BND.

»Nein, ein Alexander Hartmann oder ein Pilot arbeitet nicht für die Behörde.«

Und nun der Anruf von Ahmed. Die Somalier hatten den Piloten überprüft. Ein Cargoflight-Mitarbeiter in Nairobi bestätigte die Angaben des Kapitäns.

Gut gelaunt stand von Godehardt von seinem Bürostuhl auf und ging zum Schrank mit den Getränken, um sich einen Scotch einzuschenken. Er schloss seine Augen und genoss das angenehme Brennen des Alkohols, der seine Kehle hinunterrann.

War es doch ein glücklicher Zufall, der diesen Hartmann schickte? Die Zeit drängte, und sein finanzielles Überleben hing vom Erfolg der Operation Himmelssturm ab. Der Pilot kam genau zum richtigen Zeitpunkt. Es war fast zu schön, um wahr zu sein.

Plötzlich schlug von Goderardts Bauchgefühl Alarm!

Sind die Ergebnisse der Überprüfung nicht zu makellos? Es

wirkt so, als ob jemand große Mühen auf sich genommen hat, um eine perfekte Tarnung aufzubauen.

Die Rakete von einem Frachtpiloten nach Nairobi bringen zu lassen, wirkte sehr verlockend. Doch Hubert von Godehardt wusste aus Erfahrung, dass Verlockungen trügerisch sein konnten.

Alexander Hartmann, was stimmt nicht mit dir? Wenn du in München landest, wirst du einen zweiten Schatten haben. Und ich brauche einen Test. Ich will wissen, ob du tatsächlich das skrupellose Arschloch bist.

Von Godehardt griff zum Telefon. Zwei Aufträge hatte er zu vergeben. Einen für seinen Detektiv in München, einen für Ahmed, der den Auftrag nach Nairobi weiterleiten musste.

Zwanzig Minuten später klingelte bei Chibala das Handy.

»Ich werde mich darum kümmern«, war die knappe Antwort des Somaliers an Ahmed, bevor er auflegte.

Die Skrupellosigkeit des Piloten testen? Das sollte kein Problem sein.

Chibala brauchte nicht lange, bis er einen geeigneten Test gefunden hatte. Er erklärte die Idee seiner Mannschaft.

»Heute Abend gibt es entweder eine tote Frau und einen toten Piloten, oder eine tote Frau und einen Piloten, der für uns schmuggelt.«

»Dürfen wir sie vorher ficken?«, fragte Salongo.

»Ihr dürft sie nicht umbringen«, antwortete Chibala.

Auf der Suche nach einem Opfer für den Test fuhren Nadif und Salongo mit dem Bus mitten in den Slum. Die erste Frau, die Nadif ansprach, widerstand der Verlockung des Geldes und lehnte seine Bitte ab. Dann sah er eine andere mit einem Bauchladen. Sie war klein, im mittleren Alter, trug einen knielangen Rock, und unter ihrer weißen Bluse zeichneten sich große Hängebrüste ab. Sie verkaufte Kaugummis und Bananen. Nadif hielt den Kleinbus neben ihr an. Mit einer Landkarte in der Hand stieg er aus und ging auf sie zu.

»Gute Frau, ich habe mich in diesem verfluchten Slum

verfahren und brauche Hilfe, um wieder rauszukommen. Ich gebe dir 60 Dollar, wenn du mich hier rausführst.« Nadif hielt das Geld vor ihre Nase.

Die Frau musterte Nadif. Der 18-Jährige wusste, dass er jünger aussah. Er setzte einen verzweifelten und hilflosen Gesichtsausdruck auf. 60 Dollar waren bestimmt ein Monatsverdienst für die Frau. Die Verlockung musste gewaltig sein. Sie schaute erst auf das Geld, dann auf den Bus.

»Bist du alleine?«, fragte sie misstrauisch.

»Ja, leider. Ach so, du hast Angst. Hier! Überzeuge dich.« Nadif winkte sie näher an den Bus und stellte sich zur Seite, damit sie hineinschauen konnte. Über die Sitzlehne warf sie auch einen Blick nach hinten. Salongo konnte sie nicht sehen. Er kauerte hinter dem Beifahrersitz auf dem Boden und war mit mehreren Decken vollständig zugedeckt. Die Frau schien beruhigt zu sein, griff nach dem Geld in Nadifs Hand und steckte es weg. Sie hatte sich entschieden und wählte den Tod.

Ihren Bauchladen stellte sie neben sich auf den breiten Beifahrersitz und setzte sich daneben. »Die nächste Abzweigung nach links.«

Viele Abzweigungen später hatten sie den Rand des Slums erreicht. Sie wollte aussteigen, doch Nadif fuhr weiter. »Hey! Lass mich raus.«

Nadif reagierte nicht.

»Halt sofort an und lass mich aussteigen!« Ihre Stimme wurde panisch.

Nadif ignorierte sie und starrte nach vorne. Die Frau zerrte an seinem Arm, wollte ihn zum Anhalten zwingen.

»Ich springe aus dem fahrenden Bus, wenn du nicht sofort anhältst.«

Plötzlich tauchte Salongo von hinten auf und presste seine Hand auf ihren Mund. Er zog die strampelnde Frau über die Rückenlehne nach hinten auf den Boden des Kleinbusses und schlug ihr mehrmals ins Gesicht. Dann zog er Klebeband über ihren Mund und fesselte ihre Arme auf den Rücken.

Da die Fensterscheiben des Mitsubishis mit Tönungsfolie beklebt waren, konnte keiner der Passanten den Vorfall beobachten.

»Wir waren erfolgreich und bringen sie jetzt zum Treffpunkt«, meldete Nadif seinem Boss mit dem Handy. Nun hatten sie Zeit, ihr neues Spielzeug zu benutzen. Noch während der Fahrt fing Salongo damit an.

KAPITEL 44

Nairobi, 9. August 2010

Es war nach 19 Uhr, und inzwischen wurde es dunkel, als Alexanders Handy klingelte.

»Ich habe ein Geschenk für dich«, sagte Chibala.

»Ein Geschenk? Du machst mich neugierig.«

»Sei in einer Stunde vor dem Miami 2000. Ich hole dich dort ab.«

»Ich werde da sein.«

Chibala wollte auflegen, doch Alexander sprach weiter. »Ich will übrigens heute eine Anzahlung für meine Dienste haben.«

»Das war nicht abgemacht.«

»Dann machen wir es jetzt ab.«

»Wie viel willst du haben?«

»Die Hälfte.«

»Wir sprechen darüber, nachdem du dein Geschenk bekommen hast.«

Ohne eine Antwort abzuwarten, legte Chibala auf.

Alexander legte sich mit geschlossenen Augen auf das Bett in seinem Hotelzimmer.

Ein Geschenk? Ein Terrorist gibt kein Geschenk. Ist das eine Falle?

Wenige Minuten später setzte er sich an seinen Laptop. Den Bericht mit den neuesten Entwicklungen gab er verschlüsselt an Heiner weiter.

Noch war Zeit. Über Skype rief er bei Valentina an. Sie unterhielten sich für einige Minuten, dabei bemühte er sich, nicht an das Treffen mit den Terroristen zu denken.

»Morgen Abend komme ich nach Hause«, sagte er.

»Ich freue mich auf dich. Ich spüre aber auch, dass mit dir etwas nicht stimmt.«

»Was meinst du?«

»Du verhältst dich sonderbar, und ich möchte wissen, warum.«

»Du musst dich täuschen, Liebling.«

»Ich täusche mich nicht.«

Ich habe viel Ärger mit der Station hier in Nairobi. Vielleicht ist es das, was du spürst.«

»Erzähl mir keine Märchen. Hat es mit mir zu tun?«

»Valentina! Ich bin verrückt nach dir. Du spürst wahrscheinlich meine berufliche Anspannung.«

»Mein Gefühl sagt mir, dass ein ganz anderes Problem durch deinen Kopf geistert.«

»Liebling, ich bin in Eile. Gleich treffe ich mich mit dem Stationsleiter zum Abendessen.«

»Ich verstehe.«

»Morgen Abend bin ich bei dir. Ich freue mich sehr auf dich.«

»Bis morgen, Alex.«

Er klappte den Laptop zu. Ihre Stimme verriet Zweifel. Glaubte sie seine Lüge nicht?

Alexander nahm die Pistole, eine CZ 75 Rami, aus dem Zimmersafe und hielt sie in seiner Hand. Die Waffe war zwar klein, aber dennoch würde sie bei einer Überprüfung entdeckt werden. Gerade jetzt in der Anfangsphase der Kontaktaufnahme musste Alexander damit rechnen, durchsucht zu werden. Er legte die Waffe zurück in den Safe und holte einen Peilsender hervor. Das Gerät war nicht größer als die Knopfbatterie einer Uhr. Den Sender versteckte er in der geheimen Innentasche seines Hosenbeins.

Alexander ging ins Bad und schaute in den Spiegel. Ein müdes und trauriges Gesicht mit Dreitagebart schaute ihn an. Die blauen Augen hatten ihre strahlende Kraft verloren. Die Zuversicht, die er bei den bisherigen Aufträgen gehabt hatte, war nicht mehr da. Er hatte Angst.

Reiß dich zusammen. Der letzte Auftrag. Dann ist es für immer vorbei.

Er stützte die Hände auf das Waschbecken, schloss die Augen und atmete tief durch. Die Terroristen warteten auf ihn. Was meinten sie mit ihrem Geschenk?

Kurze Zeit später stieg er vor dem Miami 2000 aus dem Taxi. Er musste nicht lange warten, bis der Geländewagen der Somalier um die Ecke bog.

»Steig ein«, rief Chibala durch das offene Beifahrerfenster.

»Wo fahren wir hin?«, fragte Alexander misstrauisch.

»Das wirst du bald sehen.«

»Was habt ihr vor?«

»Hast du Angst?«

»Warum sollte ich die haben?«

»Ja, genau. Warum solltest du Angst haben? Nur wenn du ein Spion wärst, hättest du guten Grund dazu. Nun steig' schon ein, Pilot. Dein Geschenk wartet.«

Alexander kletterte auf den Rücksitz.

Schweigend lenkte Shark den Wagen durch den dichten Abendverkehr aus der Stadt, während die Dunkelheit das Land völlig vereinnahmte.

Soll ich jetzt den Peilsender unter den Beifahrersitz verstecken? Nein, zu gefährlich. Shark beobachtet mich misstrauisch durch den Rückspiegel.

Sie bogen in einen staubigen Buschweg ab. Weitere drei Kilometer später tauchte ein Mitsubishi-Bus vor ihnen im Scheinwerferlicht auf. Salongo und Nadif standen grinsend neben dem Bus. Salongo knöpfte sich gerade die Hose zu.

»Wir sind da.«

KAPITEL 45

Nairobi, 9. August 2010

Für die Vergewaltigung waren sie in den Busch gefahren. Hier konnte Lydiah Wokabi nicht auf Hilfe hoffen.

Bringen sie mich um? Was wird aus meinen Kindern?

Sie lag gefesselt und zusammengekrümmt in dem Kleinbus. Ein Klebeband war über ihren Mund gezogen. Ihr ganzer Körper schmerzte.

Die zwei bösen Männer standen neben dem Bus und unterhielten sich in einer Sprache, die sie nicht verstand. Sie glaubte, es war Somali. Der Junge wirkte so unschuldig. Er sah aus wie ein Kenianer und hatte auch so gesprochen. Sie hatte ihm vertraut. Deswegen hatte sie ihm auch helfen wollen und war in den Bus gestiegen. Der zweite Vergewaltiger war ein wuchtiger Mann mit riesiger Zahnlücke. Lydiah war sich sicher, dass er ein verdammter Somalier war. Diese Mistkerle brachten nur Ärger ins Land. Der schreckliche Mann mit der Zahnlücke hatte sie fast umgebracht, während er sich an ihr verging.

Ein Lichtkegel erschien in der Nacht, und kurz darauf fuhr ein Geländewagen auf die Lichtung. Noch mehr Männer? Lydiah befürchtete das Schlimmste.

Türen wurden geöffnet und wieder zugeschlagen. Der Mann mit der riesigen Zahnlücke packte sie an den Haaren und zerrte sie aus dem Bus. Lydiah fiel auf den Boden.

Mehrere Männer standen auf der Lichtung. Lydiah erkannte vier Schwarze und einen Weißen. Einer der schwarzen Neuankömmlinge war ein Riese. Er kam ihr vor wie eines dieser Monster in Menschengestalt, die sie in einem Horrorfilm gesehen hatte.

»Hier ist es«, sagte der schwarze Riese.
»Hier ist was?«, fragte der Weiße.
»Na dein Geschenk.«
»Du meinst die Frau?«
»Natürlich meine ich die Frau. Du kannst mit ihr machen, was du willst. Du kannst sie ficken, zusammenschlagen ... was auch immer. Du musst sie nur anschließend kaltmachen.«
Lydiah erstarrte vor Angst. Ihr Atem stockte, doch sie schaffte es irgendwie, der Unterhaltung, die auf Englisch geführt wurde, zu folgen.
»Hier vor euren Augen?«, fragte der Weiße.
»Genau hier und jetzt!«
»Nein danke. Das Geschenk kann ich nicht annehmen.«
»Du würdest mich damit sehr beleidigen.«
»Dann hast du Pech gehabt.« Der Weiße schien wütend zu sein.
»Willst du den Deal?«
»In dem Deal geht es um Schmuggel, nicht um Mord.«
»In dem Deal geht es um Vertrauen. Ich will wissen, ob du die Wahrheit sagst.«
»Welche Wahrheit?«
»Du hattest gesagt, dass dir ein Menschenleben nichts bedeutet.«
»Stimmt. Aber ich habe nicht gesagt, dass ich ein Menschenleben nehme.«
»Das ist für mich dasselbe.«
»Aber nicht für mich. Ich habe keine Lust, Menschen umzubringen.«
»Es interessiert mich einen Dreck, worauf du keine Lust hast. Ich will wissen, ob du gelogen hast.«
»Ich habe nicht gelogen!«, schrie der Weiße nun.
»Dann bring sie um!«, schrie der Riese zurück.
»Vergiss es!«
Lydiah fühlte für einen Moment Erleichterung. Dieser Weiße war kein böser Mann. Konnte er sie retten?

»Dann ist der Deal geplatzt.« Obwohl der Riese nun wieder im ruhigen Ton sprach, wirkten seine Worte bedrohlich.

»Wie schade. Den Nebenverdienst hätte ich wirklich gut gebrauchen können. Fahrt mich jetzt zurück ins Hotel«, forderte der Weiße und lief zum Geländewagen. Lydiah wurde panisch. Sie sah in ihm ihre einzige Hoffnung. Er konnte sie doch nicht hier zurücklassen!

Plötzlich zog der Riese eine Waffe aus seinem Hosenbund und zielte damit auf den Rücken des Weißen.

Lydiah versuchte verzweifelt, ihn zu warnen. Doch sie konnte durch das Klebeband auf ihrem Mund nur ein würgendes Geräusch pressen.

Der Weiße blieb abrupt stehen. Ahnte er, dass sie ihn erschießen wollten?

»Was erreichst du damit, wenn ich die Frau umbringe?«, fragte er, immer noch mit dem Rücken zu den Schwarzen gerichtet.

»Ich erhalte einen Beweis deiner Loyalität.«

Langsam drehte sich der Weiße um. Der schwarze Hüne ließ die Waffe sinken.

»Mit einem Geschenk kann man machen, was man will. Ich gebe meinem Geschenk die Freiheit.«

»Bist du schwer von Begriff? Ich habe das Geschenk an eine Bedingung geknüpft.«

»Wo habt ihr sie aufgegabelt?«, fragte der Weiße.

»In Kibera. Sie stand da am Straßenrand, verkaufte ihre Kaugummis und schien auf uns zu warten.« Zum ersten Mal sprach nun der Junge, der wie ein Kenianer aussah.

»Wir haben die Hexe für dich eingeritten. Gewehrt hat sie sich wie der Teufel«, fügte der brutale Mann mit der Zahnlücke hinzu. »Doch einige Schläge aufs Maul haben sie gefügig gemacht. Aus Versehen habe ich ihr die Zähne eingeschlagen. Aber ich denke, ein paar leichte Gebrauchsspuren an deinem Geschenk wirst du akzeptieren.«

Der Weiße blickte auf Lydiah herab. Sie glaubte, Mitleid in seinen Augen zu erkennen.

»Jetzt mach schon, Pilot. Fick sie endlich!«, rief der ältere Mann mit dem Turban.

»Ihr wollt, dass ich sie ficke?«

»Na klar. Wir wollen sehen, wie ein Deutscher fickt.«

»Nein danke. Ich habe keine Lust, mir irgendeinen Siff einzufangen.«

Sie hörte schallendes Gelächter.

»Du willst sie also nicht ficken?«, fragte der Riese, der anscheinend der Anführer der Schwarzen war. Der Weiße schüttelte den Kopf.

»Dann weißt du ja, was zu tun ist.«

In der Zwischenzeit entfernte der Junge das Klebeband über Lydiahs Mund und schnitt ihre Fesseln durch. Im ersten Moment wollte sie aufspringen und davonlaufen. Doch ihr Körper gehorchte ihr nicht. Wie gelähmt blieb sie liegen. Dann schrie sie nach Hilfe. Der böse Mann mit der Zahnlücke trat in ihr Gesicht. Sofort verstummte Lydiah.

»Bitte … bitte! … Lasst mich … lasst mich gehen.« Wegen der ausgeschlagenen Zähne hatte sie Schwierigkeiten, klar zu sprechen. »Ich hab euch doch … nichts getan. Meine zwei … zwei Kinder warten auf mich. Sie brauchen mich.«

Sie versuchte, ihre schweren Brüste mit den Händen zu bedecken.

»Wie heißt du?«, fragte der Weiße. Sie war sich inzwischen sicher, dass er sie retten würde.

»Lydiah, Herr. Lydiah Wokabi. Ich habe nichts getan.« Sie kroch auf Knien zu ihm und küsste seine Schuhe. Der böse Mann mit der Zahnlücke verpasste ihr einen Tritt in die Seite. Stöhnend krümmte sie sich auf dem Boden.

»Warum trittst du mein Geschenk?«, fragte der Weiße den bösen Mann.

»Aus Spaß natürlich.«

»Lang mein Geschenk nicht mehr an, hast du verstanden!«

»Warum so emotionsgeladen? Ich dachte, ein Menschenleben ist dir egal?«, fragte der Riese misstrauisch.

»Es ist aber nicht nötig, dass sie leidet.«

»Oh! Monsieur hat Mitleid mit Gottes Geschöpfen!«, stellte der Mann mit dem Turban ironisch fest.

Lydiah lag mit schmerzverzerrtem Gesicht zusammengerollt auf dem Boden und weinte. Sie hatte keine Kraft mehr, sich zu wehren.

»Meine Geduld ist zu Ende«, sagte der Riese mit drohender Stimme.

»Gib mir deine Knarre.« Auffordernd hielt der Weiße seine Hand auf. Wollte er sie etwa erschießen? Er musste sie doch retten!

»Meine Pistole? Nein, so einfach mache ich es dir nicht.«

»Und wie soll ich sie dann umbringen?«

»Hier, nimm das.« Der Mann mit der Zahnlücke schmiss sein Kampfmesser in den Staub.

Der Weiße nahm es auf, steckte es zu ihrer Erleichterung aber weg. Langsam ging er zu ihr.

»Steh auf.«

Mühselig versuchte sie, auf ihre Beine zu kommen. Rücksichtsvoll unterstützte er sie dabei mit seinen Händen. Als sie stand, schaute sie scheu hoch in sein Gesicht. Noch war sie misstrauisch. Er wollte sie doch retten, oder?

»Wie alt sind deine Kinder?«

»Elf und zwölf Jahre, Herr. Es sind zwei wunderbare Töchter.«

»Wo ist der Vater?«

»Der Schuft hat sich schon lange aus dem Staub gemacht.«

»Du erziehst deine Kinder alleine?«

»Ja, Herr.«

»Hör auf, mich Herr zu nennen.«

»Ja, Herr.«

Die Schwarzen lachten schallend. Es war ihr egal.

»Wie heißen deine Töchter?«

»Elisabeth und Lucy. Sie sind zwei reizende Mädchen.«

»Du brauchst keine Angst mehr zu haben. Komm her, es ist vorbei.«

Behutsam nahm er Lydiah in seine Arme. Wusste sie es doch, er würde sie vor diesen schlimmen Männern retten. Die Anspannung fiel von ihr ab, und plötzlich schluchzte sie hemmungslos. Das geschändete Gesicht hatte sie in ihre Hände vergraben. Er klopfte ihr väterlich auf den Rücken. Dann spürte sie seine Finger auf ihrem Rücken. Es fühlte sich so an, als ob er etwas ertasten wollte.

KAPITEL 46

Nairobi, 9. August 2010

Wie komm ich aus dieser Nummer wieder raus? Fieberhaft suchte Alexander nach einer Lösung. Dann nahm er Lydiah tröstend in die Arme. Sie drückte sich an ihn. Anscheinend vertraute sie ihm. Die Terroristen hatten sie übel zugerichtet. Ihr bunter Rock war zerrissen. Blut befleckte ihre weiße Bluse, den BH hatten sie ihr aufgeschnitten. Alexander hatte erkannt, dass sie ihn umbringen würden, wenn er die Frau nicht ermordete. Die Waffe, die er vor wenigen Augenblicken von Chibala verlangt hatte, bekam er nicht. Sein Plan, damit die Terroristen zu erledigen, ging nicht auf. Nur Salongos Messer hatte er hinter seinen Rücken unter den Gürtel geklemmt. Doch damit hatte er keine Chance gegen die Somalier. Er musste eine ethisch und moralisch unmögliche Entscheidung treffen.

Mit der linken Hand erfühlte er die Stelle auf ihrem Rücken, an der er ansetzen konnte. Von ihr unbemerkt führte er mit seiner rechten Hand das Messer hinter ihren Rücken.

»Erzähle mir von deinen Kindern«, sagte Alexander beruhigend.

»Zwei Mädchen, sie gehen in Kibera in die Schule. Dort …«

Plötzlich entwich ein Ächzen ihrem zerschundenen Mund. Aus ihren weit aufgerissenen Augen schaute sie ihn anklagend an. Ich habe dir vertraut, sagten diese Augen. Dann rutschte sie auf den Boden. Ein schneller Tod war alles, was er für sie tun konnte.

Dafür werdet ihr büßen.

Er hasste sich, er hasste die Terroristen. Eine tödliche Wut ergriff von ihm Besitz, er zitterte am ganzen Leib. Nur mit Mühe konnte er den Impuls unterdrücken, auf die Somalier loszugehen. Es wäre einem Selbstmord gleichgekommen.

»Oh, du hast sie ja gar nicht gequält.« Mit enttäuschtem Blick lief Salongo zu der toten Frau und zog mit einer schnellen Bewegung sein Messer aus ihrem Rücken.

»Du hast schnell und kraftvoll zugestochen, fast schon professionell«, wunderte sich Chibala. »Hast du etwa schon öfter Menschen umgebracht?«

»Was? Nein. Nein. Das war das erste Mal. Und ich will es auch nie wieder tun.«

»Wenn du die Schlampe nicht abgestochen hättest, würdest du nun neben ihr im Dreck liegen. Hilf jetzt Salongo, den Kadaver in die Büsche zu schmeißen. Und holt ihre Sachen aus dem Bus.«

Salongo packte die Frau bereits an einem Bein und schleifte sie hinter sich ins Dickicht. Jetzt! Das war der geeignete Moment. Alexander erkannte seine Chance und lief zum Kleinbus. Er musste sich bücken, um durch die offene Heckklappe in den Bus zu steigen. Es war ihm ein Leichtes, den Peilsender aus der versteckten Hosenbeintasche zu fummeln. Er klemmte das Spionagegerät in einen Spalt an der Hinterseite der Rückenlehne. Dann griff er nach Bauchladen und Hut der Getöteten und schmiss die Sachen ins Dickicht, in dem die Leiche lag.

»Steig in den Geländewagen. Wir bringen dich zurück ins Hotel«, sagte Chibala zu dem Piloten.

»Was ist mit der Anzahlung für den Transport?«

Chibala stieg in den Toyota, öffnete das Handschuhfach, holte einen Umschlag heraus und reichte ihn nach hinten zu Alexander.

Während sie losfuhren, zählte der Agent das Geld.

»Ich habe gesagt, ich will die Hälfte. Das hier sind nur 15 000 Dollar. Wo ist der Rest?«

»Du wolltest darüber sprechen, und ich habe dir gesagt, wir tun das, nachdem du dein Geschenk bekommen hast. Ich bin nicht mit der Hälfte einverstanden. Ein Drittel für die Anzahlung muss dir reichen.«

Alexander stierte Chibala wütend an.

»Jetzt, nachdem ich die Frau ermordet habe, sagst du mir das?«

»Genau. Jetzt, nachdem du die Frau ermordet hast.«

Wütend schmiss Alexander den Umschlag nach vorne.

»Scheiß drauf. Behalt deine Kohle.«

Chibala reagierte nicht darauf. Nadif fuhr den Wagen schweigend Richtung Stadt. Wenige Minuten später beugte sich Alexander nach vorne und hielt die Hand auf.

»Verdammter Mist. Ich brauche die Kohle. Gib mir den Umschlag.«

Chibala hob ihn auf und reichte ihn nach hinten.

»Wann bekomme ich den Rest?«

»Wenn du mir die Lieferung übergibst.«

»Und wie komme ich in Deutschland an dieses Gerät zur Achsvermessung?«

»Du wirst von einem Kontaktmann aufgesucht. Der gibt dir die Lieferung. Alles Weitere ist dein Job. Aber ich warne dich.« Chibala drehte sich zu Alexander um. Die glanzlosen Augen des Somaliers stierten den Agenten an. »Solltest du vorhaben, dich mit dem Geld aus dem Staub zu machen, wird das nicht funktionieren. Du wohnst in Garching, Weberstraße 87. Ich kann dich jederzeit erreichen. Noch Fragen?«

»Wie kontaktiere ich dich, wenn ich zurück bin?«

Chibala nahm ein Schmierblatt aus dem Handschuhfach und schrieb seine Nummer darauf.

»Sobald du zurück in Nairobi bist, rufst du mich an.«

Sie erreichten das Hotel, und Alexander stieg aus.

Chibala drehte seine Fensterscheibe herunter. »Ach ja, ich habe vergessen, dir noch etwas zu sagen. Versagen ist keine Option. Dein Leben hängt von der Lieferung ab.«

Alexander schaute dem davonbrausenden Geländewagen hinterher.

Sie sind besser organisiert als ich dachte. Sie werden mich zuhause bestimmt überwachen. Valentina! Ich darf mich nicht mit ihr treffen!

Als er zurück auf seinem Hotelzimmer war, wollte er noch eine E-Mail an Valentina schicken. Eine weitere Lüge, um sie zu schützen. Aber sobald er die Zimmertür hinter sich geschlossen hatte, konnte er seine Wut nicht mehr zurückhalten. Er fing an zu zittern. Dann schlug er gegen die Wand, bis seine Handknöchel bluteten. Sein Jähzorn drohte, außer Kontrolle zu geraten. Alexander machte Liegestützen, bis er seine Arme vor Schmerz nicht mehr spürte.

Dann notierte er zwei Namen.

Elisabeth und Lucy Wokabi. Wenn alles ausgestanden war, wollte er zumindest für die Kinder der Ermordeten etwas tun.

Er legte sich ins Bett und dachte an die Terroristen.

Sie werden dafür bezahlen. Das schwöre ich.

KAPITEL 47

Nairobi, 10. August 2010

Der Wecker beendete eine schlimme Nacht. Kalter Schweiß bedeckte Alexanders Körper. Er hatte bis zum frühen Morgen kein Auge zugetan und entsprechend erschöpft fühlte er sich.

In einer Stunde würde der Crewtransport vor dem Hotel bereitstehen, in weiteren zwei Stunden sollte der Jumbo abheben. Wenn er nur Pilot wäre, würde er jetzt nicht fliegen, weil er zu müde war. Aber er war auch Agent, und es stand zu viel auf dem Spiel.

Mühsam quälte er sich aus dem Bett und schlurfte an den Schreibtisch. Zumindest konnte er nun die E-Mail schreiben, zu der er in der Nacht nicht mehr in der Lage gewesen war.

Liebling, eine Änderung. Probleme zwingen mich, in Nairobi zu bleiben. Ich weiß noch nicht, wann ich zurückkomme. Es tut mir leid. Ich liebe dich.

Seine Arbeit verstrickte ihn immer tiefer in Lügen. Alexander spürte, dass ihm die Kontrolle über die Situation entglitt. Dieser Auftrag war wie eine Spirale der Gewalt, die ihn in die Hölle zog.

Beim Check-out in der Hotellobby traf er seinen neuen Copiloten für den Flug zurück nach München.

»Hallo, Alexander, ich habe dich lange nicht gesehen.«

»Guten Morgen, Rüdiger.«

»Wie ich hörte, musst du hier in Nairobi einige Dinge richten.«

»Das scheint sich ja schnell rumzusprechen. Wie du bestimmt auch mitbekommen hast, läuft es hier nicht rund.«

»Alexander?«

»Ja?«

»Verzeihe mir, wenn ich zu direkt werde. Aber du siehst nicht gut aus.«

Alexanders lächelte müde.

»Keine Sorge, ich weiß, wie ich aussehe. Konnte nicht gut schlafen letzte Nacht, aber ich bin fit genug für den Flug.«

Rüdiger nickte zweifelnd. Eine Stunde später saßen sie im Cockpit und überprüften die Flugunterlagen. Alexander war mit seinen Gedanken jedoch nicht bei der Arbeit. Er dachte an letzte Nacht. Der Mord an Lydiah hatte ihm mehr zugesetzt als er zugeben wollte. Er zweifelte an seiner Entscheidung. Aber was hätte er tun können? Alexander wusste, dass sie ihn erschossen hätten, wenn er noch länger gezögert hätte.

»Alexander! Hast du gehört?«

Der Kapitän schaute überrascht auf. »Was?«

»Der Techniker will wissen, wie viel wir tanken wollen. Reicht uns der Sprit vom Flugplan, oder sollen wir mehr mitnehmen?«

»Ach so, ja, nein. Flugplansprit. Es gibt ja kein Argument für mehr Sprit, oder?«

»Nein. Kein Argument.«

Rüdiger gab die Anweisungen an das Bodenpersonal weiter. Der Kapitän bemerkte den besorgten Blick seines Copiloten und legte den Flugplan, den er gerade in den Händen hielt, auf die Mittelkonsole des Cockpits.

»Hör zu, wie du sehr gut erkannt hast, bin ich nicht wirklich bei der Sache. Du bist der ›Pilot Flying‹ auf diesem Flug, und wie ich dich kenne, wirst du das wieder hervorragend machen. Achte auf mich. Es kann sein, dass ich heute verstärkt fehleranfällig bin.«

»Das befürchte ich auch.«

»Wir kriegen das schon hin.«

»Tut mir leid, Alexander. Aber ich werde nicht mit dir fliegen.«

»Was soll das?«

»Du bist nicht fit.«

»Ich bin fit genug für den Flug.«

»Rufe bitte bei Dispatch an und verspäte den Flug für acht Stunden. Du hast dann genug Zeit, dich auszuschlafen.«

»Nein! Das werde ich nicht tun. Wir fliegen jetzt nach München.«

»Wenn du nicht anrufst, rufe ich an.«

Sein Copilot handelte richtig. Sie waren so geschult worden, dass sie einen Flug ablehnten, wenn der Kapitän nicht einsatzfähig wirkt. Aber nun ging es um mehr als diesen Flug. Doch das konnte er Rüdiger nicht sagen.

»Wenn der Flugbetriebsleiter dir die Verantwortung abnimmt, bist du dann bereit zu fliegen?«, fragte er seinen Copiloten.

Rüdiger überlegte einen Augenblick. »Ja.«

Alexander stieg aus dem Pilotensitz und ging nach hinten in das upper deck. Dort rief er den Flugbetriebsleiter an und erklärte ihm die Situation.

»Ich muss fliegen, weil sehr viel davon abhängt«, sagte Alexander zum Abschluss seiner Erklärung.

»Was könnte wichtiger sein als die Flugsicherheit?«, fragte Sebastian Müller.

»Die Verhinderung eines Massenmordes.«

Stille in der Leitung. Sebastian spürte wohl, dass Alexander die Wahrheit sagte.

»Ok. Gib mir den Copiloten ans Telefon.«

Alexander reichte sein Handy an Rüdiger weiter. Nach einer Minute war das Gespräch beendet und Rüdiger legte auf.

»Alles klar. Ich fliege jetzt mit dir nach München«, sagte er.

Während des Flugs konnte Alexander kaum die Augen offenhalten. Er drückte die Rückenlehne bis zum Anschlag zurück, setzte eine Augenbinde auf und versuchte, sich ein wenig zu erholen.

Nach acht Stunden Flugzeit landete Rüdiger das Flugzeug sicher in München. Der Crewbus brachte sie ins FOC, ins Flight Operation Center. Alexander ging ins Büro von Crew Control.

»Hallo, Sofie. Es gibt viel Arbeit. Teile mich bitte für den nächsten Flug nach Nairobi in zwei Tagen ein.«

»Puh. Das ist sehr kurzfristig.«

»Ich weiß, aber es muss sein.«

»Ok. Ich schaue, was ich tun kann.«

»Nein!« Alexanders Stimme war lauter als er beabsichtigt hatte. »Du musst mich verlässlich einplanen. Und zwar jetzt gleich. Wenn es Schwierigkeiten gibt, dann zieh den Flugbetriebsleiter hinzu.«

»Ok. Alex. Ich ändere den Plan. Wie lange willst du diesmal in Nairobi bleiben?« Während Sofie sprach, begann sie, wild in ihren Computer zu hacken.

»Plan mich für weitere vier Tage ein.«

Augenblicke später lehnte Sofie sich zurück. »Fertig. Du bist eingeteilt, wie gewünscht. Jetzt muss ich nur noch das Chaos entwirren, das durch diese kurzfristige Änderung erzeugt wurde. Aber in ein paar Stunden sollte ich es geschafft haben.«

»Ich weiß, dass du das hinkriegst.«

»Ja, ja. Wir Deppen von Crewcontrol müssen immer alles hinkriegen.«

»Sofie!«

»Ja?«

»Danke.«

Auf dem Weg zu seinem Auto schaltete er den Flugmodus seines Handys aus. Augenblicke später ertönte der Summton für eine Textmeldung: *Wie geht's? Lange nicht gesehen. Sybille*

Er blieb stehen und starrte auf die Meldung. Ja, so würde ich es auch machen, dachte sich Alexander. Die Schlacht ging nun auch hier in Deutschland los. Er wählte Heiners Nummer.

»Hallo, Alexander. Ich habe auf deinen Anruf gewartet. Du hast bestimmt von Sybille eine Mail bekommen.«

»Ja, hab ich.«

»Sybille« war ein Codewort und bedeutete, dass jemand in Alexanders Appartement eingedrungen war. Seine Wohnung wurde von einem stillen Alarm überwacht, der bei Einbruch die Textmeldung versandte.

»Ich gehe davon aus, dass sie dich nun überwachen. Das ist ausgezeichnet.«

»Ausgezeichnet? Findest du?«

»Es ist ausgezeichnet, weil sie nicht wissen, dass wir es wissen. Wir benutzen ihre Überwachung gegen sie. Du spielst deine Rolle einfach weiter.«

»Es ist ein sehr lästiger Gedanke, zu wissen, dass man in den eigenen vier Wänden überwacht wird.«

»Du bist ein Profi und kannst mit sowas umgehen.«

»Na klar. Der Hartmann wird's schon machen. Die Somalier waren auch schon darüber informiert, wo ich wohne. Irgendjemand hier in Deutschland hat gründliche Arbeit geleistet.«

»Du wurdest professionell überprüft, doch deine Tarnung hat wieder ihren Zweck erfüllt.«

»Du hättest mich benachrichtigen sollen. Ich wollte mich heute Abend mit Valentina treffen. Gerade noch rechtzeitig konnte ich ihr absagen. Die Terroristen dürfen auf keinen Fall von ihr erfahren.«

»Tut mir leid. Das habe ich nicht bedacht. Weiß sie, dass du zurück bist?«

»Nein. Sie glaubt, ich sei noch in Nairobi.«

»Gut so.«

»Heiner, ich verliere die Kontrolle über den Fall.«

»Was ist passiert?«

»Die Somalier haben mich zu einem Mord gezwungen.«

»Das war also das Geschenk. Erzähle mir davon.«

Der Agent berichtete den Vorfall. Ihm wurde übel, als er davon sprach. Er fühlte eine Mischung aus Wut und Trauer.

»Hm! So wie du die Sache schilderst, hattest du keine andere Wahl.«

»Das ist ein schwacher Trost.«

»Tut mir leid, Alexander. Aber das ist der Job eines Geheimagenten.«

»Deine Worte sind nicht sehr hilfreich.«

»Ich kenne dich und ich weiß, wie sehr dich das belastet. Kannst du damit umgehen?«

»Bleibt mir eine Wahl?«

»Nein.«

»Dann müssen wir jetzt besprechen, wie es weitergeht.«

»Natürlich.« Alexander war frustriert. Er hatte gehofft, durch das Gespräch den Mord besser verarbeiten zu können.

»Hast du schon Neuigkeiten für die Übergabe der Rakete?«, fragte Heiner.

»Noch nicht. Der Waffenlieferant wird sich bei mir melden.«

»Halte mich auf dem Laufenden ... soweit das bei deiner Überwachung möglich ist.«

»Klar. Aber sag mal, Heiner, soll ich wirklich eine funktionierende Startschiene zu den Terroristen bringen?«

»Wir hatten eine Krisensitzung auf höchster Ebene. Es wurde beschlossen, dass du liefern musst, ansonsten besteht Gefahr, dass die Terroristen das Ersatzteil von anderer Stelle organisieren können. So jedoch haben wir Einfluss auf die Waffe.«

»Wie meinst du das?«

»Einer meiner Mitarbeiter – er wird sich als neuer Cargoflight Marketing-Angestellter Friedrich Winterstein vorstellen – fliegt mit dir übermorgen nach Nairobi. Während des Flugs manipuliert er die Waffe.«

»Das ist ein gefährliches Spiel.«

»Ein Spiel, in dem wir die Kontrolle behalten.«

»Ein Pokerspiel, und mein Leben ist der Einsatz.«

»Aber du bist der Joker. Es ist unserer Meinung nach der sicherste Weg.«

»Und wenn die Somalier einen Testschuss abgeben?«

»Davon gehen wir aus und dafür haben wir vorgesorgt.«

»Wie?«

»Die Startschiene wird vorerst einsatzbereit bleiben. Nach dem Testschuss kannst du mit einer Fernbedienung einen Minidetonator zünden. Es wird lautlos sein. Nur ein Draht in der Elektronik wird durchgetrennt. Das reicht aber aus, um die Waffe nutzlos zu machen. Die Rakete kann zwar abgefeuert werden, stürzt dann aber nach ein paar hundert Metern auf den Boden.«

»Inschallah.«

»Nein. Nicht wie Gott will, sondern wie wir wollen. Als zusätzliche Absicherung hat der Minidetonator einen Zeitzünder. Sobald Winterstein den Zünder in die Raketen-Startschiene eingebaut hat, zählt der Countdown.«

»Auf welche Zeit ist der Zünder eingestellt?«

»Auf 48 Stunden. Solltest du es nicht schaffen, mit der Fernbedienung die Anlage unschädlich zu machen, dann wird der Detonator automatisch gezündet.«

Alexander verstand. Heiner war sich des riskanten Einsatzes durchaus bewusst und rechnete den Ausfall des Agenten mit ein.

»Und wenn die Terroristen den Testschuss später abgeben?«

»Mit der Fernbedienung kannst du auch die Zielzeit verändern.«

»Du hast wohl an alles gedacht.«

»Das hoffe ich. Wir wissen nach wie vor nicht, wo und wann der Anschlag stattfinden soll.«

»Ich werde es herausfinden.«

»Ich baue auf dich. Denk daran, wir müssen das Problem an der Wurzel packen. Wir wollen die Hintermänner.«

»Und natürlich den Anschlag verhindern.«

»Natürlich. Ich will aber alles.«

»Schon verstanden. Aber wäre es nicht einfacher, die Somalier auszuschalten, um dann bequem an Chibalas Telefon zu gelangen? Dann wäre nicht nur die Gefahr des Anschlags beseitigt, wir könnten auch in aller Ruhe die Verantwortlichen oder die Mittelsmänner in Dubai ausfindig machen.«

»In dem Fall besteht aber Gefahr, dass die Hintermänner Wind von der Sache bekommen und abtauchen. Die Bedrohung wäre nur aufgeschoben.«

»Verstanden. Chibala hat mir übrigens klargemacht, dass er keine Sekunde zögern würde, mich zu erledigen, wenn er misstrauisch werden würde.«

»Dann gib ihm keinen Grund dazu. Zudem hast du eine Lebensversicherung.«

»Wirklich?«

»Die Terroristen müssen nach dem Anschlag so schnell wie möglich verschwinden. Deswegen sind sie auf dein Angebot mit der Cessna angesprungen. Es ist für sie die sicherste Möglichkeit, um nach Somalia abzuhauen.«

»Gestern Abend schienen sie das aber vergessen zu haben. Hätte ich die Frau nicht umgebracht, würde es mich nicht mehr geben.«

»Ich weiß. Aber du musst jetzt dranbleiben. Und denke daran, du wirst überwacht. Gib ihnen keinen Anlass, misstrauisch zu werden.«

»Das sagst du so einfach.«

»Was soll ich sonst sagen?«

»Danke für deine aufbauenden Worte.«

Alexander stieg in seinen alten Passat Kombi und fuhr nach Hause. In seine Wohnung, die von Terroristen überwacht wurde.

KAPITEL 48

München, 10. August 2010

Es war nichts zu sehen. Keine Spuren eines Eindringens, keine Kratzspuren am Türschloss. Auch in der Wohnung wirkte alles unverändert. Ein Profi musste am Werk gewesen sein.

Alexander ging in den Flur zur Garderobe, riss die Krawatte ab und öffnete die oberen beiden Hemdknöpfe seines Uniformhemdes.

Ich werde überwacht! Jeder Ton wird übertragen. Ob auch Kameras installiert sind? Sehen sie, wie ich jetzt meinen Koffer auf die Ablage stelle und aufmache?

Die Privatsphäre war gestört. Nein. Sie fehlte gänzlich. Er wusste, dass er beobachtet wurde. Er fühlte sich nackt und ausgeliefert.

Alexander war todmüde. Die schlaflose Nacht davor, der Flug, besonders aber die Erinnerung an den Mord saugte die letzte Energie aus seinem Körper. Trotzdem musste er jetzt seine Rolle spielen. Er stützte sich mit den Händen auf die Küchenplatte und schloss die Augen. Es pochte dumpf in seinen Schläfen. Dann gab er sich einen Ruck, öffnete den Kühlschrank und holte die Schale mit den Eiswürfeln aus dem Gefrierfach. Laut klopfte er das Eis aus der Plastikform auf die Arbeitsplatte. Fünf Eiswürfel klirrten Augenblicke später in dem schweren Glas. Gin gluckste hinterher. Innerhalb einer Minute hatte er ausgetrunken. Er schenkte sich geräuschvoll nach. Auch das zweite Glas war schnell leer. Er wollte sich noch duschen, war aber zu niedergeschlagen. Er schenkte sich ein drittes Mal nach. Mit dem Glas in der Hand ging er zum Spiegel an der Garderobe. Er schaute in das Gesicht eines Mörders. Alexander spürte den Drang, sein Glas in dieses Gesicht zu schleudern. Im letzten

Augenblick konnte er den Impuls unterdrücken. Er trank aus und lief zurück in die Küche. Gin tropfte aus seinem Mundwinkel. Er ließ das Glas laut scheppernd in das Spülbecken fallen, packte die Flasche mit dem Gin und ging ins Schlafzimmer. Mit seinen Kleidern fiel er aufs Bett. Er trank nun einen Schluck aus der Flasche und wollte sie – ohne dabei hinzuschauen – auf dem Nachtisch abstellen. Doch die Flasche fiel auf den Boden. Der Inhalt der Flasche ergoss sich auf den Teppich. Alexander kümmerte das nicht. Einen Augenblick später versank er in einen tiefen und traumlosen Schlaf.

Das Klingeln des Telefons riss ihn aus dem Schlaf. Erst dachte er, es sei noch mitten in der Nacht, doch dann sah er die schmalen Lichtstreifen, die sich durch die Ritzen der Jalousie zwängten. Staubpartikel tänzelten durch die Luft. Der Wecker zeigte zehn Uhr vormittags. Er hatte zwölf Stunden geschlafen. Alexander fingerte nach dem läutenden Telefon.

»Guten Morgen, Herr Hartmann. Wir haben einen gemeinsamen Freund.«

»Wer spricht da?«

»Sie werden unserem Freund einen Koffer überbringen. Wenn meine Informationen stimmen, dann fliegen Sie morgen früh zurück nach Nairobi. Ist das richtig?«

»Das ist richtig.«

»Wann verlassen Sie Ihr Appartement für den Flug?«

»Um neun Uhr.«

»Parken Sie Ihr Auto am Vorabend im Hinterhof der Appartementanlage neben dem Fahrradschuppen, und seien Sie am Morgen des Flugs um 08:55 Uhr an Ihrem Auto. Die Lieferung werde ich Ihnen dort persönlich übergeben.«

»Ich werde pünktlich sein.«

Der Anrufer legte auf. Alexander blieb noch einige Minuten mit geschlossenen Augen liegen. Die Kontaktaufnahme hatte geklappt. Die Terroristen hatten den Köder geschluckt.

Nachdem er sich angezogen hatte, ging er in die Küche und

schenkte sich wieder einen Gin ein. Diesmal nippte er allerdings nur daran. Der Drang war groß, im Raum nach Kameras und Mikrophonen zu suchen. Es kostete ihn Überwindung, dem zu widerstehen.

Sein Magen knurrte, doch im Kühlschrank fanden sich nur abgelaufene Lebensmittel. Das Los eines jeden Langstreckenpiloten, der alleine lebte. Durch den transparenten Joghurtbecher konnte er grünlich-weißen Schimmel erkennen. Das Marmeladenglas war fast leer. Das letzte Mal hatte er vor zwei Wochen eingekauft. Alexander zuckte mit den Schultern. Knäckebrot mit Margarine war zur Not ausreichend.

Eine Stunde später schlenderte er im Supermarkt durch die Regalreihen.

Ob ich auch hier beobachtet werde? Ich muss davon ausgehen. Keine Gesichter anschauen.

Bei den Spirituosen ließ er sich Zeit. Er nahm verschiedene Flaschen in die Hand und prüfte sorgfältig deren Etikette.

Als er drei Flaschen in den Einkaufswagen legte, waren zwei Augenpaare auf ihn gerichtet. Das eines Mannes und das einer Frau. Der Mann bummelte scheinbar wahllos durch die Regalreihen. Aus den Augenwinkeln schielte er immer wieder durch seine Sonnenbrille zu Alexander. Die Frau beobachte Alexander für ein paar Augenblicke, dann kam sie näher. In diesem Augenblick drehte er sich um und schob seinen Einkaufswagen zur Kasse.

Als Alexander zuhause ankam, stellte er die Einkaufstüte ab und öffnete den Briefkasten. Zwischen Werbesendungen fand er einen Brief vom Polizeipräsidium. Alexander steckte die Post in die Einkaufstüte und stieg die Treppen hoch in sein Dachappartement.

Nachdem er den Einkauf weggepackt hatte, setzte er sich an den Tisch und ging die Post durch. Der Brief des Polizeipräsidiums war die nette Aufforderung, 80 Euro zu überweisen. Mal wieder zu schnell gefahren. Entrüstet knallte Alexander den Brief auf den Tisch. Die Werbesendungen schmiss er alle in den Mülleimer.

KAPITEL 49

Frankfurt, 11. August 2010

»Er scheint gerne zu trinken.«

»Wie kommen Sie darauf?«, fragte Hubert von Godehardt seinen Spürhund.

»Wenige Minuten, nachdem er gestern Abend zuhause ankam, schüttete er sich mehrere Gläser Gin rein, hat dann sogar die Flasche mit ins Schlafzimmer genommen. Ohne sich auszuziehen, ist er auf sein Bett gefallen und eingeschlafen. Erst durch meinen Anruf heute Vormittag ist er aufgewacht.«

»Und weiter?«

»Er fuhr zum Einkaufen in den Supermarkt. Unter anderem hat er drei Flaschen Gin gekauft. Bombay Sapphire. Er scheint zu wissen, was gut schmeckt. Danach fuhr er wieder zurück in seine Wohnung und arbeitete seine Post durch. Es war hauptsächlich Werbung. Allerdings erregte ein Brief seine besondere Aufmerksamkeit. Wütend klatschte er den Brief auf den Tisch.«

»Konnten Sie erkennen, worum es sich bei dem Brief handelte?«

»Um einen Strafzettel. Der Aufnahmewinkel der Kamera war ungünstig, aber in der Bildnachbearbeitung konnte ich erkennen, dass der Pilot wegen überhöhter Geschwindigkeit 80 Euro überweisen muss.«

Von Godehardt war zufrieden. Jeder Schritt, jede Bewegung und jede Äußerung des Piloten wurden aufgezeichnet.

»Führte er Telefongespräche?«

»Nein. Zumindest keine, seit er die Wohnung betreten hatte.«

Dem Unternehmer gefiel, was er hörte. Der Pilot schien ein verhaltensgestörter Einzelgänger zu sein, mit Suchttendenzen zum Alkohol und Glücksspiel. Von Godehardt war versucht, die Observierung zu beenden, doch da kam ihm noch ein Gedanke.

»Überwachen Sie den Piloten, bis er morgen wieder nach Nairobi fliegt. Überprüfen Sie auch, wie oft er bei der Polizei aufgefallen ist. Wie oft er zu schnell gefahren ist und wie viele Punkte er in Flensburg hat … einfach alles.«

KAPITEL 50

München, 12. August 2010

Scheiß Alarm!

Ungelenk tasteten Alexanders Hände nach dem Wecker auf dem Nachttisch. Diesmal war die Jalousie vollständig heruntergelassen, so dass keine Sonnenstrahlen durchdringen konnten. Alexander legte sich wieder auf den Rücken und schloss die Augen. Die Versuchung war groß, einfach liegenzubleiben und weiterzuschlafen, doch seine Gedanken hinderten ihn daran.

Der Mord! Der Terroranschlag! Valentina! Die Lügen! Und jetzt gleich die Übergabe der Waffe. Dann zurück nach Nairobi, zu den Terroristen. Und dann? Ach ja, überwacht werde ich auch noch.

Mit einem Ruck stand er auf und zog die Jalousien hoch. Das frühe Morgenlicht blendete ihn.

Die Rasur ersparte er sich. So wirkte er schmuddelig genug, um den abgebrannten Frachtpiloten hervorzukehren. Aus demselben Grund verzichtete er auch auf die Dusche.

Nachdem er ein spartanisches Frühstück zu sich genommen hatte, zog er sein Uniformhemd an. Er blickte in den Spiegel. Seine blauen Augen wirkten müde in dem sonnengebräunten Gesicht. Der Knoten der dunkelblauen Krawatte war zu klein, die Krawatte selbst zu lang. Der oberste Hemdknopf war nicht geschlossen, und das Hemd, das er schon auf dem letzten Flug getragen hatte, war schmutzig. Alexander hatte in seiner Ausbildung zum Geheimagenten gelernt, dass durch den äußeren Eindruck im Unterbewusstsein des Betrachters ein Urteil gefällt wurde. Aus Erfahrung wusste er, wie gut Menschen dadurch zu manipulieren waren.

Es klingelte an der Haustür. Verwundert lief Alexander zur

Türsprechanlage. Die Übergabe der Waffe sollte doch erst in zehn Minuten stattfinden. Hatte es eine Änderung gegeben? Als er auf den Bildschirm sah, war er entsetzt. Er zögerte, wollte die Tür nicht aufmachen, aber sie hatte ja einen Schlüssel. Auf keinen Fall durfte sie in die verwanzte Wohnung kommen. Er eilte durch das Treppenhaus nach unten und öffnete mit einem verlegenen Lächeln die Eingangstür.

»Valentina! Was für eine Überraschung.«

»Ja, Alexander. Was für eine Überraschung. Sagtest du nicht, dass du in Nairobi bleiben würdest?«

Seit sie zusammen waren, hatte sie ihn nur Alex genannt. Nun sagte sie seinen ganzen Namen. Was hatte das zu bedeuten?

»Eine kurzfristige Änderung. Ich bin gestern Abend gelandet und hatte noch eine Besprechung mit dem Flugbetriebsleiter. Danach bin ich todmüde ins Bett gefallen und habe bis vorhin geschlafen. Ich muss gleich wieder nach Nairobi. Ich hätte gar keine Zeit gehabt, dich zu treffen.«

»Gestern Abend bist du gelandet?«

»Ja.«

»Das ist aber sonderbar.«

»Wieso?«

»Kannst du dich an Gertrud erinnern? Meine Freundin. Ihr habt euch vor zwei Monaten auf einer Party kennengelernt.«

»Ja, ich kann mich erinnern.«

»Sie hat dich gestern Vormittag im Supermarkt gesehen.«

Verdammt! Sie war ihm nicht aufgefallen. Sollte er es bestreiten?

»Alexander, warum lügst du mich an?«

Sollte er ihr sagen, dass er sie mit der Lüge nur schützen wollte?

»Ja, es stimmt. Ich war beim Einkaufen.«

»Natürlich stimmt es. Und nun erkläre mir bitte, warum du mich hier unten auf der Straße empfängst?«

»Bei mir in der Wohnung sieht es schlimm aus, hatte keine Zeit aufzuräumen.«

»So, so! Du weißt, dass mich Unordnung nicht stört. Lass uns hochgehen. Dort kannst du mir dann auch erklären, warum du so unordentlich aussiehst.«

»Tut mir leid, Liebling. Keine Zeit. Ich bin spät dran und muss gleich weg.«

»Du willst nicht, dass ich in deine Wohnung komme?«

»Valentina, ich bin in Eile.«

»Was soll das Ganze bedeuten? Was versteckst du vor mir?«

»Glaubst du etwa, ich habe eine andere?«

»Du verhältst dich so.«

»Valentina, da ist keine andere Frau im Spiel. Ich kann es dir jetzt nicht erklären, aber ich werde es tun, wenn mein Auftrag in Nairobi abgeschlossen ist. Versprochen.«

»Du versprichst mir ein bisschen zu viel, Alexander.«

»Liebling, in Nairobi ist das Chaos ausgebrochen. Ich muss dort dringend Änderungen durchführen und deswegen musste ich kurzfristig nach München, um einige Fragen zu klären.«

»Und du hattest keine Zeit, mich anzurufen?«

»Ja.«

»Du hattest aber genug Zeit, Gin zu kaufen.«

Er fasste sie mit beiden Händen an ihren Schultern, doch sie stieß ihn weg.

»Liebling, ich muss jetzt weg. Es bleibt ...«

»Erspar dir deine unglaubwürdigen Erklärungen.« Tränen standen in ihren Augen.

»Ich verstehe dich. Leider bin ich sehr in Eile.« Verzweifelt schaute er auf die Uhr. Die Übergabe der Raketenanlage sollte gleich stattfinden. »Wenn ich in einigen Tagen wieder zuhause bin, werden wir darüber sprechen. Mach dir keine Gedanken.«

»Du lügst mich an und ich soll mir keine Gedanken machen?«

»Wenn ich zurück bin, erkläre ich dir alles. Ich werde dich nicht enttäuschen.«

»Das hast du schon.« Sie schaute ihn verzweifelt an. »Vor kurzem habe ich dir gesagt, dass ich dir vertraue. Kannst du dich erinnern?«

Alexander nickte stumm.
»Das hat sich jetzt geändert.«
»Valentina, bitte vertraue mir weiterhin. In wenigen Tagen wirst du es verstehen.« Er schaute auf die Uhr. »Oh verdammt, ich muss gehen.«
Ungläubig schüttelte sie den Kopf.
»Ciao, Alexander.« Sie drehte sich um und stieg in ihr Auto.
»Valentina! Es hat nichts mit dir zu tun. Ich liebe dich von ganzem Herzen.«
Sie drehte sich nicht einmal nach ihm um.
Verdammt. Was soll ich ihr sagen? Die Wahrheit? Sie würde mich hassen. Und was hatte dieses »Ciao« zu bedeuten?
Er rannte zu ihr, wollte sie aufhalten. Doch da brauste sie schon davon. Plötzlich bog ein weißer Kleintransporter um die Ecke. Er fuhr auf den Hinterhof und parkte neben Alexanders Passat.
Alexander lief zum Transporter. Die Schiebetüre öffnete sich und ein Mann mit tiefgezogener Mütze und Sonnenbrille stieg aus. Der Mann trug einen Blaumann.
»Herr Hartmann?«
»Ja.«
»Ich habe eine Lieferung für Sie.«
Der Transportbehälter, ein unförmiger olivgrüner Koffer mit Schnappverschlüssen und zwei massiven Sicherheitsschlössern, wurde ihm übergeben. Alexander hatte den Schlüsselbund aus der Wohnung bei sich. Er schloss den Passat auf und wuchtete den Behälter in den Kofferraum. Der Fremde überreichte ihm einen Umschlag. Alexander konnte fühlen, dass Schlüssel darin waren. Der Umschlag war versiegelt.
»Übergeben Sie den Umschlag mit der Lieferung.«
Ohne weitere Worte stieg der Mann in den Kleintransporter und fuhr davon.
Alexander spurtete zurück in die Wohnung, holte seine Fliegertasche und den Koffer und fuhr zum Airport.
Da er davon ausgehen musste, dass auch sein Passat verwanzt

war, wagte er nicht, zu telefonieren. Während der Fahrt tippte er an Heiner eine Textmeldung in sein Handy.

Waffe in Koffer. Vorhängeschloss! Schlüssel im versiegelten Umschlag.

Wenige Augenblicke später kam eine Meldung zurück.

Winterstein kümmert sich um alles.

Alexander löschte den Textverlauf. Auf Heiner war Verlass. Er hatte die nötigen Vorkehrungen getroffen. Ein BND-Spezialist als Manager von Cargoflight an Bord war eine gute Idee. Da es immer wieder vorkam, dass Manager von Cargoflight mitflogen, würde Winterstein nicht auffallen.

Alexander fuhr auf den Parkplatz des Flugbetriebsgeländes, des FOC. Der Crewbus, den er vor wenigen Minuten telefonisch zum Parkplatz beordert hatte, stand schon bereit. Der Fahrer nickte freundlich, als Alexander seinen Reisekoffer und den Transportbehälter aus seinem Passat wuchtete. Aus Sicherheitsgründen war es nicht erlaubt, das Gepäck der Piloten direkt vom privaten Fahrzeug in den Crewbus umzuladen. Aber Alexander war immer sehr freundlich zum Bodenpersonal und der Fahrer des Crewbusses sah kein Problem darin, dem netten Kapitän einen Gefallen zu tun.

»Guten Morgen, Alex. Diesmal hast du aber viel Gepäck bei dir.«

»Ich habe keine Lust, das Zeug durch das ganze FOC zu schleppen. Deswegen möchte ich die Koffer schon hier in den Crewbus laden.«

»Na klar. Kein Problem. Du bist ja schließlich kein Terrorist.«

»Wir sehen uns in 15 Minuten auf der anderen Seite vom FOC.« Alexander winkte dem Fahrer nach, dann spazierte er in den Briefing-Raum, wo er sich mit seinem Copiloten Norbert Holstein traf. Nach der üblichen Besprechung stiegen sie in den wartenden Crewbus.

»Was ist denn das für ein Teil?« Interessiert schaute Norbert auf den unförmigen Transportbehälter im Laderaum des Crewbusses.

»Ein Geschenk für einen Freund in Nairobi. Ein Achsvermessungsgerät für Lastwagen.«

Als sie im Cockpit saßen und den Flug vorbereiteten, betrat ein großgewachsener Mann mit Glatze und Brille das Cockpit.

»Kapitän Hartmann?«

»Ja?«

»Friedrich Winterstein aus der Marketingabteilung. Ich fliege mit Ihnen nach Nairobi.«

Alexander stieg aus seinem Sitz und ging mit Winterstein nach hinten in die Kabine, wo er sich ungestört mit ihm unterhalten konnte.

»Der Transportkoffer mit der MILAN ist auf dem Hauptdeck gleich neben der Tür mit unserem Crewgepäck festgezurrt«, erklärte Alexander.

»Ich hab den Koffer gesehen.«

»Haben Sie auch die beiden Sicherheitsschlösser gesehen?«

»Ja. Die werden kein Problem sein. Die Schlüssel, die Sie nach meiner Info in einem versiegelten Umschlag bei sich haben, brauche ich nicht.«

»Wie erklären wir Ihre Anwesenheit in Nairobi?«

»Überhaupt nicht. Ich bleibe an Bord für den Weiterflug nach Johannesburg. Auf der Passagierliste bin ich als Manager von Cargoflight eingetragen.«

»Machen Sie es sich hier in der Kabine bequem. Wenn wir die Reiseflughöhe erreicht haben, können Sie ans Werk gehen. Wir werden über acht Stunden unterwegs sein. Das ist bestimmt genug Zeit, um die Rakete zu manipulieren.«

»Ich brauche eine Stunde.«

Wenige Minuten, nachdem sie ihre Reiseflughöhe erreicht hatten, stieg Winterstein die steile Treppe in den Frachtraum hinunter. Als Winterstein mit seiner Arbeit fertig war, setzte sich Alexander mit ihm in die Kabine des Oberdecks.

»Es hat geklappt«, sagte Winterstein. »Der Detonator ist eingebaut.«

Er übergab Alexander ein schwarzes Plastikgehäuse in der Größe einer Zigarettenschachtel. »Hier ist die Fernbedienung.«

Ein kleines Display zeigte den laufenden Countdown: 47:45:11. Keine 48 Stunden mehr.

Unter dem Display befanden sich zwei kleine Tasten und darunter ein etwas größerer Knopf, der mit einer Plastikkappe gesichert war.

»Mit den beiden Tasten können Sie den Countdown verändern. Es funktioniert wie beim Mikrowellenherd, wenn die verbleibende Zeit verkürzt oder verlängert werden soll. Der Knopf ganz unten löst die manuelle Detonation aus. Sicherungskappe aufklappen und Knopf drücken.«

»Kann ich erkennen, ob der Detonator ausgelöst hat?«

»Ja. Sehen Sie den grünen Punkt im Display? Der zeigt an, dass der Detonator betriebsbereit ist. Gelb signalisiert einen Systemfehler. Gelb werden Sie aber nicht sehen, weil das System idiotensicher ist. Ein roter Punkt zeigt an, dass die Miniexplosion erfolgt ist. Damit ist die Rakete nicht mehr zu gebrauchen. Am Detonator ist auch ein kleines GPS installiert. Auf der Fernbedienung können Sie sehen, wie weit Sie vom Detonator entfernt sind. Noch Fragen?«

»Bis auf welche Entfernung funktioniert die Fernbedienung?«

»Bis zu 100 Meter absolut sicher. Das sollte ausreichen.«

Am frühen Abend landeten sie in Nairobi. Joseph, der Stationsleiter, erwartete ihn schon.

»Hallo, Alexander. Schön, dich wiederzusehen.«

Alter Heuchler, dachte sich Alexander.

»Guten Abend, Joseph, ich werde in den nächsten Tagen nicht so oft bei dir auftauchen. Die meiste Arbeit kann ich im Hotel an meinem Computer machen.«

Joseph wirkte erleichtert.

»Lass mich wissen, wenn ich dir helfen kann.«

»Das kannst du in der Tat. Ich habe einen Koffer für einen

Freund dabei. Kannst du ihn für mich in deinem Büro hier am Airport vorläufig deponieren?«

»Aber gerne. Ich bin froh, wenn ich etwas für dich tun kann.«

Joseph stieg die Treppe hinunter ins Hauptdeck und kümmerte sich vorbildlich um den Abladevorgang, vor allem aber um den unförmigen Koffer.

Alexander verabschiedete sich von Winterstein und verließ mit seinem Copiloten das Flugzeug.

Die Fahrt in die Stadt verlief schweigend. Alexander hing seinen Gedanken nach. Er musste die Übergabe der Startschiene an Chibala organisieren. Ein kritischer Moment kam auf ihn zu. Nachdem die Terroristen einen Testschuss gemacht hatten, bestand Gefahr, dass sie ihn umbringen würden. Die Flucht mit der Cessna war der einzige Grund, der sie davon abhalten konnte. Doch soweit sollte es nicht kommen.

Wie üblich stiegen sie im Intercontinental Hotel ab. In der Lobby verabschiedete sich Alexander von seinem Copiloten. Sobald der Agent sein Zimmer betreten hatte, schaltete er ein kleines Gerät ein. Es sah aus wie ein handelsübliches Navigationsgerät. Auf dem kleinen Bildschirm war die Karte von Nairobi zu sehen. Ein roter Punkt blinkte neben dem Slum von Kibera. Es war der Peilsender im Mitsubishi. Wie Alexander erwartet hatte, warteten sie in ihrem Versteck auf seinen Anruf. Den sollten sie bekommen. Der Agent nahm sein Telefon in die Hand und wählte die Nummer des vernarbten Terroristen.

KAPITEL 51

Frankfurt, 12. August 2010

»Es ist sonderbar«, sagte der Detektiv. »Dieser Pilot hat schon öfter Strafzettel wegen Geschwindigkeitsüberschreitungen bekommen.«

»Und was ist daran sonderbar?« Hubert von Godehardt stellte die Telefonanlage auf Lautsprecher und lehnte sich in seinem Bürosessel zurück.

»In den meisten Fällen war die Sachlage eindeutig. Er müsste längst Fahrverbot haben, aber alle Verfahren wurden eingestellt.« Blechern klang nun die Stimme des Detektivs.

Der Unternehmer stand auf, lief ans Panoramafenster und legte seine Handflächen an das Glas. Mit geschlossenen Augen spürte er die wärmenden Strahlen der Sonne auf seiner Haut.

»Und warum wurden die Verfahren eingestellt?«, fragte er nun etwas lauter.

»Trotz meiner Beziehungen bekomme ich darüber keine Auskunft. Mir drängt sich der Verdacht auf, dass eine dem Verkehrszentralregister übergeordnete Stelle Stillschweigen verordnete.«

»Danke. Sie haben gute Arbeit geleistet.«

»Es gibt noch mehr Interessantes.«

»Ich höre.«

»Bevor der Pilot seine Wohnung heute Morgen verlassen hatte, besuchte ihn eine Frau. Hartmann lief zu ihr auf die Straße, um sich kurz mit ihr zu unterhalten. Dann fuhr die Frau wieder davon. Über ihr Autokennzeichen habe ich erfahren, wo sie wohnt und wer sie ist.«

»Und mit wem haben wir es zu tun?«

»Valentina Schönberger. 40 Jahre alt, seit vier Jahren

geschieden, keine Kinder. Lebt alleine in einem Einfamilienhaus in Freising. Sie ist Doktorin der Philosophie und doziert an der Uni. Meine Nachforschungen haben bestätigt, dass sie die Freundin unseres Piloten ist.«

»Schicken Sie mir Daten und Bilder der Frau per E-Mail und melden Sie sich sofort, wenn Sie weitere Informationen haben.«

Der Detektiv verabschiedete sich und legte auf. Hubert von Godehardt setzte sich wieder an seinen Schreibtisch.

Warum hat dieser Pilot seine Freundin nicht in die Wohnung gelassen?

Von Godehardt nahm den Kugelschreiber und kritzelte gedankenverloren einen Namen mit großen Buchstaben auf ein Blatt Papier.

VALENTINA

Mein Täubchen! Du hast einen schönen Namen. Vielleicht wirst du mir noch von Nutzen sein.

Er kritzelte einen weiteren Namen auf das Blatt.

ALEXANDER

Willst du deine Freundin vor mir verstecken? Und warum wurden die Verfahren gegen dich eingestellt?

KAPITEL 52

Nairobi, 12. August 2010

Chibalas Handy klingelte. Nach einem kurzen Blick auf den Bildschirm hob der Terrorist ab.

»Hallo, Somalier. Ich bin wieder in Nairobi.«

»Hallo, Pilot.« Hast du die Lieferung dabei?«

»Ja, sie ist zuverlässig aufbewahrt, und du bekommst sie, sobald ich die restliche Rate habe.«

»Kriegst du, wenn ich den Transportkoffer und den Umschlag habe.«

»Ich will das zweite Drittel der Bezahlung haben, nachdem ich dir den Umschlag übergeben habe. Das Geld bringe ich zurück in den Hotelsafe und dann tauschen wir den Koffer und die letzte Rate aus.«

»Das war nicht ausgemacht.«

»Wer sagt mir, dass du, nachdem du die Lieferung hast, nicht einfach abhaust, ohne mich zu bezahlen?«

»Also gut. Wir treffen uns in einer Stunde auf dem Parkplatz hinter dem Hotel. Die letzten 15 000 Dollar erhältst du, sobald wir das Gerät getestet haben.«

»Von einem Test war nie die Rede.«

»Ich will nur ausschließen, dass das Gerät auf dem Transport beschädigt wurde.«

»Und wenn der Test schiefgeht?«

»Davon gehe ich nicht aus.«

»Warum dann der Test?«

»Weil ich Gewissheit haben will. Hast du etwa Schiss vor dem Test?«

»Ich hab' keinen Schiss. Ich will einfach nur das Geld haben, so wie es abgemacht war. Aber als Zeichen des guten Willens akzeptiere ich die letzte Zahlung nach dem Test. Allerdings möchte ich das Geld vorher sehen.«

»Das lässt sich einrichten.«

»Den Koffer gebe ich dir morgen früh.«

»Nein. Den Koffer wirst du mir heute Nacht noch übergeben.«

»Erfolgt der Gerätetest auch heute Nacht?«

»Der erfolgt morgen früh.«

»Unter einer Bedingung stimme ich zu.«

»Du stellst mir zu viele Bedingungen.«

»Ich bin nur vorsichtig.«

»Wie lautet deine Bedingung?«

»Ich bleibe bei euch, bis ihr das Gerät getestet habt.«

»Kein Problem. Wir sehen uns in einer Stunde.« Chibala legte auf.

Alexander atmete tief durch. Er würde nun längere Zeit mit den Terroristen zusammen sein. Endlich sah er eine Möglichkeit, an den Kontakt zu den Hintermännern zu kommen.

Ich brauche Chibalas Handy nur für eine einzige verdammte Minute! Das wird mir reichen, um die Anrufliste zu kopieren. Heiner wird alles Weitere übernehmen.

Der Agent rief den Stationsleiter von Cargoflight an.

»Hallo, Joseph. Ich brauche den unförmigen Koffer, den ich dir vorhin überlassen habe. Kannst du ihn mir in eineinhalb Stunden auf der Zufahrtstraße zum Wilson Airport übergeben?«

»Äh, natürlich. Du kannst dich auf mich verlassen.«

»Ich werde dort nicht alleine sein, und ich möchte, dass du in Anwesenheit meiner Bekannten etwas zu mir sagst.«

Alexander erklärte die Geschichte mit den Straßensperren, dann legte er auf. Ihm war klar, dass Joseph ein illegales Geschäft hinter der Sache vermuten würde. Doch Joseph war ein Opportunist. Er würde als Gegenleistung dieser Gefälligkeit eine Stationsüberprüfung zu seinen Gunsten erwarten.

Alexander lief zum Zimmersafe, holte ein Faustmesser heraus und versteckte es in seiner Hosentasche. Das Messer war klein und konnte gut vor fremden Augen verborgen werden. Wenn man es in die Faust nahm, ragte die Klinge nur vier Zentimeter zwischen den Fingern hervor. Die Waffe war nicht unbedingt tödlich, aber sehr effektiv. Ein Wurfmesser verstaute er auf der Innenseite der Hose quer vor dem Bauch. Die Pistole ließ er zurück. Im Gegensatz zu den Messern war sie nicht so einfach zu verstecken, und als Frachtpilot käme er mit einer Feuerwaffe in Erklärungsnot. Sollten die Terroristen die Messer finden, konnte Alexander seine eigene Sicherheit als Argument vorbringen.

Er ging ins Badezimmer, stützte sich mit seinen Händen auf die Ablage neben dem Waschbecken und schaute in den Spiegel.

Bald ist es geschafft! Läuft alles gut, bin ich frei von der Vergangenheit. Einem normalen Leben mit Valentina steht dann nichts mehr im Weg.

Er schloss seine Augen und atmete mehrmals tief durch. Der feuchte Atem bildete einen Kondensschleier auf dem Spiegel. Alexander öffnete seine Augen. Schwach schimmerte sein zweifelndes Gesicht in diesem Schleier.

Und wenn es schlecht läuft, erfahre ich, wie das Leben nach dem Tod aussieht.

Alexander lief zum Treffpunkt hinter dem Hotel. Der Kleinbus stand schon da. Die Schiebetür öffnete sich. Shark und Chibala saßen auf der hinteren Sitzbank, Salongo am Steuer, daneben Nadif. Wortlos tauschten Chibala und Alexander zwei Umschläge aus. Einer enthielt das Geld, der andere die Schlüssel. Der Agent zählte das Geld. Die Summe stimmte. 15 000 Dollar.

»In zehn Minuten bin ich wieder da«, sagte Alexander.

»Du bist sehr misstrauisch.«

»So wie du.« Alexander brachte das Geld in den Zimmersafe und kam zurück zu den Terroristen.

»Ich will jetzt die letzte Rate sehen?«

Chibala zog einen weiteren Umschlag aus seiner Jackentasche

und öffnete ihn. Alexander griff nach den Banknoten, zählte sie und legte das Geld zurück in den Umschlag.

»Wo ist der Koffer?«, fragte Chibala mit dunkler Stimme.

»Am Wilson Airport.«

»Steig ein.«

Shark kletterte über die Sitzbank nach hinten in die Ladefläche und machte Platz für Alexander. Sobald er eingestiegen war, fuhr Salongo los.

Der Stationsleiter wartete schon. Wortlos wurde der unförmige Koffer umgeladen.

»Danke, Joseph. Ich werde dich morgen anrufen.«

»Ach ja. Fast hätte ich es vergessen. Solltet ihr vorhaben, nach Nordosten zu fahren, müsst ihr mehr Zeit einplanen.«

»Warum?«

»Irgendetwas beunruhigt die Polizei. Auf den Straßen Richtung Somalia haben sie Straßenkontrollen eingerichtet.«

»Woher weißt du das?«

»Mein Schwager arbeitet bei der Polizei.«

»Danke, Joseph. Zum Glück fahren wir nicht in diese Richtung.« Alexander erkannte ein triumphierendes Lächeln in Josephs Gesicht. Der Pilot wusste, dass Joseph nun einen Gegengefallen erwartete.

Alexander fuhr mit den Terroristen davon. Nach kurzer Zeit erreichten sie eine Abzweigung. Sie parkten auf dem Seitenstreifen und unterhielten sich in ihrer Landessprache. Alexander glaubte, dass ihnen die Nachricht der Straßenkontrollen Sorge bereitete. Still lächelte er in sich hinein. Dann fuhren sie weiter.

»Wo fahren wir hin?«, fragte Alexander.

»In den Busch«, antwortete Chibala.

»Ihr wollt im Busch das Achsmessgerät testen?«

»Es ist kein Achsmessgerät.«

»Das dachte ich mir schon.«

»Natürlich dachtest du dir das schon. Du bist ja nicht blöd.«

»Also, was ist es?«

»Eine Rakete.«

»Wenn ich das gewusst hätte, wäre der Preis für die Lieferung noch höher gewesen.«

»Das dachte ich mir schon«, sagte diesmal Chibala.

»Natürlich dachtest du dir das schon. Du bist ja nicht blöd.«

Schweigend fuhren sie durch die Nacht. Alexander schloss die Augen. Er spürte den harten Druck des Wurfmessers an seinem Bauch. Wenn er ihn einzog, konnte er das Messer schnell aus der Scheide herausziehen.

Der Agent hatte es geschafft, engen Kontakt zu den Terroristen herzustellen. Er wusste, dass es jetzt sehr gefährlich werden würde. Er dachte daran, dass am nächsten Tag Freitag der Dreizehnte war. Zum Glück war er nicht abergläubisch.

Im Morgengrauen hatten sie ihr Ziel erreicht. Sie waren mitten im Buschland, weit und breit war kein menschliches Wesen zu sehen. In drei Kilometer Entfernung thronte ein Felsen in der Größe einer Gartenlaube auf einem Hügel.

»Dasselbe Spiel wie vor zwei Wochen«, sagte Chibala zu seinen Männern. Er öffnete mit den Schlüsseln aus dem Umschlag die Sicherheitsschlösser des Transportbehälters und hob die Startschiene heraus. Nadif holte ein Rohr mit dem Flugkörper aus dem Laderaum. Innerhalb von zwei Minuten stand die MILAN-Rakete abschussbereit auf einem Dreibein.

Chibala warf seine Jacke neben einem Busch auf den Boden und lief zur Rakete. Er legte sich hinter die Startschiene und visierte durch die Zieloptik den Felsen an.

Die Jacke! Alexander hatte gesehen, dass Chibala sein Handy in die Jackentasche gesteckt hatte. Etwa 20 Sekunden würde der Flug der Rakete dauern. 20 Sekunden, in denen die Aufmerksamkeit der Somalier auf die fliegende Rakete gerichtet sein würde.

Chibala lag ruhig hinter der Waffe. Sein Atem ging langsam. Dann drückte er ab.

KAPITEL 53

München, 12. August 2010

Der hagere Mann mit der Hornbrille ließ den Kugelschreiber zwischen seinen Fingern wippen und sein rechtes Bein vibrierte, aber das merkte er nicht. Heute Abend wollte er sich mit dem Reporter von der Klatsch-Zeitung treffen. Das bisherige Angebot von 5 000 Euro war für eine Exklusivstory einfach lächerlich. Eine Story, die von Agenten und Geheimnissen handelte, würde die Republik für Wochen beschäftigen. Das Zehnfache der Summe war das Mindeste. Die Verhandlungen zogen sich nun schon seit Wochen hin. Mit Schwung schmiss er den Kugelschreiber auf den Tisch. Er hatte die Schnauze voll.

Auf keinen Fall werde ich meine Informationen unter Wert verkaufen. Dieser Reporter kann mich mal am Arsch lecken.

Die Geschäfte liefen gut. Afrika war sehr lukrativ. Nein, das Geld von der Zeitung brauchte er wirklich nicht.

Er schaute auf die Poster an der Wand. Besonders gefiel ihm das Bild mit der üppigen Brünetten. Sie hielt einen Yorkshire-Terrier mit rosa Schleife vor ihr Gesicht und hauchte einen Kuss auf die Schnauze des Köters. Das Bild erregte ihn.

Was die Schlampe wohl mit diesem Fotzenlecker anstellt?

Die Wand war gespickt mit Postern. Alle hatten ähnliche Motive. Langbeinige Frauen mit wohlgeformten Brüsten posierten mehr oder weniger nackt vor der Kamera. Er konnte Stunden damit verbringen, die Wand anzuschauen. Das Schöne daran war, dass er das alles während der Dienstzeit tun konnte. Er war meistens alleine in seinem kleinen Büro. Büro? Ach was, ein Kellerloch ohne Fenster. Manchmal schloss er sich ein und grunzend befriedigte er sich dann selbst.

Heute hatte er aber keine Zeit. Heute ging es um knallharte

Geschäfte. Der Angestellte des BND verdrängte seine Gedanken an die Brüste.

Warum hatte er den Reporter überhaupt angerufen? Das Problem war nicht das Geld, sondern vielmehr die Tatsache, dass er nur einen Kunden hatte. Dieser Kunde war zwar ausgesprochen zahlungskräftig, und das Geld war bisher immer verlässlich auf ein geheimes Konto in Luxemburg überwiesen worden, aber ein Geschäft sollte nie auf eine einzige Einnahmequelle beschränkt sein. Der Hornbrillenträger hasste Abhängigkeit. Und wenn man nur einen Kunden hatte, dann war man abhängig.

Es war ein geiles Gefühl, gefragt zu sein und mit Wissen zu handeln. In letzter Zeit hatte er mit diesem Wissen ein Vielfaches seines BND-Gehaltes verdient. Am liebsten hätte er den Behördenjob an den Nagel gehängt. Doch mit diesem Job beschaffte er sich die Informationen, mit denen er handelte. Er musste die Fassade eines Beamten aufrechterhalten. Rechnungen überprüfen, Eingangsstempel drauf, Erklärungen dazu abgeben und dann an die entsprechenden Abteilungsleiter weiterreichen. Die Arbeit war zum Kotzen. Weit unter seinen Fähigkeiten.

Sein Blick fiel auf die graue Plastikbox mit der Aufschrift »Eingang«. Eigentlich wollte er vor Dienstschluss noch eine weitere Akte abarbeiten. Doch nun hatte er keine Lust mehr. Plötzlich erkannte er das Logo der deutschen Botschaft in Nairobi auf dem Deckblatt der obersten Akte. Nairobi? Er nahm den Schnellhefter vom Stapel, legte ihn vor sich auf den Schreibtisch und zog das Dokument daraus hervor. Eine CZ 75 Rami Pistole mit Zubehör sowie diverse Überwachungsutensilien waren im Intercontinental Hotel Nairobi für einen gewissen Hartmann hinterlegt worden. Hartmann? Wo hatte er den Namen schon einmal gehört? Wurde da ein Agent in Nairobi mit Material versorgt?

Über die Botschaft ließ sich das gut arrangieren. Ein üblicher Weg, um Waffen und Observationstechnik in ein Zielgebiet zu schleusen.

Der Hornbrillenträger kratzte sich einen Pickel am Kinn weg, während er überlegte. Die Information war dürftig. Sollte er trotzdem seinen Auftraggeber informieren? Er entschloss sich, weitere Nachforschungen anzustellen, bevor er Hans informieren würde. Vielleicht waren die Neuigkeiten sogar so brisant, dass er dafür wieder mehr Geld bekommen würde.

Er blickte auf die Uhr. Der Reporter wartete. Morgen würde er sich um Nairobi kümmern. Eine Sache nach der anderen. Er fühlte sich wie ein sehr geschäftiger Geschäftsmann.

KAPITEL 54

Nairobi, 13. August 2010

Ein giftiger Knall leitete den Start ein. Das Transportrohr des Flugkörpers wurde mit dem Rückstoß nach hinten geschleudert und die Rakete flog ihrem Ziel aggressiv zischend entgegen.

Wie in einem Zeitraffer nahm Alexander alles wahr. Chibala lag hinter der MILAN-Startschiene. Die Steuersignale wurden über den Draht, der sich abspulte, auf die Rakete übertragen.

Die anderen drei Somalier stierten mit zusammengekniffenen Augen dem Rückstrahl der Rakete hinterher. 20 Sekunden brauchte die Rakete für die drei Kilometer. Die ersten Sekunden waren bereits um.

Jetzt oder nie!

Der Agent stand schräg hinter den anderen. Er bückte sich nach Chibalas Jacke und fingerte nach dem Telefon in der Seitentasche der abgewetzten Militärjacke. Schnell richtete er sich wieder auf, steckte das Handy in seine Tasche und lief zurück zu den Terroristen. Hoffentlich rief jetzt niemand auf Chibalas Telefon an.

Mit lautem Knall schlug die Rakete ein. Steinbrocken wurden durch die Luft geschleudert und prasselten laut hörbar in das Dickicht. Dichter Rauch stieg an der Stelle auf, an der eben noch der Felsen gelegen war. Tiere schrien in lautem Protest ihre Angst hinaus, dann verstummten sie in Demut.

»Jippeee!«, jubelte Nadif. Begeisterung zeigte sich auf den Gesichtern der Somalier. Nur der Terroristenboss blieb seiner Gestik treu und zeigte keine Regung.

»Wir sind wieder im Geschäft.« Chibala stand auf und drehte sich zu Alexander. Jetzt zeigte sich, ob die Aussicht auf eine Flucht mit dem Flugzeug überzeugend genug war, um die Somalier davon abzuhalten, ihn umzubringen. Der Riese schaute den Piloten für einige Sekunden wortlos an. Die anderen Somalier verstummten. Feindseligkeit schlug Alexander entgegen.

Er spürte sein pochendes Herz. Schweißperlen bildeten sich auf seiner Stirn. Würden sie jetzt versuchen, ihn umzubringen? Vorsichtig zog er den Bauch ein. Bereit, mit einer schnellen Bewegung das Messer herauszuziehen.

»Wir hauen ab.« Chibala drehte sich zu der Waffenanlage, um sie zusammen mit Nadif abzubauen. Dem Agenten fiel ein Stein von Herzen. Der aussichtslose Nahkampf mit dem Messer blieb ihm erspart. Er lief ein paar Meter in die Büsche.

»Hey, Pilot! Wo willst du hin?«, rief Chibala.

»Ich muss pissen.«

Chibala schaute ihm argwöhnisch hinterher.

Alexander stellte sich mit dem Rücken zu den Terroristen und achtete darauf, dass ein brusthoher Busch zwischen ihnen war. Er öffnete den Reisverschluss und holte sein Glied hervor. Er musste tatsächlich pinkeln.

Doch seine Hände waren nicht da, wo sie üblicherweise sein sollten. Während er freihändig pinkelte, fummelte der Agent ein kleines Verbindungskabel aus seiner Hose. Es war ein spezielles Kabel. Entwickelt in der technischen Abteilung vom BND. Der Pilot verband sein Handy mit dem von Chibala. Auf seinem Bildschirm erschien ein Wort.

TRANSMIT

Auch die Software für diesen Datentransfer war vom BND entwickelt worden. Die automatische Übertragung der Daten startete. Es würde nicht länger als eine Minute dauern. Die Sekunden kamen ihm wie eine Ewigkeit vor. Eine Minute konnte verdammt lang sein.

COMPLETE

Alexander steckte die beiden Telefone und das Kabel weg und schloss seinen Reißverschluss. Dann lief er zurück zu den Terroristen. Nun musste er Chibalas Handy wieder unbemerkt loswerden. Doch die Somalier standen neben dem Fahrzeug und schauten in seine Richtung.

»Oh! Wir haben Besuch!« Der Agent zeigte aufgeregt mit dem Finger hinter die Somalier. Alarmiert flogen vier Köpfe in die angezeigte Richtung. Alexander ließ Chibalas Telefon zwischen die Sträucher fallen, an die Stelle, an der die Jacke lag.

»Wo?«, fragte Chibala.

»Ich sah gerade einen Mann in roten Tüchern und mit einem langen Stock zwischen den Büschen. Jetzt ist er verschwunden.«

»War bestimmt ein Massai«, bemerkte Shark.

»Es wird Zeit, dass wir abhauen. Komm schon, Pilot«, kommandierte Chibala.

Nachdem sie losgefahren waren, rieb sich Alexander mit einer Geste der Befriedigung seine Hände. »Die Rakete funktioniert. Jetzt kannst du mir das Geld geben.«

Chibala reichte ihm wortlos den Umschlag und Alexander zählte das Geld.

»So langsam macht es Spaß, mit dir Geschäfte zu machen.«

Der Pilot steckt den Umschlag in seine Hosentasche und zog sein Telefon heraus.

»Wen rufst du an?«

»Den Stationsleiter. Ich muss ihm sagen, dass ich heute erst später zu ihm komme.«

Alexander wählte aber Chibalas Telefonnummer und ließ es ein paarmal klingeln. »Oh sorry, aus Versehen habe ich deine Nummer gewählt.«

Nun wählte Alexander die richtige Nummer und sprach kurz mit Joseph. Chibala, inzwischen alarmiert von Alexanders versehentlichem Anruf auf seinem Handy, fing an, danach zu kramen.

»Wo ist es?«

»Wo ist was?«, fragte Salongo.

»Mein Handy, ich finde es nicht. Hey Pilot, hast du mich gerade angerufen?«

»Ich weiß nicht. Warte, ich rufe dich noch mal an.« Wieder kein Klingeln, natürlich nicht.

»Wir fahren zurück. Mein Handy muss mir aus der Tasche gefallen sein.«

Wenige Minuten später kehrten sie an die Stelle zurück, an der sie die Rakete abgeschossen hatten.

»Lauft den Platz ab.«

Mit gesenkten Köpfen schwärmten die Somalier und der Deutsche aus.

»Ruf noch mal an«, kommandierte Chibala.

»Ich hab's.« Durch das Klingeln fand Salongo das Telefon. Es lag neben den Sträuchern. »Hier lag vorhin deine Jacke.«

»Muss wohl rausgefallen sein«, murmelte Chibala und schaute dabei skeptisch zu Alexander.

Erneut traten sie die Rückfahrt an. Die Klimaanlage war defekt, und bei der jetzt aufkommenden Hitze fühlte es sich im Bus wie in einer Sauna an. Sie alle badeten im Schweiß. Der Geruch der Somalier drang in Alexanders Nase. Er fragte sich, ob er auch so stank.

Die meiste Zeit herrschte Schweigen. Inzwischen waren sie schon ein paar Stunden unterwegs und würden bald wieder in Nairobi sein.

»Wie schnell kannst du das Flugzeug bekommen?«, fragte Chibala plötzlich.

»Du meinst die Cessna 206?«

»Genau die.«

»Je früher ich die Cessna reserviere, desto sicherer ist es, dass ich sie zum gewünschten Termin bekomme.«

»Morgen Mittag will ich sie sehen.«

»Nur sehen? Nicht damit fliegen?«

»Ich will wissen, wie viel Gepäck wir einladen können.«

»Und wann wollt ihr fliegen?«

»In zwei Tagen.«

»Am Sonntag also. Ich werde das Flugzeug buchen und dafür sorgen, dass du es morgen sehen kannst. Ich hoffe nur, dass nicht schon ein anderer Pilot das Flugzeug gechartert hat.«

»Du wirst das mit der Reservierung schon hinkriegen. Morgen muss es ja nur für ein paar Minuten verfügbar sein.«

»Ich brauche eine Anzahlung.«

»Du hast heute 30 000 Dollar bekommen.«

»Das Geschäft ist abgeschlossen. Jetzt geht es um einen neuen Deal. 800 Dollar die Stunde. Ihr wollt das Flugzeug für vier Flugstunden. Macht 3 200 Dollar.«

»Du gehst mir mit deinen Forderungen auf die Nerven. Ich gebe dir morgen am Flugzeug die Hälfte des Geldes. Den Rest kriegst du, wenn wir in zwei Tagen abheben.«

Zähneknirschend stimmte Alexander zu. Inzwischen waren sie am Hotel in Nairobi angekommen. Alexander verabschiedete sich und ging zurück in sein Zimmer.

In zwei Tagen! Am 15. also! So schnell hatte keiner mit dem Anschlag gerechnet. Chibala hatte gelogen. Er hatte nicht mehr genug Zeit gehabt, um eine andere Raketenabschussvorrichtung auf dem Landweg zu beschaffen.

Der Agent stöpselte sein Handy an den Computer und schickte die kopierten Daten von Chibalas Telefon an Heiner. Dann schrieb er noch eine Meldung dazu.

Anschlag in zwei Tagen!

Die Rakete musste entschärft werden, und auf den automatischen Countdown wollte er sich nicht verlassen. In einigen Stunden, im Schutze der Nacht, würde er den Minidetonator zünden.

Nun musste er sich noch um Valentina kümmern. Er atmete tief durch, dann rief er bei ihr an.

»Hallo, Liebling!« Er versuchte, heiter zu klingen.

»Hallo.« Sie klang frostig.

»Wie geht es dir?«

»Interessiert dich das wirklich?«

»Sehr, Valentina. Es schmerzt mich, dass ich dich im Moment so im Dunkeln lasse. In wenigen Tagen bin ich zurück. Dann sprechen wir über alles.«

»Du kannst dich ja melden. Ich muss jetzt los. Hab noch einen Termin.«

»Bis bald, Liebling.«

»Ciao, Alexander.«

Oh verdammt! Sie nennt mich immer noch bei meinem vollen Namen.

Auf keinen Fall durfte er ihr die Wahrheit sagen. Anlügen wollte er sie aber auch nicht. Es gab keine Lösung für dieses Problem. Übermüdet legte er sich schlafen. Um acht Uhr abends stand Alexander auf. Er öffnete den Zimmersafe und zog den Empfänger des Peilsenders heraus. Wie bei einem Navi war eine Karte auf dem kleinen Display zu sehen. Ein roter Punkt leuchtete da, wo der Agent es erwartet hatte. Der Mitsubishi stand im Slum in Kibera.

Alexander rechnete damit, von den Terroristen überwacht zu werden. Deswegen verließ er das Hotel über den Personalparkplatz. In einer Seitenstraße fand er ein Taxi. Eine halbe Stunde später war er im Randgebiet von Kibera.

»Warte hier, ich werde bald wieder zurück sein«, bat er den Taxifahrer. Alexander lief in Richtung der Terroristen. Er holte die Fernbedienung für den Detonator aus seiner Tasche. Das Display zeigte eine Entfernung von 34 Metern zur Startschiene an. Der Countdown war inzwischen bei unter 17 Stunden angelangt. Aber das war jetzt unwichtig. Alexander würde die Minidetonation selbst auslösen. Der grüne Punkt leuchtete schwach in der Dunkelheit. Dann drückte er den Knopf für die manuelle Detonation.

»Scheiße! Die falsche Farbe!«

KAPITEL 55

Nairobi, 13. August 2010

Chibala war mit Shark alleine im Haus. Nadif und Salongo waren unterwegs, um den Piloten zu überwachen. Es war schon Nacht und in dem düsteren Zimmer brannte nur eine schwache Glühbirne.

»Meinst du, die Deutschen werden nachgeben und Baakir zusammen mit dem Rest deiner Piratencrew aus dem Gefängnis freilassen, ohne dass wir den Anschlag durchführen müssen?«, fragte Shark.

»Ich hoffe es«, antwortete Chibala. »Die Straßensperren beweisen, dass die Deutschen unruhig sind. Ein Anschlag, vor dem gewarnt wurde, wäre ein politischer Skandal, und den können sie sich nicht erlauben. Jetzt muss nur Ahmed ausreichend Verhandlungsgeschick beweisen. Der Mistkerl hat schon lange nichts von sich hören lassen.«

Chibala ließ sich auf das Bett fallen und wählte Ahmeds Nummer.

»Warum höre ich nichts mehr von dir?«, fragte Chibala vorwurfsvoll ins Telefon.

»Ich hätte dich schon noch angerufen.«

»Welche Fortschritte machen die Verhandlungen?«

»Kaum welche. Die Deutschen sind stur. Sie glauben, wir bluffen.«

»Sag ihnen, sie müssen nur Baakir freilassen, wenn sie den Anschlag verhindern wollen.«

»Und der Rest deiner Piratencrew?«

»Bauernopfer.«

»Ich werde meine Forderung entsprechend ändern. Wir müssen Geduld haben.«

»Geduld? Wie lange noch? Die Deutschen haben nicht mehr viel Zeit, um den Anschlag zu verhindern.«

»Chibala!« Ahmed schlug einen väterlichen Ton an. »Bei den Verhandlungen ist es wie beim Pokerspiel. Man braucht Disziplin und Geduld. Und glaube mir, ich bin ein guter Pokerspieler. Außerdem haben wir ja einen Joker in der Hand.«

»Welchen Joker?«

»Na den Anschlag. Wenn Baakir nicht freigelassen wird, spielen wir mit dem Anschlag den Joker aus. Ich garantiere dir, dass die Deutschen spätestens dann auf meine Forderungen eingehen. Wir müssen lediglich das Spiel eine Runde weiterspielen und einen weiteren Anschlag androhen. Gewinnen werden wir aber auf jeden Fall.«

»Aber ein zweiter Anschlag würde noch schwieriger durchzuführen sein.«

»Einen zweiten Anschlag wird es nicht geben. Schon allein die Androhung wird die Gefängniszelle für Baakir öffnen.«

»Dann sorge dafür, dass die verfluchten Deutschen unsere Drohung schon vor dem ersten Anschlag ernstnehmen.«

»Ich arbeite daran, Chibala.«

»Die Polizei ist übrigens nervös. Sie haben Kontrollpunkte auf den Straßen eingerichtet.«

»Hervorragend, ich sehe, dass meine Verhandlungen Früchte tragen.«

»Das erschwert aber unsere Vorbereitungen und eine mögliche Flucht.«

»Wenn ihr wie abgesprochen vorgeht, kann nichts schiefgehen.«

»Wie einfach sich das sagt, wenn man nicht an der Front kämpfen muss.«

»Es geht um deinen Freund. Ich habe dir nur meine Hilfe angeboten. Es war dir von Anfang an klar, dass es nicht einfach werden würde.«

Chibala wusste, dass der Araber Recht hatte. »Halte mich auf dem Laufenden.« Ohne eine Antwort abzuwarten, drückte

Chibala das Gespräch weg. Shark schaute seinen Boss fragend an. »Was sagt Ahmed?«

Chibala wiederholte in gekürzter Form das Gespräch. Shark kratzte sich dabei nachdenklich durch seinen Turban hindurch am Hinterkopf.

»Also wird bis zur letzten Minute offenbleiben, ob wir den Anschlag durchführen.«

»Du sagst es.«

»Was machen wir jetzt?«

»Das, wofür wir hierhergekommen sind. Wir gehen davon aus, dass wir den Anschlag morgen durchführen.«

»Morgen schon? Ich dachte, du hast das Flugzeug von dem Piloten für übermorgen bestellt.«

»Ja, das habe ich. Und für morgen habe ich das Flugzeug zur Besichtigung bestellt. Nur werden wir morgen das Flugzeug nicht besichtigen, sondern unser Freund wird uns nach dem Anschlag nach Somalia fliegen.«

»Hoffentlich spielt unser Pilot auch mit.«

»Das wird er, weil ich ihm keine andere Wahl lasse.«

»Auf was schießt du mit der Rakete?«

»Auf die Skytrain-Maschine. Morgen Vormittag hebt sie ab, aber nur für kurze Zeit.«

»Ich dachte, mit der Rakete können keine Flugzeuge abgeschossen werden.«

»Stell dir vor«, erklärte Chibala, »du stehst am Ende der Runway mit einer Kalaschnikow in der Hand. Ein Flugzeug startet und beschleunigt in deine Richtung. Du zielst auf das Flugzeug. Wie stark musst du nachjustieren?«

»Gar nicht. Das Flugzeug kommt ja direkt auf mich zu.«

»Genau. Und das mit einer Geschwindigkeit, die kurz vor dem Abheben bei 320 Stundenkilometern liegt.«

Shark nickte. »Aber sind die Sicherheitszäune kein Hindernis?«

»Wir werden zwei Kilometer vom Ende der Startbahn entfernt warten. Die Maschine hebt etwa 500 Meter vor dem Ende der Runway ab und steigt in den Himmel. Dabei bietet sie mir ihren fetten Bauch als großes Ziel an. In diesem Moment wird das Flugzeug hoch genug sein, damit ich gut über die Zäune schießen kann. Die geringe Flugzeugbewegung nach oben kann ich leicht mit der MILAN ausgleichen. Ein Kinderspiel.«

»Woher weißt du, wann du abdrücken musst?«

»Nadif war oft am Airport und hat die Flugzeuge beobachtet.«

»Ach deswegen war er immer weg.«

»Genau. Wir wissen nun, wie lange ein Jumbo in Nairobi beschleunigt, bis er abhebt. Der Abschuss der Rakete ist nur eine Frage des richtigen Timings.«

In Dubai ging Ahmed nach dem Telefongespräch gut gelaunt in die Küche.

Dieser bescheuerte Somalier glaubt tatsächlich, dass ich mit den Deutschen verhandle.

Er öffnete den Kühlschrank und holte sich einen Teller mit dem Käsekuchen heraus. Genüsslich stopfte er sich den Rachen voll.

Wäre es nicht praktisch, wenn die Terroristen nach dem Anschlag auf der Flucht erschossen würden?

Es gefiel ihm, Gott zu spielen und über das Leben anderer zu entscheiden. Obwohl er noch Kuchen im Mund hatte, stopfte er sich eine weitere Ladung hinterher. Die zähe Mischung des Käsekuchens hing wie ein Klumpen in seinem Mund. Mit einem kräftigen Würgen schluckte er den halbzerkauten Matsch hinunter.

KAPITEL 56

Nairobi, 13. August 2010

Wie zu erwarten, erlosch die grüne Leuchtdiode. Doch die Farbe, die Alexander dann auf der Fernbedienung sah, kam völlig unerwartet.

Der rote Lichtpunkt hätte aufleuchten müssen, er hätte angezeigt, dass die Raketenanlage unbrauchbar war.

Es war jedoch die gelbe Leuchte, die Alexander nun höhnisch anblickte und ihn ins Schwitzen brachte.

Was hatte Winterstein gesagt? *Gelb zeigt einen Systemfehler. Gelb werden Sie aber nicht sehen, weil das System idiotensicher ist.*

Der Agent drückte mehrmals erfolglos den Auslöser, dann setzte er den Countdown zurück auf eine Minute.

Die Minute lief ab, doch Gelb weigerte sich hartnäckig, von Rot ersetzt zu werden. Der Minidetonator in der Raketenrampe wurde nicht gezündet, die Waffe blieb einsatzfähig.

Ein genialer Plan war in die Hose gegangen. Die Terroristen hatten mit Hilfe des BND nun eine scharfe Rakete und sie würden damit bald einen Anschlag durchführen.

Alexander schüttelte verzweifelt den Kopf. *Soviel zu einem idiotensicheren System.*

Und nun waren viele Menschenleben in größter Gefahr. War Freitag der 13. doch ein Unglückstag?

Alexander atmete tief durch. Ein anderer Plan musste her. Schnell!

Chibala wird versuchen, möglichst viele Unschuldige zu töten. Was ist das Ziel des Anschlags? Wo würde ich an seiner Stelle zuschlagen?

Die Leute auf der Straße starrten Alexander an. Es war

ungewöhnlich, einen Weißen um diese Uhrzeit hier im Slum zu sehen. Sie deuteten mit den Fingern auf ihn und steckten ihre Köpfe zusammen. Einige betrunkene Männer rotteten sich zusammen und kamen langsam auf ihn zu. Es wurde höchste Zeit abzuhauen. Alexander eilte zum wartenden Taxi.

»Zurück zum Hotel.«

Der Taxifahrer brauste davon. Mit geschlossenen Augen lehnte sich Alexander in den weichen Polstern des Taxis zurück. Wie ironisch, dass er die funktionsfähige Waffe selbst zu den Terroristen gebracht hatte. Sollte die Presse davon erfahren, würde sie den BND auseinandernehmen. Er konnte sich die Schlagzeile gut vorstellen:

Mit Hilfe des deutschen Geheimdienstes gelang es somalischen Terroristen, einen Anschlag durchzuführen.

Alexander konzentrierte sich auf die wesentlichen Dinge. *Wie viele Menschenleben stehen auf dem Spiel? 100? 200? Mehr?*

Der Agent griff nach seinem Handy. Er musste schnellstens mit Heiner sprechen.

»Schlechte Neuigkeiten! Die Deaktivierung der Rakete ist fehlgeschlagen. Die verdammte Fernbedienung hat einen Systemfehler.«

»Das sind in der Tat schlechte Neuigkeiten.«

»Wie soll ich weiter vorgehen?«

Heiner schwieg einen Augenblick. »Du sagst, der Anschlag findet in zwei Tagen statt?«

»Chibala will die Cessna in zwei Tagen haben. Die Geschichte mit den Straßensperren hat er mir abgekauft.«

»Zwei Tage sind wenig, werden uns aber reichen. Dank Chibalas Handy-Daten, die du mir zugespielt hast, wird mein Ortungsspezialist bald diesen Ahmed ausfindig machen. Ich gehe davon aus, dass er nur ein Mittelsmann ist. Doch durch ihn werden wir erfahren, wer hinter dem Anschlag steckt. Sobald wir das wissen, werden Spezialkräfte die Terroristen unschädlich machen.«

KAPITEL 57

Frankfurt, 14. August 2010, 01:32 Uhr

Müde saß Hubert von Godehardt an seinem Schreibtisch und wollte gerade ins Bett gehen, als es klingelte. Es schien Routine zu werden, dass er mitten in der Nacht auf seiner Geheimnummer angerufen wurde. Bisher waren es meistens schlechte Nachrichten gewesen.

»Was gibt es?«

»Interessante Neuigkeiten aus Nairobi«, sagte sein Spion vom BND.

»Schießen Sie los.«

»Moment! Äh, wie regeln wir, ich meine ... wie hoch wird die Bezahlung?«

»Es scheint für Sie normal zu werden, unser Arrangement zu ignorieren. Wir haben bezüglich der Bezahlung eine klare Übereinkunft. Haben Sie das vergessen?«

»Nein ... nein. Habe ich nicht. Aber es ist anders ... ich meine, die Information wird für Sie sehr viel wert sein.«

Hubert von Godehardt schloss seine Augen. Er hatte Mühe, seine Wut zu kontrollieren.

Ich muss mir einen neuen Kontaktmann suchen. Dieser widerliche Typ wird zu gierig. Wenn dieser Fall abgeschlossen ist, werde ich mich um seine Beseitigung kümmern.

»Hallo? Ähm ... sind Sie ... sind Sie noch dran?«, kam unsicher die Frage des Gesprächspartners.

»Sie werden zu unverschämt.«

»Aber meine Informationen sind den Preis wert.«

Von Godehardt sah ein, dass er sich auf dieses Spiel einlassen musste.

»Also gut, Sie bekommen wieder den doppelten Betrag. Ich

hoffe nur, ich muss mir keinen neuen Kontaktmann beim BND suchen.«

»Nein, nein. Das wird nicht nötig sein. Also! Ähm ... wir haben einen inoffiziellen Agenten in Nairobi ...«

Nach wenigen Minuten wusste Hubert von Godehardt genug. Er beendete das Gespräch und legte seine Brille auf den Schreibtisch. Mit den Fingern massierte er seine zusammengekniffenen Augen.

Alexander Hartmann! Du dreckiger Verräter. Wie hast du es nur geschafft, dich so lange vor mir zu verstecken?

Von Godehardt schaute auf die Uhr. Es blieben nur noch ein paar Stunden bis zum Anschlag.

Was hat dieser Pilot vor? Wie viel weiß er?

Der Geschäftsmann zog das Blatt mit den zwei Namen aus der Schublade und legte es vor sich auf den Tisch. Mit seiner linken Hand hielt er das Blatt fest, in seine Rechte nahm er einen Bleistift und zog langsam Kreise um den ersten Namen. Das leicht kratzende Geräusch des Bleistiftes wirkte hypnotisierend. Die Sinne des Geschäftsmannes waren angespannt, er roch das Holz des Bleistifts. Plötzlich kreuzte er Alexanders Namen energisch durch.

Du mieser Spitzel! Ich hab dich erwischt.

Auf dem Blatt stand noch ein zweiter Name. Er wiederholte sein Bleistiftspiel. Zwei durchgestrichene Namen, die von vielen Kreisen umschlossen waren. Es war eine Todesliste.

»Nein, ich habe nicht dich erwischt, ich hab euch erwischt«, sagte er leise vor sich hin.

Der Geschäftsmann wählte die Nummer in Dubai. Nach endlosem Klingeln hob sein verschlafener Gesprächspartner ab. Schnell war Ahmed in Kenntnis gesetzt.

»Sollten wir in diesem Fall den Anschlag nicht verschieben, bis der Agent ...«

»Nein! Wie oft muss ich es noch sagen? Der Anschlag wird wie geplant stattfinden.«

»Aber nächste Woche startet doch wieder eine Maschine von SKY …«

»Ahmed! Wagen Sie es nicht, mit mir zu diskutieren. Der Anschlag findet in wenigen Stunden statt, und wenn etwas schiefgeht, werde ich Sie dafür verantwortlich machen. Haben Sie mich verstanden?«

»Ja, Hans, ich habe Sie verstanden.«

»Und jetzt informieren Sie die Somalier. Sie müssen sich um den Agenten kümmern.«

Nach dem Gespräch atmete er tief durch. Der BND sollte bald den Tod eines dritten Agenten beklagen. Der Unternehmer schaute auf den zweiten Namen, der auf dem Blatt stand. Ein gemeines Lächeln schlich in sein Gesicht.

Und jetzt zu dir, mein Täubchen.

Er durchsuchte sein Adressenregister nach seinem Mitarbeiter in München.

In Kürze würde die hübsche Valentina Besuch bekommen.

KAPITEL 58

Nairobi, 14. August 2010, 01:54 Uhr

»Er ist ein Spion«, sagt Ahmed ohne Umschweife ins Telefon.

»Wer?«, fragte Chibala.

»Der Pilot.«

»Wie kommst du darauf?«

Ahmed erzählte alles, was er gerade von Hans erfahren hatte.

»Diese Ratte! Ich habe es geahnt.« Chibala sprang aus dem Bett. »Warum wurde das erst jetzt bekannt? Dein Informant in Deutschland hat versagt.«

»Nein. Hat er nicht. Ich sage dir ja jetzt, dass der Pilot ein Agent ist. Dieser Hartmann wird nicht in den offiziellen Akten des BND geführt. Deswegen hat es länger gedauert. Er denkt, er ist schlauer als du.«

»Denkt er das?«

»Ich weiß nicht, was er beabsichtigt, aber du kannst deinen Arsch darauf verwetten, dass er alles tun wird, um den Anschlag zu verhindern.«

»Das wird ihm nicht gelingen.«

»Kann er ein Problem für euch werden?«

»Tote können kein Problem werden.«

»Genau das wollte ich hören. Du weißt, was du zu tun hast.«

»Keine Sorge. Der Agent ist so gut wie erledigt. Wird die Freilassung von Baakir nun erschwert sein?«

»Nein. Ich habe ein Ultimatum gestellt. Es läuft kurz vor dem Start der Skytrain-Maschine aus. Sie werden wohl erst im letzten Augenblick einlenken. Halte deine Leitung frei.«

»Ein spannendes Spiel. Leider müssen wir nun über die Straße abhauen.

Das wird schwierig, da jetzt schon Straßensperren aufgestellt sind.«

»Ich habe einen Freund bei der kenianischen Polizei«, sagte Ahmed. »Die Information zu den Straßensperren war falsch. Der Spion hat euch reingelegt.«

»Es wird besonders viel Spaß machen, diesen Burschen abzustechen.«

Chibala legte auf, während sich die anderen Terroristen aus den Betten schälten und sich die Augen rieben.

»Hab ich richtig verstanden, der Pilot ist ein Spion?«, fragte Shark.

»Du hast richtig verstanden«, sagte Chibala wütend.

»Dieser Drecksack! Wie machen wir ihn kalt?«

»Ich rufe ihn an und sage ihm, dass ich den Flug mit der Cessna besprechen will. Zusammen mit Salongo holst du ihn für ein Treffen mit mir ab. Während der Fahrt macht ihr ihn kalt.«

Salongo stand voller Vorfreude auf. Der Schlaf war wie weggeblasen.

»Endlich kann ich das deutsche Weichei abstechen.«

»Nicht so schnell!«, sagte Chibala. »Es ist noch zu früh. Um den Piloten nicht misstrauisch zu machen, warte ich mit dem Anruf bis zum Morgengrauen. Versucht, noch ein paar Stunden zu schlafen.«

Salongo stülpte seine wulstigen Lippen nach außen. Es fiel ihm schwer, zu warten.

»Hoffentlich hat er nicht schon genug Hinweise, um den Anschlag zu verhindern«, bemerkte Shark.

Chibala schüttelte den Kopf. »Er denkt, wir flüchten erst morgen mit der Cessna, und deswegen glaubt er, der Anschlag findet morgen statt. Außerdem kennt er nicht das Anschlagsziel.«

»Ich habe gerade die Fluginformation von SKYTRAIN 513 überprüft«, sagte Nadif. »Flug ST 513 hebt pünktlich um 7:50 Uhr nach Frankfurt ab.«

»Deswegen bleibt nicht viel Zeit. Wir müssen uns nachher aufteilen. Während ihr beide«, Chibala zeigte auf Shark und

Salongo, »den Piloten um sieben Uhr vom Hotel abholt, fahre ich mit Nadif zum Airport.«

»Wo werden wir uns wieder treffen?«, fragte Shark.

»Sobald ihr den Verräter beseitigt habt, kommt ihr zu uns auf die Ostseite des Flughafens. Nach dem Anschlag flüchten wir gemeinsam nach Somalia.«

»Was machen wir mit der Leiche des Agenten?«

»Lasst ihn gut sichtbar auf der Straße liegen.«

KAPITEL 59

Nairobi, 14. August 2010, 06:03 Uhr

»Guten Morgen, Pilot«, sagte Chibala.

»Was gibt es?«

»Wir müssen noch die Route für die Flugsafari morgen besprechen. Außerdem wollen wir von einer Landepiste im Osten von Nairobi starten und nicht vom Wilson Airport.«

»Deswegen rufst du mich um sechs Uhr früh an?«

»Warum nicht? Wir werden uns nachher treffen. Ich will mit dir über den Flug reden. In einer Stunde wirst du abgeholt.«

»Nein! Du wolltest heute die Cessna sehen. Sie steht um zehn Uhr für uns bereit. Dann können wir auch den Flug für morgen besprechen.«

»Ich bin der Auftraggeber. Es wird so gemacht, wie ich es sage.«

»Du glaubst wohl, ich habe nichts anderes zu tun, als auf dich zu warten. Ich habe einen Termin bei Cargoflight.«

»Dann verlege gefälligst den Termin. Schließlich kriegst du 'ne Menge Geld von mir.«

»Es ist nicht so einfach, den Termin zu verschieben.«

»Du hast doch gesagt, dass du der Boss bist. Alle anderen haben auf dich zu hören. Stimmt das etwa nicht?«

Der Pilot atmete schwer durch. »Also gut. Treffen wir uns.«

»Meine Freunde holen dich um sieben Uhr ab. Wir sehen uns im Country Club.«

Chibala legte auf und wandte sich an Shark und Salongo.

»Ihr wisst, was zu tun ist!«

Ein grausames Lächeln erschien auf Salongos Gesicht. Er konnte es nicht erwarten, dem Spion einen ganz besonderen Tod zu bescheren. Chibala schien seine Gedanken zu erraten.

»Du wirst nicht mit dem Verräter spielen«, sagte Chibala. »Dazu ist keine Zeit. Mach ihn kalt, dann kommt ihr zu uns.«

Enttäuscht wie ein kleines Kind, dem man sein Spielzeug wegnimmt, senkte Salongo seinen Kopf und stierte auf den Boden.

Chibala griff in seine Sporttasche und reichte den Draht mit den zwei hölzernen Handgriffen an Salongo weiter. Ein Mordwerkzeug, das erst vor kurzem schon einmal Anwendung gefunden hatte.

»Versau nicht den Geländewagen. Wir brauchen ihn zur Flucht. Hier, nimm die Garotte. Damit verspritzt du kein Blut.«

Mit gemischten Gefühlen nahm Salongo die Drahtschleife entgegen. Wollte er damit töten, musste er hinter dem Piloten sein. Er wollte aber seinem Opfer im Augenblick des Todes in die Augen schauen. Und mit dem Piloten hatte er einen außergewöhnlichen Mord vor. Es würde auch nicht viel länger dauern als der Mord mit der Garotte. Salongo hatte schon öfters versucht, seinen Opfern das Herz bei lebendigem Leib aus dem Brustkorb zu reißen. Doch bisher waren die Schlappschwänze alle gestorben, bevor er sein Vorhaben beenden konnte.

Ich zerre den Verräter aus den Wagen, dann kann mein Messer mit der Arbeit beginnen. Unterhalb der Rippen der Schnitt in die Wampe. Nicht zu tief ansetzen, sonst erwische ich seinen Magen und es stinkt nach Kotze. Ich muss schnell mit einer Sägebewegung nach oben zum Herz kommen, ohne es zu verletzen. Stichkanal weit genug aufschneiden, Hand reinpressen.

Salongo griff unbewusst an seinen unteren Rippenbogen und bohrte die Finger leicht nach innen in seine Weichteile. Er dachte daran, wie die Schlachtung vollzogen werden sollte. Er lächelte, als er an die schmatzenden Geräusche dachte, die bisher jedes Mal erzeugt wurden, wenn er seine Hand in die Körper der Opfer drückte.

Zuerst wird es glitschig, dann klebrig. Die Pumpe hängt an allerlei Strängen. Adern und so ein Zeug. Meine Finger muss ich wie Fleischerhacken blitzschnell in das glitschige Herz schlagen und es mit einem kräftigen Ruck herausreißen.

Bisher war es Salongo noch nie gelungen, einem Opfer das eigene zuckende Herz vor Augen zu halten. Sie waren jedes Mal schon vorher bewusstlos oder tot. Doch diesmal musste es klappen.

Der Spitzel wird *innerhalb von Sekunden bluten wie eine Sau, die geschlachtet wird. Sein warmes Herz wird noch in meiner Hand pumpen, wenn ich meine Zähne hineinschlage. Er soll sehen, wie ich sein eigenes Herz fresse.*

Salongo glaubte fest daran, dass auf diese Art die Kraft der Opferseele im Augenblick des Todes auf ihn übergehen würde. Ganz schnell musste es gehen, bevor die Seele sich davonschleichen konnte. Salongo freute sich auf die Gelegenheit, die Seele eines Weißen zu fangen.

»Wir brechen auf!« Chibalas Kommando riss Salongo aus seinen Gedanken. Bevor er mit Shark zum Geländewagen lief, zog er noch schnell ein Ersatzhemd aus seiner Reisetasche. Nach der »Operation« bräuchte er sicherlich ein neues Hemd.

»Oh, der Herr möchte sich fein anziehen für das Treffen mit dem Piloten«, spottete Shark. Er hatte ja keine Ahnung.

Der Turbanträger schwang sich hinter das Steuer.

»Ich rufe dich an, sobald wir den Verräter beseitigt haben«, rief er Chibala zu.

»Nein. Ich muss meine Telefonleitung für Ahmed freihalten. Kommt einfach zu uns, sobald ihr euren Job erledigt habt.«

KAPITEL 60

Dubai, 14. August 2010, 07:30 Uhr

Der Käsekuchen drückte auf Ahmeds Magen und mit einem genüsslichen Stöhnen furzte er den Druck weg. Zufrieden schaute er auf seine schlafende Bettgefährtin. Sollte er sie aufwecken und sich von ihr einen blasen lassen? Er zog seine seidene Pyjamahose aus und rüttelte sie aus ihrem Schlaf.

»Hey, Natasha. Es wird Zeit, nett zu sein.«

Sie war erst 25 Jahre alt. Junge, straffe Haut, knackiger Arsch, geiler Körper. Genauso liebte er es. Mit Geld konnte man sich in Dubai – so wie überall auf der Welt – geheuchelte Liebe kaufen. Mehr wollte Ahmed nicht und mehr bekam er auch nicht. Wer brauchte schon aufrichtige Gefühle? So etwas erzeugte nur lästige Verpflichtungen. Seine Hormone wurden befriedigt, basta!

»Ich bin noch müde«, sagte das faule Luder. Dann zog sie die Decke höher. Hatte sie etwa keine Lust?

»Mach deinen Job, oder du sitzt morgen wieder auf der Straße.«

Sie drehte sich zu ihm und griff mit ihrer warmen Hand unter die Speckfalten von Ahmeds dickem Bauch. Er antwortete mit genüsslichem Grunzen.

Als er wenige Minuten später befriedigt war, drehte Natasha sich zur Seite, spuckte das Sperma in ein Taschentuch und schlief weiter.

Seit drei Wochen war sie bei ihm, doch sie fing an, ihn zu langweilen. Bald würde er sie rausschmeißen. Das war das Schöne an dieser Art von Beziehung. Wenn er die Nase voll hatte, ging die Entsorgung schnell und unproblematisch. Sein Verschleiß an Frischfleisch war hoch. Es war wie eine Sucht und Huren waren die Drogen.

Die Morgendämmerung vertrieb die Nacht. Ein ereignisreicher Tag stand bevor. Ob Chibala den hinterlistigen Piloten schon umgebracht hatte?

Der Araber schaute auf die Uhr. Bald würde es in Nairobi eine Katastrophe geben. Er wuchtete seinen fetten Körper aus dem Bett und watschelte aus dem Schlafzimmer.

»Jocelyn?«, rief er nach seiner philippinischen Hausangestellten. Keine Antwort.

»Verdammt! Jocelyn? Hörst du nicht!«

»Ja, Herr. Ich höre Sie.« Jocelyn kam gerade aus der Küche.

Er bestand darauf, mit »Herr« angesprochen zu werden. Das gab ihm ein Gefühl von Stärke und Macht.

»Frühstück in fünfzehn Minuten!«

»Für zwei Personen?«

»Nein.«

Eine Viertelstunde später kam er aus dem Badezimmer und setzte sich im Bademantel vor den üppig gedeckten Tisch. Kidneybohnen, Hummus mit Knoblauch und viel Olivenöl. Dazu Rührei und Fladenbrot. Der Kaffee duftete verlockend in der arabischen Kanne mit dem geschwungenen Hals. Gut gelaunt gab er sich dem Frühstück und seinen Überlegungen hin.

Der Anschlag. Das Geld. Ob es schon vollbracht ist?

Das Läuten an der Eingangstür riss ihn aus seinen Gedanken. Jocelyn war schon auf dem Weg zur Haustüre.

»Ich bin nicht da«, rief ihr Ahmed hinterher. Sie nickte und lief weiter. Nach drei Jahren in seinem Haushalt wusste sie, wie Fremde mit erfundenen Argumenten abzuwimmeln waren.

Sie war eine treue Seele. Als er vor wenigen Monaten von der Polizei wegen des Piratengeschäfts verhört worden war, hatten sie auch Jocelyn befragt. Sie hatte sich dumm gestellt und nichts über die zahlreichen Telefonate verraten, die er mit Piraten geführt hatte.

Was war das für ein Lärm am Hauseingang? Er hörte Jocelyns spitze Stimme. »Nein, ich sage doch, der Herr ist …« Eine energische Männerstimme unterbrach sie. Zwei großgewachsene

Männer, einer von ihnen ein Europäer, der andere ein Araber, stürmten in das Esszimmer. Hinter ihnen drängten vier Polizisten in Uniform nach. Ahmed sprang empört auf.

»Was zum Teufel geht hier vor?«

»Ahmed bin Rashid, Sie sind verhaftet.«

»Ach ja? Und was wirft man mir vor?«

»Sie werden beschuldigt, einen Terroranschlag organisiert und in Auftrag gegeben zu haben.«

»Einen Dreck hab ich. Wer sind Sie überhaupt?«

»Mein Name ist Hasan bin Al-Saud.« Der Mann hielt Ahmed seine Dienstmarke vor die Nase.

»Geheimdienst? Da liegt ein Irrtum vor!« Ahmed war verwirrt.

»Da liegt kein Irrtum vor.« Hasan zeigte auf den Europäer. »Das hier ist mein Kollege Florian Müller vom deutschen Geheimdienst. Er hat berechtigtes Interesse an Ihrer Festnahme.«

Der arabische Geheimagent winkte die Polizisten heran.

»Legt ihm Handschellen an.«

»Nein, nein. Sie täuschen sich.« Ahmed wollte ins Nebenzimmer flüchten, aber die Polizisten rissen ihn unsanft zu Boden. Mit dem Bauch nach unten, sein Gesicht zur Seite gedreht, und mit einem Polizistenstiefel in seinem Nacken lag er wehrlos da, während die metallenen Handschellen auf seinem Rücken einrasteten.

»Ich will sofort meinen Anwalt sprechen. Solch einen Umgang lasse ich mir nicht gefallen.«

»Natürlich nicht.«

Von dem Lärm aufgewacht, erschien Natasha im kurzen Höschen und T-Shirt in der Schlafzimmertür.

»Was ist denn hier los?«, fragte sie ängstlich.

»Geheimdienst. Wir haben einige Fragen an Sie. Dazu werden Sie uns auf die Wache begleiten.«

Natasha schüttelte entsetzt den Kopf. Die 30000 Prostituierten in Dubai waren nur inoffiziell geduldet. Das hier war ein muslimischer Staat, sie hatte keine Rechte.

»Keine Angst. Es geht nur um ihn«, beruhigte sie der Agent. Dabei zeigte er auf Ahmed, der gefesselt auf dem Boden lag. »Wenn Sie kooperativ sind und unsere Fragen beantworten, sind Sie uns schnell wieder los.«

Natasha blickte verzweifelt auf Ahmed.

»Vergessen Sie ihn«, sagte der Agent. »Ihm gegenüber brauchen Sie nicht mehr loyal zu sein. Sie werden ihn nie wiedersehen.«

Ahmed dachte fieberhaft darüber nach, was Natasha von seinen Geschäften wusste. Und Jocelyn? Würde sie wieder die Dumme spielen und nichts wissen?

An die Polizisten gerichtet, sagte dieser Hasan: »Bringen Sie die beiden Damen nach draußen und lassen Sie uns mit dem Verhafteten alleine. Wir kommen in zehn Minuten nach.«

Der arabische Agent zog Ahmed an den gefesselten Armen unsanft hoch und zeigte auf den Stuhl.

»Hinsetzen!«

Inzwischen war Ahmed mit den beiden Agenten alleine. Sein Bademantel war offen, und er fühlte sich schutzlos ausgeliefert. Hasan beugte sich über den Tisch und schaute angewidert auf das Frühstück. Plötzlich wischte er die Teller und Schalen, das Glas und die Tasse energisch mit seinem Unterarm vom Tisch. Laut scheppernd fiel das Geschirr auf den Boden. Hummus, Rührei und Kaffee vermischten sich auf dem gefliesten Boden. Das Klirren der blechernen Kaffeekanne tönte nach. Nur die Gabel blieb als einziger Gegenstand auf dem Tisch liegen.

»Du fette Ratte! Weißt du, welche Strafe dich erwartet?«

»Wie können Sie es wagen, so mit mir zu sprechen? Ich werde dafür sorgen, dass Sie Ihren Job bald los sind.«

»Die Todesstrafe erwartet dich. Und ich«, dabei klopfte sich der arabische Agent mit der flachen Hand auf seine Brust, »bekomme noch einen Orden, weil ich dich mieses Stück Dreck erwischt habe.«

»Ich will meinen Anwalt sprechen.«

»Du wirst mit uns vorliebnehmen.«

»Oh nein. Ich kenne die Gesetze. Ich sage jetzt gar nichts mehr.«

»Du hast einen Anschlag geplant. Du warst der Auftraggeber und du wolltest hunderte von Menschen umbringen. Warum?«

Ahmed presste seine Lippen zusammen und schüttelte mit dem Kopf.

»Ersticken?«, fragte Hasan in Florians Richtung.

»Ersticken«, bestätigte Florian, der einen transparenten Gefrierbeutel aus seiner Hosentasche zog und an Hasan reichte.

»Was habt ihr vor?«, schrie Ahmed mit zitternder Stimme.

»Wir werden dir zeigen, was wir von dir halten.«

Hasan zog die Plastiktüte energisch über Ahmeds Kopf, während Florian den Gefesselten von hinten auf dem Stuhl festhielt. Ahmed versuchte, sich aus dem Griff zu winden, doch gegen die starken und durchtrainierten Männer kam er nicht an. Plötzlich hatte er Todesangst.

Hasan drückte die Plastiktüte um Ahmeds Hals zusammen. Innerhalb von Sekunden bekam er keine Luft mehr. Er war unsportlich und kurzatmig. Die Luft konnte er keine zehn Sekunden anhalten. Verzweifelt versuchte er, einzuatmen. Das Plastik drückte sich auf sein Gesicht und wölbte sich leicht nach innen in seinen geöffneten Mund. Saugende Geräusche vermischten sich mit dem Knistern der Plastikfolie. Mit einer Hand hielt der Agent weiterhin die Tüte um Ahmeds Hals zusammengeknüllt und mit der anderen Hand nahm er die Gabel vom Tisch. Vor Ahmeds nun weit geöffnetem Mund durchlöcherte er mit der Gabel die Plastiktüte. Verzweifelt saugte Ahmed Luft durch die Löcher. Es war aber viel zu wenig. Der Todeskampf wurde durch die kleinen Öffnungen nur verlängert. Dieses Gefühl, keine Luft zu bekommen, war schlimmer als alles, was er bisher erfahren hatte. Endlich riss der Agent die Tüte von seinem Kopf. Heftig zog Ahmed in einem tiefen Zug die Luft in seine Lungen.

»Bist du jetzt bereit, mit uns zu kooperieren?« Dabei raschelte der Agent mit der Plastiktüte in seiner Hand.

Ahmed nickte. Tränen standen in seinen Augen. Ersticken war grausam.

»Bist du der Auftraggeber?«

»Nein ... ein Deutscher steckt dahinter.« Immer noch war Ahmed kurzatmig.

»Wie heißt er?«

»Ich soll ihn Hans nennen. Seinen richtigen Namen kenne ich nicht.«

»Wie hältst du Kontakt zu ihm?«

»Über Telefon.«

»Wann war euer letzter Kontakt?«

»Vor wenigen Stunden. Hans hat mich angerufen und gesagt, dass Alexander Hartmann ein Agent ist.«

»Was ist das Ziel des Anschlags?«

»Ein Flugzeug von Skytrain.«

»Wann werdet ihr wieder miteinander telefonieren?«

»Nach dem Anschlag soll ich mich bei ihm melden.«

»Wie lautet die Telefonnummer von Hans?«

»Sie ist im Handy gespeichert.«

Der deutsche Agent griff sich das Telefon und durchsuchte die Kontakte. Dann nahm er sein eigenes Handy und machte einen Anruf. Die kurze Unterhaltung führte er in deutscher Sprache.

KAPITEL 61

Nairobi, 14. August 2010, 08:00 Uhr

Bevor Alexander sein Hotelzimmer verließ, schaute er auf den Empfänger für den Peilsender im Bus der Terroristen. Sonderbar! Der Bus stand östlich des Flughafens. Der Country Club lag aber in der entgegengesetzten Richtung. Was stimmte da nicht? Alexander entschied sich, den Empfänger mitzunehmen. Mit Tape fixierte er das Gerät, das kleiner als eine Zigarettenschachtel war, am Unterschenkel. Neben seinem Messer nahm er diesmal auch die Pistole mit.

Die beiden Terroristen warteten schon im Geländewagen. Shark saß hinter dem Lenkrad und grinste Alexander mit halboffenem Mund an. Sein Haigebiss wirkte bedrohlich. Er deutete auf den Beifahrersitz. »Steig ein.«

Warum saß Salongo auf der Rücksitzbank, und warum fehlte die Kopfstütze?

»Es wäre mir lieber gewesen, ihr hättet mich mit eurem Mitsubishi-Bus abgeholt. Da hat man mehr Platz.«

»Chibala hat den Kleinbus.«

»Ist euer Boss schon im Country Club?«

»Ja.«

Jetzt wusste Alexander, dass die Somalier logen. Erst vor wenigen Minuten hatte der Peilsender gezeigt, dass der Kleinbus gar nicht in der Nähe des Clubs war.

Alexanders Telefon vibrierte, doch er wollte nicht abheben. Jetzt ging es um Wichtigeres. Er klappte die Sonnenblende herunter, in der Hoffnung, einen Spiegel darin zu finden. Fehlanzeige. Er suchte nach einer Möglichkeit, Salongo im Auge zu behalten und lehnte sich seitlich an die Tür. So konnte er Salongo zumindest aus den Augenwinkeln beobachten. Das Telefon vibrierte schon wieder.

»Freut ihr euch auf unseren Flug morgen?«, fragte Alexander.

»Halt die Klappe. Reden kannst du nachher mit unserem Boss«, sagte Salongo in abfälligem Tonfall.

Was würde ich tun, wenn ich den Beifahrer von hinten ermorden will? Mit dem Messer in den Hals stechen? Mit einer Pistole in den Kopf schießen?

Alexander konzentrierte sich auf die Geräusche im Auto, die nun überlaut wirkten. Die Feindseligkeit, die ihm entgegenschlug, war deutlich zu spüren. Inzwischen hatten sie den Stadtbereich verlassen.

»Hey, Riesenbaby. Hat dein Boss es dir schon gesagt?«, fragte Alexander Salongo.

»Was gesagt?«

»Dass er weiß, warum die deutschen Agenten in Nairobi waren.«

»Halt deine Schnauze!«

»Er weiß, dass du in Bosaso den Plan verraten hast.«

Shark stierte erst auf Alexander, dann auf Salongo.

»Stimmt das?«, fragte Shark den bulligen Somalier.

»Blödsinn. Siehst du nicht, dass der Typ nur Unfrieden stiften will? Er war mir schon von Anfang an ein Dorn im Auge.«

»Du hast im Suff alles über den Anschlag erzählt. Die ganze Bar konnte mithören.«

»Du dreckiger Spion. Ich mach dich kalt.«

»Genau das wird Chibala mit dir nachher machen. Er wartet nur darauf, bis du mich erledigt hast und dann bist du dran.«

»Halt endlich deine Schnauze!«

Gleichzeitig mit seinen Worten kam die Schlinge. Im letzten Augenblick konnte der Pilot noch seine rechte Hand zwischen Hals und Draht legen. Der Somalier zog die Garotte mit brachialer Gewalt zu sich nach hinten. Der Draht fraß sich tief in Alexanders Haut, presste die rechte Hand an seinen Hals und drückte ihm die Luft ab. Der Rechtshänder fummelte mit der linken Hand nach der Pistole unter seiner Jacke. Er hatte Mühe, die Waffe aus der Tasche zu ziehen. Da sein Kopf nach hinten gezogen wurde, konnte er nicht sehen, wie Shark sich während der Fahrt zu ihm beugte. Er riss ihm die Waffe aus der Hand und schmiss sie durch das offene Seitenfenster auf die Straße.

»Verrecke, Spion«, schrie Shark vor Vergnügen.

Das Keuchen der Kämpfenden erfüllte den Wagen.

»Fahr von der ... Straße runter«, kommandierte Salongo zu Shark.

»Warum?«

»Ich zieh ihn ... aus ... Auto. Dann mach ich ihn kalt.«

Shark bog in eine Nebenstraße ab, dann hielt er an.

Der Draht presste sich oberhalb von Alexanders Kehlkopf zwischen die Knorpel. Es fühlte sich an, als ob eine Säge in sein Fleisch schnitt. Da seine Hand unter der Schlinge lag, wurde sein Hals nicht komplett abgewürgt. Es war ihm möglich, in einer Schnappatmung zumindest ein wenig Luft einzusaugen. Verzweifelt versuchte er, an sein Messer zu kommen. Salongo hatte den Piloten mit der Garotte schon halb über die Sitzlehne gezogen.

Keine Luft! Keine Luft! Endlich gelang es Alexander, seinen Bauch weit genug einzuziehen, um das Wurfmesser herauszuziehen.

»Achtung! Messer!«, schrie Shark.

Alexander fühlte Salongos keuchenden Atem neben seinem Ohr. Er rammte das Messer nach hinten. Der Stich traf Salongo im Gesicht. Irgendeinen Knochen hatte Alexander erwischt. Wütendes Aufheulen. Der Zug an der Garotte wurde schwächer, doch die eingequetschte Hand war immer noch nicht frei. Die Luft, die Alexander nun einatmen konnte, reichte zumindest aus, um bei Bewusstsein zu bleiben.

Die Garotte! Ich muss sie loswerden!

Ein zweiter Stoß mit dem Messer. Diesmal traf Alexander auf etwas Weiches. Er glaubte, das Auge getroffen zu haben. Salongo schrie auf. Endlich war der Zug an dem Draht weg.

Shark zielte plötzlich mit einer Pistole auf Alexander. Im letzten Augenblick schaffte er es, sein Messer fallen zu lassen und Shark die Waffe zur Seite zu schlagen. Der Schuss zertrümmerte die Windschutzscheibe, die in tausend kleine Splitter zerbrach. Alexander riss dem Somalier die Pistole aus der Hand, zielte damit auf Salongo und drückte ab. Die Kugel riss den Kopf des Somaliers heftig nach hinten. Aus dem kleinen Loch in der Stirn tropfte Blut.

Nun zielte der Pilot auf Sharks Beine.

»Waf ha … Chib … la vor?«, stammelte Alexander kaum verständlich. Sein Kehlkopf war verletzt und er konnte kaum sprechen. Das Fleisch an seiner rechten Hand war durch den Draht bis auf die Knochen eingeschnitten. Mit zittrigen Fingern umklammerte er die Pistole.

»Leck mich am Arsch.«

Alexander schoss ihm ins Knie. Shark heulte vor Schmerzen laut auf.

»Waf ha … Schibla vor?«

Mit grimmigem Gesicht versuchte Shark nach dem Messer zu greifen, das auf dem Fahrzeugoden lag. Alexander donnerte ihm den Knauf der Pistole hart auf den Kopf.

»Waf ha … Schibala vor?«

Shark stürzte sich verbissen auf den Piloten. Alexander schlug dem Somalier seine Faust ins Gesicht. Blut spritzte. Einige Zähne brachen ab.

»Waf .. hat … er …?«, fragte er wieder.

Shark schüttelte den Kopf.

Alexander schoss ins zweite Knie.

»Waf?«

Shark hyperventilierte.

Alexander schoss in Sharks linken Ellenbogen.

»Waf ha Schibala vor?«

Shark stierte ihn mit wässrigen Augen an. Mit seiner rechten Hand versuchte er kraftlos nach dem Piloten zu schlagen.

»Waf?«

»Zu ... spät! ... Zu spät!« Zwischen den heftigen Atemstößen lachte Shark wie ein Irrer.

Alexander legte die Pistole auf die Seite und nahm sein Messer vom Boden auf. Dann verdrehte er Sharks rechten Arm und stach tief in die Armbeuge. Shark zuckte wild zurück. Man konnte meinen, dass Stromschläge durch seinen Körper gejagt wurden. Nun war der Somalier endgültig kampfunfähig.

»Waf?« Das Sprechen war die reine Qual für Alexander.

»Anschla... vorbei! ... zu spät!« Sharks irres Lachen wurde schwächer.

Im Wagen sah es aus wie auf einem Schlachtfeld. Winzige Splitter lagen im Frontbereich. Es roch nach Schießpulver und Blut, das überall zu sehen war.

Was muss ich jetzt tun? Der Peilsender!

Alexander krempelte sein Hosenbein hoch. Mit dem Messer zerschnitt er das Tape und nahm den Sender in die Hand. Ein schwaches Blinken zeigte die Position an der östlichen Seite des Airports. Nicht weit von einer Ortschaft entfernt.

Ein Flugzeug! Sie schießen ein Flugzeug ab. Eine deutsche Einrichtung? Nein! Ein deutsches Ziel. Die Skytrain startet Samstag früh. Heute ist Samstag!

Alexander öffnete seine Tür, dann zerrte er Shark zu sich auf die Beifahrerseite. Wütendes Geheul war die Antwort. Wehren konnte sich Shark nicht mehr.

»Haha ... zu ... spät. Haha. Du ... bist zu ... spät.«

Alexander stieg aus, rannte um den Geländewagen und setzte sich ans Steuer. Der Motor heulte auf und die Reifen drehten durch, als der Wagen beschleunigte. Schnell zum Flughafen.

Mühsam fingerte er sein Telefon aus der Hosentasche und schaute auf das Display. Währenddessen steuerte er mit den Unterarmen. Alexander rief das deutsche Konsulat in Nairobi an.

»Hallo?«, fragte eine Frauenstimme.

»Aleschade .Ha.tma... B ... D«, schrie er unter größten Schmerzen ins Telefon, »schobben Sie SKY RAIN-Mschine. Abschu...«

»Hallo?«

Alexander konnte sich nicht verständlich machen. Der Fahrtwind und sein verletzter Kehlkopf machten es unmöglich. Textmeldung an Heiner!

Inzwischen fuhr Alexander wieder auf der Hauptstraße. Um die Textmeldung einzugeben, machte er eine Vollbremsung. Hupende Fahrzeuge quittierten das Manöver.

Skytran Flu Anshag

Das musste genügen. Der Pilot gab wieder Vollgas.

Warum hatte Chibala die Cessna für morgen bestellt? Eine Falle! Sie wollten schon heute fliegen. Er hat mich reingelegt. Oh Gott! Bitte lass das nicht zu.

Es war das erste Mal in seinem Leben, dass Alexander Gott anflehte.

KAPITEL 62

München, 14. August 2010, 08:04 Uhr

»Er hebt nicht ab!«, sagte Heiner frustriert, nachdem er mehrmals versucht hatte, Alexander anzurufen.

»Hoffentlich kommt die Warnung nicht zu spät.« Michael Galm, Heiners Stellvertreter, war vor wenigen Minuten in den Fall eingeweiht worden. Da Alexander jetzt verraten war, gab es keinen Grund mehr, seine Existenz in der Behörde geheim zu halten.

»Irgendetwas stimmt nicht. Was übersehe ich? Michael, lies noch mal vor. Was wissen wir über den geplanten Anschlag?«

Michael Galm schaute auf seinen Notizblock.

»Wir kennen Ziel und Zeitpunkt. Ein Jumbo von Skytrain soll morgen früh abgeschossen werden.«

»Das werden wir zu verhindern wissen. Was wissen wir über diesen Hans?«

»Deutscher Geschäftsmann. Unsere Jungs vom Ortungsdienst arbeiten gerade daran, ihn anhand der Telefonnummer, die wir von diesem Ahmed haben, ausfindig zu machen.«

Heiner nickte. Sie waren auf einen guten Weg. Verhinderung des Anschlags und Festsetzung der Hintermänner. Nur Alexander war noch in Lebensgefahr. Die automatische Wahlwiederholung klingelte wieder bei dem Piloten an. Auch jetzt erfolglos.

Michael unterbrach die Gedanken seines Chefs. »Sollen wir Skytrain informieren?«

»Noch nicht. Vielleicht könnten die Terroristen dadurch gewarnt werden. Wir warten bis morgen früh. Ich gehe davon aus, dass die Gefahr bis dahin abgewendet ist. Skytrain wird in diesem Fall gar nicht mitbekommen, dass ein Terroranschlag geplant war.«

Heiners Gedanken wanderten wieder zu Alexander. Dann schlug er sich mit der Hand an die Stirn.

»Mist! Alexanders Lebensgefährtin. Schick sofort eine zivile Streife zu Valentina Schönberger. Wenn Alexander aufgeflogen ist, dann schwebt auch sie in Gefahr.«

»Wird sofort erledigt, Chef.«

Eine Textmeldung kam auf Heiners Mobiltelefon an.

Skytran Flu Anshag

»Alexander lebt und er weiß Bescheid … und er kennt das Ziel des Anschlags.«

Skytrain-Flug Anschlag. So interpretierte Heiner die Textmeldung. Der Agent schien sehr in Eile zu sein. Aber warum?

KAPITEL 63

München, 14. August 2010, 08:15 Uhr

Valentina saß gerade beim Frühstück, als es an der Tür klingelte. Durch die Türkamera sah sie zwei Männer.

»Ja bitte?«

»Frau Schönberger?«

»Ja?«

»Ich bin Hauptkommissar Josef Radmaier und das ist mein Kollege Kommissar Schaub. Wir sind von der Polizei und wir wurden vom Bundesnachrichtendienst geschickt.« Beide hielten sie ihre Dienstmarken vor die Kamera.

»Vom BND? Was habe ich mit dem BND zu tun?«

»Dürfen wir reinkommen?«

»Was will der BND von mir?«

»Das möchten wir Ihnen ja gerne sagen.«

»Worum geht es?« Valentina wurde ungeduldig.

»Es geht um Ihren Verlobten, Alexander Hartmann.«

»Wir sind nicht verlobt.«

»Dürfen wir reinkommen? Wir können Ihnen alles erklären.«

Entnervt drückte Valentina auf den Türöffner und lief den Polizisten entgegen.

»Also, warum sind Sie hier?«

Hauptkommissar Radmaier wirkte verlegen.

»Ihr Freund, Alexander Hartmann ... er ist in großen Schwierigkeiten, und wir befürchten, das sind Sie auch.«

»Was soll das Ganze? Sie sprechen in Rätseln.«

»Es tut uns leid, aber Sie sind in großer Gefahr. Wir möchten Sie mitnehmen, um Sie zu schützen.«

»Erzählen Sie nicht so einen Quatsch.«

»Ist Ihnen in letzter Zeit nichts Ungewöhnliches an Herrn Hartmann aufgefallen?«

Valentina kam ins Grübeln. »Nun ja, in der Tat hat er sich sonderbar verhalten. Hatte irgendetwas mit seinem Job zu tun.«

»Frau Schönberger, Herr Hartmann ist Geheimagent, wussten Sie das nicht?«

Valentina schüttelte ungläubig den Kopf. »Blödsinn. Er ist Pilot bei Cargoflight.«

»Ja, das stimmt. Aber als Pilot übernimmt er ab und zu auch Aufträge für den BND. Er benutzt seine Pilotentätigkeit als Tarnung für seine Einsätze als Geheimagent.«

Valentina war geschockt. Mit weitaufgerissenen Augen starrte sie die Polizisten an. War das eine Erklärung für ihr Misstrauen gegenüber Alexander?

»Nein. Das glaube ich nicht.«

»Eine kriminelle Organisation in Nairobi hat ihn entlarvt. Und damit auch Sie. Diese Organisation hat ihren Sitz in Deutschland. Frau Schönberger, Ihr Leben ist in Gefahr. Bitte begleiten Sie uns. Wir bringen Sie in Sicherheit.« Hauptkommissar Radmaier schaute nervös auf seine Uhr.

»Ja, äh, ich meine, nein. So schnell geht das nicht. Ich muss noch ...«

»Frau Schönberger! Keine Zeit! Terroristen sind in diesem Augenblick auf den Weg zu Ihnen, um Sie zu töten.«

»Terroristen? Ihre Geschichte wird ja immer verrückter.«

Valentinas Festnetztelefon klingelte. »Moment, ich beantworte nur schnell den Anruf.«

»Nein! Bitte nicht. Das könnten schon die Verbrecher sein.«

Valentina war nun komplett verwirrt. Sie ließ es klingeln.

Der Hauptkommissar drehte sich zu seinem Kollegen. »Egon, lauf vor die Tür und überprüfe die Straße!«

Egon zog seine Waffe und lief zur Tür. Augenblicke später rief Egon zurück. »Noch alles ruhig, Chef.«

»Bleib an der Tür stehen und sichere uns ab.« Die Nervosität der Polizisten steckte Valentina an. Sie wurde panisch.

»Bitte kommen Sie«, flehte der Hauptkommissar Valentina an. Sie stand wie versteinert da. Was tun? War sie tatsächlich in

Lebensgefahr? So unglaublich die Informationen der Polizisten auch waren, durch Alexanders Verhalten wirkten sie plausibel.

Die Lügen! Seine ausweichenden Begründungen. Er war in seinen freien Tagen nach Nairobi geflogen.

Valentina wurde schwindlig.

»Frau Schönberger! Wir müssen gehen!«

»Zeigen Sie mir noch einmal Ihre Dienstmarke. Ich will auch Ihren Beamtenausweis sehen.«

Der Hauptkommissar reichte ihr das Geforderte. Valentina warf einen prüfenden Blick darauf. Die Marke und der Ausweis schienen echt.

»Hier. Rufen Sie bitte auf meiner Dienststelle an.« Der Hauptkommissar holte sein Handy aus der Tasche und wählte eine Nummer. »Polizeiinspektion 14« stand nun auf dem Display. Valentina hielt das Telefon an ihr Ohr.

»Hallo, Sepp. Seid ihr in Sicherheit?«

»Äh, hallo. Ich bin Valentina Schönberger. Hauptkommissar Radmaier hat mir sein Mobiltelefon geliehen, damit ich seine Angaben überprüfen kann.«

»Frau Schönberger! Ich bestätige Ihnen, dass Hauptkommissar Radmaier und Kommissar Schaub bei uns arbeiten. Ihr Auftrag ist, Sie sofort in Sicherheit zu bringen. Bitte folgen Sie den Anweisungen meiner Kollegen.«

»Danke.« Valentina legte auf.

»Es ist gut, dass Sie misstrauisch sind«, sagte der Hauptkommissar. »Sie wissen nun, dass ich die Wahrheit sage. Kommen Sie bitte schnell, auf der Fahrt erklären wir Ihnen alles.«

Erklärungen! Genau die brauchte sie nun.

»Ich hole meine Tasche.«

Auf dem Weg zu dem dunklen BMW klingelte Valentinas Handy.

»Auf keinen Fall abheben. Eine Peilung könnte aufgeschaltet sein.«

Eingeschüchtert steckte sie ihr Telefon zurück in die Tasche.

KAPITEL 64

Nairobi, 14. August 2010, 08:16 Uhr

»Wir kommen wieder«, stellte Sonja selbstbewusst fest. Der Rest der Familie Maier nickte zustimmend. Evelin, Sonjas Mutter, schaute ihren Mann augenzwinkernd an. Ihre 16-jährige Sonja war ein verwöhnter Teenager und hatte anfänglich überhaupt keine Lust gehabt, zusammen mit ihren Eltern und ihrem zwei Jahre jüngeren Bruder in den Urlaub zu fliegen. Sie hatten gerade eine zehntägige Safari in der Lion-Pepper Lodge im Masai-Mara Nationalpark hinter sich gebracht. Jeden Morgen und Abend war die Familie von einem Wildhüter im Range Rover durch den Nationalpark gefahren worden. Sonja war hellauf begeistert.

In dem kleinen Camp war auch eine britische Familie mit einer gleichaltrigen Tochter gewesen. Die Mädchen hatten sich prächtig verstanden und jeden Tag zusammen verbracht.

»Bitte Mama, sag mir, dass wir nächstes Jahr wiederkommen. Betty und ihre Familie werden auch da sein.«

»Frag deinen Vater«, erwiderte ihre Mutter mit aufmunterndem Blick. Sonja ließ sich das nicht zweimal sagen und hängte sich bei Stefan, ihrem Vater, ein.

»Bitte, allerliebster Papa, wir kommen nächstes Jahr wieder, stimmt's?«

»Hm, das muss sich der allerliebste Papa aber gründlich überlegen.«

Stefan zog seine Stirn in Falten und fuhr sich mit den Fingern über die Mundwinkel. Dabei machte er ein ernstes und nachdenkliches Gesicht.

Dirk, das Küken der Familie, war genauso wie seine Schwester hellauf von der Safari begeistert gewesen.

Es war ein herrlicher Familienurlaub gewesen und nun warteten sie im Terminal in Nairobi auf ihren Flug mit Skytrain 513 nach Frankfurt. Stefan schaute auf seine Uhr. »Wir sollten schon in der Luft sein. Um 07:50 Uhr war der Abflug geplant.«

In diesem Augenblick kam auch schon eine Ansage über Lautsprecher.

»... your Attention please. Due to a technical problem flight ST 513 to Frankfurt is delayed for one hour. Boarding will begin soon.«

Eine Verspätung wegen eines technischen Problems.

»Hoffentlich nichts Schlimmes«, sagte Evelin.

»Aber nein«, meinte Stefan. »Bestimmt nur eine Kleinigkeit. Die sind bei Skytrain ja immer übervorsichtig.«

»Das sollten sie auch. Vor allem in Nairobi«, sagte Dirk mit wichtiger Miene.

»Warum gerade in Nairobi?«, fragte Sonja mit gerunzelter Stirn.

»Weil Skytrain schon einmal einen Jumbo beim Start hier in Nairobi verheizt hat.«

»Verheizt? Was meinst du damit?«

»Crash! Unfall! Absturz!«

»Du machst Scherze. Sag, dass das nicht wahr ist.« Sonja wusste, dass ihr kleiner Bruder ein Flugzeugenthusiast war und sich mit solchen Dingen auskannte.

»Na klar ist das wahr. Das war 1974. Die Piloten hatten vergessen, die Landeklappen für den Start auszufahren. ST 560 hob ab, um kurz nach dem Start abzustürzen. Sie hatten nicht genug Auftrieb. Weit über 50 Menschen hat es erwischt.«

»Tot?« Sonja stierte ihn mit großen Augen an.

»Natürlich tot.« Dirk verdrehte mit entnervtem Stöhnen seine Augen. »So ein Absturz ist eine üble Sache.«

Stefan bestrafte seinen Sohn mit einem warnenden Blick, dann schaute er seiner Tochter in die Augen.

»Mach dir keine Sorgen. Das ist über 35 Jahre her. Damals

hatten sie noch ganz andere Technik in den Flugzeugen. So etwas kann heute nicht mehr passieren.«

»Passieren kann immer was«, protestierte Dirk.

»Du hältst jetzt die Klappe! Ist das klar?«, kam die scharfe Ermahnung vom Vater.

Beleidigt drehte sich Dirk weg.

Endlich wurde mit dem Boarding begonnen. Der Flug war ausgebucht. Über 400 Passagiere strömten in den Jumbo. Plötzlich bekam Sonja panische Angst. Sie musste schlucken, Schweißperlen bildeten sich auf ihrer Stirn. Sie stellte sich vor, dass ihr Flugzeug kurz nach dem Start abstürzte. Sonja hielt ihre Mutter am Arm zurück.

»Mama. Irgendetwas Schlimmes wird passieren. Bitte lass uns nicht einsteigen.«

»Ach Sonja, hör nicht auf dieses dumme Gerede deines neunmalklugen Bruders. Du kennst ihn doch.« Sie winkte ihr auffordernd zu. »Komm schon.«

»Nein, Mama! Ich will nicht einsteigen. Ich will, dass keiner von uns einsteigt.« Sonja wurde hysterisch.

»Siehst du, was du mit deinem blöden Gequatsche angerichtet hast?«, schimpfte Stefan mit seinen Sohn.

»Bitte, Mama! Ich spüre es. Etwas Schreckliches wird passieren.«

Sonja hatte plötzlich ein genaues Bild vor sich. Der Jumbo von Skytrain lag zerstört in einem Feuerhaufen kurz hinter dem Flughafen. Sie versuchte, ihre Mutter zurückzuhalten. Die Menschen in der Nähe wurden aufmerksam.

»Sonja«, tröstend legte Evelin den Arm um ihre Tochter, »Skytrain ist eine sicherere Airline. Das kannst du daran sehen, dass sie ein technisches Problem nicht ignorieren, sondern sogar eine Verspätung in Kauf nehmen, um absolut sicherzugehen.«

»Nein, Mama. Es passiert was Schreckliches. Ich weiß es.«

»Schluss jetzt!« Stefan sprach ein Machtwort. »Du gehst jetzt da rein und hörst auf, uns mit deinem hysterischen Gejammer zu nerven.«

Sonja wusste nicht, was sie tun sollte. Wurde dieser Albtraum durch ihre lebhafte Fantasie erzeugt?

Entmutigt ließ sie sich von ihrer Mutter ins Flugzeug führen.

Sechs Kilometer entfernt warteten zwei Terroristen mit der MILAN-Rakete in ihrem Kleinbus auf den Start von Flug ST 513.

Warum dauert das so lange? Die scheiß Deutschen sind doch sonst immer pünktlich. Hängt es mit Baakir zusammen?

Chibala hoffte noch immer auf Ahmeds Anruf. Auf die Zusage, dass die Deutschen auf die Erpressung eingingen.

Was Baakir wohl gerade machte? Saß er bereits in einem Flugzeug auf den Weg nach Ostafrika? Würden sie sich in wenigen Tagen lachend in die Arme fallen?

Sollten die Deutschen die Drohung nicht ernstnehmen, würde Chibala keine Sekunde zögern, das Flugzeug abzuschießen.

Das Funkgerät, das sie vor einigen Tagen am Wilson Airport im Flugbedarfsshop gekauft hatten, quäkte wieder.

»Apron control, this is Skytrain 513, request pushback.« Blechern klang die Stimme der Pilotin aus dem Funkgerät.

»Skytrain 513, pushback ist approved. Report ready for taxi«, war die Antwort des Lotsen. Er gab ihnen die Freigabe, damit sie von der Parkposition zurückgestoßen werden konnten.

Nadif hatte im Internet die Frequenzen des internationalen Flughafens »Jomo Kenyatta« herausgefunden. Tagelang hatten sie die Funksprüche abgehört. Mit Hilfe von Google hatte Nadif gelernt, wie der Funkverkehr durchgeführt wurde. So kannte er den genauen Ablauf vom Zurückstoßen bis zum Takeoff. Nadif wollte aussteigen, um die Rakete auszuladen, doch Chibala hielt ihn zurück.

»Noch nicht.«

»Nein?«

»Du weißt, wie lange es dauert, bis das Flugzeug auf der Startbahn steht.«

Nadif nickte. »Ja. Es dauert noch mindestens zehn Minuten.

Die Triebwerke müssen starten und dann muss der Jumbo noch zur Startbahn rollen.«

»Wir sprechen noch mal den Plan durch.« Chibala erkannte, dass Nadif Ablenkung brauchte. »Was machst du, wenn die Maschine die Startfreigabe bekommt und die Gase reinschiebt?«

»Dann drücke ich die Stoppuhr«, sagte Nadif eifrig. »Das Flugzeug braucht 60 Sekunden, bis es 500 Meter vor Bahnende abhebt. Weitere fünf Sekunden später wird es in 40 Meter Höhe fliegen. Mit seiner hochgezogenen Nase bietet die Maschine ein fettes Ziel.«

»Genau. Und weiter?«

»Wir sind hier 2 500 Meter östlich vom Bahnende. Für diese Strecke braucht die Rakete 17 Sekunden. Sobald auf meiner Stoppuhr 38 Sekunden um sind, beginne ich laut von zehn rückwärts zu zählen. Bei null, also bei 48 Sekunden auf der Stoppuhr, feuerst du die Rakete ab. 17 Sekunden später wird es ein feuriges Zusammentreffen über dem Ende der Startbahn geben. Die Zäune sind kein Hindernis, da die Rakete leicht nach oben steigt.«

Chibala war zufrieden.

»Wo bleiben Shark und Salongo?«, fragte Nadif nervös.

Chibala zuckte mit den Schultern. »Sie werden den Verräter bereits beseitigt haben und auf dem Weg hierher sein.«

»Aber warum ruft Shark nicht an?«

»Ich habe ihm gesagt, dass er nicht anrufen soll, um mich nicht beim Abschuss der Rakete zu stören. Außerdem muss ich die Leitung für Ahmed freihalten. Vielleicht geben die Deutschen in letzter Sekunde nach. Die Verspätung der Maschine könnte ein Grund dafür sein.«

KAPITEL 65

München, 14. August 2010, 08:17 Uhr

Die beiden Zivilbeamten klingelten an der Tür. Sie hatten schon mehrmals bei ihr angerufen, auf ihrer Festnetznummer und auf ihrem Mobiltelefon. Aber Frau Schönberger hob nicht ab.

»Vielleicht ist sie einkaufen gefahren?«

»Schau in die Garage nach ihrem Auto.«

Kurz darauf kam der Polizeibeamte mit einem Achselzucken wieder zurück.

»Da steht ein Wagen drin.«

»Dem BND scheint diese Frau ausgesprochen wichtig zu sein. Komm, lass uns in der Nachbarschaft nachfragen. Ich fange links an, du auf der rechten Seite.«

Fünf Minuten später trafen sich die Beamten wieder.

»Sie wurde schon abgeholt. Von zwei Typen in einem dunklen BMW mit getönten Scheiben. Das stinkt zum Himmel.«

»Lass uns diesen Chef vom BND anrufen. Wie war sein Name?«

»Heiner Mayerhofer. Hier ist die Nummer.«

KAPITEL 66

München, 14. August 2010, 08:21 Uhr

Valentina saß hinten im BMW.

»Wo fahren wir hin?«

»In die Polizeiinspektion«, sagte Hauptkommissar Radmaier knapp.

»Treffen wir dort Mitarbeiter vom BND?«

»Ja.«

»Sie wollten mir alles erklären, sobald wir im Wagen sitzen? Ich warte.«

»Wollte ich das?«

Valentina wurde misstrauisch und kramte ihr Mobiltelefon aus der Tasche.

»Was haben Sie vor?«

»Ich werde meine Freundin anrufen.«

»Lassen Sie das bitte.«

»Warum sollte ich?«

»Wie ich Ihnen schon sagte, die Terroristen sind unberechenbar. Sie würden Ihre Freundin auch in Gefahr bringen.«

»Was für ein Quatsch. Ich ruf jetzt an.«

»Nein! Das tun Sie nicht.«

Valentina schaute entsetzt auf die Pistole, die Hauptkommissar Radmaier in der Hand hielt. Ein leises Plopp-Geräusch ertönte und sie spürte einen stechenden Schmerz am Hals.

Sie langte mit ihrer Hand an die Stelle und konnte einen kleinen Pfeil fühlen. Sie wollte ihn rausziehen, aber ihr fehlte die Kraft und plötzlich schwanden ihre Sinne.

Hauptkommissar Radmaier lächelte zufrieden. Geschickt band er Valentinas Hände mit Kabelbinder auf ihrem Rücken zusammen. Den Stoffknebel fixierte er mit Klebeband um ihren Mund. Dann nahm er sein Telefon in die Hand.

»Wir haben sie.«

»Gut. Sie wissen, wo Sie die Dame abzuliefern haben.«

KAPITEL 67

Nairobi, 14. August 2010, 08:43 Uhr

»Skytrain 513, Taxi via Golf to holding position runway 06.«

Die Copilotin sprach die Freigabe zurück.

»Sie haben die Rollfreigabe zu ihrer Startposition erhalten«, erklärte Nadif, der das Funkgerät in der Hand hielt.

»Ich hab's gehört«, sagte Chibala. Er nahm sein Handy und drückte auf den kleinen runden Knopf. Der Bildschirm erwachte zum Leben. Vier der fünf Kreise waren ausgefüllt, der Empfang war gut.

»Noch können die Deutschen den Anschlag abwenden. In wenigen Minuten ist es zu spät.«

Sie saßen noch immer im Bus. Nadif trommelte nervös mit seinen Hacken auf den Fahrzeugboden, dafür wirkte Chibala umso entspannter. Er strich sich über die Narbe auf seiner Wange.

»Schnell! Wir müssen aufbauen.« Nadif wollte schon aus dem Bus springen, aber Chibala hielt ihn am Arm fest.

»Langsam! Wir sind nicht in Eile.«

»Aber das Flugzeug rollt schon zur Runway.«

»Es wird noch länger als fünf Minuten dauern, bis es startet. Behalte einen kühlen Kopf. Hast du verstanden?«

Nadif musste schlucken. Sein Hals war trocken und er hatte plötzlich den Drang, auf die Toilette zu gehen. Der Schweiß lief unter seiner schwarzen Schildmütze hervor und erzeugte auf seiner Wange einen Miniaturbach. In der Aufregung wirkte der Junge in seinem ausgewaschenen gelben T-Shirt noch kindlicher. Chibala drückte seine Finger schmerzhaft in den Arm des Jungen.

»Nadif! Hast du verstanden?«

»Ja. Ja. Ich habe verstanden.«

»Gut. Dann bauen wir jetzt ohne Eile die Raketenanlage auf.«

Die beiden Terroristen stiegen aus. Nadif klemmte das Funkgerät an den Gürtel neben seine Pistole und öffnete die Heckklappe. Sie legten einige Sandsäcke auf den Boden. Chibala stellte die Startschiene mit dem Dreibein drauf. Durch die erhöhte Position der Waffe war es einfacher, die Rakete dem steigenden Flugzeug nachzulenken.

Nadif holte den Lenkflugkörper und setzte die Röhre in den Aufnahmeschlitten. Mit einem kurzen metallischen Schleifgeräusch und einem Klick rastete das Raketenrohr in den Schlitten ein. Chibala legte sich hinter die Waffe. Auch seine Brust ruhte auf einem Sandsack. So hatte er mehr Bewegungsfreiheit mit den Ellbogen. In seiner gefleckten und ausgewaschenen braun-grünen Soldatenuniform verschmolz er mit dem Untergrund. »Hast du die Stoppuhr?«, fragte er.

»Ja, ich bin bereit.« Die Ruhe, die von Chibala ausging, übertrug sich auf den jungen Nadif. Der Drang zum Pissen war weg.

»Skytrain 513, line up runway 06 and wait.«

»Sie haben die Erlaubnis, auf die Startbahn zu rollen. Gleich wird die Freigabe zum Takeoff kommen«, sagte Nadif. Er schaute auf Chibala. Wie versteinert lag sein Boss hinter der Waffenanlage. Wie eine unbewegliche Macht, die nichts von ihrem Vorhaben abbringen konnte.

War da ein Motorengeräusch? Nadif schaute sich um. Der Geländewagen kam von schräg hinten aus der Ortschaft auf sie zugefahren. Endlich kamen Shark und Salongo. Sie würden das Spektakel sogar noch miterleben. Nadif konzentrierte sich wieder auf das Funkgerät und seine Stoppuhr. Er konnte sich zur Ruhe zwingen, aber sein Herz pumpte so kräftig, dass er meinte, es schlagen zu hören.

KAPITEL 68

Pullach, 14. August 2010, 08:45 Uhr

Eigentlich sollte Heiner gut gelaunt sein. Seine Experten waren gerade dabei, diesen Hans hier in Deutschland ausfindig zu machen. Ahmed hatten sie bereits verhaftet. Der Anschlag morgen würde verhindert werden und Valentina wurde gerade in Sicherheit gebracht. Doch warum war die Textmeldung von Alexander so kurz und fehlerhaft? Und warum meldete sich der Agent nicht? War er in Gefahr? In Eile? Aber Eile war noch nicht nötig, der Anschlag war erst für morgen geplant. Über die Sprechanlage telefonierte Heiner mit seiner Sekretärin.

»Ilse, überprüfe doch bitte, um wie viel Uhr Skytrain 513 morgen in Nairobi startet.«

Kurz darauf klingelte Heiners Handy. Es war einer der beiden Kriminalbeamten, die Valentina abholen sollten. Der Anrufer kam gleich auf den Punkt und sagte, dass Valentina schon von zwei Männern abgeholt worden sei.

Oh Gott! Die Terroristen haben Valentina erwischt.

Ohne anzuklopfen, kam Ilse ins Zimmer.

»Chef, morgen geht kein Skytrain-Flug aus Nairobi raus.«

»Nein? Was zur Hölle ist hier los?«

»Flug ST 513 geht heute. Oder besser gesagt, er ging heute. Das Flugzeug sollte schon in der Luft sein.«

Ein eiskalter Schauer lief Heiner über den Rücken. Er brauchte ein paar Sekunden, um die Konsequenz dieser Information zu verarbeiten.

»Schnell«, rief er zu Ilse, »verbinden Sie mich mit Nairobi Tower.«

Heiner rannte zu seinem Schreibtisch. Er wählte die Nummer

der deutschen Botschaft in Nairobi. Währenddessen gab er Ilse weitere Kommandos: »Versuchen Sie auch, zu Skytrain nach Frankfurt durchzukommen. Schnell! Schnell!«

Jeder Klingelton kam ihm wie eine Verschwendung wertvoller Zeit vor.

Heb ab, komm schon, heb endlich ab!

»Hier ist die deutsche Botschaft in Nairobi, mein Name ist Jutta Warmu…«

»Heiner Mayerhofer vom BND in Pullach. Notfall. Keine Zeit zum Erklären. Verbinden Sie mich sofort mit dem Botschafter. Sofort! Dies ist ein Notfall.«

»Das kann ja jeder sagen.«

»Verdammt! Überprüfen Sie die Nummer, von der ich gerade anrufe, und stellen Sie mich zum Botschafter durch. Eine Maschine der Skytrain soll abgeschossen werden. Es geht um Minuten, vielleicht um Sekunden.«

»Warten Sie.«

»Warten? Das ist so ziemlich das Letzte, was wir uns jetzt erlauben können.«

Die Dame am Empfang verband Heiner weiter. Hoffentlich hatte sie die Dringlichkeit der Situation erfasst und dem Botschafter so weitergegeben.

»Dr. Langenschmidt am Apparat.«

Heiner sprach schnell. »Mayerhofer vom BND, Leiter des Ressorts Internationaler Terrorismus. Die Skytrain 513 soll abgeschossen werden. Stoppen Sie das Flugzeug. Sofort!«

»Halten Sie mal die Luft an, Herr May… «

»Verdammt! Keine Zeit! Die Maschine kann jeden Moment starten. Sie wird von Terroristen abgeschossen. Das Flugzeug darf auf keinen Fall starten. Haben Sie verstanden?«

»Ich werde Ihre Identität überprüfen. Bleiben Sie in der Leitung.«

Ilse rief Heiner durch die offene Tür zu: »Ich habe den Tower in Nairobi dran. Soll ich verbinden?«

»Ja! Stell durch.«

Zu dem Botschafter gerichtet: »Zur Hölle mit Ihnen. Ich spreche selbst mit dem Fluglotsen.«

Heiner drückte das Gespräch weg und nahm das andere Gespräch an.

»Spreche ich mit Nairobi Tower?«

»Ja. Wer ist am Apparat?«

»Deutscher Geheimdienst. Mayerhofer mein Name. Auf Skytrain 513 wird ein Anschlag verübt. Stoppen Sie sofort die Maschine!«

»Ein Anschlag? Ja, ja. Ich glaube Ihnen. Sie sind ja vom Geheimdienst. Allerdings kann ich die Maschine nicht anhalten. Sie ist schon weg.«

»Gestartet? Und nicht abgeschossen? Sind Sie sicher?«

»Aber natürlich. Ich selbst habe dem Flug die Startfreigabe gegeben. Machen Sie sich keine Sorgen.«

»Hören Sie, dieses Gespräch wird aufgezeichnet. Wenn Skytrain 513 noch nicht gestartet ist und ein Terroranschlag passiert, dann werden Sie für lange Zeit in den Knast wandern.«

Für einen Augenblick herrschte Stille in der Leitung.

»Ich bin beschäftigt.« Der Lotse legte auf.

Kobe Kimandiu war Fluglotse am Nairobi Airport. Während des Telefongespräches mit diesem Idioten erinnerte er sich an die vielen ähnlichen Anrufe, die in seiner langen Laufbahn bei ihm angekommen waren. Es gab einfach zu viele Spinner auf der Welt. Für einen Augenblick hatte Kobe sogar geglaubt, dieser Spinner wäre gar kein Spinner. Doch dann erkannte er, dass es ein ganz besonders schlauer Bursche war. Geheimdienst! Terroranschlag! So ein Blödsinn!

Kobe schaute auf die Uhr. 08:52. Die Skytrain-Maschine hatte eine Stunde Verspätung. Doch jetzt stand sie auf der Runway und wartete auf die Startfreigabe. Er griff zum Mikrofon.

»Skytrain 513, wind 110 with 6 knots, cleared for takeoff runway 06.«

Die Pilotin in der Skytrain-Maschine sprach die Startfreigabe zurück.

»Skytrain 513 is cleared for takeoff runway 06.«

Wie lecker sich die Stimme der Pilotin anhört! Bestimmt schaut sie geil aus. Blond, große Titten. Eine deutsche Frau würde mir gut gefallen. Ich würde den Abend mit ihr verbringen und ihr Nairobi zeigen … und meinen Schwanz.

Skytrain 513 beschleunigte.

KAPITEL 69

Frankfurt, 14. August 2010, 08:46 Uhr

Hubert von Godehardt saß in seinem Büro bei sich zu Hause und schaute inzwischen jede Minute auf die Uhr. Er öffnete die Website, die er vor zwei Minuten das letzte Mal angeschaut hatte.

Noch immer stand Skytrain 513 in Nairobi am Boden. Die Ausrede der Airline war lächerlich: Verspätung wegen technischer Probleme. Ein Reifen am Hauptfahrwerk müsste ersetzt werden. Aber er verstand die Taktik.

Ich würde an ihrer Stelle genauso handeln. Technische Probleme! Damit ist Zeit gewonnen, um eine schonende Erklärung für das Desaster zu finden. Doch wie lange können sie die Wahrheit verbergen?

Hubert von Godehardt stellte sich vor, wie der Jumbo in einer Feuerexplosion vernichtet wurde. So viele Tote. So viel Leid. Schreie und Panik am Flughafen. Dann stellte er sich vor, dass die Meldung dieses Terrors wie eine Tsunamiwelle um die Welt schwappen würde. Innerhalb weniger Stunden würde der Anschlag auch im letzten Winkel der Erde bekannt sein. Der Imageschaden würde gewaltig sein. Er stellte sich vor, wie der Aktienmarkt in den nächsten Tagen reagieren würde. Er konnte sich ein Lächeln nicht verkneifen.

Komm schon, du schleimiger Araber. Ruf mich an. Überbringe mir die Botschaft des Anschlags. Ich kenne dich. Du lässt mich absichtlich schmoren. Wäre der Anschlag schiefgegangen, hättest du längst angerufen. Ich kenne dich, Ahmed, ich kenne dich.

Es klingelte. Auch auf den Anruf aus München hatte er gewartet. Das Gespräch war kurz. Zufrieden legte der Unternehmer auf. Die Entführung verlief erfolgreich. Sie waren auf dem

Weg hierher. In weniger als drei Stunden wollten sie sich in der Industriehalle in Aschaffenburg treffen. Hubert von Godehardt schloss die Schublade des Schreibtisches auf und legte die Fotos auf den Tisch.

Du hübsche Frau! Schade, dass du dir mit diesen Piloten den falschen Freund ausgesucht hast.

Von Godehardt zog ein weiteres Foto hervor. Wütend starrte er darauf. Dieser Alexander Hartmann hatte es doch tatsächlich fast geschafft, ihn, den routinierten und listigen Unternehmer, hinters Licht zu führen. Er fühlte sich in seiner Eitelkeit gekränkt. Durch Valentina wollte er sich an ihm rächen. Doch jetzt, da der verdammte Pilot tot sein musste, gab es keinen Grund mehr dazu. Sich an einem Toten zu rächen, machte keinen Spaß.

Sollte ich sie laufen lassen?

Von Godehardt zuckte mit den Schultern. Dann strich er zärtlich über ihr Foto.

Mein Täubchen, vielleicht sollte ich dich unter Drogen setzen und ein paar schöne Wochen mit dir verbringen. Vielleicht wären die Drogen ja auch gar nicht nötig. Schließlich bin ich mehr als ein adäquater Ersatz für diesen lumpigen Piloten.

Zufrieden stand er auf, ging zum Schrank mit den Getränken und mixte sich ein Gin Tonic. Am Vormittag trank er normalerweise nie. Aber heute war ein besonderer Tag. Zudem musste er heute nicht mehr arbeiten. Es gab nichts zu tun, außer auf sein Aktiendepot zu schauen und sich zu freuen. Mit dem Glas in der Hand ging er zurück zu seinem Schreibtisch.

Wie lange wird es dauern, bis die erste Schreckensmeldung an die Öffentlichkeit gelangt? Wer wird den tragischen Anschlag zuerst publik machen? Skytrain oder irgendein Reporter in Kenia? Große Schlagzeilen werden das. Bestimmt werden bald erste Videos vom zerstörten Flugzeug im Internet erscheinen.

Von Godehardt stellte sich die Flut von Klagen vor, die auf die Airline zukommen würden. Der Skytrain-Unfall von 1974 wird wieder in die Schlagzeilen kommen. Die Menschen werden ihr

Vertrauen in die Airline verlieren. Zumindest die Strecke Nairobi-Frankfurt wird die Fluggesellschaft einstellen müssen.

Eigentlich schade. Es ist eine gute Airline, aber das Geschäft geht nun mal vor.

Er hatte den größten Teil seines Vermögens auf eine »Put-Option« gesetzt. Auf den Verlust der Skytrain-Aktie. Nun ja, nicht er selbst. Um seine Spuren zu verwischen, hatte er die Put-Option über einen Mittelsmann in Singapur kaufen lassen. An einem bestimmten Stichtag würde Bilanz gezogen werden. Wenn die Aktie an diesem Tag im Plus liegen würde, dann wäre das eingesetzte Geld weg, für immer verloren. Und zwar alles! Der Unternehmer hatte 15 Millionen Euro – fast sein ganzes verfügbares Vermögen – auf Verlust der Aktie gesetzt. Wenn man den Verlauf der Aktie nicht kontrollieren konnte, war das eine absurde, eine wahnwitzige Idee. Wenn man aber den Kursverlauf manipulierte, dann war Gewinn garantiert. Der Stichtag war auf Dienstag, 17. August, festgesetzt. In drei Tagen würde es so weit sein. Das Timing war perfekt.

Um ihren Schaden möglichst gering zu halten, würden die Aktionäre versuchen, schnellstmöglich die Skytrain-Aktien abzustoßen. Wer Zugriff auf den außerbörslichen Direkthandel hatte, war nun am Wochenende im Vorteil. Die Großaktionäre mit den schnellsten Computern würden sofort verkaufen und die automatischen Verkaufsprogramme würden folgen. Am Montag dann die Welle der Panikverkäufe. Wie eine Lawine würde die Aktie von Skytrain in die Talsohle donnern. In drei Tagen würde die Aktie auf ein historisches Tief gefallen sein. Ein ähnlicher Effekt wie beim Börsencrash in New York vor ein paar Monaten. Allerdings mit dem Unterschied, dass die Katastrophe diesmal nur einen einzelnen Aktienwert betreffen würde und dass Hubert von Godehardt diesen Crash höchstpersönlich inszeniert hatte.

Je geringer der Wert der Aktie, umso größer sein Gewinn.

Hubert von Godehardt erwartete, dass die Aktie bis Dienstagmittag mindestens um die Hälfte eingebrochen sein würde.

Dazu käme noch ein Hebelsatz von 1 zu 20. Von Godehardt nahm seinen Taschenrechner zur Hand. Für 15 Millionen Euro hatte er 1,2 Millionen Skytrain-Aktien gekauft. Wenn die Aktie bis Dienstag sechs Euro, also knapp die Hälfte, verlieren würde, dann ergäben das für ihn … seine Finger flogen über den Rechner. 7,2 Millionen Euro Gewinn! Und nun käme der Hebel zur Geltung. Der Wert würde um den Faktor 20 multipliziert werden. Von Godehardt liebte dieses Rechenspiel. Fasziniert schaute er auf das Ergebnis: 144 000 000.

Mit dieser Summe wäre er mehr als saniert. Und das war sogar noch mit einem pessimistischen Kursverlauf der Aktie gerechnet.

Ich denke, ich werde ein Spendenkonto für die Hinterbliebenen der Anschlagsopfer einrichten. Zur Soforthilfe. Fünf Millionen sollten genügen. Als deutscher Patriot bin ich das meinen Landsleuten schuldig.

Er sah sich schon in den verschiedenen Zeitschriften und Magazinen als Wohltäter gefeiert.

Hubert von Godehardt war stolz auf seine Idee mit der Put-Option. Aber nicht nur darauf. Er amüsierte sich darüber, wie er Chibala zum Handlanger seiner Interessen gemacht hatte. Der Somalier hatte bis zum Schluss geglaubt, dass er mit der Anschlagsdrohung seinen Freund freipressen konnte. Wie bescheuert doch die Schwarzen waren. Ja, Hubert von Godehardt wusste nicht nur, wie man Aktien manipulieren konnte. Unternehmen Himmelssturm war die Krönung seiner Genialität.

Er schaute auf die Uhr. Inzwischen war es kurz vor neun. Gut gelaunt öffnete er wieder die Website von Skytrain.

Dann gefror ihm das Blut in den Adern.

KAPITEL 70

Nairobi, 14.August 2010, 08:52 Uhr

Aus dem Funkgerät an Nadifs Gürtel hörten die beiden Terroristen die leicht verzerrte und rauschende Stimme des Fluglotsen.

»Skytrain 513, wind 110 with 6 knots, cleared for takeoff runway 06.«

Die Pilotin sprach die Freigabe zurück.

»Es geht los!«, sagte Nadif krächzend. Sein Gaumen war trocken wie Wüstenstaub.

Chibala warf einen letzten Blick auf sein Handy.

»Noch immer keine Nachricht von Ahmed. Also gut! Die Deutschen wollen es nicht anders haben.« Er entsicherte die Rakete.

Obwohl der Jumbo sechs Kilometer entfernt war, hörte Nadif, wie die Triebwerke hochdrehten. Erst war es als dunkles Brummen zu hören, dann wurde der Ton immer heller, bis er zu einem heulenden Gekreische anschwoll. Aufgrund der Distanz war es zwar noch nicht so laut, aber die brachiale Gewalt der Triebwerke war zu erahnen. Nadif drückte die Stoppuhr. Hinter sich hörte er den Geländewagen, der anscheinend schnell näherkam. Er hatte den Impuls, sich umzudrehen, doch er musste sich jetzt auf den Countdown konzentrieren. Innerhalb einer Minute würde das 400 Tonnen schwere Flugzeug auf 320 Stundenkilometer beschleunigen. Dann, nach 3500 Metern Startstrecke, würde der Pilot die Nase des Jumbos in die Höhe ziehen.

Nadif starrte auf den Sekundenzeiger der Stoppuhr. Das Geräusch des startenden Jumbos kam schnell näher. Genauso wie das Motorengeräusch des Toyotas. Die ersten zehn Sekunden waren um. Chibala lag wie versteinert hinter der Raketenanlage. Die Stoppuhr tickte. 38 Sekunden …

»ZEHN – NEUN – ACHT – SIEBEN …« Nadif zählte mit lauter Stimme den Countdown, »… DREI – ZWEI – EINS – ABSCHUSS!«

»Für dich, Baakir!«, rief Chibala. Mit dem Rückstrahl wurde das Rohr, das die Lenkrakete beherbergte, nach hinten gespuckt. Die Rakete zischte ihrem Ziel entgegen.

Der Lenkdraht, über den Chibala die Steuerimpulse weitergab, spulte sich von der Rakete ab. Der Draht vibrierte, und wie ein Spinnenfaden reflektierte er im Licht der Morgensonne.

Das ohrenbetäubende Pfeifen der Flugzeugturbinen und das giftige Fauchen der Rakete vermischten sich mit dem laut kreischenden Motor des Geländewagens.

Nachdem er sich nicht mehr auf den Countdown konzentrieren musste, erlaubte sich Nadif einen Blick über seine rechte Schulter und erstarrte. Durch die fehlende Frontscheibe des Toyota sah er das grimmige Gesicht des Piloten. Nadif schaute auf das startende Flugzeug. Der Jumbo würde jeden Moment abheben. In wenigen Sekunden würde die Rakete einschlagen. Verdammt. Der Toyota war schnell.

»Achtung. Der Pilot überfährt uns!«, schrie Nadif.

Chibala reagierte nicht. Er wirkte wie ein Roboter, der seine tödliche Mission zu Ende bringen musste.

»Chibala! Spring weg!«

Sein Boss rührte sich nicht. Nadif sah, wie der glühende Punkt, der Rückstrahl der Rakete, wild tänzelnd dem startenden Jumbo entgegenflog. Das Flugzeug rotierte und hob majestätisch die Nase hoch.

Der Geländewagen steuerte mit Vollgas auf die Raketenanlage zu. Nadif zog die Pistole und stellte sich wie ein Rammschutz in den Weg. Dann begann er, zu schießen. Der Pilot duckte sich zur Seite. Nur der obere Teil seines Kopfes war zu erkennen. Ein schwieriges Ziel. Im letzten Augenblick sprang Nadif zur Seite. Doch der Toyota folgte der Bewegung. Es gab einen dumpfen

Aufschlag. Nadif spürte heftige Schmerzen in der Hüfte und dann am Kopf. Wie eine Puppe wurde er durch die Luft geworfen. Dann war nichts mehr.

Der Geländewagen schlingerte, als Alexander das Steuer wieder in Richtung Chibala riss. Nachdem Nadif ausgeschaltet war, schaffte er es nicht mehr, die Abschussanlage und Chibala voll zu erwischen. Die wuchtige Stoßstange krachte in den vorderen Teil der MILAN. Chibala wurde zusammen mit der Startschiene zur Seite geschleudert. Der Lenkdraht, der die Startschiene mit der fliegenden Rakete verband, riss durch.

Der Jumbo flog inzwischen über dem Bahnende. Die Rakete stürzte unmittelbar vor dem Flugzeug auf den Boden und explodierte.

Alexander machte eine Vollbremsung. Der Geländewagen kam in einer Staubwolke zum Stehen. Der Agent hob Sharks Pistole aus dem Fußraum des Geländewagens auf.

Wie oft habe ich geschossen? Viermal? Shark nur einmal. Es müssen noch genug Patronen im Magazin sein … wenn es vorher aufgefüllt war.

Alexander stieg aus. Nadif lag verrenkt und reglos im dürren Gras. Chibala rappelte sich gerade auf. Er war durch den Aufprall des Wagens in die Startschiene anscheinend nicht verletzt worden.

Im lockeren Laufschritt überbrückte der Agent die kurze Strecke, die Waffe schräg vor sich haltend. Er wollte es schnell zu Ende bringen. Alexander hob die Pistole und drückte ab. Klick! Klick! Das Magazin war leer. Der Jumbo von Skytrain donnerte mit ohrenbetäubendem Lärm über sie hinweg und flog nach Frankfurt.

»Verräter! Jetzt steche ich dich ab!«, brüllte Chibala gegen den Lärm an. Hass strahlte aus seinen schwarzen Augen. Er hielt sein Buschmesser in der Hand. Doch dann steckte der Teufel das Messer wieder hinter seinem Rücken weg. »Nein! Ich erschlage dich mit meinen Händen.«

Schnell wie eine Katze katapultierte er nach vorne. Alexander warf die Schusswaffe in Chibalas Gesicht. Mit einer mühelos wirkenden Handbewegung schlug er die Waffe zur Seite. Er rannte mit voller Wucht in den Agenten. Wie ein Rugbyspieler riss der Hüne Alexander von den Beinen. Während sie auf die Erde krachten, stieß Chibala seinen Ellenbogen in Alexanders Magengrube. Der Agent hatte das Gefühl, als ob der Ellenbogen durch seinen Rumpf bis zum Boden durchschlug. Röchelnd schnappte er nach Luft. Chibala schien nicht mehr Herr seiner Sinne zu sein und wie besessen schlug er auf den Agenten ein. Schützend hob Alexander die Hände vor sein Gesicht, doch es war nur ein geringer Schutz. Alexanders Nase knirschte, er schmeckte Blut. Mit beiden Armen umschlang er Chibalas Hals und klammerte sich eng an den Somalier. Im Gegenzug umklammerte Chibala den Rumpf des Piloten unterhalb des Brustkorbs, stand auf und riss Alexander mit sich. Nun stand Chibala breitbeinig und leicht nach hinten gebeugt da, den Piloten an sich drückend. Alexanders Beine schwebten weit über dem Boden. Er bekam schon wieder keine Luft. Der Somalier verhakte seine Hände und drückte mit seinen Faustrücken in den Rücken des Piloten. Die Knöchel waren hart wie Stahl und bohrten sich in seine Wirbelsäule. Das Rückgrat knackte, der Schmerz trieb Alexander Tränen in die Augen. Er wollte sich wegdrücken, stemmte sich mit beiden Händen gegen die Brust des Somaliers, aber der Satan war stärker. Die Schmerzen im Rücken raubten dem Agenten fast die Sinne. In einer letzten verzweifelten Anstrengung schaffte er es, noch Spannung in seinem Rumpf zu halten. Wenn diese Spannung aber nachließ, dann würde es knacken, und die Wirbelsäule wäre gebrochen.

Halb benommen erinnerte sich Alexander an das Messer des Terroristen. Der Agent wurde so gehalten, dass sein Kopf deutlich höher war als der des Riesen. Somit konnte er über den Rücken des Satans nach dem Messer greifen, das in einer Scheide steckte.

Der Sauerstoffmangel erzeugte einen gelblichen Nebel vor

Alexanders Augen. Er musste sich bis zur Grenze des Machbaren strecken, doch endlich erreichte er den Griff des Messers und zog es aus der Scheide. Er wollte in den Rücken stechen, doch dazu war Alexander inzwischen zu schwach. In einer verzweifelten Kraftanstrengung stach er in den Hals des Riesen. Ein Grunzen entfuhr dem Somalier. Der Druck auf die Wirbelsäule ließ aber nicht nach. Alexander stach wieder zu, und wieder. Inzwischen klafften im Hals des Terroristen mehrere Wunden. Blut spritzte pulsierend in dünnem Strahl zur Seite, doch Chibalas tödliche Umklammerung löste sich nicht.

Die Kraft floss aus Alexanders Körper wie das Blut aus seiner Nase. Seine Körperspannung löste sich. Die Wirbelsäule knirschte. Sein Bewusstsein fing an, sich zu verabschieden. Plötzlich erschien das Gesicht von Lydiah Wokabi in seinem Geist. Das Gesicht der Frau, die er vor einer Woche umgebracht hatte. Sie lächelte ihn an.

»Kümmere dich um meine Kinder«, hauchte Lydiah ihm zu. Alexander nickte.

Ein Energiestoß strömte durch seinen Körper. Er griff das Buschmesser mit beiden Händen und stieß es heftig in den Rücken des Riesen. Er hoffte, das Herz getroffen zu haben, so wie bei Lydiah. Die Welt schien stillzustehen. Alexanders Beine hingen leblos in der Luft. Noch immer löste der Teufel nicht die tödliche Umklammerung. Inzwischen war jedes Gefühl aus dem Körper des Piloten entwichen. Er drehte den Griff des Messers. Chibala grunzte. Der Sauerstoffmangel vernebelte Alexanders Gedanken. Endlich lockerte sich der brutale Haltegriff. Chibala sank zu Boden und riss Alexander mit sich. Wie ein Ertrinkender sog der Pilot laut die Luft ein. Sein Brustkorb hob und senkte sich kräftig bei jedem Atemzug. Er lebte. Noch wusste er aber nicht, ob seine Wirbelsäule den Angriff unbeschadet überstanden hatte. Für mehrere Minuten lag er neben dem Teufel. Der Blutstrahl aus Chibalas Hals war nun noch ein schwacher Rinnsal. Er atmete nicht mehr. Unter großen Schmerzen schälte sich Alexander langsam aus den Armen des Somaliers. Er konnte sich bewegen, war nicht gelähmt. Ächzend legte er sich auf den Rücken und schaute in den Himmel. Er hatte es geschafft. Den Anschlag hatte er verhindert und er war noch am Leben. Der Auftrag war ausgeführt. Jetzt musste er nur Valentinas Vertrauen wieder zurückgewinnen.

Mühsam quälte er sich auf die Beine und schaute sich um. Drei Terroristen tot, Shark lag besinnungslos und kampfunfähig im Geländewagen.

Ein Telefon klingelte. Es lag neben der umgestürzten Raketenrampe. *Chibalas Handy*? Augenblicke später vibrierte sein eigenes Telefon. Es steckte in seiner Hosentasche. Erstaunlich, dass es die Kämpfe überstanden hatte. Der Anruf kam von einer unbekannten Nummer aus Deutschland.

»Ja?« Alexanders Stimme klang krächzend.

»Herr Hartmann?«

»Am Appa… Apparat. Wer … spricht da?«

Der Gesprächspartner legte auf. Dann vibrierte sein Handy ein weiteres Mal. Diesmal kannte er die Nummer.

»Gesch… geschafft!«, stotterte Alexander ins Telefon.

»Gott sei Dank. Du lebst. Was ist mit der Skytrain-Maschine?«, fragte Heiner.

Mühsam und im Telegramstil – der Kehlkopf brannte wie Feuer – fasste der Pilot die Geschehnisse zusammen.

»Was ist mit dir los?«

»Nicht … nichts Schlim… Schlimmes.«

»Alexander …«

»Ja?«

»Sie haben Valentina.«

KAPITEL 71

Frankfurt, 14. August 2010, 08:58 Uhr

Wie gebannt starrte Hubert von Godehardt auf den Bildschirm.

Flug ST-513 / Nairobi – Frankfurt / Abgeflogen

Diese Meldung durfte einfach nicht stimmen. Mit zittrigen Fingern wählte er die Nummer in Dubai.

Komm schon, du dreckiger Araber. Heb ab!

Keine Antwort. Der Unternehmer rief die Auskunft von Skytrain in Frankfurt an.

»Mein Freund kommt heute mit Flug ST-513 aus Nairobi. Ich muss ihn abholen. Landet die Maschine pünktlich in Frankfurt?«

»Fast pünktlich. Durch einen Reifenwechsel in Nairobi ist der Flug eine Stunde verspätet gestartet. Die Piloten haben aber gemeldet, dass sie schneller fliegen und nur 30 Minuten hinter der geplanten Ankunftszeit in Frankfurt landen werden.«

Hubert von Godehardt ließ das Telefon kraftlos auf den Schreibtisch fallen.

Er hatte das Gefühl, als ob der Boden schwanken würde.

Aus! Vorbei! Ich bin erledigt.

Er schloss seine Augen und atmete heftig durch. Dann griff er erneut nach dem Handy. Diesmal wählte er Chibalas Nummer. Bisher hatte er es vermieden, direkt mit dem Terroristen zu sprechen. Dafür hatte er Ahmed. Aber jetzt war es anders. Es klingelte, Chibala hob nicht ab. Der Unternehmer hatte auch die Telefonnummer des Piloten. Von Godehardt konnte nicht widerstehen und wählte auch diese Nummer.

»Ja?« Die Stimme klang krächzend.

»Herr Hartmann?«

»Am Appa... Apparat. Wer ... spricht da?«

Von Godehardt legte auf.

Verdammt! Er ist nicht tot! Dieser miese Spion ist nicht tot!

Der Unternehmer schleppte sich kraftlos ans große Fenster. Er stellte sich breitbeinig hin und legte beide Hände an das Glas. Seine Stirn ruhte an der Scheibe, er starrte bewegungslos über die Stadt. Er wollte schwach sein, nur für ein paar Augenblicke, an gar nichts denken.

Die Tür wurde schwungvoll aufgestoßen.

»Ich brauche Geld für mein neues Mercedes-Cabrio«, sagte seine Frau mit fordernder Stimme.

»Raus.« Fast flüsternd, ohne den starren Blick von der Stadt zu nehmen, kam das Wort drohend über seine Lippen.

»Wie bitte?«

»Raus!«, brüllte er nun. Er stieß sich von der Glasscheibe ab und drehte sich um.

Sie wirkte erschrocken. »Du siehst fürchterlich aus. Was ist los mit dir?«

Von Godehardt stierte sie an. »Raus, sofort!«

Sie rannte davon. Die zuschlagende Tür brachte ihn zur Besinnung.

Der Anschlag musste verraten worden sein. Warum antwortet Ahmed nicht auf meine Anrufe? Kann die Polizei durch ihn an mich rankommen? Bin ich in Gefahr? Das Telefon! Die Nummer kann geortet werden!

Schnell nahm er die SIM-Karte aus dem Handy und schmiss sie weg. Einer seiner Spürhunde hatte ihm vor längerer Zeit erklärt, wie eine Telefonpeilung funktionierte. Wenn die Karten ausgetauscht wurden, war eine Peilung nicht mehr möglich. Er zog die Schublade auf. Ein ganzer Stapel Prepaid-Karten lag darin.

Die Polizei wird früher oder später hinter mir her sein. Ich muss weg. Noch habe ich Zeit. Noch habe ich zwei Millionen. Und vielleicht kann Siebenlist noch einiges mehr herzaubern.

Hektisch arbeitete Hubert von Godehardt an seinem Computer. Eine Stunde später wusste er, wie er vorgehen musste. Ja, so würde die Flucht gelingen.

Er schaute auf die Uhr. Das Rendezvous mit der Entführten wartete.

Valentina! Du wirst das Werkzeug meiner Rache an diesem verfluchten Piloten sein.

Er bestellte seinen Fahrer mit dem Rolls-Royce.

KAPITEL 72

Nairobi, 14. August 2010, 09:50 Uhr

Sirenengeheul erfüllte die Luft. Es wimmelte von Uniformen. Polizisten und Soldaten rannten mit wichtigen Gesichtern umher. Vorgesetzte gaben Befehle, Soldaten sicherten das Umfeld ab. Unter den Anwesenden befanden sich auch einige Zivilisten. Sie schauten so, als ob sie mit ihren ernsten Blicken Antworten herbeibeschwören könnten. Mehrere Krankenwagen waren vor Ort, doch es gab nicht viel zu tun. Von den Terroristen war nur noch Shark am Leben. Alexander saß in einem der Krankenwagen und wurde verarztet. Die Sanitäter verpassten ihm ein Korsett, um die Wirbelsäule zu stützen. Das Atmen erzeugte Schmerzen in der Brust, anscheinend war eine Rippe angebrochen. Die Wunden am Hals und an den Fingern der rechten Hand wurden gereinigt, desinfiziert und verbunden. Die Lippen waren aufgeplatzt, zwei Zähne ausgeschlagen. Durch seine gebrochene Nase konnte er den sterilen Geruch der Desinfektionsflüssigkeit riechen. Die Schmerzmittel zeigten eine erste Wirkung.

»Wir bringen Sie nachher ins Krankenhaus«, sagte der Arzt bestimmend.

»Nein, kei... keine Zeit. Krankenhaus ... später.«

»Diese Entscheidung können Sie getrost uns überlassen.«

Der Pilot gab es auf, mit dem Arzt zu streiten. Der würde die Situation sowieso nicht verstehen. Die Tür wurde aufgestoßen und ein hochrangiger Offizier mit düsterem Gesicht stieg in den Krankenwagen.

»Ich bin General Mweni Kinyua und ich möchte, dass Sie mir alles von Anfang an erzählen.«

»General, ich muss ... schnellstmöglich nach Deutsch... Deutschland fliegen.«

»Tut mir leid! Für die Verhöre und für das Protokoll müssen Sie vorerst in Nairobi bleiben.«

»Proto... koll? Gerade ... habe ich ... 400 Menschen das Leben ... und Sie ... Sie wollen mich ... jetzt davon abhalten, nach Deutschland zu fliegen, um meine ... meine Freundin zu retten?«

»Was soll ich machen? Die Vorschriften. Sie verstehen.«

»Ich ... scheiß ... auf Ihre Vorschriften. Raus! Ge... gehen Sie.«

Der General blickte düster auf den Verletzten. »Ihr arroganten Europäer denkt immer, ihr seid etwas Besonderes. Wir werden uns bald wieder sprechen.« Er stand abrupt auf und verließ den Krankenwagen.

Über die Behördenwillkür machte sich der Agent keine Gedanken. Heiner würde den Weg für ihn freischaufeln. Wichtiger war eine Antwort auf die Frage, wie er schnellstmöglich nach Deutschland kam. Erst morgen würde ein weiteres Flugzeug von Cargoflight nach München fliegen. British Airways flog am Nachmittag nach London, aber auch das war für Alexander zu spät.

Es klopfte wieder an der Tür des Krankenwagens. Ohne Aufforderung kam ein hagerer Mann Ende 50 mit Brille und Halbglatze herein.

»Herr Hartmann, darf ich Sie kurz sprechen?«

Alexander schüttelte den Kopf. Unbeirrt fuhr der Besucher fort.

»Mein Name ist Dr. Langenschmidt. Ich bin der deutsche Botschafter hier in Nairobi.«

Alexander wurde hellhörig.

»Herr Hartmann, ich kann Ihnen gar nicht sagen, wie froh ich bin, dass Sie den Anschlag verhindert haben. Ich wollte es mir nicht nehmen lassen, mich bei Ihnen persönlich zu bedanken.«

Die Schmerzmittel und die Medikamente fingen an zu wirken. Alexander konnte nun besser sprechen.

»Wenn Sie so dankbar sind, dann ... sorgen Sie dafür, dass ich so schnell wie möglich nach Deutsch... Deutschland komme.«

Alexander erzählte ihm von Valentina.

»Geben Sie mir zehn Minuten Zeit. Ich habe vielleicht eine Lösung für Ihr Problem«, sagte der Botschafter. Er griff nach seinem Telefon und ging nach draußen.

Alexander wählte Heiners Nummer. Es gab Neuigkeiten. Dieser Hans rief immer aus Frankfurt an. Genaueres mussten die Ortungsspeziallisten noch herausfinden. Von Valentina gab es noch keine Spur.

Kraftlos legte Alexander das Handy nach dem Gespräch auf die Seite. Er stützte seinen Kopf in die Hände. Tränen standen in seinen Augen.

Nicht noch einmal! Oh Gott! Ich will nicht noch einmal die Frau verlieren, die ich liebe.

Wann hatte er das letzte Mal geweint? Als Bianca ermordet worden war?

Dr. Langenschmidt kam freudestrahlend in den Krankenwagen zurück. Er stutzte, als er den Piloten sah. »Geht es Ihnen nicht gut?«

»Doch, doch. Sind nur die ... die Nerven. Haben Sie eine Lösung?«

»Ich habe einen Privatjet aus Mombasa angefordert. Die Gulfstream G 450 wird in einer Stunde hier sein. Das Flugzeug wird aufgetankt und steht Ihnen dann zur Verfügung.

»Danke. Genau das ... das brauche ich jetzt. Nun muss ich nur noch den kenianischen Behörden entkommen.«

»Ich werde mich darum kümmern.«

Eine Stunde später betrat Alexander, gestützt von einer Krankenschwester, den Businessjet. Ein Arzt und die Schwester begleiteten ihn. München war als Ziel angegeben, aber vielleicht würden sie auch nach Frankfurt fliegen.

Hoffentlich komme ich nicht zu spät.

KAPITEL 73

Frankfurt, 14. August 2010, 11:35 Uhr

Langsam lichtete sich der Nebel und ihr Bewusstsein kam zurück. Sie war gefesselt und geknebelt. Valentina war übel, sie hatte starke Kopfschmerzen. Sie lag mit dem Oberkörper auf dem Rücksitz, ihre Wange war vom Liegen darauf verschwitzt und klebrig. Der Geruch des Sitzleders drang in ihre Nase.

Mühsam richtete sie sich auf. Der BMW fuhr mit hoher Geschwindigkeit. Durch die dunkel getönten Scheiben erkannte sie, dass sie auf der Autobahn Richtung Frankfurt fuhren. Sie erinnerte sich an die beiden Polizisten in Zivil und an die Pistole mit dem Pfeil. Einer der beiden Zivilpolizisten fuhr den Wagen. Neben sich erkannte sie den Hauptkommissar. Sie fing an, panisch durch die Nase zu atmen.

»Bleiben Sie ruhig, Frau Schönberger. Es wird Ihnen bald besser gehen.«

Valentina wollte sprechen, aber nur ein dumpfes Murmeln drang durch den Knebel. Hauptkommissar Radmaier beugte sich zu ihr und zog mit einem schmerzhaften Ruck das Klebeband ab, das den Knebel in ihrem Mund fixierte. Sie würgte das Ding heraus.

»Wo bringen Sie mich hin? Warum entführen Sie mich? Binden Sie mich sofort los!«

»Hören Sie auf, so hysterisch zu sein, sonst werde ich Ihnen den Knebel wieder verpassen. Wollen Sie das?«

Valentina schüttelte den Kopf. Sie atmete ein paar Mal tief durch und schaffte es, sich zu beruhigen.

»Braves Mädchen.«

»Können Sie meine Fragen beantworten?«

Der Mann schaute sie einen Moment lang an.

»Ich bringe Sie zu meinem Auftraggeber nach Aschaffenburg. Wir sind gleich da. Es geht um Ihren Freund Alexander Hartmann. Den Rest erfahren Sie noch. Und nein, losbinden werde ich Sie nicht.«

»Sie sind also auch kein Hauptkommissar?«

»Natürlich nicht.«

»Aber Ihre Dienstmarke, Ihr Ausweis.«

Der Mann lächelte.

»Und der Anruf auf Ihrer Dienststelle? Ich habe doch mit Ihrem Kollegen gesprochen.«

»Sie haben von meinem Handy angerufen. Mein Partner ist ein guter Schauspieler.«

Der BMW fuhr von der Autobahn ab, und wenige Minuten später konnte sie erkennen, dass sie im Industriegebiet waren. Der Wagen bremste vor einem wuchtigen Gittertor. Das Tor rollte zur Seite, sie fuhren auf das Grundstück.

Ich werde gerade entführt. Verbindet man seinem Opfer nicht die Augen? Gehen sie davon aus, dass ich später nicht mehr über meine Beobachtungen sprechen kann? Ganz ruhig, Valentina. Du schaffst das. Du kommst hier wieder raus.

Die Halle in der hinteren Ecke des Geländes war zwei Stockwerke hoch. Das Metalltor wurde von einem Mann so weit aufgestoßen, dass der BMW hineinfahren konnte. Die Halle war etwa so groß wie drei Tennisfelder und fast leer. Ein paar Autos standen unter Planen gehüllt in der einen Ecke. Ein großes Segelboot ruhte auf einem Holzgerüst. Der Mast lag sorgfältig verpackt daneben. Ein Hubschrauber stand in der Mitte der Halle.

Der BMW kam neben einem wuchtigen Rolls-Royce zum Stehen.

»Sie bleiben sitzen.« Der falsche Hauptkommissar stieg aus, der andere falsche Polizist wartete teilnahmslos hinter dem Steuer und beobachtete über den Rückspiegel Valentina.

Aus dem Rolls-Royce stieg ein Mann Mitte 50, mit kurzem weißem Haar und sonnengebräuntem Gesicht. Das strahlend weiße Hemd spannte ein wenig über dem Bauchansatz. Er trug eine dunkelblaue Krawatte. Die Nadelstreifenhose wirkte maßgeschneidert.

Sie unterhielten sich. Dann kam der falsche Hauptkommissar zurück und öffnete die Tür für Valentina. Er zog die gefesselte Gefangene unsanft aus dem Wagen und stieß sie zu dem braungebrannten Herrn, der sie für einen langen Moment anschaute. Er schien zufrieden zu sein mit dem, was er sah, denn er nickte kaum merklich.

»Danke. Sie können jetzt gehen«, sagte er zu dem falschen Polizisten. Der Kidnapper stieg in den BMW, diesmal auf die Beifahrerseite, und die beiden fuhren davon. Der Mann, der das Tor aufgemacht hatte, schloss es nun wieder und blieb teilnahmslos mit verschränkten Armen stehen. Es war still in der Halle, nur die Geräusche der Autobahn waren schwach wahrzunehmen.

»Guten Tag, Frau Schönberger. Ich bin sehr froh, Sie zu sehen.«

»Was habe ich Ihnen getan? Warum haben Sie mich entführt?«

»Sie haben mir nichts getan. Aber Ihr Freund hat mein Leben ruiniert. Und warum ließ ich Sie entführen? Nun, ich werde mich mit Ihrer Hilfe an ihm rächen.«

Der Mann lief langsam mit auf dem Rücken verschränkten Händen um Valentina herum. Er begutachtete sie wie ein Bauer ein Stück Vieh. Als er hinter ihr stand, ging er ganz nah an sie ran und roch an ihrem Haar. Geräuschvoll atmete er ein. Valentina, noch immer mit auf dem Rücken gebundenen Händen, versteifte sich. Ihr Herz raste, sie zitterte.

»Haben Sie Angst?«, flüsterte er ihr ins Ohr.

»Ja«, flüsterte sie genauso leise zurück, »ich habe Angst.«

»Das ist gut so. Ich möchte, dass Sie Angst haben.«

»Wenn Sie sich in meine Lage versetzen, dann verstehen Sie, dass ich eine Scheißangst habe.«

Der Mann lachte schallend direkt neben ihrem Ohr. Valentina zuckte zusammen. Es hörte sich an wie das Gelächter eines Irren.

»Sie gefallen mir. Frau Schönberger, ich glaube, Sie sind eine mutige Frau.«

KAPITEL 74

Auf dem Weg nach Deutschland, 14. August 2010, 11:40 Uhr

Nach dem Take-off drehte die Gulfstream nach links Richtung Norden. Kurze Zeit später erreichte der Business-Jet seine Reiseflughöhe und jagte mit Mach 0.9 nach Deutschland.

Den Sitzplatz, auf dem Alexander saß, konnte man zu einem Bett umklappen.

»Ich schlage Ihnen vor, ein Schlafmittel zu nehmen«, sagte der Arzt.

»Können Sie es so dosieren, dass ich eine Stunde vor der Landung wieder fit bin?«

Der Arzt nickte. »Ich spritze Ihnen etwas zum Aufwachen.«

Als Alexander einschlief, dachte er an Chibala. Dieser skrupellose Terrorist hatte einen Massenmord ausführen wollen. Gewalt und Verbrechen hatten zu seinem Leben gehört. Er hatte den Tod verdient. Alexander war aber auch von der Loyalität des Somaliers zu seinem Freund beeindruckt. Es musste Chibala klar gewesen sein, dass er mit der Planung und Durchführung des Anschlags selbst großer Gefahr ausgesetzt war. Trotzdem war er kompromisslos bereit gewesen, alles für Baakir zu riskieren. Aber warum war nie eine Forderung an die Regierung gestellt worden?

Das Schlafmittel zeigte seine Wirkung.

Sechseinhalb Stunden später rieb sich Alexander den Schlaf aus den Augen. Durch das Fenster konnte er unter sich das Mittelmeer erkennen. Über Satellitentelefon sprach er mit Heiner.

»Gibt es Neues von ihr?«

»Noch nicht.«

»Was ist mit diesem Hans?«

»Bisher wissen wir nur, dass er sich in Frankfurt aufhält. Im

Westend, dem teuersten Viertel von Frankfurt. Als wir die Position näher bestimmen wollten, herrschte plötzlich Funkstille.«

»Wie meinst du das?«

»Das Telefon hat nicht mehr gesendet. Wir hatten stille Textmeldungen verschickt und die Ortung fing an, genau zu werden, doch dann riss der Kontakt ab. Unser Spezialist meint, dass die SIM-Karte aus dem Telefon genommen wurde.«

»Dann weiß Hans, dass wir ihm auf der Spur sind?«

»Schwer zu sagen. Vielleicht ist er einfach nur vorsichtig.«

»Und wie geht es jetzt weiter?«

»Wir versuchen weiterhin, mit Funkpeilungen das Handy zu lokalisieren.«

»Wo soll ich landen?«

»Flieg nach Frankfurt. Ich bin schon mit meinen Spezialisten da. Auch das Sondereinsatzkommando der Polizei steht bereit.«

»Und Valentina?«

»Ich bin mir sicher, dass wir sie finden, wenn wir Hans aufspüren.«

KAPITEL 75

Frankfurt, 14. August 2010, 11:55 Uhr

»Sperr sie ein«, sagte Hans in rüdem Ton. Er schubste Valentina zu dem Mann, der vorher das große Tor geschlossen hatte und nun neben ihr stand. Schmerzhaft wurde sie am Oberarm gepackt und in den dunklen Nebenraum geschoben. Sie stolperte. Da ihre Hände noch immer auf dem Rücken gefesselt waren, war es schwierig, die Balance zu halten.

Der Mann knipste das Licht an. In dem kleinen Raum gab es keine Fenster. Nur ein Bett mit Metallrahmen stand in der Ecke. Er stieß sie grob auf das Bett und band ein Seil um ihren Hals. Das andere Ende verknotete er am Bettgestell.

»Ich will nur sichergehen, dass du uns nicht davonfliegst.« Hans, der ihnen gefolgt war, stand nun neben dem Bett. Er nickte dem Mann zu, der daraufhin eine Spritze aus seiner Jackentasche zog.

»Nein! Bitte keine Drogen!«, schrie Valentina.

»Du wirst doch nicht etwa vor einer kleinen Nadel Angst haben!«, sagte Hans gemein lächelnd.

Ihr Magen verkrampfte sich. Ihr wurde schlecht. Plötzlich musste sie sich übergeben. Gerade noch rechtzeitig konnte sie sich zur Seite drehen. Doch das Seil um ihren Hals straffte sich. Sie traf den Rand des Bettes.

»Valentina, Valentina. Wenn du jetzt schon vor Angst kotzt, was wirst du dann erst machen, wenn ich mich richtig um dich kümmere?«

»Bitte lassen Sie mich gehen. Ich nutze Ihnen doch gar nichts«, prustete sie hervor.

Hans schüttelte angewidert den Kopf.

»Dummes Mädchen. Jetzt musst du in deinem eigenen Erbrochenen liegen.«

Der Mann, der sie auf das Bett gestoßen hatte, stieß ihr schmerzhaft die Spritze in den Arm.

»Träume schön«, sagte Hans. Er drehte sich um und verließ den Raum. Der andere Mann folgte und knipste das Licht aus. Die Tür wurde verschlossen, es war nun stockfinster. Der Geruch ihres Erbrochenen drang in ihre Nase. Es war still. Auch die Geräusche von der Autobahn waren nun nicht mehr zu hören. Dafür hörte sie Motorengeräusche in der Halle. Anscheinend fuhren sie mit dem Rolls-Royce davon. Ihr wurde schwindlig, dann schwanden ihr die Sinne.

Sein Chauffeur, der gleichzeitig einer seiner Leibwächter war, fuhr Hubert von Godehardt nach Frankfurt. Der Unternehmer lehnte sich auf der Rücksitzbank zurück und schloss die Augen.

Die Leute vom BND werden mich jagen. Ich muss an meinen Fluchtplan arbeiten. Doch zuerst brauche ich Geld.

Er nahm sein Geschäftstelefon aus der Tasche und rief seinen Finanzexperten an.

»Guten Tag, Herr Siebenlist. Kratzen Sie bis morgen alles an Barvermögen zusammen, was Sie kriegen können.«

»Selbstverständlich, Herr von Godehardt. Aber morgen ist Sonntag. Die Summe wird nicht allzu groß sein.«

»Wie viel?«

»Augenblick.«

Der Unternehmer konnte hören, wie Siebenlist die Tastatur eines Computers bearbeitete. Dieser Mitarbeiter war unbezahlbar. Sogar jetzt am Wochenende war er einsatzbereit.

»1,2 Millionen Euro. Hätte ich am Montagvormittag noch Zeit, könnte ich deutlich mehr bekommen.«

»Wie viel?«

»Moment.« Siebenlist arbeitete wieder am Computer. »Drei Millionen. Allerdings müsste ich Ihre Goldreserven angreifen. Der Kurs steht gerade schlecht für den Verkauf.«

»Verkaufen Sie.«

»Jawohl, Herr von Godehardt.«

»Und lösen Sie die Firma auf. Alles. Setzen Sie die Immobilien und die Sachwerte zum Verkauf. Die Autos, den Helikopter, die technischen Geräte. Einfach alles. Ich bin nicht am maximalen Gewinn, sondern an schneller Bezahlung interessiert. Den Erlös werden Sie auf das geheime Konto in Luxemburg überweisen.«

»Herr von Godehardt, ich möchte Sie dringend ...«

»Siebenlist! Tun Sie einfach, was ich Ihnen sage. Ist das zu viel verlangt?«

»Nein, Herr von Godehardt.«

»Gut. Dann verstehen wir uns ja.« Der Unternehmer drückte das Gespräch weg und dachte an seine Flucht nach Puerto Rico. Er besaß ein kleines Anwesen in der Nähe der Hauptstadt San Juan. Niemand wusste davon. Nicht einmal seine Frau. Die Karibikinsel gehörte zu den Vereinigten Staaten. Offizielle Amtssprache war Englisch, aber fast jeder dort sprach Spanisch. Von Godehardt beherrschte beide Sprachen. Mit seinen Verbindungen in die Drogenszene von Mittel- und Südamerika konnte er schnell wieder auf die Beine kommen. Zum Glück hatte er sich schon vor längerer Zeit einen Reisepass mit falschem Namen besorgt. Diese Vorsicht zahlte sich nun aus. Es war einfach, seine Identität zu verändern. Vor allem, wenn man Geld hatte. Und bis vor wenigen Monaten hatte er noch viel davon.

Bis Montag kann ich noch warten. Doch dann wird es höchste Zeit, abzuhauen. Mein neues Leben als Ben Alvarez wartet auf mich. Aber vorher muss ich noch eine Rechnung mit diesem fliegenden Agenten begleichen.

Es war unlogisch, fast schon absurd, doch er hatte keine andere Wahl. Hubert von Godehardt war ein Kontrollfreak, der alles und jeden kontrollieren wollte. Wenn jedoch Emotionen ins Spiel kamen, dann übernahmen diese die Kontrolle über ihn. Ihm war klar, dass er durch die Rache an den Piloten den Erfolg seiner Flucht riskierte. Doch Hass war stärker als der Wunsch nach Freiheit. Ohne diese Rache würde Hubert von Godehardt nicht in Ruhe leben können. Er rief wieder die Nummer des Piloten an. Keine Antwort.

Wo bist du, Bursche?

KAPITEL 76

Frankfurt, 14. August 2010, 19:32 Uhr

Der Gulfstream Businessjet rollte in Frankfurt auf die Parkposition. Alexander kramte sein stark ramponiertes Telefon aus der Tasche und schaltete den Flugmodus aus. Vier verpasste Anrufe. »Unbekannt« stand in der Anrufliste.

Ein deutscher Arzt und zwei Sanitäter kamen an Bord, um Alexander zum Krankenwagen zu bringen, der neben der Flugzeugtreppe bereitstand. Vorsichtig stand er auf. Die Wirbelsäule tat nicht mehr so weh. Das Atmen erzeugte nur leichte Schmerzen. Die Verletzungen an seiner Hand und am Hals spürte er dank der Schmerzmittel kaum noch. Trotzdem machte er sich Sorgen. Er würde alles tun, um Valentina zu befreien, doch in seinem Zustand würde er eine gewaltsame Konfrontation schwerlich durchstehen.

Heiner wartete im Krankenwagen.

»Du hast schon besser ausgesehen«, sagte er zur Begrüßung.

»Ich habe mich auch schon besser gefühlt. Wie ist der Plan?«

»Ein Sondereinsatzkommando der Polizei steht bereit. Ebenso zwei Hubschrauber und mein 20-köpfiges Team der Terrorabwehr.«

Alexander war erleichtert. »Die große Kavallerie also. Es freut mich, das zu hören.«

»Ich nehme an, Hans wird versuchen, dich zu kontaktieren.«

»Ich hatte während des Flugs bereits mehrere Anrufversuche mit unbekannter Nummer.«

»Dann müssen wir jetzt abwarten.«

»Wo fahren wir hin?«, fragte Alexander, als der Krankenwagen losfuhr.

»Ins Krankenhaus.«

»Was soll der Quatsch? Es gibt jetzt Wichtigeres zu tun.«

»Beruhige dich und spiel nicht den Helden. Solange wir nicht wissen, wo wir suchen sollen, kannst du dich genauso gut im Krankenhaus versorgen lassen. Ich bin mit meinen Abhörspezialisten auch da. Somit können wir auf jede Änderung sofort reagieren.«

Nach einer halbstündigen Fahrt erreichten sie das Krankenhaus. In dem großen Zimmer stand ein Bett, auf dem Alexander medizinisch überprüft werden konnte. Eine Sitzgruppe füllte die Ecke aus, mehrere Tische mit Bürostühlen standen an der gegenüberliegenden Wand. Zwei Mitarbeiter vom BND arbeiteten an Computern.

»Ein schönes Krankenzimmer«, stellte Alexander erstaunt fest.

»Es hat mich viel Mühe gekostet, das Arztzimmer für unsere Zwecke zu bekommen. Das Bett war schnell hereingeschoben, aber der Chefarzt war ziemlich störrisch.«

Alexander wurde auf das Bett gelegt, eine Krankenschwester bereitete eine Infusion vor.

»Wahrscheinlich will Hans mit dir Kontakt aufnehmen. Deswegen brauchen wir dich. Der Arzt wird nur eine Notversorgung deiner Verletzungen durchführen. Die richtige Behandlung findet erst statt, wenn diese Sache ausgestanden ist«, erklärte Heiner.

»Genau«, bestätigte der Arzt, der zur Tür hereineilte. »Stellen Sie sich vor, Sie sind ein wichtiger Fußballspieler, der während des Spiels verletzt wird. Es findet eine provisorische Wundbehandlung statt und die Verletzung wird vereist. So können Sie bis zum Ende mitspielen.«

»Ich wollte schon immer ein Fußballstar sein«, erwiderte Alexander.

Der Arzt untersuchte den Patienten und gab Anweisungen an die Krankenschwester. Dann verließen sie zusammen den Raum.

»Und wie steht es gerade in dem Spiel?«, fragte Alexander seinen Boss.

»Wir haben den Maulwurf gefunden.«
»Wie hat er mich gefunden?«
»Er war für administrative Dinge zuständig. Die Abrechnungen von Waffen- und Observierungsmaterial wanderten über seinen Tisch. Als er die Akte aus Nairobi bearbeitete, wurde er hellhörig. Der Maulwurf hat schnell kombiniert und seinen Auftraggeber angerufen.«
»Diesen Hans?«
»Genau. Wir gehen davon aus, dass es derselbe Hans ist, zu dem auch Ahmed Kontakt hatte. Dieser Hans ist der Drahtzieher hinter dem Anschlag. Den Rest kennst du.«
»Mein inoffizieller Status war also nutzlos.«
»Leider. Die Tarnung, die wir um deinen richtigen Namen aufbauten, hat zwar den Überprüfungen standgehalten, aber der Teufel steckte im Detail. Ein banaler Beleg aus der Botschaft zerstörte deine Tarnung.«
Alexanders Telefon klingelte. »Unbekannt« stand auf dem Display. Der Abhörspezialist stöpselte ein Kabel in das Telefon und nickte Alexander zu.
»Hallo?«
»Herr Hartmann?« Es war die Stimme, die Alexander schon in Nairobi am Telefon gehört hatte.
»Ja.«
»Wo sind Sie gerade?«
»In Frankfurt in einem Krankenhaus.«
»Sie sind schnell. Das passt vorzüglich in meine Pläne.«
»Was sind Ihre Pläne? Und wie darf ich Sie nennen?«
»Nennen Sie mich Hans. Sie könnten das Leben von Valentina Schönberger retten.«
Alexander stockte der Atem. »Wie ... wie geht es ihr?«
»Wenn Sie noch einmal versuchen, das Gespräch zu verlängern, lege ich auf.«
»Ich habe verstanden. Was muss ich tun?«
»Fahren Sie mit dem Auto zum Flughafen. Alleine! Es ist mir klar, dass dieses Gespräch aufgezeichnet wird. Es ist mir auch

klar, dass die Polizei und der BND sich an Ihre Fersen heften wollen. Ich rate davon ab, weil Valentina sonst sehr große Schmerzen erleiden würde.«

»Ich werde alleine sein.«

»In genau einer Stunde fahren Sie mit langsamer Geschwindigkeit los. Ich werde Sie für weitere Instruktionen anrufen. Keine versteckten Wanzen. Weder am Auto noch an Ihrem Körper. Beim geringsten Verdacht erschieße ich Ihre hübsche Freundin.«

Hans legte auf.

Heiner schaute zu seinem Ortungsspezialisten, der in der Ecke des Krankenzimmers an einem Computer arbeitete. Der Spezialist schüttelte den Kopf. »Schon wieder ist der Kontakt nicht zu orten. Dieser Bursche ist gerissen. Er nimmt anscheinend nach jedem Gespräch die SIM-Karte aus dem Telefon.«

Sie hörten das Gespräch noch mehrmals ab. Es gab aber keine Hintergrundgeräusche oder andere Indizien, die Rückschlüsse ermöglichten.

Alexander drehte sich zu Heiner. »Du hast ja gehört, was dieser Typ will. Besorge mir ein Auto.«

»Was er will? Er will sich rächen, dich umbringen. Und in deinem Zustand kannst du dich nicht einmal wehren.«

»Er will mich sehen, also werde ich zu ihm gehen!«

Heiner zog Alexander vom Bett hoch. »Komm. Ich muss dir etwas zeigen.«

Sie schauten in den Spiegel.

»Und?«, fragte Alexander.

»Sieh dich an. Du siehst scheiße aus. Wie willst du in deinem Zustand einen weiteren Kampf durchstehen?«

»Was würdest du an meiner Stelle tun? Was würdest du tun, wenn deine Frau die Geisel wäre?«

»Ich würde mir Alternativen überlegen.«

»Zum Beispiel?«

»Einer meiner Männer von der Terrorabwehr verkleidet sich und gibt sich als Alexander Hartmann aus.«

»Hans würde das sofort merken. Ich fürchte, es gibt keine Option. Ich muss gehen, wenn ich Valentina retten will.«

Heiner nickte. »Also gut.« Er gab Befehle an seine Mitarbeiter.

»Ich habe noch eine Bitte«, sagte Alexander.

»Schieß los.«

»Wenn ich den Einsatz nicht überlebe, möchte ich, dass du diese beiden 11 und 12 Jahre alten Mädchen im Slum von Nairobi findest. Ihre Mutter wurde ermordet. Bringe sie zu guten Pflegeeltern, am besten nach Deutschland.«

Alexander reichte Heiner den Zettel mit den beiden Namen. Elisabeth und Lucy Wokabi. Die Töchter der Frau, die Alexander ermordet hatte.

»Geht in Ordnung.« Heiner steckte den Zettel in seine Hosentasche. Dann klingelte er nach dem Arzt, der einen Augenblick später das Zimmer betrat.

»Wie fit ist unser Patient?«, fragte Heiner.

»Er ist mit Schmerzmitteln vollgepumpt. Dadurch ist seine Reaktionsfähigkeit deutlich eingeschränkt.«

»Können Sie das ändern?«

»Ja.«

»Wie schnell?«

»Das Gegenmittel wirkt binnen einer Stunde.«

»Dann sollte er es jetzt bekommen.«

Der Arzt verabreichte Alexander eine Injektion.

»Was spritzen Sie mir?«

»Ich neutralisiere die Schmerzmittel. Sobald es wirkt, haben Sie Ihre gewohnten Reflexe zurück.«

»Und die Schmerzen?«

»Die auch.«

Vierzig Minuten später kam ein Mitarbeiter vom BND ins Zimmer. »Der Wagen ist da.«

Alexander stand auf und steckte sein Wurfmesser quer hinter die Gürtelschnalle in seine Hose. Ihm graute bei dem Gedanken an einen weiteren Nahkampf. Hoffentlich konnte er das verhindern.

»Wir haben einen Sender am Wagen versteckt«, sagte Heiner. »Vier Autos vom Sondereinsatzkommando werden abwechselnd im Abstand von über einem Kilometer folgen.«

»Hans' Anweisung war klar. Keine Verfolgung, sonst wird Valentina dafür büßen.«

»Wir verfolgen dich so, dass niemand davon erfährt.«

»Mach aber allen klar, mir nicht zu nahe zu kommen. Wenn Valentina leiden muss, mache ich dich persönlich dafür verantwortlich.«

»Schluck das hier.« Heiner reichte ihm eine weiße Plastikkugel. Sie war so groß wie eine Murmel.

»Was ist das?«

»Ein Peilsender. Eine Erfindung aus unserer technischen Abteilung.«

»Hätte die technische Abteilung den Sender nicht etwas kleiner gestalten können?«

»Beschwere dich bei den Technikern.«

Heftig würgend schluckte Alexander den Sender hinunter, dann ging er zur Tür. Heiner folgte und klopfte ihm vorsichtig auf die Schulter.

»Viel Glück, Alex.«

Der Pilot stieg in die Limousine und fuhr in Richtung Flughafen. Das Telefon klingelte.

»Wo sind Sie?«

»Ich bin kurz vorm Airport.«

»Fahren Sie auf der A3 mit 100 Stundenkilometer Richtung Würzburg. Ich melde mich wieder.«

Alexander schaltete den Tempomat an. 15 Minuten später kam der nächste Anruf. »Ihre Position?«

»Auf Höhe der Raststätte Weiskirchen.«

»Fahren Sie an der Abfahrt Seligenstadt vorbei und biegen Sie in den nächsten Autobahnparkplatz ein. Bleiben Sie am Ende des Parkstreifens hinter einem roten Mercedes Kombi stehen.«

Kurze Zeit später lenkte Alexander – wie befohlen – die Limousine auf den Parkplatz. Das Telefon klingelte wieder.

»Steigen Sie aus, gehen Sie auf die rechte Seite Ihres Wagens und ziehen Sie sich komplett aus.«

»Was?«

»Ausziehen! Sofort. Auch Schuhe und Socken. Dann heben Sie die Arme und drehen sich langsam um die eigene Körperachse. Sie werden beobachtet.«

Alexander tat, wie ihm befohlen wurde. Während der ganzen Zeit wurde er aus den Büschen mit einem starken Lichtstrahler angeleuchtet.

Mist! Mein Wurfmesser kann ich nun vergessen.

Dann nahm er das Telefon wieder in die Hand.

»Öffnen Sie die Beifahrertür des roten Mercedes. Sie finden eine Hose, ein Hemd und ein Handy. Ziehen Sie die Sachen an und werfen Sie das Telefon, mit dem Sie gerade sprechen, zu Ihren Kleidern auf den Boden. Dann fahren Sie mit dem Mercedes los. Der Schlüssel steckt. Ich rufe gleich für weitere Anweisungen an.«

Alexander stieg in den roten Mercedes. Inzwischen meldeten sich die Schmerzen mit brutaler Wucht zurück. Er versuchte, sie zu ignorieren. Nach wenigen Minuten klingelte das Telefon auf dem Beifahrersitz.

»Fahren Sie an der nächsten Abfahrt Richtung Aschaffenburg ab ...« Hans erklärte den genauen Weg. Wenige Minuten später fuhr Alexander durch ein Industriegebiet. Dann sah er das aufgeschobene Tor der angegebenen Adresse. In Schrittgeschwindigkeit fuhr er auf das Grundstück. Wie von Geisterhand bewegt, rollte das massive Gittertor hinter ihm zu. Alexander steuerte auf die Halle zu. Ein mehrere Meter hohes Metalltor wurde von einem grimmig glotzenden Mann aufgedrückt. Er signalisierte Alexander, in die Halle zu fahren.

Der Agent überdachte die Situation.

Einen Nahkampf werde ich kaum überstehen. Die Schmerzen! Durch den Fahrzeugwechsel ist die Wanze nutzlos geworden. Durch den Kleiderwechsel habe ich mein Messer verloren. Hoffentlich funktioniert der Sender, den ich geschluckt habe.

Ich muss mich auf meine Erfahrung und Reflexe verlassen, und auf meinen Instinkt. Die Einsatzkräfte! Sie müssen rechtzeitig kommen.

Eine altgewohnte Abgeklärtheit nahm von ihm Besitz. Allerdings gesellte sich auch ein neues, irritierendes Gefühl dazu. Er hatte das lähmende Gefühl der Angst. Er hatte Angst um Valentina. Alexander atmete tief durch und fokussierte sich auf die tödliche Konfrontation, auf die Rettung Valentinas.

KAPITEL 77

Aschaffenburg, 14. August 2010, 22:33 Uhr

Dieser fliegende Agent war schneller in Frankfurt aufgetaucht, als der Unternehmer erwartet hatte. Gut so. Der Köder war ausgelegt, die Beute war auf dem Weg in die Falle. Gleich würde Hartmann hier sein. Hubert von Godehardt und seine drei Leibwächter waren vorbereitet.

Er hatte fast sein ganzes Vermögen verloren. Doch nun, da er seine Rache vollziehen konnte, spürte er eine gewisse Zufriedenheit. Er schaute auf sein Handy und lächelte. Aufgrund des häufigen SIM-Karten-Wechsels würde die Polizei erfolglos versuchen, sein Telefon zu orten.

Auch für den Fall, dass die Polizei es schaffen sollte, dem Agenten zu folgen, hatte von Godehardt vorgesorgt. Das Gelände war mit Bewegungsmeldern und Kameras abgesichert. Niemand konnte sich unbemerkt nähern. Das Dach der Halle ließ sich elektrisch öffnen. Der Westland Lynx war zwar alt, aber immer noch der schnellste Helikopter der Welt. Er stand aufgetankt bereit. Innerhalb von zwei Minuten könnte Hubert von Godehardt damit durch das Dach verschwinden.

»Der Pilot kommt«, rief der Mann am Tor. Er drückte das schwere Hallentor auf.

Valentina wurde inzwischen von einem der Leibwächter gebracht. Ihre Hände waren immer noch auf dem Rücken zusammengebunden. Sie taumelte und fiel hin. Die Betäubung wirkte anscheinend noch nach.

»Mach ihr die Fesseln ab!«, befahl von Godehardt.

Valentina stand auf und rieb sich die wundgescheuerten Handgelenke. Ihre Hose war nass. Sie stank nach Urin und nach Erbrochenem. Abfällig warf von Godehardt einen Blick auf sie.

Der Mercedes fuhr langsam in die Halle und hielt neben dem Helikopter an.

Der Agent stieg aus. Er schaute auf den Helikopter, dann auf das Dach darüber.

»Alex? Was machst du hier?«, rief Valentina.

»Ich bin gekommen, um dich hier rauszuholen.«

Von Godhardt lachte laut. Der Schall wurde von der Halle zurückgeworfen.

»Ich muss Sie enttäuschen. Daraus wird nichts werden.«

»Die Polizei weiß Bescheid. Sie kommen hier nicht weg. Es ist vorbei, Hans.«

»Glauben Sie, ich bin so blöd und habe keinen Fluchtplan?«

»Wollen Sie mit dem Helikopter durch das Dach abhauen? Das wird nicht funktionieren. Mehrere Polizeihubschrauber werden den Fluchtweg blockieren.«

Der Unternehmer lächelte siegessicher. »Dafür haben wir eine Panzerfaust.«

»Und wo wollen Sie hinfliegen?«

»Das geht dich einen Dreck an.« Von Godehards Stimme wurde plötzlich hart. »Du Mistkerl hast mein Leben ruiniert. Dafür werdet ihr büßen.«

Er drehte sich zu Valentina um. »Auf die Knie!«, brüllte er. Dabei trat er ihr in die Kniebeuge und sie stürzte auf den Boden.

Der Unternehmer zog eine seiner beiden Pistolen und legte auf ihre Kniescheibe an. Bevor der Agent dran glauben musste, sollte er sehen, wie seine geliebte Valentina verstümmelt wurde.

Hubert von Godehardt fühlte eine wunderbare Genugtuung. Das Gefühl der Rache war wie ein Rausch.

Plötzlich war Helikopterlärm über der Halle zu hören.

»Sehen Sie! Es ist vorbei.« Hartmann zeigte nach oben. Obwohl das Hallendach noch geschlossen war, schaute von Godehardt hoch. Da traf ihn etwas Hartes im Auge. Er hob die linke Hand an sein Gesicht. Urplötzlich war der Agent da. Wie konnte das sein? Er hatte doch vor einem Augenblick noch vier Meter entfernt gestanden. Von Godehardt spürte einen stechenden

Schmerz auf seinem Handrücken. Ein Schuss löste sich, die Waffe fiel auf den Boden. Die gestreckte Hand des Agenten kam aus dem Nichts. Er rammte die Finger in seinen Hals. Von Godehardt wurde übel vor Schmerzen. War der Kehlkopf zertrümmert? Für einen Augenblick war die Luft weg. Ein Röcheln entwich seinem Mund. Blitzschnell bückte sich der Agent, packte die Waffe vom Boden und kam hinter dem Rücken des Unternehmers wieder hoch.

Der Schuss von Jürgen, einem seiner Leibwächter, schien den Agenten verfehlt zu haben.

»Stopp!«, schrie Hartmann zu den Leibwächtern. »Oder euer Boss muss dran glauben.«

Der Agent presste sich ganz eng von hinten an den Unternehmer und packte ihn am Hals. Mit den Fingern quetschte er die Knorpel der Luftröhre zusammen. Der Unternehmer wollte sich wehren, wollte nicht zulassen, dass der Spion plötzlich die Kontrolle hatte. Doch jede Ausweichbewegung des Unternehmers wurde mit verstärktem Druck auf die Luftröhre quittiert. Nur wenn er ganz ruhig stand, war der Schmerz auszuhalten.

»Komm … komm hierher!«, rief der Agent zu Valentina. Sie schleppte sich schnell zu Alexander. »Und bleib immer ganz dicht hinter mir.«

Von Godehardt erkannte den Fehler. Seine drei Leibwächter standen zu dicht beieinander. Somit war es dem Agenten ein Leichtes, ihn als Schutzschild zu benutzen. Er sah den Autoschlüssel vom Mercedes auf den Boden liegen. Damit hatte der Agent also geworfen.

Der Agent keuchte. War er verletzt?

Alle drei Leibwächter hatten ihren Pistolen gezogen. Doch sie hatten kein freies Schussfeld. Hartmann zielte mit von Godehardts Waffe auf die Männer.

»Auf den Boden … mit euren Waffen!«

»Einen Dreck werden wir tun.«

Der Agent schoss einem der Leibwächter in den Bauch. Der ohrenbetäubende Knall des Schusses erfüllte zusammen mit einem herzzerreißenden Schmerzschrei die Halle. Der Mann sank zu Boden.

»Waffen auf den … den Boden! Sofort! Als Nächstes sind die Eier eures Bosses dran.«

Der Druck der Mündung zwischen von Godehardts Beinen war schmerzhaft. Alles schien nur noch aus Schmerzen zu bestehen. Er wollte sich nicht vorstellen, was passieren würde, wenn dieser bescheuerte Agent abdrückte.

»Ich schieße! Eins, zwei, dr…«

»Tut, was er sagt!«, krächzte Hubert von Godehardt hervor. Der Druck auf seinen Hals erlaubte kaum klare Worte.

»Ist gut, Boss. Wir legen die Waffen hin.«

»Und jetzt kickt ihr die Waffen mit euren Füßen zu mir her. Und zwar so kräftig, dass sie an mir vorbeischlittern. Macht schon!«

Sie traten nach den drei Pistolen, die mit schleifenden Geräuschen über den Boden kratzten.

»Und jetzt warten … wir, bis die Polizei kommt. Es kann nicht mehr … mehr lange dauern.« Der Spion schien auf Zeit zu spielen.

Meine Flucht! Ich muss weg hier, solange noch Zeit ist. Meine zweite Pistole. Der Agent weiß nichts davon.

Hubert von Godehardt tat so, als ob er bewusstlos zu Boden sinken würde. Der Agent ließ ihn fallen. Von Godehardt vermutete, dass der Agent die beiden verbleibenden Leibwächter mit der Waffe in Schach hielt.

Aus den Augenschlitzen konnte der Unternehmer erkennen, dass der Spion auf die Knie sank.

»Was ist mir dir?«, rief Valentina und kniete neben ihm.

»Nimm … eine der Pistolen vom Boden auf und hilf mir, die Burschen in Schach zu … zu halten.«

»Das kann ich nicht.«

»Mach schon! Schnell!«

Sie griff nach einer der Waffen und zielte auf von Godehards Leibwächter.

Ich liege zu seiner Seite. Er ist auf meine Männer fokussiert und achtet nicht auf mich.

Langsam bewegte von Godehardt seine Hand unter sein Jackett an das Brustholster. Er fühlte den Knauf der kleinen Pistole.

Ich brauche nur einen Schuss. Dieses Schwein muss sterben.

Ganz vorsichtig zog er die Waffe und zielte auf den Agenten.

Der Schuss kam überraschend. Hubert von Godehardt verstand nicht, was passiert war. Valentina hatte die Pistole auf ihn gerichtet. Die Kraft wich aus seinem Körper. Dann wurde alles schwarz.

»Er wollte dich … erschießen«, stammelte Valentina. Dann fiel ihr die Waffe aus der Hand. Alexander warf einen kurzen Blick auf Hans.

»Er hatte eine zweite Waffe bei sich. Und du hast mir das Leben gerettet.«

Valentina beugte sich nach vorne und übergab sich. Die Pazifistin hatte gerade einen Menschen erschossen.

Für einen Augenblick war Alexander abgelenkt. Die beiden Männer nutzten die Gelegenheit und sprinteten hinter dem Helikopter in Deckung. Plötzlich gab es eine Explosion am Tor, dann wurde es aufgeschoben. Schwarz angezogene Männer mit schusssicheren Westen und Sturmgewehren drängten in die Halle.

«Polizei! Hinlegen! Hände zur Seite strecken!« Das Sondereinsatzkommando kam gerade zur richtigen Zeit und überwältigte die Männer.

Alexander atmete schwer. Die Schussverletzung machte ihm zu schaffen.

Als er Hans angegriffen hatte, war er von dem Leibwächter in die Schulter getroffen worden.

Der Pilot schaute auf Hans, der regungslos auf dem Boden lag. Sein Jackett war geöffnet, durch das weiße Hemd sickerte Blut.

»Es ist … vorbei, Liebling. Es ist vorbei.«

Alexander wollte Valentina in die Arme nehmen. Sie drückte ihn weg.
»Ich habe mich getäuscht. Du bist nicht der Mann, den ich liebe.« Sie schaute ihn an, wischte sich die Tränen aus den Augen.
Alexander wusste nicht, was er sagen sollte.
Das Hallentor wurde inzwischen ganz aufgestoßen. Es wimmelte von Polizisten. Heiner kam durch das Tor gelaufen.
»Es wurde ... höchste Zeit.« Alexander spürte, dass er kaum noch Kraft hatte.

KAPITEL 78

München, 23. August 2010

Ein Zahnarzt hatte Alexander zwei neue Zähne eingesetzt. Die Wirbelsäule erholte sich langsam in dem engen Korsett, die Verletzung am Hals war genäht worden, die Einschnitte in den Fingern verheilten und die Schwellungen im Gesicht gingen zurück. Der Schuss in die Schulter war zum Glück ein glatter Durchschuss und würde auch bald verheilt sein. Narben würden zurückbleiben, nicht nur auf dem Körper.

Valentina war gründlich untersucht worden. Das Mittel, das ihr in der Gewerbehalle gespritzt worden war, war nur eine harmlose Betäubungsdroge gewesen. Ihr ging es wieder gut, zumindest körperlich. Auf seine Anrufe reagierte sie nicht.

Wenige Tage später klingelte er an ihrer Tür.

»Was willst du?«, fragte sie abweisend über die Sprechanlage.

»Dir alles erklären.«

»Es gibt nichts mehr zu erklären.«

»Oh doch. Mehr als du denkst.«

»Ich will nichts mehr hören.«

»Valentina. Nur fünf Minuten. Danach bist du mich los, wenn du willst.«

»Also gut. Fünf Minuten. Die Letzten, die ich mit dir sprechen werde. Komm in die Küche.«

Sie setzten sich an den Tisch.

»Du hast mich die ganze Zeit angelogen.« Valentinas Stimme klang vorwurfsvoll.

»Ja, das stimmt.« Alexander musste schlucken. Sein Kehlkopf schmerzte wieder. »Ich hatte Angst davor, dir die Wahrheit zu sagen, weil ich Angst davor hatte, dich zu verlieren.«

»Was für ein schwaches Argument.«

»Du weißt ja inzwischen, dass ich Geheimagent war.«

»Du warst?«

Alexander nickte. »Heiner, den du ja auch kennengelernt hast, war mein Vorgesetzter beim BND. Vor ein paar Tagen hat er meine Kündigung endgültig angenommen. Es war schon vor dem Einsatz in Nairobi so ausgemacht.«

Valentina saß wortlos da.

»Ich habe dir von meiner Frau erzählt, von Bianca. Wie sie damals bei einem Verkehrsunfall ums Leben kam.«

»Ich erinnere mich.«

»Ich habe dir nicht die ganze Wahrheit gesagt. Sie ist von der Russenmafia in einem Racheakt ermordet worden.«

»Was?«

»Ich hatte Spielschulden.«

»Gibt's noch mehr dunkle Kapitel aus deiner Vergangenheit?« Valentina strich sich verunsichert mit den Händen durch ihr schwarz gelocktes Haar.

»Ja, die gibt es. Ich war spielsüchtig, deswegen hatte ich die vielen Spielschulden.«

Valentina schüttelte den Kopf. »Was für ein schrecklicher Mensch bist du?«

»Um meine Spielschulden loszuwerden, habe ich drei Banken überfallen.«

»Du hast was getan?«

»Ich habe drei Banken ausgeraubt.«

Sie schaute ihn entsetzt an. Tränen kullerten über ihre Wangen. Dann stand sie auf und öffnete eine Schranktür.

»Ich brauche jetzt einen Schnaps.« Valentina trank fast nie Schnaps. Sie schenkte das Glas halbvoll, drehte sich zu Alexander um und kippte den Schnaps in einem Zug hinunter. Das Glas stellte sie ab, dann lehnte sie sich mit dem Rücken an die Arbeitsplatte und verschränkte ihre Arme vor der Brust.

»Bei meinem letzten Überfall ist eine unbeteiligte Frau von einem Polizisten in den Arm geschossen worden. Daraufhin war für mich mit den Banküberfällen Schluss.«

»Oh Gott, ich war mit einem Kriminellen zusammen.« Valentina drehte Alexander den Rücken zu und füllte wieder das Schnapsglas. Dann stützte sie sich mit ihren Händen auf die Arbeitsplatte. Sie atmete tief durch.

Es versetzte Alexander einen Stich, als sie in der Vergangenheit von ihrer Beziehung sprach. Er nahm all seinen Mut zusammen, um die komplette Last der Geheimnisse loszuwerden.

»Ich habe vor kurzem bei dem Einsatz in Nairobi eine unschuldige Frau erstochen.«

Für einen Moment wirkte sie wie versteinert. Das Ticken der Küchenuhr war plötzlich nervig. Dann wirbelte sie herum. Das gefüllte Schnapsglas mit dem schweren Glasboden traf Alexander an seiner angebrochenen Nase.

Er machte keine Bewegung, es abzuwehren. Der Schmerz auf dem Nasenknochen trieb Tränen in seine Augen. Schnapstropfen besprenkelten sein Gesicht.

»Raus! Ich will dich nie wieder sehen!«

»Valen...«

»Hau ab! Du Mörder! Hau endlich ab.« Valentinas Stimme wurde schrill. »Ich kann deine Nähe nicht mehr ertragen. Hau ab. Sofort!«

Alexander stand auf und wollte auf sie zugehen.

»Stopp. Komm mir nicht zu nah.« Sie warf die Schnapsflasche nach ihm.

»Hau ab, hab ich gesagt!« Ihre Stimme überschlug sich. »Ich rufe die Polizei. Verlasse mein Haus und komm nie mehr zurück. RAUS! RAUS!«

KAPITEL 79

München, 24. August 2010

Sie saßen in Heiners Büro. Alexander schien am Boden zerstört zu sein.

»Warum schaust du so belämmert? Es ist doch bestens gelaufen. Du hast den Anschlag verhindert. Du hast die Terroristen, allen voran diesen Hubert von Godehardt, erwischt, und der Bundesstaatsanwalt hat sein Wort gehalten. Du bist nun ein unbescholtener Bürger.«

»Ach«, Alexander winkte ab, »was mir wirklich wichtig war, habe ich verloren.«

»Valentina?«

Alexander nickte. »Ich habe mit ihr gesprochen, ihr alles erzählt. Sie hat mich zum Teufel gejagt und sie will nie mehr von mir hören.«

»Warte ab. Frauen können manchmal kompliziert sein.«

»Frauen können kompliziert sein? Ist das dein Trost?«

Heiner zuckte verlegen mit den Schultern.

»Ist es ein Trost für dich, dass du über 400 Menschen das Leben gerettet hast?«

»Ja, das ist es. Nur habe ich durch diesen Einsatz Valentinas Liebe verloren. Ein verdammt hoher Preis.«

Alexander stand auf, um zu gehen.

»Mach's gut, Alexander. Und melde dich ab und zu bei mir.«

Der ehemalige Geheimagent Alexander Hartmann drehte sich um und ging.

Heiner sah ihm gedankenverloren nach. Dann griff er zum Telefon.

»Guten Tag, Frau Schönberger. Ich möchte Ihnen einiges erzählen. Darf ich bei Ihnen vorbeikommen?«

Eine Stunde später saß Heiner in ihrer Küche. Er erzählte von Alexander.

Einen Tag später klingelte Alexanders Telefon.

»Ja?«

»Hallo, Alex. Brauchst du Hilfe bei der Unterbringung der beiden Waisenkinder?«

Sie nennt mich Alex!

***

DANKSAGUNG

Es gibt eine Reihe von Personen, die mich bei der Realisierung meines Thrillers betreut, beraten und unterstützt haben. Sie haben mich inspiriert, mir den rechten Weg gezeigt, mich vor Fehlern bewahrt. Sie haben maßgeblich zur erfolgreichen Publikation von ›Herzschlag der Gewalt‹ beigetragen.

Ich bedanke mich herzlich bei Carola Zain, meine Studienkollegin, die nie ein Blatt vor dem Mund genommen hat. Mit ihren kritischen Bemerkungen hat sie maßgeblich zur Gestaltung der Rohfassung beigetragen.

Vielen Dank an Andrea Habeney, Autorin zahlreicher Frankfurt-Krimis und Fantasy-Romane. Mit ihren wertvollen Ratschlägen hat sie mich in die Welt des Buchgeschäfts eingeweiht.

Auch bedanke ich mich bei Iris Vollert für das Korrektorat. Unermüdlich machte sie mich immer wieder auf Stil- und Rechtschreibfehler aufmerksam.

Ebenso gilt mein Dank Anna Bürgl aus Österreich, für ihre professionelle Arbeit als Lektorin. Schonungslos setzte sie den Rotstift an, um die Geschichte in Form zu bringen.

Mein Dank gehört Susanne Pavlovic, die Textehexe, für ihre wertvolle Beratung. Sie war immer da, wenn ich einen schnellen Rat brauchte.

Ich möchte mich auch bei meinem holländischen Pilotenkollegen Christiaan van Heijst bedanken. Der professionelle Fotograf hat das Flugzeugbild auf dem Cover und einige der Bilder im Trailer zur Verfügung gestellt. Ein Besuch auf seiner Website www.jpcvanheijst.com öffnet die Türen in eine wunderbare visuelle Welt.

Vielen Dank an Udo Hofer, 6. Dan im Shotokan-Karate, für

die Zustimmung, dass ich seinen Namen und seinen Karateverein in meinem Buch erwähnen durfte. Die in Kapitel 1 beschriebene Karateszene ist mir vor vielen Jahren mit Udo genauso passiert.

Dank gebührt auch Helmut Thomas, Oberst a. D., für die militärische Beratung zur MILAN-Rakete. Um die Lesbarkeit an einigen Stellen zu vereinfachen, habe ich allerdings nicht alle Fachwörter benutzt. Ich hoffe, er sieht mir das nach.

Dank an Jennifer Oswald, die Maskenbildnerin, die für den Trailer die Schauspieler vorbereitet hat.

Vielen Dank für eure großartige Unterstützung.